HEYNE <

Das Buch

Cassie Black ist ein absoluter Profi, wenn es darum geht, sich Zutritt zu fremden Hotelzimmern zu verschaffen. Inzwischen ist sie allerdings ein wenig aus der Übung, denn beim letzten großen Bruch in Las Vegas kam ihr geliebter Partner Max ums Leben und sie selbst landete für fünf Jahre im Gefängnis. Nun ist sie auf Bewährung wieder draußen und möchte eigentlich ein ganz normales Leben führen. Unerwartete Ereignisse zwingen sie jedoch, ein allerletztes Mal den Pfad der Tugend zu verlassen. Der neue Auftrag führt sie wieder nach Las Vegas, wo sie einen Mann ausnehmen soll, dessen Glückssträhne beim Bakkarat eine saftige Beute garantiert. Als sie aber merkt, dass dieser Hernandez kein gewöhnlicher Spieler ist, steckt sie schon viel zu tief in der Geschichte drin ...

Der Autor

Michael Connelly arbeitete einige Jahre als Polizeireporter für die *Los Angeles Times*. Neben seinen Romanen um Harry Bosch wurde er vor allem durch seine Bestseller *Der Poet*, *Das Zweite Herz*, *Schwarze Engel* international bekannt. Michael Connelly lebt in Los Angeles.

MICHAEL CONNELLY

Im Schatten des Mondes

Roman

Aus dem Amerikanischen von
Sepp Leeb

WILHELM HEYNE VERLAG
MÜNCHEN

Titel der Originalausgabe
VOID MOON

Umwelthinweis:
Dieses Buch wurde auf chlor- und
säurefreiem Papier gedruckt.

Taschenbuchausgabe 10/2004

Printed in Germany 2004
Umschlaggestaltung: Hauptmann und Kampa
Werbeagentur, München – Zürich,
nach einer Idee von Eisele Grafik-Design, München
Gesetzt aus 10,35/13,7 Punkt Swift
Satz: Schaber Satz- und Datentechnik, Wels
Druck und Bindung: GGP Media GmbH, Pößneck
http://www.heyne.de

ISBN 3-453-72036-9

Für Linda,
für die ersten fünfzehn

Rings um sie ging die Kakophonie der Habgier in ihrem schönsten und extremsten Übermaß weiter. Aber ihrer Welt konnte sie nichts anhaben.

Die Frau unterbrach den Blickkontakt gerade lang genug, um nach unten zu schauen und ihr Glas zu finden und es dann vom Tisch zu heben. Bis auf etwas Eis und eine Kirsche war es leer, aber das machte nichts. Auch er hob sein Glas, vielleicht noch mit einem Schluck Bier und etwas Schaum darin.

»Auf das Ende«, sagte sie.

Er lächelte und nickte. Er liebte sie, und sie wusste es.

»Auf das Ende«, begann er und hielt dann inne. »Auf den Ort, an dem die Wüste Meer ist.«

Sie lächelte zurück, als sie anstießen. Sie hob ihr Glas an die Lippen, und die Kirsche kullerte in ihren Mund. Als er sich den Bierschaum aus dem Schnurrbart wischte, sah sie ihn viel sagend an. Sie liebte ihn. Es waren sie beide gegen den Rest der Welt, aber das störte sie nicht im Geringsten.

Doch dann musste sie daran denken, dass sie die ganze Sache falsch angepackt hatte, und ihr Lächeln verflog. Sie hätte wissen müssen, wie er reagieren würde und dass er sie nicht raufgehen ließe. Sie hätte es ihm erst hinterher sagen sollen.

»Max«, sagte sie, plötzlich sehr ernst. »Lass es mich tun. Wirklich. Ein letztes Mal.«

»Kommt überhaupt nicht infrage. Das ist meine Sache. Ich gehe rauf.«

Aus dem Casino kam ein Juchzer, und er war so laut, dass er den Schutzwall durchbrach, der sie umgab. Sie blickte nach draußen und sah an einem der Würfeltische unter der Kanzel, die über das Casino hinausragte, einen Texaner mit einem Zehn-Gallonen-Hut einen Freudentanz vollführen. Der Texaner hatte seine geleaste Begleiterin an seiner Seite, eine auftoupierte Blondine, die schon die Casinos abgegrast hatte, als Cassie im Trop zu arbeiten angefangen hatte.

Cassie sah wieder Max an.

»Ich kann es kaum erwarten, endlich für immer hier wegzukommen. Lass uns wenigstens drum spielen.«

Max schüttelte langsam den Kopf.

»Auf gar keinen Fall. Diesmal bin ich dran.«

Dann stand Max auf, und sie blickte zu ihm hoch. Er war ein gut aussehender dunkler Typ. Sie mochte die kleine Narbe unter seinem Kinn und wie ihm dort kein Bart wuchs.

»Es wird langsam Zeit«, sagte er.

Er ließ den Blick durch das Casino wandern. Seine wachsamen Augen blieben ständig in Bewegung und verharrten nirgendwo, bis sie zur Kanzel hinaufglitten. Cassies Blick folgte seinem. Dort oben war ein dunkel gekleideter Mann, der nach unten blickte wie ein Priester auf seine Gemeinde.

Sie versuchte wieder zu lächeln, aber sie bekam die Mundwinkel nicht hoch. Irgendwie hatte sie kein gutes Gefühl bei der Sache. Es war die Änderung ihres Plans. Der Rollentausch. In diesem Moment merkte sie, wie sehr sie sich wünschte, selbst raufzugehen, und wie ihr der Kitzel fehlen würde, zu dem es ihr verhelfen würde. Da wurde ihr klar, dass sie nur an sich selbst dachte, nicht an Max. Es war reiner Egoismus. Sie wollte ein letztes Mal diesen Kick bekommen.

»Falls irgendwas schief läuft«, sagte Max, »sehen wir uns, wann wir uns eben wieder sehen.«

Jetzt runzelte sie wirklich die Stirn. Das hatte nie zu ihrem Ritual gehört, so ein Abschied. Noch dazu ein so negativ gefärbter.

»Max, was ist los? Warum bist du so nervös?«

Max blickte achselzuckend auf sie hinab.

»Weil es das Ende ist, schätze ich.«

Er versuchte zu lächeln. Dann berührte er ihre Wange und beugte sich zu ihr hinab. Er küsste sie auf die Wange und glitt rasch zu ihren Lippen weiter. Er streckte eine Hand unter den Tisch, wo niemand sie sehen konnte, und fuhr mit dem Finger an der Innenseite ihres Beins die Naht ihrer Jeans hinauf. Dann drehte er sich ohne ein weiteres Wort um und verließ die Lounge. Er ging durch das Casino auf die Lifte zu, und sie sah ihm nach. Er blickte nicht zurück. Das gehörte zu ihrem Ritual. Nie zurückblicken.

1

Das Haus in der Lookout Mountain Road schmiegte sich, weit von der Straße zurückversetzt, an den steilen Hang des Canyon. Das verhalf ihm zu einer langen, ebenen Rasenfläche, die von der breiten Veranda bis zu dem weißen Lattenzaun entlang der Straße lief. Im Laurel Canyon kam es nicht oft vor, dass ein Haus, ob nun nach vorn oder hinten raus, einen so großen Rasen hatte und dazu auch noch einen so ebenen. Es war dieser Rasen, der für den Verkaufspreis des Hauses ausschlaggebend sein würde.

Als Besichtigungstermin war im Immobilienteil der *Times* die Zeit zwischen vierzehn und siebzehn Uhr angegeben gewesen. Als Cassie Black zehn Minuten vor zwei am Straßenrand hielt, sah sie keine Autos in der Einfahrt stehen, und nichts deutete darauf hin, dass jemand im Haus war. Der weiße Volvo-Kombi, der, wie sie wusste, den Besitzern gehörte und normalerweise vor dem Eingang stand, war nicht da. Was mit dem anderen Wagen, dem schwarzen BMW, war, konnte sie nicht sagen, weil das Tor der kleinen Einzelgarage neben dem Haus zu war. Aber sie deutete das Fehlen des Volvo als Zeichen dafür, dass die Hausbesitzer weggefahren waren und bei der Besichtigung nicht anwesend sein würden. Das war gut so. Cassie war es lieber, dass sie nicht da waren. Sie war nicht sicher, wie sie sich verhalten würde, wenn sie mit dem Mädchen im Haus wären, während sie es sich ansah.

Cassie blieb bis zwei Uhr im Boxster sitzen, aber allmählich kam ihr das Ganze doch komisch vor. Ihr erster Gedanke war, dass sie sich in der Zeit geirrt hatte oder dass, noch schlimmer, das Haus bereits verkauft war und die Besichtigung ausfiel. Sie schlug den Immobilienteil auf dem Beifahrersitz auf und suchte nach der Anzeige. Sie hatte sich nicht getäuscht. Sie blickte auf das ZU VERKAUFEN-Schild, das im Rasen steckte, und verglich den Namen des Maklers mit dem in der Annonce. Sie stimmten überein. Sie nahm das Handy aus ihrem Rucksack und versuchte das Maklerbüro anzurufen, aber sie kam nicht durch. Das überraschte sie nicht. Aus dem Laurel Canyon eine störungsfreie Verbindung zu einem in den Hügeln gelegenen Teil Hollywoods zu bekommen schien fast unmöglich.

Da ihr nichts anderes zu tun blieb, als zu warten und ihre Ängste in den Griff zu bekommen, betrachtete sie das Haus, das hinter dem ZU VERKAUFEN-Schild stand. Laut Annonce war es ein 1931 erbauter California Craftsman Bungalow. Im Gegensatz zu den daran angrenzenden neueren Häusern lag es nicht nur weiter nach hinten versetzt, sondern hatte auch deutlich mehr Charakter. Außerdem war es kleiner als die meisten Häuser in seiner Umgebung, da seine Architekten offensichtlich großen Wert auf die große Rasenfläche und die Weitläufigkeit des Grundstücks gelegt hatten. Bei der Planung der neueren Häuser war die verfügbare Fläche bis zum letzten Quadratmeter ausgenützt worden, nach dem Motto: Hauptsache viel Wohnfläche.

Der alte Bungalow hatte ein langes graues Schrägdach, aus dem zwei Mansardenfenster kragten. Cassie wusste, eines gehörte zum Schlafzimmer des Ehepaars, das andere zum Zimmer des Mädchens. Die Seitenverkleidung war in einem rötlichen Braun gestrichen. Entlang der Vorderseite verlief eine breite Veranda, und die Eingangstür war verglast.

Meistens ließ die Familie ein Rollo vor der Glastür herunter, aber heute war es wie die Jalousie vor dem großen Aussichtsfenster hochgezogen, sodass Cassie ins Wohnzimmer sehen konnte. Eine Deckenlampe war angelassen worden.

Der Rasen vor dem Haus diente eindeutig zum Spielen. Er war immer sauber gemäht. Am linken Grundstücksrand standen eine Schaukel und ein Klettergerüst aus Holz. Das Mädchen, das in dem Haus lebte, schaukelte mit Vorliebe mit dem Rücken zum Haus, sodass es die Straße im Blick hatte. Darüber hatte sie oft nachgedacht und sich gefragt, ob sich diese Angewohnheit als eine Art psychologischer Fingerzeig deuten ließe.

Die leere Schaukel hing vollkommen reglos da. Der Ball und der rote Wagen, den Cassie auf dem Rasen stehen sah, schienen ebenfalls auf die Aufmerksamkeit des Mädchens zu warten. Cassie dachte, dass vielleicht der an der Straße liegende Garten einer der Gründe für den Auszug der Familie war. In Los Angeles, wo man ohnehin andere Maßstäbe ansetzen musste, war Laurel Canyon eine Gegend, in der man sich innerhalb des sich unaufhaltsam ausdehnenden Stadtgebiets noch halbwegs sicher fühlen konnte. Dennoch lag es hier in niemandes Interesse, seine Kinder vor dem Haus und so dicht an der Straße spielen zu lassen, an dem Ort, an dem sie zu Schaden kommen konnten und von dem ihnen Gefahr drohte.

In der Anzeige stand nichts über dieses potenzielle Problem bezüglich des Gartens. Cassie las sie noch einmal.

EILT!
Klassischer CA. Craftsman-Bungalow, Bj. 1931
2/2, geräumiges Wohn/Esszimmer, großes baumbestandenes Grundstück.
Extrem günstig!
Stark reduziert!

Cassie war das Zu verkaufen-Schild auf dem Grundstück aufgefallen, als sie vor drei Wochen routinemäßig daran vorbeigefahren war. Diese Entdeckung hatte sie in hellen Aufruhr versetzt, was sich in Schlaflosigkeit und Unkonzentriertheit bei der Arbeit äußerte. In diesen drei Wochen hatte sie nicht ein einziges Auto verkauft, bisher ihre längste Zeit ohne einen Vertragsabschluss.

Soweit sie wusste, war heute der erste Besichtigungstermin. Daher fand sie den Wortlaut der Anzeige doch etwas eigenartig. Sie fragte sich, warum die Besitzer das Haus so dringend loswerden wollten, dass sie schon nach drei Wochen mit dem Preis heruntergingen. Das kam ihr seltsam vor.

Drei Minuten nach Beginn des Besichtigungstermins bog ein Wagen, den Cassie nicht kannte, ein rotbrauner Volvo, in die Einfahrt und hielt an. Eine schlanke, blonde Frau Mitte vierzig stieg aus. Sie war leger, aber korrekt gekleidet. Sie machte den Kofferraum auf und nahm ein Hausbesichtigung-Schild heraus, das sie zur Straße hinuntertrug. Cassie überprüfte im Spiegel der Sonnenblende ihre Frisur, fasste sich an den Hinterkopf und zog die Perücke fest nach unten. Dann stieg sie aus dem Porsche und ging auf die Frau zu, die gerade das Schild aufstellte.

»Sind Sie Laura LeValley?« Cassie las den Namen vom unteren Rand des Zu verkaufen-Schilds ab.

»Die bin ich. Sind Sie hier, um sich das Haus anzusehen?«

»Ja, wenn das möglich wäre.«

»Na, dann schließe ich gleich mal auf. Schöner Wagen, den Sie da haben. Neu?«

Sie deutete auf das fehlende vordere Nummernschild des Porsche. Bevor Cassie zu der Hausbesichtigung gefahren war, hatte sie in ihrer Garage die Nummernschilder abgemacht. Nur eine Vorsichtsmaßnahme. Sie war nicht sicher, ob sich

Makler Kfz-Kennzeichen notierten, um Spuren verfolgen oder über potenzielle Käufer Erkundigungen einziehen zu können. Sie wollte nicht, dass ihre Spuren verfolgt werden konnten. Aus demselben Grund trug sie die Perücke.

»Ähm, ja«, sagte sie. »Ich habe ihn gerade gekauft, aber gebraucht. Er ist ein Jahr alt.«

»Nicht übel.«

Von außen sah der Boxster nagelneu aus, aber in Wirklichkeit war er mit dreißigtausend Meilen auf dem Tacho wieder eingezogen worden, weil sein Besitzer die Raten nicht mehr zahlen konnte. Außerdem war das Verdeck an einer Stelle undicht und der CD-Player sprang bei der kleinsten Unebenheit im Straßenbelag. Ihr Boss, Ray Morales, ließ sie den Wagen bis Monatsende benutzen. So lange hatte er seinem Besitzer Zahlungsfrist gewährt. Aber danach käme der Boxster wieder in den Showroom. Cassie nahm allerdings an, er würde keinen Cent von dem Kerl zu sehen bekommen. Er war total pleite. Sie hatte einen Blick in die Unterlagen geworfen. Die ersten sechs Raten hatte er, immer zu spät, bezahlt, die nächsten sechs standen alle noch aus. Ray hatte den Fehler begangen, einen Schuldschein des Kunden zu akzeptieren, obwohl alle Kreditagenturen die Finger von der Sache gelassen hatten. Das hätte ihn schon hellhörig machen müssen. Aber der Kerl hatte Ray überredet, seinen Schein zu nehmen und die Schlüssel rauszurücken. Es wurmte Ray gewaltig, dass er sich hatte drankriegen lassen. Er fuhr persönlich im Abschleppwagen mit, als sie den Boxster vor dem über der Sunset Plaza gelegenen Häuschen seines zahlungsunfähigen Besitzers abholten.

Die Maklerin kehrte zu ihrem Auto zurück und holte eine Aktentasche heraus. Dann ging sie mit Cassie über den gepflasterten Weg zum Haus.

»Sind denn die Besitzer zu Hause?«, fragte Cassie.

»Nein. Besser, sie sind nicht da. Dann können sich die Interessenten umsehen, wo sie wollen, und ganz offen ihre Meinung sagen. So fühlt sich niemand auf den Schlips getreten. Sie wissen ja, wie verschieden die Geschmäcker sind. Der eine findet etwas absolut umwerfend, der andere grauenhaft.«

Cassie lächelte höflich. Sie erreichten die Eingangstür und LeValley zog einen kleinen weißen Umschlag aus ihrer Aktentasche, aus dem sie einen Schlüssel nahm. Während sie aufschloss, machte sie weiter Konversation.

»Werden Sie bereits von einem Makler vertreten?«

»Nein. Ich bin noch in der Phase, wo ich mich erst mal nur umsehe.«

»Na ja, es ist nie schlecht zu wissen, was es auf dem Markt gibt. Sind Sie Eigentümer?«

»Wie bitte?«

»Besitzen Sie zurzeit ein Haus? Verkaufen Sie es?«

»Ach so. Nein, ich wohne zur Miete. Ich möchte mir etwas kaufen. Etwas Kleines wie das hier.«

»Kinder?«

»Nur ich.«

LeValley öffnete die Tür und rief hallo – nur um sicherzugehen, dass niemand zu Hause war.

Als keine Antwort kam, winkte sie Cassie nach drinnen und folgte ihr.

»Dann müsste das hier geradezu ideal für Sie sein. Es hat nur zwei Schlafzimmer, aber der Wohnbereich ist sehr großzügig und offen gestaltet. Ich finde es richtig reizend. Aber sehen Sie selbst.«

Sie betraten das Haus und LeValley stellte ihre Aktentasche ab. Dann reichte sie Cassie die Hand und stellte sich noch einmal vor.

»Karen Palty«, log Cassie, als sie der Maklerin die Hand schüttelte.

LeValley fasste kurz die Besonderheiten und Vorzüge des Hauses zusammen. Während sie sprach, nahm sie einen Stoß bedruckter Handzettel mit Angaben über das Haus aus ihrer Aktentasche und gab einen davon Cassie. Cassie nickte zwar gelegentlich, hörte aber nur mit halbem Ohr zu. Stattdessen sah sie sich sehr genau die Einrichtung und die anderen Dinge der Familie an, die in dem Haus lebte. Besonders die Fotos an den Wänden und auf Tischen und Kommoden nahm sie verstohlen sehr genau in Augenschein. LeValley forderte sie auf, sie solle sich ruhig schon mal umsehen, während sie auf dem Esszimmertisch die Interessentenliste und das Informationsmaterial fertig machte.

Das Haus war sehr sauber und ordentlich und Cassie fragte sich, inwieweit das darauf zurückzuführen war, dass es potenziellen Käufern gezeigt wurde. Sie betrat einen kurzen Gang und stieg die Treppe hoch, die zu den zwei Schlafzimmern und zum Bad hinaufführte. Sie machte ein paar Schritte ins Elternschlafzimmer hinein und sah sich um. Der Raum hatte ein großes Erkerfenster, das auf den steilen, felsigen Hang hinter dem Haus hinausging. Als wüsste sie genau, was Cassie gerade dachte, rief LeValley von unten hoch:

»Vor einem Erdrutsch brauchen Sie hier keine Angst zu haben. Die Hügel sind aus Granit. Sie stehen wahrscheinlich schon zehntausend Jahre hier, und glauben Sie mir, da wird sich auch die nächsten zehntausend Jahre nichts bewegen. Wenn Sie allerdings ernsthaft an dem Objekt interessiert sein sollten, würde ich vorschlagen, Sie lassen ein geologisches Gutachten anfertigen. Dann schlafen Sie nachts besser, wenn Sie es kaufen.«

»Gute Idee«, rief Cassie nach unten.

Cassie hatte genug gesehen. Sie verließ das Zimmer und ging ins Kinderzimmer. Auch hier herrschte peinliche Ordnung, obwohl der Raum voll war mit Stofftieren, Barbie-Puppen und anderen Spielsachen. In einer Ecke stand eine Staffelei mit einer Wachskreidezeichnung eines Schulbusses mit Strichmännchen in den Fenstern. Der Bus stand vor einem Gebäude, in dessen Garage ein roter Lkw stand. Eine Feuerwehrstation. Das Mädchen konnte gut zeichnen.

Cassie sah auf den Gang hinaus, um sich zu vergewissern, dass LeValley nicht nach oben gekommen war, dann ging sie zu der Staffelei. Sie blätterte einige Seiten mit früheren Zeichnungen um. Auf einer war ein Haus mit einem großen grünen Rasen davor zu sehen. Vor dem Haus war ein ZU VERKAUFEN-Schild und daneben stand ein im Strichmännchenstil gezeichnetes Mädchen. In der Sprechblase, die aus dem Mund des Mädchens kam, stand HUUU. Cassie sah sich das Bild lange an, bevor sie den Blick davon losriss und den Rest des Zimmers in Augenschein nahm.

An der linken Wand hing ein gerahmtes Plakat des Zeichentrickfilms *Arielle – Die Meerjungfrau*. Außerdem eine Reihe großer Holzbuchstaben, in den Farben des Regenbogens bemalt und zu dem Namen *JODIE SHAW* zusammengefügt. Cassie stand still in der Mitte des Raums und versuchte, sich alles einzuprägen. Dabei fiel ihr Blick auf ein gerahmtes Foto, das auf der weißen Kommode stand. Es zeigte ein lächelndes Mädchen, das in Disneyland inmitten einer Menschenmenge neben Mickymaus stand.

»Das Zimmer der Tochter.«

Fast wäre Cassie zusammengezuckt.

Sie drehte sich um. Laura LeValley stand in der Tür. Cassie hatte sie nicht die Treppe heraufkommen gehört. Sie fragte sich, ob die Maklerin ihr misstraute und absichtlich so leise nach oben gekommen war, um sie beim Stehlen oder sonst etwas Verbotenem zu ertappen.

»Sehr nett, die Kleine.« Le Valley gab keinerlei Anzeichen von Argwohn zu erkennen. »Ich habe sie kennen gelernt, als ihre Eltern das Haus zum Verkauf ausgeschrieben haben. Ich glaube, sie ist sechs oder sieben.«

»Fünf. Fast sechs.«

»Wie bitte?«

Rasch deutete Cassie auf das Foto auf der Kommode.

»Würde ich schätzen. Natürlich nur, wenn das Foto nicht schon älter ist.«

Sie hob eine Hand und drehte sich um ihre Achse, um auf den Raum als Ganzes zu deuten.

»Ich habe eine fünfjährige Nichte. Das könnte ihr Zimmer sein.«

Sie wartete, aber LeValley stellte keine weiteren Fragen. Das war ein schlimmer Patzer gewesen, und Cassie konnte von Glück reden, dass er keine schlimmeren Folgen gehabt hatte.

»Tja«, sagte LeValley, »wenn Sie dann vielleicht so nett wären, sich hier einzutragen, damit wir Ihren Namen und Ihre Telefonnummer haben. Gibt es irgendwelche Fragen, die ich Ihnen noch beantworten kann? Ich habe übrigens auch ein Formular dabei, falls Sie schon ein Angebot abgeben wollen.«

Sie lächelte, als sie die letzten Wörter sagte. Cassie lächelte zurück.

»Ganz so weit bin ich noch nicht«, antwortete sie. »Aber das Haus gefällt mir.«

LeValley drehte sich um und stieg wieder die Treppe hinunter. Cassie ging auf die Tür zu, um ihr zu folgen. Als sie auf den Gang hinaustrat, blickte sie auf die Sammlung von Kuscheltieren auf dem Bord über dem Bett zurück. Das Mädchen schien eine Vorliebe für Stoffhunde zu haben. Dann kehrte ihr Blick zu der Zeichnung auf der Staffelei zurück.

Unten im Wohnzimmer reichte ihr LeValley ein Klemmbrett mit der Interessentenliste. Sie trug sich als Karen

Palty ein. Das war der Name einer Freundin aus der Zeit, als sie noch am Blackjack-Tisch gearbeitet hatte. Dann dachte sie sich eine Telefonnummer mit einer Hollywood-Zahlenkombination und eine Adresse in der Nichols Canyon Road aus. Als sie LeValley die Liste zurückgab, las die Maklerin den Eintrag.

»Wissen Sie, Karen, falls dieses Haus nicht ganz Ihren Vorstellungen entsprechen sollte, kann ich Ihnen gern ein paar andere im Canyon zeigen.«

»Danke, gern. Aber erst einmal möchte ich über das hier nachdenken.«

»Aber sicher. Geben Sie mir einfach Bescheid. Hier ist meine Karte.«

LeValley hielt ihr eine Visitenkarte hin, und Cassie nahm sie. Durch das Aussichtsfenster im Wohnzimmer sah sie, dass ein Auto hinter dem Boxster hielt. Ein anderer Interessent. Sie beschloss, lieber jetzt noch ein paar Fragen zu stellen, solange sie LeValley für sich allein hatte.

»In der Zeitungsannonce steht, es handelt sich um einen Notverkauf. Dürfte ich vielleicht fragen, warum es die Shaws so eilig haben, das Haus zu verkaufen? Ich meine, ist irgendetwas damit nicht in Ordnung?«

Noch während sie das sagte, merkte Cassie, dass sie den Namen der Besitzer benutzt hatte. Dann fielen ihr die bunten Buchstaben an der Wand des Kinderzimmers ein. Sie hätte also eine Erklärung, falls LeValley den Versprecher bemerkte.

»O nein, mit dem Haus hat das überhaupt nichts zu tun«, erklärte die Maklerin. »Der Mann wurde versetzt, und jetzt wollen sie möglichst schnell umziehen und sich an ihrem neuen Wohnsitz etwas suchen. Wenn das Haus schnell verkauft wird, können sie alle zusammen umziehen und er muss nicht erst noch eine Weile pendeln. Es ist ein sehr weiter Weg.«

Cassie hatte das Gefühl, sich setzen zu müssen, aber sie blieb stehen. Sie spürte, wie sich eine schreckliche Angst um ihr Herz legte. Sie versuchte sich aufrecht zu halten, indem sie die Hand auf den gemauerten Kamin legte, aber sie war sicher, sie konnte die Wirkung der Wörter, die sie gerade gehört hatte, nicht verbergen.

Es ist ein sehr weiter Weg.

»Haben Sie was?«, fragte LeValley.

»Nein, nein. Nichts. Ich hatte letzte Woche eine schwere Grippe und ... Sie wissen schon.«

»Ich weiß. Mich hat es vor ein paar Wochen auch erwischt. Wirklich schlimm.«

Cassie drehte den Kopf und tat so, als betrachtete sie das Mauerwerk des Kamins.

»Wohin ziehen sie denn?«, fragte sie so beiläufig, wie es ihr angesichts der in ihr aufsteigenden Ängste möglich war.

Sie schloss die Augen und wartete. Ihr war klar, dass die Maklerin inzwischen gemerkt haben musste, dass sie nicht wegen des Hauses da war.

»Nach Paris. Er arbeitet für eine Bekleidungsfirma, Import, und sie möchten ihn eine Weile direkt vor Ort haben. Sie haben schon überlegt, ob sie das Haus behalten sollen, es vielleicht vermieten. Aber ich glaube, im Grunde genommen wissen sie ganz genau, dass sie wahrscheinlich nicht mehr zurückkommen werden. Schließlich ziehen sie jetzt nach Paris. Wer würde dort nicht gern leben?«

Cassie öffnete die Augen und nickte.

»Paris ...«

In fast verschwörerischem Ton fuhr LeValley fort: »Aus diesem Grund wollen sie das Haus auch möglichst schnell loswerden, egal, wie viel – oder wenig – sie dafür bekommen. Für den Differenzbetrag zum Schätzwert kommt nämlich seine Firma auf. Solange er sich in halbwegs vernünftigen Grenzen hält. Ein kurz entschlossenes Angebot – selbst wenn es nicht hoch ist –, und das Haus gehört Ihnen. Die Besitzer wollen nach Europa, damit sie ihre Tochter noch in den Sommerferien auf eine Sprachenschule schicken können. Dann beherrscht sie die Sprache schon etwas, wenn sie in die Schule kommt.«

Cassie hörte nicht auf die Verkaufsmasche. Sie starrte in das Dunkel des Kamins. Tausend Feuer hatten darin gebrannt und dieses Haus gewärmt. Aber im Moment waren die Ziegel schwarz und kalt. Und Cassie kam es so vor, als starrte sie in das Innere ihres eigenen Herzens.

In diesem Moment wusste sie, dass in ihrem Leben alles anders werden würde. Die meiste Zeit hatte sie von einem Tag zum anderen gelebt und es mit Bedacht vermieden, auch nur einen Blick auf den verzweifelten Plan zu werfen, der wie ein Traum am Horizont schwebte.

Doch jetzt wurde es Zeit, zum Horizont aufzubrechen.

2

Am Montag nach der Hausbesichtigung traf Cassie zu ihrer üblichen Zeit um zehn bei Hollywood Porsche ein und verbrachte den Rest des Vormittags in ihrem kleinen, an den Showroom angrenzenden Büro damit, ihre Liste mit Anrufen durchzugehen, die neue Bestandsaufstellung zu studieren, Internetanfragen zu beantworten und im Auftrag eines Kunden nach einem alten Speedster zu suchen. Hauptsächlich war sie in Gedanken jedoch bei dem, was sie während der Hausbesichtigung in Laurel Canyon erfahren hatte.

Montags war im Ausstellungsraum immer am wenigsten los. Ab und zu gab es übrig gebliebene Käufer und Schreibkram vom Wochenende, aber Erstinteressenten kamen in der Regel sehr wenige vorbei. Das Autohaus lag, einen halben Block vom Cinerama Dome entfernt, am Sunset Boulevard, und manchmal war montags so wenig los, dass Ray Morales nichts dagegen hatte, wenn Cassie am Nachmittag hinging und sich einen Film ansah, solange sie nur ihren Pager eingeschaltet hatte und erreichbar war, wenn plötzlich mehr los war. Ray war Cassie gegenüber immer sehr großzügig. Das hatte schon damit angefangen, dass er ihr die Stelle gegeben hatte, obwohl sie keinerlei praktische Erfahrung hatte vorweisen können. Seine Motive waren mit Sicherheit nicht ganz selbstlos. Es war nur eine Frage der Zeit, bis er seine Schulden einfordern würde. Es wunderte sie nur, dass er es nicht schon getan hatte.

Inzwischen waren zehn Monate vergangen. Bei Hollywood Porsche verkauften sie Neu- und Gebrauchtwagen. Da Cassie als Letzte zu dem sechsköpfigen Verkaufsteam gestoßen war, fiel es ihr zu, montags zu arbeiten und sich um alle Internetangelegenheiten zu kümmern.

Letzteres machte ihr nichts aus, weil sie während ihrer Zeit im High-Desert-Frauengefängnis mehrere Computerkurse gemacht und festgestellt hatte, dass ihr diese Tätigkeit Spaß machte. Sie hatte gemerkt, dass sie mit Kunden und Verkäufern anderer Autohäuser lieber via Internet kommunizierte als persönlich.

Ihre Suche nach einem Speedster, der den Vorstellungen ihres Kunden entsprach, war erfolgreich. Bei einem Händler in San Jose spürte sie ein 58er Cabrio in tadellosem Zustand auf und veranlasste, dass man ihr bis zum nächsten Morgen Fotos und genauere Daten zuschickte. Anschließend hinterließ sie dem Kunden eine Nachricht, er könne am nächsten Nachmittag vorbeikommen und sich die Fotos ansehen; andernfalls werde sie ihm die Bilder sofort nach Erhalt in sein Büro schicken.

Die einzige Probefahrt des Tages kam kurz vor der Mittagspause herein. Der Kunde war einer von Rays so genannten »Hollywood-Schwänzen«, ein Ausdruck, den der Geschäftsführer selbst geprägt hatte.

Ray suchte den *Hollywood Reporter* und *Daily Variety* mit geradezu religiöser Inbrunst nach Artikeln über Niemande ab, die über Nacht Jemande geworden waren. In den meisten Fällen handelte es sich dabei um Autoren, die aus bettelarmer Obskurität gefischt und durch einen Studiovertrag für ein Buch oder Drehbuch reich und zumindest vorübergehend bekannt gemacht wurden. Hatte Ray sich ein Opfer auserkoren, fand er über die Writers' Guild oder einen Freund beim Voters Registrar's Office die Adresse des betreffenden Autors heraus. Dann ließ er ihm vom Sunset

Liquor Deli eine Flasche Macallan Scotch mit einem kurzen Glückwunschschreiben und seiner Visitenkarte zustellen. In etwas mehr als der Hälfte der Fälle erfüllte das den erhofften Zweck. Der Empfänger revanchierte sich mit einem Anruf bei Ray und dann mit einem Besuch im Showroom. In Hollywood war der Besitz eines Porsche fast obligatorisch, besonders für Männer in den Zwanzigern – was alle Drehbuchautoren zu sein schienen. Ray gab diese Kunden an seine Verkäufer weiter, um sich im Fall eines Abschlusses die Provision mit ihnen zu teilen.

Die Probefahrt, die Cassie am Montag hatte, war ein Autor, der gerade für eine siebenstellige Summe das Vorkaufsrecht für seine Bücher an Paramount abgetreten hatte. Ray, dem nicht entgangen war, dass Cassie drei Wochen kein Auto mehr verkauft hatte, gab den ›Aufsteiger‹ ihr. Der Autor hieß Joe Michaels und interessierte sich für ein neues Carrera Cabriolet, das mit der entsprechenden Ausstattung fast auf 100 000 Dollar kam. Die Provision würde Cassie einen Monat zum Leben reichen.

Mit Michaels auf dem Beifahrersitz nahm Cassie den Nichols Canyon zum Mulholland Drive hinauf, wo sie auf dem kurvenreichen Streckenabschnitt in Richtung Osten weiterfuhr. Das machte sie immer so. Denn vor allem dort oben auf dem Mulholland Drive kam die Aura von Macht und Sex, die den Wagen umgab, am besten zur Geltung. Dort oben wurde jedem Kunden klar, was sie verkaufte.

Wie üblich herrschte wenig Verkehr. Bis auf vereinzelte Gruppen von Radfahrern gehörte die Straße ihnen. Cassie zog ihre übliche Nummer mit dem Wagen ab, schaltete herunter und beschleunigte in den Kurven. Ab und zu blickte sie zu Michaels hinüber, um zu sehen, ob er schon dieses Gesicht machte, das ihr verriet, dass er angebissen hatte.

»Arbeiten Sie gerade an einem Film?«, fragte sie.

»Ich überarbeite einen Polizeithriller.«

Das war ein gutes Zeichen, dass er den Film einen Polizeithriller nannte. Und nicht bloß einen Krimi. Diejenigen, die sich zu ernst nahmen – was wiederum hieß, dass sie Geld hatten –, nahmen es mit solchen Begriffen sehr genau.

»Wer spielt mit?«

»Die Besetzung steht noch nicht fest. Deshalb überarbeite ich das Drehbuch noch mal. Die Dialoge taugen nichts.«

Um sich für die Probefahrt vorzubereiten, hatte Cassie in *Variety* den Artikel über Michaels' Vertrag gelesen. Darin stand, er hatte vor kurzem die USC-Filmhochschule absolviert und einen fünfzehnminütigen Abschlussfilm gemacht, der irgendeinen von einem Studio ausgelobten Preis gewonnen hatte. Er sah aus wie fünfundzwanzig, allerhöchstens. Cassie fragte sich, woher er seine Dialoge nehmen würde. Er machte nicht den Eindruck, als hätte er mal mit einem Cop zu tun gehabt, geschweige denn mit irgendwelchen Kriminellen. Vermutlich kamen die Dialoge aus dem Fernsehen oder aus anderen Filmen.

»Möchten Sie jetzt mal ans Steuer, John?«

»Joe bitte.«

Ein weiterer Treffer. Sie hatte ihn absichtlich mit einem falschen Namen angesprochen, um zu sehen, ob er sie verbessern würde. Dass er es tat, bedeutete, er war solide und hatte ein starkes Ego, eine gute Mischung, wenn es darum ging, Autos zu kaufen und zu verkaufen, die solide waren und ein starkes Ego hatten.

»Dann also Joe.«

Sie bog auf den Aussichtspunkt über der Hollywood Bowl. Sie machte den Motor aus, zog die Handbremse an und stieg aus. Sie blickte sich nicht nach Michaels um, als sie an das Geländer trat und einen Fuß darauf setzte. Sie beugte sich vor und band ihren schwarzen Doc-Marten's-Arbeitsschuh neu und sah dann in die leere Stadionschüssel hinab. Sie trug eine enge schwarze Jeans und ein offenes blaues Oxford-Hemd mit einem ärmellosen weißen T-Shirt darunter. Sie war sich ihrer Wirkung bewusst, und ihr Radar sagte ihr, er sah sie an und nicht den Wagen. Sie strich sich mit den Fingern durch ihr blondes Haar, das sie sich eben erst hatte kurz schneiden lassen, um die Perücke tragen zu können. Sie drehte sich abrupt um und ertappte ihn dabei, wie er sie anstarrte. Er sah rasch weg, auf die Downtown im zarten Rosa des Smogs.

»Und was meinen Sie?«, fragte sie.

»Ich glaube, er gefällt mir«, sagte er. »Aber um sicher zu sein, muss man ihn selbst fahren.«

Er lächelte. Sie lächelte. Sie befanden sich eindeutig auf derselben Wellenlänge.

»Dann machen wir das doch.« Cassie behielt den zweideutigen Ton bewusst bei.

Sie stiegen in den Porsche, und Cassie setzte sich seitlich verdreht auf den Beifahrersitz, sodass sie Joe im Auge hatte. Sie beobachtete, wie er die rechte Hand an die Lenksäule hob und nach der Zündung und dem Schlüssel suchte.

»Andere Seite«, sagte sie.

Er fand die Zündung mit dem Schlüssel links vom Lenkrad am Armaturenbrett.

»Das ist bei Porsche so Tradition«, erklärte sie ihm. »Ein Relikt aus der Zeit, als sie noch Rennwagen bauten. Der Grund dafür ist, dass man den Wagen mit der linken Hand anlassen konnte und die rechte bereits am Schaltknüppel hatte. Es ist eine Schnellstartzündung.«

Michaels nickte. Diese Geschichte kam immer gut an. Sie wusste nicht mal, ob sie stimmte – sie hatte sie von Ray –, aber sie erzählte sie jedes Mal. Michaels erzählte sie in Gedanken bereits irgendeinem reizenden jungen Ding vor einem der Anmacherschuppen am Sunset Strip. Er startete den Motor, stieß zurück und fuhr dann auf den Mulholland Drive, wo er den Wagen ständig überdrehte. Aber nach ein paar Schaltversuchen war er mit den Feinheiten des Getriebes vertraut und nahm die Kurven flüssig. Cassie beobachtete, wie er nicht zu grinsen versuchte, als sie zu einem kurzen geraden Stück kamen und der Tacho in wenigen Sekunden auf hundertzwanzig kletterte. Aber jetzt hatte er diesen Blick. Er konnte ihn nicht unterdrücken. Sie kannte diesen Blick und das Gefühl, das damit einherging. Manche bekamen ihn von Geschwindigkeit und Macht, manche bekamen ihn von anderen Dingen. Sie überlegte, wie lange es schon her war, dass es ihr wie ein glühender Draht durch sämtliche Adern gefahren war.

Cassie sah in ihr kleines Büro, ob einer der rosafarbenen Zettel mit einer telefonischen Nachricht auf ihrem Schreibtisch lag. Es war keiner da. Sie ging durch den Showroom, strich im Vorübergehen mit dem Finger über das schräge Dach eines 96er Cabrios und steuerte an der Buchhaltung vorbei auf das Büro des Geschäftsführers zu. Ray Morales sah von ein paar Unterlagen auf, als sie hereinkam und die Schlüssel des Carrera, den sie für die Probefahrt genommen hatte, an ihren Haken zurückhängte. Er wollte hören, wie es gelaufen war.

»Er will es sich ein paar Tage überlegen«, sagte sie, ohne Ray anzusehen. »Ich rufe ihn am Mittwoch an.«

Als Cassie sich zum Gehen wandte, ließ Ray seinen Stift fallen und schob seinen Stuhl vom Schreibtisch zurück.

»Scheiße, Cassie, was ist eigentlich los mit Ihnen? Der Kerl war doch schon richtig heiß. Wie konnten Sie sich den durch die Lappen gehen lassen?«

»Wer sagt denn, ich hätte ihn mir durch die Lappen gehen lassen?«, entgegnete sie mit zu viel Entrüstung. »Ich sagte, er will es sich noch mal überlegen. Nicht jeder unterschreibt schon nach der ersten Probefahrt, Ray. Dieser Wagen kostet hunderttausend Dollar.«

»Solche Typen schon. Bei einem Porsche schon. Die überlegen nicht lange, die schlagen einfach zu. Herrgott noch mal, Cassie, der Kerl war doch schon drauf und dran. Das hab ich schon am Telefon gemerkt. Wissen Sie, was Sie tun? Ich glaube, Sie verunsichern diese Typen. Denen müssen Sie um den Bart streichen, als wären sie der neue Cecil B. de Mille. Sie dürfen denen keine Schuldgefühle machen wegen dem, was sie tun oder was sie wollen.«

Ungehalten stemmte Cassie die Hände in die Hüften.

»Ich weiß überhaupt nicht, was Sie eigentlich wollen, Ray. Ich versuche, ihnen den Wagen zu verkaufen, ich versuche nicht, sie davon abzubringen. Ich mache ihnen kein schlechtes Gewissen. Und außerdem wissen diese Typen doch gar nicht, wer Cecil B. de Mille war.«

»Dann eben Spielberg, Lucas oder sonst wer. Das spielt keine Rolle. Autos verkaufen ist eine richtige Kunst, Cassie. Das ist, was ich schon die ganze Zeit predige und Ihnen beizubringen versuche. Das hat in erster Linie mit Finesse zu tun, mit Sex, den Kunden richtig anspitzen. Als Sie hier angefangen haben, hatten Sie das doch bereits hervorragend drauf. Sie haben – wie viel? – fünf, sechs Autos im Monat umgesetzt. Ich verstehe überhaupt nicht, was plötzlich in Sie gefahren ist.«

Cassie senkte den Blick kurz auf seinen Schreibtisch, bevor sie antwortete. Sie steckte die Hände in die Hosentaschen. Er hatte Recht.

»Okay, Ray, Sie haben Recht. Ich werd's mir hinter die Ohren schreiben. Vermutlich bin ich im Moment einfach ein bisschen von der Rolle.«

»Wie das?«

»Ich weiß auch nicht.«

»Möchten Sie ein paar Tage frei nehmen?«

»Nein, so schlimm ist es auch wieder nicht. Aber morgen komme ich etwas später. Ich habe wieder mal meinen Pinkeltermin oben in Van Nuys.«

»Klar. Kein Problem. Wie läuft es da eigentlich? Diese Frau ruft nicht mehr an und lässt sich auch nicht mehr blicken.«

»Sieht recht gut aus. Wahrscheinlich hören Sie auch nichts mehr von ihr, außer ich baue Scheiße.«

»Gut. Sehen Sie zu, dass es so bleibt.«

Irgendetwas an seinem Ton machte ihr Sorgen, aber sie schob es von sich. Sie sah weg und blickte auf die Unterlagen auf seinem Schreibtisch hinab. Sie merkte, dass auf einem Papierstoß neben der freien Arbeitsfläche ein Lieferschein lag.

»Kommt ein Transporter?«

Ray folgte ihrem Blick zu dem Lieferschein und nickte.

»Nächsten Dienstag. Vier Boxster, drei Carreras – zwei davon Cabrios.«

»Prima. Wissen Sie schon, welche Farbe?«

»Die Carreras sind weiß. Die Boxster kommen, glaube ich, in Arctic, Weiß, Schwarz und Gelb.«

Er griff nach dem Schein und studierte ihn kurz.

»Ja, gelb. Wäre schön, wenn sie schon verkauft wären, wenn sie geliefert werden. Für eins der Cabrios hat Meehan schon einen Vertrag.«

»Ich werde sehen, was sich machen lässt.«

Er zwinkerte ihr zu und grinste.

»So gefallen Sie mir schon viel besser.«

Da war er wieder, dieser bestimmte Ton. Und das Zwinkern. Ihr wurde klar, dass Ray an den Punkt kam, an dem er etwas für sein bisheriges Wohlwollen sehen wollte. Wahrscheinlich hatte er sogar darauf gewartet, dass sie eine schlechte Phase hatte, damit sie nicht glaubte, sie hätte noch eine Wahl. Ihr war klar, er würde bald zum Angriff übergehen. Deshalb musste sie sich langsam Gedanken machen, wie sie reagieren sollte. Nur hatte sie zu viele andere Dinge im Kopf, die wichtiger waren. Sie verließ sein Büro und kehrte in ihres zurück.

3

Die Büros der California Department of Corrections, Parole and Community Services Division in Van Nuys waren in einen eingeschossigen grauen Fertigbetonbau gezwängt, der im Schatten des Municipal Court Building stand. Seine unscheinbare Fassade schien ganz in Einklang mit seinem Zweck zu stehen, der unauffälligen Eingliederung von Häftlingen in die Gesellschaft.

Das Innere des Gebäudes orientierte sich an den Patentrezepten für die Kontrolle größerer Menschenmassen, auf die man in stark frequentierten Vergnügungsparks zurückgriff – auch wenn die Leute, die hier warteten, in der Regel nicht so erpicht auf das waren, wofür sie anstanden. In den Wartesälen und Fluren faltete ein Labyrinth aus gespannten Seilen die langen Reihen ehemaliger Häftlinge in enge Schlangenlinien. Es gab Schlangen von Häftlingen, die darauf warteten, sich zu melden, Schlangen, die auf eine Urinuntersuchung warteten, Schlangen, die warteten, ihren Bewährungshelfer zu sehen, Schlangen in allen Teilen des Gebäudes.

Cassie Black fand die Bewährungsbehörde deprimierender als das Gefängnis. In High Desert hatte sie sich in einem Zustand vollkommenen Stillstands befunden, wie in diesen Sciencefiction-Filmen, in denen der Flug zurück zur Erde so lange dauert, dass die Astronauten in eine Art Winterschlaf versetzt werden. So sah es jedenfalls Cassie. Sie hatte geatmet, aber nicht gelebt, hatte gewartet und nur von der Hoffnung gelebt, dass das Ende ihrer Haft eher früher als später käme. Diese Hoffnung auf die Zukunft und die Wärme ihres unerschütterlichen Traums von der Freiheit half ihr über die ganze Niedergeschlagenheit hinweg. Aber die Zukunft war diese Behörde hier. Sie war die raue Wirklichkeit des Entlassenwerdens. Und sie war verdreckt und beengend und unmenschlich. Sie roch nach Verzweiflung und verlorener Hoffnung, nach No Future. Die meisten derer, die sie hier umgaben, würden es nicht schaffen. Einer nach dem anderen würden sie zurückwandern. Das war eine Tatsache des Lebens, für das sie sich entschieden hatten. Und Cassie, die sich geschworen hatte, eine der wenigen Ausnahmen zu sein, deprimierte das monatliche Eintauchen in diese Welt jedesmal zutiefst.

Dienstag Morgen um zehn hatte sie die Meldeschlange bereits hinter sich und näherte sich der Spitze der Pinkelschlange. In einer Hand hatte sie einen Plastikbecher, über den sie sich würde hocken müssen, während eine Praktikantin, die wegen der speziellen Natur ihrer Aufgabe den Spitznamen Wizard erhalten hatte, aufpasste, dass auch wirklich ihr eigener Urin in den Behälter kam.

Während sie wartete, sah Cassie niemanden an und sprach mit niemandem. Wenn sich die Schlange vorwärts bewegte und sie von hinten angerempelt wurde, ließ sie sich mitschieben. Sie dachte an die Zeit in High Desert und wie sie dort, wenn nötig, einfach den Rolladen runtergelassen und auf Autopilot geschaltet hatte, um das Raumschiff zur Erde zurückzufliegen. Es war die einzige Möglichkeit gewesen, den Knast zu überstehen. Und das hier auch.

Cassie zwängte sich in das Kabuff, das ihre Bewährungshelferin Thelma Kibble ihr Büro nannte. Sie atmete auf.

Sie hatte es fast hinter sich. Kibble war die letzte Station der Prozedur.

»Da ist sie ja ...«, begrüßte Kibble sie. »Wie geht's, wie steht's, Cassie Black?«

»Gut, Thelma. Und Ihnen?«

Kibble war eine dicke Schwarze, deren Alter Cassie nie zu schätzen versucht hatte. Auf ihrem breiten Gesicht lag immer ein freundlicher Ausdruck, und Cassie mochte sie trotz der Umstände ihrer Beziehung. Kibble machte es einem nicht einfach, aber sie war fair. Cassie hatte Glück gehabt, dass sie nach ihrer Versetzung von Nevada Kibble zugeteilt worden war.

»Kann nicht klagen«, sagte Kibble. »Kann wirklich nicht klagen.«

Cassie saß auf dem Stuhl neben dem Schreibtisch, der übersät war mit Stapeln von zum Teil fünf Zentimeter dicken Aktenordnern. Auf der linken Seite des Schreibtisches stand ein aufrechter Ordner mit der Aufschrift RIH, der jedesmal Cassies Aufmerksamkeit auf sich zog. Sie wusste, RIH stand für *Rückkehr in Haft*, und der Ordner enthielt die Akten der Verlierer, derjenigen, die zurückgeschickt wurden. Der aufrecht stehende Ordner schien immer voll zu sein, und sein Anblick hatte eine abschreckendere Wirkung auf Cassie als alles andere am Bewährungsverfahren.

Kibble hatte Cassies Akte offen vor sich liegen und füllte den monatlichen Bericht aus. Das war ihr Ritual, ein kurzes persönliches Treffen, bei dem Kibble die Checkliste mit Cassie durchging.

»Was haben Sie mit Ihrem Haar gemacht?«, fragte Kibble, ohne von ihren Unterlagen aufzublicken.

»Mir war nach einer Veränderung. Ich wollte es kurz.«

»Veränderung? Warum langweilen Sie sich so, dass Sie auf einmal eine Veränderung brauchen?«

»Nein, mir war nur ...«

Sie endete, indem sie die Schultern hob, und hoffte, Kibble würde nicht weiter nachhaken. Sie hätte wissen müssen, dass bei dem Wort *Veränderung* bei jedem Bewährungshelfer die Zeichen auf Alarm standen.

Kibble drehte ganz leicht ihr Handgelenk und sah auf die Uhr. Zeit weiterzumachen.

»Beim Pinkeln irgendwelche Probleme?«

»Nein.«

»Gut. Irgendwas, worüber Sie reden wollen?«

»Nein, eigentlich nicht.«

»Wie läuft's in Ihrem Job?«

»Wie's in einem Job eben läuft, würde ich sagen.«

Kibble zog die Augenbrauen hoch, und Cassie wünschte, sie hätte es bei Ein-Wort-Antworten belassen. Jetzt hatte sie einen weiteren Alarm ausgelöst.

»Sie fahren die ganze Zeit mit diesen schicken Flitzern durch die Gegend«, sagte Kibble. »Die meisten, die hier antanzen, waschen solche Autos höchstens. Und die beklagen sich nicht.«

»Ich beklage mich doch gar nicht.«

»Was dann?«

»Nichts dann. Ja, ich fahre schicke Autos. Aber sie gehören mir nicht. Ich verkaufe sie. Das ist nicht dasselbe.«

Kibble sah von der Akte auf und betrachtete Cassie kurz. Die Luft schwirrte von dem Stimmengewirr, das aus den Büroabteilen kam.

»Also, wo drückt der Schuh, Mädchen? Ich habe nicht die Zeit, um mir hier irgendwelchen Blödsinn auftischen zu lassen. Ich habe meine schweren Fälle und meine leichten Fälle, und ich habe keine Lust, Sie zu IB zu stecken. Dafür fehlt mir die Zeit.«

Um ihre Worte zu unterstreichen, schlug sie mit der flachen Hand auf die Stapel dicker Ordner.

»Und das wollen Sie doch auch nicht, oder?«

IB bedeutete Intensive Beaufsichtigung. Im Moment stand sie unter minimaler Überwachung. Eine Umstufung zu IB bedeutete vermehrte Besuche im Bewährungsamt, tägliche Anrufkontrollen und mehr Hausbesuche von Kibble. Die Bewährung würde einfach eine Verlängerung ihrer Zelle, und das würde sie nicht verkraften. Rasch hob sie beschwichtigend die Hände.

»Tut mir Leid, Entschuldigung. Es ist alles okay, ja? Ich habe nur ... ich habe nur wieder mal eine dieser Phasen, Sie wissen schon.«

»Nein, weiß ich nicht. Und was sind das für Phasen? Erzählen Sie.«

»Das kann ich nicht. Ich weiß nicht, wie ich es ausdrücken soll. Es ist, als ... Jeder Tag ist wie der andere. Man hat keine Zukunft, weil alles gleich bleibt.«

»Was habe ich Ihnen denn gesagt, als Sie das erste Mal hier angerückt sind? Ich habe Ihnen gesagt, genauso würde es werden. Wiederholung führt zu Routine. Routine ist zwar langweilig, aber sie hält einen vom Nachdenken ab und bringt einen nicht in Schwierigkeiten. Und Sie möchten doch keine Schwierigkeiten, oder, Mädchen?«

»Nein, natürlich nicht, Thelma. Es ist so, als wäre ich zwar nicht mehr eingesperrt – aber irgendwie fühle ich mich trotzdem noch so. Das ist nicht ...«

»Was ist es nicht?«

»Ich weiß nicht. Es ist nicht fair.«

Als plötzlich aus einem der anderen Abteile das lautstarke Protestgeschrei eines Ex-Häftlings ertönte, stand Kibble auf, um über die Trennwände ihres Abteils zu sehen. Cassie rührte sich nicht. Es interessierte sie nicht. Sie wusste, was los war. Jemand wurde festgenommen und vorbehaltlich eines Widerrufs der Bewährung in eine Arrestzelle gesteckt. Es kam jedesmal, wenn sie hier war, zu ein paar Festnahmen. Und niemand kehrte friedlich zurück. Cassie hatte schon lange aufgehört, sich diese Szenen anzusehen. Hier konnte sie es sich nicht leisten, sich um jemand anders zu kümmern als um sich selbst.

Nach einer Weile setzte sich Kibble und wandte ihre Aufmerksamkeit wieder Cassie zu, die hoffte, über der Unterbrechung hätte ihre Bewährungshelferin vergessen, worüber sie gesprochen hatten.

Aber so viel Glück hatte sie nicht.

»Haben Sie das gesehen?«, fragte Kibble.

»Ich habe es gehört. Das hat mir genügt.«

»Das will ich doch hoffen. Ein kleiner Verstoß nämlich, und Ihnen könnte es genauso ergehen. Das ist Ihnen doch klar, oder?«

»Natürlich, Thelma. Ich weiß, was dann passiert.«

»Gut, denn ob das alles *fair* ist, tut hier nichts zur Sache, um mal bei Ihrer Ausdrucksweise zu bleiben. Mit Fairness hat das nichts zu tun. Sie sind auf Bewährung draußen, Schätzchen, und Sie stehen unter Überwachung. Sie machen mir Sorgen, Mädchen, und Sie sollten sich auch selbst Sorgen machen. Sie haben erst zehn Monate ihrer zweijährigen Bewährungsfrist hinter sich. Da bin ich nicht begeistert, wenn ich höre, Sie fangen schon nach zehn Monaten an, Hummeln im Arsch zu bekommen.«

»Ich weiß. Entschuldigung.«

»Was wollen Sie eigentlich? Hier sind Leute mit vier- und fünf- und sechsjährigen Bewährungsfristen. Manche sogar mit noch längeren.«

Cassie nickte.

»Ich weiß, ich weiß. Ich kann wirklich von Glück reden. Es ist nur so, dass ich einfach nicht anders kann, als mir so meine Gedanken zu machen, wissen Sie?«

»Nein, weiß ich nicht.«

Kibble verschränkte ihre massigen Arme über der Brust und lehnte sich zurück. Cassie fragte sich, ob der Stuhl ihr Gewicht aushalten würde, aber er gab nicht nach. Kibble sah sie streng an. Es war ein Fehler gewesen, sich ihr zu öffnen. Im Endeffekt holte sie Kibble noch mehr in ihr Leben herein, als sie ohnehin schon darin war. Aber nachdem sie diese Linie bereits mit einem Fuß übertreten hatte, beschloss sie, auch noch gleich den anderen nachzuziehen.

»Darf ich Sie was fragen, Thelma?«

»Dafür bin ich doch hier.«

»Wissen Sie ... gibt es so was wie internationale Abkommen oder Bestimmungen für Bewährungsversetzungen?«

Kibble schloss die Augen.

»Wovon zum Teufel reden Sie eigentlich?«

»Na ja, wenn ich zum Beispiel in London oder Paris leben wollte?«

Kibble öffnete die Augen, schüttelte den Kopf und machte ein verdutztes Gesicht. Sie verlagerte ihr Gewicht nach vorn, und der Stuhl knallte auf den Boden.

»Sieht das hier aus wie ein Reisebüro? Sie kommen aus dem *Gefängnis*, Mädchen. Ist Ihnen das klar? Sie können hier nicht einfach ankommen und sagen: ›Hier gefällt es mir nicht mehr – wieso gehe ich eigentlich nicht mal nach Paris?‹ Merken Sie nicht selber, was Sie da für Unsinn reden? Wir sind hier nicht beim Club Med.«

»Ist ja gut, ich wollte doch nur ...«

»Sie haben diese eine Versetzung von Nevada gekriegt, und selbst da haben Sie schon Mordsglück gehabt – das haben Sie Ihrem Freund in diesem Autohaus zu verdanken. Aber damit hat es sich. Jetzt sitzen Sie hier fest, Mädchen. Und zwar mindestens noch die nächsten vierzehn Monate, wenn nicht sogar länger, so, wie Sie sich hier aufführen.«

»Na schön. Ich dachte ja nur, ich ...«

»Das war's.«

»Okay. Das war's.«

Kibble beugte sich über den Schreibtisch, um etwas in Cassies Akte zu schreiben.

»Ich weiß nicht, was mit Ihnen los ist«, sagte sie, während sie schrieb. »Wissen Sie, eigentlich sollte ich Sie ein paar Tage auf dreißig-sechsundfünfzig setzen, sehen, ob Ihnen das den Kopf wieder zurechtrückt. Aber ...«

»Das brauchen Sie wirklich nicht, Thelma. Ich ...«

»... wir sind im Moment total voll.«

Ein 3056 war ein Bewährungsarrest – eine Anweisung, einen auf Bewährung Entlassenen in Haft zu nehmen, bis in einer Verhandlung über einen Widerruf seiner Bewährung entschieden wurde. In dieser Verhandlung konnte der Bewährungshelfer den Widerrufsantrag zurückziehen und der auf Bewährung Entlassene wurde wieder auf freien Fuß gesetzt. Aber die mehrtägige Inhaftierung diente dem Betreffenden als Warnung, sich am Riemen zu reißen. Es war die schärfste Drohung, die Kibble zur Verfügung stand, und bereits die Erwähnung versetzte Cassie einen Riesenschrecken.

»Es ist wirklich so, Thelma. Bei mir ist alles okay, alles in Butter. Ich wollte doch nur etwas Dampf ablassen, ja? Bitte tun Sie mir das nicht an.«

Sie hoffte, ihrer Stimme einen genügend flehentlichen Unterton verliehen zu haben.

Kibble schüttelte den Kopf.

»Ich weiß nur, dass Sie auf meiner A-Liste waren, Mädchen. Aber jetzt bin ich mir da nicht mehr so sicher. Ich glaube, zuallermindest muss ich die Tage mal bei Ihnen vorbeikommen und nach dem Rechten sehen. Mir ein Bild machen, was eigentlich Sache ist. Ich sage Ihnen nur eins, Cassie Black: Nehmen Sie sich bloß in Acht vor mir. Ich bin nicht die fette alte Thelma, die ihren Arsch nicht aus ihrem Stuhl hochkriegt. Ich bin *nicht* jemand, dem man dumm kommen kann. Wenn Sie das glauben, dann fragen Sie mal die Leute da.«

Sie fuhr mit dem Ende ihres Stifts über die Ränder der RIH-Ordner links von ihr. Dabei entstand ein lautes scharrendes Geräusch.

»Sie werden Ihnen erzählen, dass niemand zu glauben braucht, er könnte mir dumm kommen oder mich austricksen.«

Cassie konnte nur nicken. Sie sah die korpulente Frau vor ihr einen Moment forschend an. Sie musste sich etwas einfallen lassen, um die Sache zu entschärfen, um wieder dieses Lächeln auf Kibbles Lippen zu kriegen oder zumindest diese tiefen Falten von ihrer Stirn zu verscheuchen.

»Mein Gefühl sagt mir, Thelma, dass ich Sie sehe, bevor Sie mich sehen, wenn Sie bei mir vorbeikommen.«

Kibble sah sie scharf an. Aber Cassie merkte, wie die Anspannung langsam aus ihrem Gesicht wich. Die Bemerkung war nicht ganz unriskant gewesen, aber Kibble nahm sie ihr nicht krumm. Sie begann sogar leise zu lachen, und das brachte ihre mächtigen Schultern und dann den Schreibtisch zum Beben.

»Wir werden ja sehen«, sagte Kibble. »Aber täuschen Sie sich nicht in mir.«

4

Beim Verlassen der Bewährungsbehörde hatte Cassie das Gefühl, als würde ihr eine schwere Last von den Schultern genommen. Nicht nur, weil die monatliche Tortur überstanden war. Sondern auch, weil sie, als sie da drinnen gewesen war, sich selbst besser zu verstehen gelernt hatte. Bei dem Versuch, eine Erklärung für ihre Gefühle zu finden, war ihr eine wichtige Einsicht gekommen. Sie trat auf der Stelle, und sie konnte es nach deren Vorstellungen machen oder nach ihren eigenen. Das zum Verkauf stehende Haus in Laurel Canyon war nicht das auslösende Moment. Es beschleunigte die Dinge nur; es war Benzin auf ein bereits brennendes Feuer. Inzwischen war ihr Entschluss klar, und diese Klarheit war mit Erleichterung und mit Angst verbunden. Mittlerweile war das Feuer stark. Sie begann in ihrem Innern das schwache Tröpfeln des Schmelzwassers zu spüren, das von dem gefrorenen See kam, der ihr Herz gewesen war.

Sie ging zwischen Municipal und County Courthouse hindurch und überquerte die Plaza vor der Van-Nuys-Station des LAPD. In der Nähe der Treppe, die zu dem im ersten Stock gelegenen Eingang der Polizeiwache hinaufführte, gab es mehrere Münztelefone. Sie ging auf eines davon zu, nahm den Hörer ab, warf einen Vierteldollar und zehn Cent ein und wählte eine Nummer, die sie sich vor mehr als einem Jahr, als sie noch in High Desert war, eingeprägt hatte. Sie hatte sie auf einem Zettel erhalten, der in einem Tampon in ihre Zelle geschmuggelt worden war.

Nach dem dritten Läuten meldete sich eine Männerstimme.

»Ja?«

Es war über sechs Jahre her, dass Cassie die Stimme gehört hatte, aber sie hörte sich echt und erkennbar für sie an. Unwillkürlich hielt sie den Atem an.

»Ja?«

»Äh, ja, hier ist ... spreche ich mit D. H. Reilly?«

»Nein, da müssen Sie sich verwählt haben.«

»Dog House Reilly? Ich rufe von ...«

Sie senkte den Blick und las die Nummer des Telefons ab, auf dem sie sprach.

»Was ist das denn für ein bescheuerter Name? Hier gibt es keinen Dog House. Sie haben sich verwählt.«

Er hängte auf. Das tat auch Cassie. Dann drehte sie sich um, ging auf den Platz hinaus und setzte sich etwa fünfzehn Meter von den Münztelefonen entfernt auf eine Bank. Sie teilte sich die Bank mit einem verwahrlosten Mann, der eine Zeitung las, so vergilbt, dass sie Monate alt sein musste.

Cassie wartete fast vierzig Minuten. Als das Telefon schließlich zu läuten begann, hatte sie der verwahrloste Mann in eine einseitige Unterhaltung über die Qualität des Essens im Van-Nuys-Gefängnis verstrickt. Sie stand auf und trabte auf die Telefone zu, während ihr der Mann eine letzte Beschwerde hinterherrief.

»Würste wie Putzwolle! Wir haben da drinnen Eishockey gespielt!«

Nach dem sechsten Läuten riss sie den Hörer von der Gabel.

»Leo?«

Eine Pause.

»Nicht meinen Namen sagen. Wie geht's dir, Mädchen?«

»Ganz okay. Und dir?«

»Du bist jetzt ein Jahr draußen, habe ich Recht?«

»Äh, um genau zu sein ...«

»Und die ganze Zeit nicht mal ein Gruß von dir. Eigentlich hab ich gedacht, ich würde früher von dir hören. Du kannst von Glück reden, dass ich mich überhaupt noch an diese Dog-House-Reilly-Nummer erinnern konnte.«

»Zehn Monate. Ich bin zehn Monate draußen.«

»Und wie läuft's inzwischen so bei dir?«

»Ganz okay, würde ich sagen. Eigentlich sogar ganz gut.«

»Und trotzdem rufst du mich an?«

»Ich weiß.«

Darauf trat langes Schweigen ein. Cassie konnte im Hintergrund Verkehrslärm hören. Sie nahm an, er war nicht zu Hause, sondern in irgendeiner Telefonzelle am Ventura Boulevard, wahrscheinlich in der Nähe des Deli, in dem er immer essen ging.

»Also, du bist diejenige, die angerufen hat«, half ihr Leo auf die Sprünge.

»Ach ja, richtig. Ich dachte nur ...«

Sie hielt inne und dachte noch einmal über alles nach. Dann nickte sie.

»Okay, ich brauche Arbeit, Leo.«

»Nicht meinen Namen sagen.«

»Entschuldigung.«

Aber sie lächelte. Immer noch der alte Leo.

»Du kennst mich doch, immer paranoid.«

»Das dachte ich auch gerade.«

»Also gut, du suchst was. Gib mir ein paar Eckdaten. An was hättest du dabei in etwa gedacht?«

»Cash. Einen Job.«

»Einen Job?« Er schien überrascht und vielleicht sogar enttäuscht. »Wie groß?«

»Groß genug, um verschwinden zu können, mir einen ausreichenden Vorsprung zu verschaffen.«

»So gut läuft es bei dir dann wohl doch nicht.«

»Es ist nur, dass Verschiedenes passiert ist. Ich kann jetzt nicht ...«

Sie schüttelte den Kopf und sprach nicht zu Ende.

»Ist bei dir auch wirklich alles okay?«

»Klar. Es geht mir sogar richtig gut. Jetzt, wo ich mich endlich entschieden habe.«

»Ich weiß, was du meinst. Ich kann mich noch erinnern, wie es war, als ich diese Entscheidung getroffen habe. Als ich mir gesagt habe, scheiß drauf, ich mache jetzt das und nichts anderes. Und damals, echt, da habe ich noch Airbags aus Chryslers geklaut. Inzwischen hat sich bei mir allerdings einiges getan. Bei dir auch.«

Cassie drehte sich um und blickte zu dem Mann auf der Bank zurück. Er setzte seine Unterhaltung fort. Er hatte sie gar nicht dafür gebraucht.

»Dir ist doch wohl klar, dass bei diesen Eckdaten eigentlich nur Vegas infrage kommt. Ich meine, ich könnte dich natürlich auch nach Hollywood Park oder in eins dieser Indianercasinos runterschicken, aber da springt nicht so viel für dich raus. Da unten kommst du höchstens auf fünfzehn bis zwanzig pro Job. Wenn du mir allerdings ein wenig Zeit lässt, um in Vegas was anzuleiern, ist der Schnitt sicher besser.«

Cassie überlegte kurz. Sie hatte geglaubt, sie würde Las Vegas nie mehr wiedersehen, als dort vor sechs Jahren der Bus nach High Desert abgefahren war. Aber was Leo sagte, war richtig. In Vegas war das große Geld.

»Vegas geht in Ordnung«, sagte sie abrupt. »Lass dir nur nicht zu viel Zeit.«

»Wer quatscht da im Hintergrund rum?«

»Nur so ein alter Spinner. Zu viel Pruno im Knast.«

»Wo bist du jetzt?«

»Ich komme gerade aus dem Bewährungsamt.«

Leo lachte.

»Es gibt eben nichts, was einem seine Zukunftsaussichten deutlicher vor Augen führt, als in einen Becher pinkeln zu müssen. Weißt du was, ich werde mich umsehen. Ich habe einen Tipp gekriegt, dass nächste Woche was reinkommen soll. Du wärst ideal dafür. Ich gebe dir Bescheid, wenn was draus wird. Wo kann ich dich erreichen?«

Sie gab ihm die Nummer des Autohauses. Die Nummer der Zentrale, nicht ihre Durchwahl oder das Handy. Sie wollte nicht, dass sich diese Nummern in seinem Besitz befänden, wenn er eines Tages geschnappt würde.

»Noch etwas«, sagte sie. »Kannst du noch Pässe beschaffen?«

»Kann ich. Dauert allerdings zwei, drei Wochen, weil ich sie in Auftrag gebe. Aber besorgen kann ich dir einen. Absolute Spitzenqualität. Ein Pass kostet dich einen Riesen, ein ganzes Set zweieinhalb. Dazu gehören dann allerdings auch Führerschein, Visa und Amex. Delta-Meilen auf der Amex.«

»Gut. Ich möchte ein ganzes Set für mich und dann noch einen zweiten Pass.«

»Wieso zwei? Du kannst mir glauben, der Erste ist absolut einwandfrei. Da brauchst du keinen anderen ...«

»Sie sind nicht beide für mich. Den zweiten brauche ich für jemand anders. Soll ich die Fotos an dich schicken, oder hast du ein Postfach?«

Leo sagte ihr, sie solle die Fotos an ein Postfach schicken. Er gab ihr eine Adresse in Burbank, die sie gleich auf den Umschlag schrieb, der bereits die Fotos enthielt. Dann fragte er sie, für wen der zweite Pass sei und auf welche Namen sie die falschen Ausweise ausgestellt haben wolle. Da sie mit diesen Fragen gerechnet hatte, hatte sie die Namen bereits parat. Außerdem hatte sie Geld von ihrem Sparkonto abgehoben und bot Leo an, ihm das Geld zusammen mit den Fotos zu schicken, aber er sagte, er würde es ihr vorstrecken, als eine Geste des Vertrauens, nachdem sie beide nun wieder ins Geschäft kämen.

»So.« Er kehrte wieder zum eigentlichen Thema zurück. »Traust du dir das auch wirklich zu? Ist schon eine ganze Weile her. Irgendwann rostet jeder ein. Wenn ich dich empfehle, hänge auch ich mit drin, verstehst du?«

»Ich weiß. Du brauchst dir keine Sorgen zu machen. Ich habe es noch voll drauf.«

»Na dann gut. Du hörst von mir.«

»Danke. Bis demnächst.«

»Ach, und übrigens?«

»Ja, was?«

»Schön, dass du wieder einsteigst. Es wird wieder wie in den alten Zeiten.«

»Nein, Leo. Ohne Max nicht. Es wird nie mehr wie früher.«

Diesmal protestierte Leo nicht, als sie seinen Namen sagte. Sie legten beide auf, und Cassie entfernte sich von den Telefonen. Der Mann auf der Bank rief ihr etwas nach, aber sie verstand nicht, was er sagte.

Um zum Boxster zu kommen, musste sie zum Victory Boulevard hochgehen. Weiter konnte sie sich dem Justizzentrum nicht nähern. Unterwegs warf sie den Umschlag mit den Fotos in einen Briefkasten und dachte an Max Freeling. Sie rief sich ihre letzten gemeinsamen Momente in Erinnerung: die Bar des Cleo, den Bierschaum in seinem Schnurrbart, die winzige Narbe an seinem Kinn, wo keine Stoppeln wuchsen.

Max hatte einen Toast ausgebracht, den sie jetzt lautlos wiederholte.

Auf das Ende. Auf den Ort, an dem die Wüste Meer ist.

Wenn sie daran dachte, was danach passiert war, wurde sie selbst nach so vielen Jahren noch deprimiert und wütend. Sie beschloss, an der Wonderland Elementary vorbeizufahren, bevor sie ins Autohaus zurückfuhr. Das war die beste Möglichkeit, wieder auf andere Gedanken zu kommen.

Als sie den Boxster erreichte, stellte sie fest, dass sie nach Ablauf der zwei Stunden einen Strafzettel bekommen hatte. Sie zog ihn unter dem Scheibenwischer hervor und warf ihn auf den Beifahrersitz. Der Wagen war noch auf den Vogel zugelassen, von dem er eingezogen worden war. Wenn also der Strafzettel nicht bezahlt wurde, ging die Rechnung an ihn. Er bekäme das schon irgendwie geregelt.

Sie stieg ein und fuhr auf dem Van Nuys Boulevard nach Süden zum Freeway 405. Entlang dem Boulevard wimmelte es von neuen Autohäusern. Manchmal kam ihr das Valley wie ein einziger riesiger Parkplatz vor.

Sie versuchte sich eine Lucinda-Williams-CD anzuhören, aber sie sprang so oft, dass sie sie wieder herausnahm und stattdessen das Radio anmachte. Das Stück, das dort gerade kam, war alt. Roseanne Cash, die von einem siebenjährigen Schmerz sang.

Ja, dachte Cassie. Roseanne wusste, wovon sie sang. Sieben Jahre. Aber aus dem Song ging nicht hervor, was nach den sieben Jahren passiert war. War der Schmerz dann weggegangen? Cassie glaubte nicht, dass er das je tun würde.

5

In den folgenden Tagen, in denen sie auf eine Nachricht von Leo wartete, merkte Cassie Black, wie sie allmählich in den Vorbereitungsrhythmus geriet, der sowohl vertraut wie tröstlich für sie war. Vor allem war er jedoch aufregend und mit einem Nervenkitzel verbunden, wie sie ihn jahrelang nicht mehr gespürt hatte.

Die Vorbereitungsphase war auch eine Zeit einsamen In-sich-Gehens. Sie prüfte ihre Entscheidung immer wieder und von allen Seiten. Sie fand keine Risse, keine Bedenken, keine aufkeimenden Schuldgefühle. Die eigentliche Hürde war gewesen, die Entscheidung zu treffen. Sobald sie gefällt war, verschaffte sie ihr nur noch ein Gefühl von großer Erleichterung und Befreiung. Da war sie plötzlich wieder, diese gespannte Erwartung im Angesicht der Gefahr, die das jahrelange Eingesperrtsein aus ihrem Gedächtnis geraubt hatte. Sie hatte vergessen, dass einen dieser Adrenalinstoß im wahrsten Sinn des Wortes süchtig machen konnte. Weil er seine Gefühle nicht in Worte kleiden konnte, hatte Max es einfach Banditen-High genannt. In diesen Tagen der Vorbereitung wurde ihr klar, dass der Sinn der Haft im Grunde nur darin bestand, diesen Kick zu entfernen, ihn aus dem Gedächtnis zu waschen. Wenn dem wirklich so war, hatten ihre fünf Jahre im Gefängnis ihren Zweck verfehlt. Im Moment wallte gerade so ein Banditen-High in ihrem Blut auf und floss klopfend durch ihre Adern wie heißes Wasser durch eingefrorene Leitungsrohre.

Sie begann damit, dass sie ihre innere Uhr umstellte, ihre Schlafenszeit drastisch verkürzte und sie immer weiter nach hinten verschob, in die frühen Morgenstunden hinein. Diesen Schlafentzug glich sie durch eine energiesteigernde Vitaminkur und ein gelegentliches spätnachmittägliches Nickerchen auf der Wohnzimmercouch aus. Binnen einer Woche hatte sie so ohne erkennbare Auswirkungen auf ihre Konzentrations- oder Leistungsfähigkeit ihr Schlafpensum von sieben auf vier Stunden pro Nacht heruntergeschraubt.

Zur Schärfung ihrer Langzeit-Konzentration unternahm sie auf dem extrem kurvenreichen Mulholland Drive lange Nachtfahrten. Wenn sie zu Hause war, ging sie, ohne Licht zu machen, durch die Räume, damit sich ihre Augen auf die Konturen der nächtlichen Schatten einstellten und sich wieder mit ihnen vertraut machten. Notfalls konnte sie bei ihrem Vorhaben auf eine Nachtsichtbrille zurückgreifen, aber es konnte nicht schaden, auf alle Eventualitäten vorbereitet zu sein.

Tagsüber, wenn sie nicht im Autohaus arbeitete, begann sie sich die Ausrüstung zu beschaffen, die sie möglicherweise brauchen würde, und die erforderlichen Geräte zu bauen. Nachdem sie eine ausführliche Liste aller nur erdenklichen Dinge zusammengestellt hatte, die ihr bei einem Einbruch zur Überwindung der möglicherweise auftretenden Hindernisse von Nutzen sein könnten, lernte sie die einzelnen Punkte darauf auswendig und vernichtete die Liste anschließend – allein der Tatbestand, dass sich eine solche Liste in ihrem Besitz befand, hätte eine Verletzung der Bewährungsauflagen dargestellt. Dann verbrachte sie einen ganzen Tag damit, in verschiedene Eisenwarenhandlungen und andere Geschäfte zu fahren und die Gegenstände auf ihrer Liste zu kaufen. Damit später die einzelnen Elemente ihres Plans nie als Ganzes rekonstruiert werden könnten, machte sie diese Einkäufe über das ganze Stadtgebiet verteilt und zahlte immer bar.

Sie kaufte Schraubenzieher, Metallfeilen, Metallsägeblätter und Hämmer; Draht, Nylonfaden und Bungeeseile. Sie kaufte eine Packung Gummihandschuhe, eine kleine Tube Erdbebenwachs, ein Schweizer Armeemesser und einen acht Zentimeter breiten Spachtel. Sie kaufte ein kleines Acetylenschweißgerät und suchte drei Eisenwarenhandlungen auf, bevor sie einen Akkuschrauber fand, der klein genug war. Sie kaufte eine Zange mit Gummispitzen, einen Drahtschneider und eine Blechschere. Diesen Erwerbungen fügte sie noch eine Polaroidkamera und einen langärmeligen Neoprenanzug hinzu. Sie kaufte große und kleine Taschenlampen, einen Satz Knieschoner für Fliesenleger und einen Elektroschocker. Sie kaufte einen schwarzen Lederrucksack, eine schwarze Gürteltasche und mehrere unterschiedlich große schwarze Reißverschlusstaschen, die sich zusammengefaltet in einer der Rucksacktaschen verstauen ließen. Schließlich kaufte sie in jedem Laden, den sie aufsuchte, ein Vorhängeschloss und stellte auf diese Weise eine Sammlung von sieben Schlössern ebenso vieler verschiedener Hersteller zusammen, die alle ein geringfügig anderes Innenleben hatten.

In dem kleinen Bungalow, den sie sich in Hollywood nicht weit vom Freeway 101 in der Selma gemietet hatte, breitete sie ihre Erwerbungen auf der zerkratzten Resopalplatte des Küchentisches aus und machte ihre Ausrüstung fertig. Wenn sie ein Teil anfasste, trug sie immer Handschuhe.

Mit der Blechschere und dem Schweißgerät fertigte sie aus dem Draht und den Metallsägeblättern Dietriche an. Sie machte sich zwei Sätze mit jeweils drei Dietrichen: einen Spannungsdorn, einen Haken und einen dünnen, flachen Zuhaltungsdietrich. Einen Satz steckte sie in einen

Ziplok-Beutel, den sie hinter dem Haus im Garten vergrub. Den zweiten Satz packte sie zusammen mit den anderen Dingen beiseite, die sie sich für den Job besorgt hatte, den sie bald von Leo zu bekommen hoffte.

Sie schnitt einen Ärmel des Neoprenanzugs ab, um ihn als Ummantelung für den Bohrer zu benutzen, und nähte den geräuschdämpfenden Gummi mit dem Nylonfaden fest. Aus dem Rest des Neoprenanzugs machte sie eine einrollbare Tasche, in der sie ihr selbst gemachtes Einbruchswerkzeug geräuschlos transportieren konnte.

Als ihre Arbeitsgeräte fertig waren, rollte sie alles in den Beutel ein, band ihn mit einem Stück Bungeeseil zusammen und versteckte ihn in dem Hohlraum im rechten vorderen Kotflügel des Boxsters, wo sie ihn mit einem weiteren Stück Bungeeseil an der Radaufhängung befestigte. Nichts von all dem trug ihre Fingerabdrücke. Falls der Werkzeugbeutel von Thelma Kibble oder einem anderen Officer entdeckt würde, konnte Cassie mit einer gewissen Berechtigung leugnen, dass er ihr gehörte, und so vielleicht eine Inhaftierung abwenden. Der Wagen gehörte nicht ihr. Ohne ihre Fingerabdrücke auf dem Werkzeug und ohne einen Beweis dafür, dass sie es gekauft und angefertigt hatte, ließe sich nicht nachweisen, dass es ihr gehörte. Sie konnten sie zwar mitnehmen und ihr die Hölle heiß machen, aber irgendwann müssten sie sie wieder laufen lassen.

Die sieben Schlösser benutzte Cassie zum Üben. Sie schloss sie an einen hölzernen Kleiderbügel und warf die Schlüssel in eine Kaffeetasse im Küchenschrank. Nachts saß sie dann in ihrem dunklen Wohnzimmer und versuchte die Schlösser mit dem zweiten Satz Dietriche blind aufzubekommen. Sie musste sich die Feinheiten beim Öffnen eines Schlosses in mühsamer Arbeit wieder aneignen und brauchte vier Tage, um alle sieben Vorhängeschlösser aufzubekommen. Dann hakte sie sie wieder an den Kleiderbügel und ließ sie zuschnappen. Als sie sich zum zweiten Mal an die Arbeit machte, trug sie Gummihandschuhe. Nach zwei Wochen stoppte sie die Zeit und schaffte es schließlich, alle sieben Schlösser mit Handschuhen in zwölf Minuten aufzubekommen.

Sie war sich die ganze Zeit bewusst, dass es sich dabei um eine Form der mentalen Vorbereitung handelte, die in erster Linie dem Zweck diente, wieder den richtigen Rhythmus, die richtige Einstellung zu bekommen. Max, ihr Lehrer, hatte immer gesagt, der Rhythmus sei das Wichtigste bei der Vorbereitung. Das Ritual. Ihr war klar, es war höchst unwahrscheinlich, dass sie bei dem Job, den Leo ihr beschaffen würde, ein Schloss knacken müsste. In den letzten zehn Jahren hatten die meisten Hotels in Las Vegas und anderswo ihre Schlösser auf elektronisch programmierte Codekarten umgestellt. Elektronische Sicherungsvorkehrungen zu umgehen war eine ganz andere Sache. Das erforderte die Hilfe eines Insiders oder besonderes Geschick im Umgang mit Menschen, mit anderen Worten, die Fähigkeit, den Portier oder ein Zimmermädchen herumzukriegen.

Die Vorbereitungsphase weckte Erinnerungen an Max, an den Mann, der ihr Mentor und Geliebter gewesen war. Es waren bittersüße Erinnerungen, weil sie nicht an die schönen Zeiten denken konnte, ohne sich zu erinnern, welch schlimmes Ende sie im Cleopatra genommen hatten. Trotzdem musste sie oft laut loslachen, wenn sie, die Hände unter den Gummihandschuhen heftig schwitzend, mit einem Kleiderbügel voller Vorhängeschlösser im Schoß in ihrem dunklen Wohnzimmer saß.

Am lautesten lachte sie bei der Erinnerung an einen Trick, den Max im Golden Nugget zu wahrer Perfektion gebracht hatte. Sie mussten in ein Zimmer im vierten Stock kommen. Nachdem er vor einem Zimmer den Wagen eines

Nachtzimmermädchens hatte stehen sehen, verschwand Max in eine Besenkammer und zog sich dort splitternackt aus. Dann zerzauste er sich das Haar, verließ sein Versteck und ging, die Geschlechtsteile mit den Händen bedeckend, auf den Wagen des Zimmermädchens zu. Nachdem sich die Frau erst einmal gehörig erschreckt hatte, erklärte er ihr, er habe geschlafen und sei aufgestanden, um auf die Toilette zu gehen. Aber in seinem Tran habe er die falsche Tür erwischt und sich ausgesperrt. Um sich den Nackten möglichst schnell vom Hals zu schaffen, gab ihm das Zimmermädchen rasch ihren Zweitschlüssel. Und schon waren sie drin.

Was die Geschichte für Cassie so komisch machte, war der Umstand, dass Max sich, sobald er im Zimmer war, anziehen und dem Zimmermädchen den Schlüssel zurückgeben musste, um den Trick erfolgreich zu Ende zu führen. Seine eigenen Kleider waren allerdings in der Besenkammer am anderen Ende des Flurs. Deshalb zog er sich Sachen des Opfers an. Der Mann, auf den sie es in diesem Fall abgesehen hatten, war etwas kleiner als Max gewesen und spindeldürr. Er wog mindestens zwanzig Kilo weniger. Außerdem war er unverhohlen schwul, was er aller Welt auch durch seine Kleidung kundtat. Deshalb gab Max dem Zimmermädchen den Schlüssel in einem bonbonrosafarbenen, bis zum Nabel offenen Hemd und einer schwarzen Lederhose zurück, die so eng war, dass er nicht in die Knie gehen konnte.

Jeden Abend, wenn sie genügend geübt hatte und sich schlafen legte, vergrub Cassie den zweiten Satz Dietriche wieder und hängte eine dicke Winterjacke über den Bügel mit den Schlössern. Damit sie nicht zu sehen waren, zog sie den Reißverschluss der Jacke zu und hängte sie in den Garderobenschrank in der Diele. Für den Fall, dass Thelma Kibble ihre Drohung wahr machte und unangemeldet bei ihr erschien, ließ sie nichts im Haus, was in irgendeiner Weise auf ihr Vorhaben hätte hinweisen können.

Aber Kibble ließ sich nicht blicken. Anscheinend hatte ihre Bewährungshelferin nicht mal in der Firma angerufen, um sich bei Ray Morales nach ihrem Verhalten und ihren Arbeitsleistungen zu erkundigen. Cassie nahm an, die Frau hatte einfach zu viele Fälle am Bein. Trotz ihrer Drohungen hatte Kibble vermutlich Dutzende von schweren Fällen, bei denen ein Hausbesuch wesentlich nötiger war als bei Cassie.

Während Cassie auf Leos Anruf wartete, behielt sie alle ihre täglichen Gewohnheiten bei. Jeden Morgen ging sie am Hollywood Reservoir joggen; sie lief um den See und überquerte zweimal den Mulholland Dam. Das war die Buße für ihr anderes Morgenritual: bei Bob's im Farmer's Market in der Fairfax Kaffee und Donuts zu holen. Sie frühstückte im Auto, während sie in die Hügel des Laurel Canyon hinauffuhr, wo sie, wenn es eine Parkmöglichkeit gab, in der Nähe des eingezäunten Spielplatzes der Wonderland School anhielt.

Während sie die glasierten Donuts aß und dazu dampfend heißen schwarzen Kaffee trank, beobachtete sie die Kinder, die von ihren Eltern in den Kindergarten gebracht wurden und vor dem Läuten auf dem Hof spielten. Ernst ließ sie den Blick über den eingezäunten Spielplatz wandern, bis sie die Gruppe kleiner Mädchen entdeckte, die normalerweise dicht um ihre Kindergärtnerin geschart waren – eine Frau, die einen sehr netten und engagierten Eindruck machte. Und wenn Cassies Blick dann über die Mädchenschar glitt, blieb er jeden Morgen auf demselben Gesicht haften. Auf dem Mädchen mit dem Rucksack, auf dem ein *Have-a-nice-day*-Smiley war. Cassie beobachtete dann immer, wie der knallgelbe Rucksack in der Menge herumhopste. Sie verlor das kleine Mädchen nicht aus den Augen, bis die Glocke läutete und die Kinder nach drinnen getrieben wurden. Erst dann zerknüllte sie die Donut-Tüte und startete den Wagen, um zum Reservoir zu fahren und Körper und Geist an den Rand der Erschöpfung zu treiben, bevor der Tag überhaupt richtig begonnen hatte.

6

Fünfzehn Tage nachdem Cassie Black mit Leo Kontakt aufgenommen hatte, erhielt sie einen Anruf von ihm. Sie saß gerade in ihrem Büro und ging mit Ray Morales eine Liste mit in Zahlung gegebenen Autos durch, als sie hörte, wie ihr Name über den Lautsprecher im Showroom ausgerufen wurde. Auf Leitung eins war ein Anruf für sie. In Gedanken noch ganz bei ihrer augenblicklichen Beschäftigung, griff sie, ohne zu überlegen, nach dem Telefon und drückte auf die Gesprächstaste.

»Hier Cassie Black, könnten Sie bitte einen Moment warten?«

»Sicher.«

Sie erkannte die Stimme anhand dieses einen Worts. Der eisige Finger, der ihre Wirbelsäule hinabstrich, ließ sie einen Moment erstarren, bevor sie die Trenntaste drückte. In ihrer Brust machte sich eine greifbare Erregung breit.

»Ist irgendwas?«, fragte Morales.

»Nein, nein. Aber ich muss diesen Anruf mal eben entgegennehmen.«

»Klar. Machen Sie nur.«

»Ich meine allein. Es ist was Persönliches.«

»Ach so. Klar.«

Ray sah ein wenig gekränkt und vielleicht sogar verärgert drein. Für ihn hieß *was Persönliches*, dass ein neuer Freund anrief. Als er sie vor zwei Tagen nach der Arbeit zum Essen eingeladen hatte, hatte Cassie ihn behutsam abgewimmelt. Da war er endlich zum Angriff übergegangen – und nun kam er zu spät. Cassie wartete auf eine Nachricht von Leo und wollte die Sache durch Ray nicht noch komplizierter machen. Wenn alles lief wie geplant, tat sie ihm einen Gefallen, wenn sie sich nicht auf ihn einließ. Dann hätte er keine Geheimnisse zu hüten, wenn die Cops kamen, um mit ihm zu reden.

Ray sagte, er wäre in seinem Büro, wenn sie die Liste mit den Gebrauchtwagen weiter mit ihm durchgehen wollte. Er verließ ihr kleines Büro und schloss die Tür, ohne dass Cassie ihn darum bitten musste. Sie beugte sich über den Schreibtisch, um den unteren Türspalt sehen zu können, und merkte sofort, dass Ray, um das Gespräch mithören zu können, direkt hinter der Tür stand.

»Ray?«

Er antwortete nicht, aber Cassie sah, wie sich die Füße entfernten. Sie drückte auf die Gesprächstaste.

»Hallo?«

»Was ist, warst du auf einer Probefahrt oder was?«

»Entschuldigung.«

»Also, ich hab was für dich.«

Zunächst reagierte Cassie nicht. Das Trillern des Adrenalins in ihren Adern war stark. Banditen-High. Sie hatte das Gefühl, am Rand eines Abgrunds zu stehen. Der Moment, an dem sie springen musste, war gekommen. Jetzt oder nie. Die Leute, die sich in gepolsterte Fässer zwängten und damit einen Wasserfall hinunterstürzten, hatten keine Ahnung, wie das war.

Leo sprach in die Stille hinein und brach den Bann.

»Ich weiß aber nicht, ob du sonderlich begeistert sein wirst.«

Cassie schluckte einen Kloß in ihrer Kehle hinunter.

»Wie das?«

»Darüber unterhalten wir uns, wenn wir uns treffen.«

»Wann und wo?«

»Komm einfach hierher. Aber beeil dich ein bisschen. Entweder heute Abend oder morgen früh vor der Arbeit. Der Job muss bis morgen Abend über die Bühne gegangen sein, oder die Sache ist gestorben.«

»Okay, heute Abend nach der Arbeit. Immer noch am selben Ort?«

»Ja. Und noch etwas. Ich drücke jetzt auf meinem Anrufbeantworter den Aufnahmeknopf, damit ich das hier auf Band habe. Du weißt, ich liebe dich, Kleine, aber es ist lange her. Nimm's mir nicht krumm, es ist nur eine Vorsichtsmaßnahme. Seit Linda Tripp und Monica Blewhim-sky machen wir das hier grundsätzlich. Arbeitest du gegenwärtig mit einer polizeilichen Ermittlungsbehörde zusammen?«

»Leo ...«

»Sag nicht meinen Namen. Beantworte nur meine Frage. Es tut mir Leid, aber es ist eine Sicherheitsvorkehrung, die ich ergreifen muss. Sie stellen einem Fallen, wo man auch hintrittt.«

»Nein, Leo, tue ich nicht. Wenn ich dich hinhängen wollte, hätte ich das schon tun können, bevor ich in High Desert eingesessen habe. Alle wollten mich damals zu einem Handel überreden. Aber ich habe mich nicht darauf eingelassen.«

»Das hast du wirklich nicht und du weißt, wie dankbar ich dir dafür war. Habe ich mich nicht um dich gekümmert, wenn es irgendwie ging? Was war zum Beispiel mit diesem Privatdetektiv, den du anheuern wolltest – du weißt hoffentlich, das hat mich fünf Mille gekostet.«

»Du hast dich um mich gekümmert, Leo. Das werde ich nicht vergessen.«

»Lieber wäre mir, du würdest vergessen, meinen Namen zu sagen.«

»Entschuldigung.«

»Okay, das genügt. Das Band ist wieder ausgeschaltet. Die Sache ist gebongt. Dann also bis bald. Und ...«

»Hast du die Pässe?«

Eine Pause.

»Noch nicht. Wenn ich das nächste Mal telefonieren gehe, rufe ich an, um da mal nachzuhaken. Okay?«

»Okay. Aber ich brauche sie. Bald.«

»Ich werde es ihnen sagen. Bis bald also. Und denk an die üblichen Vorsichtsmaßnahmen.«

Nachdem Cassie aufgelegt hatte, wanderte ihr Blick an der Wand neben der Tür hoch. Er blieb auf dem Poster haften, das dort hing. Es zeigte eine Frau in einem knappen Bikini, die im strahlenden Sonnenschein einen Strand entlangging. Hinter ihr, da, wo die Wellen nicht mehr hinkamen, war TAHITI! in den Sand geschrieben.

»Auf den Ort, an dem die Wüste Meer ist«, sagte sie laut.

7

Cassie fuhr auf dem Sunset Boulevard nach Westen. Das Verdeck des Porsche war offen. Sie liebte das Vibrieren des Motors, das durch den Sitz drang, und die tiefen, kehligen Laute, die sie in den Kurven hörte. An der Beverly Glen schwenkte sie nach Norden und folgte der gewundenen Canyonstraße über den Hügel und ins Valley hinab.

Leo Renfro lebte in Tarzana, in dem flachen Teil nördlich des Ventura Boulevard, in einer Straße in unmittelbarer Nähe des Freeway 101. Sein Haus, ein kleines Ranchhaus aus der Nachkriegszeit, hatte keinerlei individuelle Züge. Es war wie jedes andere Haus in der Gegend und genauso wollte es Leo haben. Leo hatte überlebt, weil er unauffällig blieb und sich seiner Umgebung anpasste.

Ohne das Tempo zu verringern, fuhr Cassie an dem Haus vorbei und dann die angrenzenden Häuserblocks hinauf und hinunter. Sie nahm jedes geparkte Fahrzeug, an dem sie vorbeikam, genau in Augenschein und hielt nach den verräterischen Merkmalen eines Observierungsfahrzeugs Ausschau: Lieferwagen mit verspiegelten Fenstern, Pkws mit mehr als einer Antenne, Pick-ups mit Campingaufbauten auf der Ladefläche. Ein Lieferwagen zog ihre Aufmerksamkeit auf sich. Der Aufschrift an seinen Seiten zufolge gehörte er einer Installationsfirma. Er stand in der Straße hinter Leos Haus am Randstein. Zunächst fuhr Cassie, ohne anzuhalten, daran vorbei, wendete dann aber und kam wieder zurück, um ein Stück hinter dem Lieferwagen am Straßenrand anzuhalten. Sie blieb im Auto sitzen und hielt nach irgendwelchen Anzeichen Ausschau, dass jemand in dem Lieferwagen war: nach einer Bewegung hinter den Fenstern oder einem leichten Schaukeln, wenn jemand darin herumging. Obwohl sie nichts entdecken konnte, setzte Cassie ihre Wache fast zehn Minuten fort, bevor sie einen Mann in einem blauen Overall aus dem Haus kommen und auf den Lieferwagen zugehen sah. Er öffnete die Seitentür und stieg hinein. Kurz darauf hob er vorsichtig ein Rohrreinigungsgerät nach draußen. Dann stieg er aus, schloss die Tür ab und schob das Gerät auf die Eingangstür des Hauses zu. Cassie hielt ihn für echt. Sie ließ den Porsche wieder an, drehte eine weitere Runde durch das Viertel und kehrte zu Leos Haus zurück. Als sie davor am Straßenrand anhielt, nahm sie sich fest vor, sich nicht von Leos Paranoia anstecken zu lassen. Sie rief sich alle Regeln und Vorsichtsmaßnahmen in Erinnerung, mit denen er sie und Max vor einem Job immer genervt hatte. Schließ vor einem Job keine schwarzen Wetten ab, iss vor einem Job kein Hühnerfleisch, trag nie eine rote Mütze und so weiter und so fort. In ihren Augen war das abergläubischer Unsinn gewesen.

Bis zu diesem letzten Abend im Cleopatra.

An der Haustür blickte Cassie zu den Balken der Dachüberkragung hoch und sah, dass die alte Überwachungskamera immer noch dort war. Sie fragte sich, ob sie noch funktionierte, und erhielt die Antwort, als Leo öffnete, bevor sie klopfte. Sie grinste.

»Funktioniert anscheinend immer noch.«

»Was hast du denn gedacht? Hab das Ding jetzt schon – wie lange? – acht Jahre. Die Frau, die es installiert hat, hat gesagt, darauf habe ich Garantie auf Lebenszeit. Hab ich ihr auch geglaubt. Von dem Kram verstand die mehr als jeder andere.«

Er grinste.

»Wie geht's dir, Cassie? Komm rein.«

Er trat zurück, um sie nach drinnen zu lassen. Leo Renfro war Anfang vierzig, schlank, mittelgroß. Sein sich lichtendes Haar war bereits grau. Es war schon grau gewesen, als Cassie ihn vor fast zehn Jahren kennen gelernt hatte. Damals hatte er ihr erzählt, das käme davon, dass er zu schnell erwachsen geworden sei. Nachdem seine Mutter bei einem Verkehrsunfall mit Alkoholeinwirkung ums Leben gekommen war, hatte er Max, seinen Stiefbruder, praktisch allein aufgezogen. Leos Vater war nicht bekannt, der von Max dagegen schon. Er saß wegen bewaffneten Raubüberfalls im Nevada State eine zehn- bis fünfundzwanzigjährige Haftstrafe ab.

Cassie betrat das Haus, worauf Leo sie kurz fest in die Arme schloss. Es war ein gutes Gefühl. Es hatte etwas Tröstliches, so, als käme sie nach Hause.

»Na, meine Kleine«, sagte er in ernstem, liebevollem Ton.

»Leo.« Sie löste sich von ihm und sah ihn besorgt an. »Jetzt kann ich doch deinen Namen sagen, oder nicht?«

Er deutete lachend hinter sich und begann ihr zu dem gemütlichen holzvertäfelten Raum mit Blick auf den Pool vorauszugehen, in dem er sein Büro hatte.

»Prima siehst du aus, Cassie. Echt prima. Stehen dir gut, die kurzen Haare. Ist das etwa so ein Kesser-Vater-Look, den du aus High Desert beibehalten hast? Wie nennen sie dort oben die Lesben gleich wieder, High Dee Hoes?«

Er blickte sich nach ihr um und zwinkerte.

»Du siehst auch gut aus, Leo. Immer noch der Alte.«

Er blickte sich wieder um, und sie lächelten sich an. Es war Jahre her, seit Cassie ihn zum letzten Mal gesehen hatte, aber Leo hatte sich kaum verändert. Sein Haar war vielleicht etwas spärlicher geworden, aber ansonsten war er immer noch gebräunt und durchtrainiert. Sie vermutete, er hielt sich immer noch mit seinem morgendlichen Fitnessprogramm aus Yoga und Schwimmen in Form.

Im Wohnzimmer mussten sie um eine Couch herumgehen, die in einem eigenartigen Winkel aufgestellt war. Man blickte von ihr nicht auf den Kamin, sondern in eine Ecke des Raums. Als sich Cassie daraufhin genauer umsah, stellte sie fest, dass auch die restliche Einrichtung eigenartig angeordnet war, so, als existierte der Kamin – der augenfällige Blickfang des Raums – gar nicht.

»Erinnere mich dran, dass ich mir die Nummer deines Innenarchitekten geben lasse, bevor ich wieder gehe«, bemerkte sie. »Was ist das für eine Stilrichtung – postmoderner Einbruch?«

»Ich weiß, ich weiß. Ich hatte nur erst kürzlich so einen Feng-Shui-Typen hier, und das ist, was dabei herausgekommen ist. Vorläufig.«

»Einen Feng was?«

»Feng *Shui*. Die chinesische Lehre von einer harmonischen Einrichtung. Feng Shui.«

»Ah.«

Sie glaubte, sich erinnern zu können, mal etwas über Feng Shui gelesen zu haben. Irgendetwas in der Richtung, dass das jetzt unter den kosmisch Erleuchteten von L. A. die neueste Erwerbsquelle auf dem Esoterikmarkt war.

»Dieses Haus ist dem Untergang geweiht«, sagte Leo. »Schlechte Schwingungen, wo du hinsiehst. Ich komme mir vor wie Dick Van Dyke – gehe zur Tür rein und falle über die Möbel. Am besten sollte ich wahrscheinlich einfach ausziehen. Aber ich bin jetzt schon so lange hier und habe den Pool gleich im Garten und alles. Ich weiß nicht, was ich tun soll.«

Sie kamen ins Arbeitszimmer. Leos Schreibtisch war auf der einen Seite, neben den gläsernen Schiebetüren, die sich zum Pool hin öffneten. An der gegenüberliegenden Wand waren Dutzende von Champagnerkisten gestapelt. Beim Anblick der Kisten stutzte Cassie. Früher hatte der Leo Renfro, den sie kannte und für den sie gearbeitet hatte, nie gestohlene Ware bei sich zu Hause gehabt. Er war ein Mittelsmann, der krumme Dinger arrangierte und anschließend das Verschieben des Diebesguts organisierte, aber so gut wie nie selbst damit in Berührung kam, wenn es nicht gerade Bargeld war. Als sie den Champagner in seinem Arbeitszimmer sah, begann sich Cassie zu fragen, was sie hier eigentlich wollte. Vielleicht war bei Leo seit der Geschichte mit Max einiges anders geworden. Sie blieb in der Tür des Arbeitszimmers stehen, als hätte sie Angst, es zu betreten.

Leo ging hinter seinen Schreibtisch und blickte sich nach ihr um. Er setzte sich nicht.

»Was hast du denn?«

Sie deutete auf die Stapel von Kisten, die eine Wand ganz verdeckten. Es mussten an die fünfzig Kisten sein, schätzte sie.

»Leo, du hast die Beute sonst nie bei dir zu Hause gelagert. Das ist nicht nur gefährlich, sondern auch dumm. Du ...«

»Jetzt beruhige dich erst mal wieder. Die Sache ist völlig legal. Ich habe den Schampus gekauft – beim Großhändler bestellt. Das ist eine Investition.«

»In was?«

»In die Zukunft. Warte mal ab. Wegen der Jahrtausendwende wird allen Läden der Champagner ausgehen. Überall auf der ganzen Welt. Was noch vorrätig ist, wird im Preis ganz gewaltig in die Höhe schießen, und dann sitze ich hier wie die Made im Speck. Jedes Restaurant in L. A. wird zu mir kommen. Du solltest meine Garage sehen. Ich horte fünfhundert Kisten von dem Zeug. Sechstausend Flaschen. Ich verdopple meinen Großhandelspreis und fahre mindestens zweihundert Riesen ein. Möchtest du dich einkaufen? Ich habe noch andere Investoren.«

Sie kam in den Raum und blickte durch die Schiebetüren auf die glitzernde Oberfläche des Pools hinaus. Sie war von unten angestrahlt und leuchtete wie blaues Neon in der Nacht.

»Das kann ich mir nicht leisten.«

Sie konnte das automatische Sauggerät sehen, das langsam über den Grund kroch und den Wasserschlauch hinter sich her zog, während der Abfallbeutel wabernd wie ein Geist im Wasser schwebte.

Im Hintergrund war das Rauschen vom nahen Freeway zu hören. In ihrem Haus in Hollywood war es genauso. Einen Moment fragte sie sich, ob es Zufall war, dass sie beide so nahe an einem Freeway wohnten. Oder ob das allen Dieben gemeinsam war. Ob sie die Gewissheit brauchten, dass der Fluchtweg nicht weit war.

»Wenn wir dieses Ding da gedreht haben, kannst du dich einkaufen«, sagte Leo. »Komm, setz dich.«

Er nahm Platz und öffnete die mittlere Schreibtischschublade. Er nahm eine Lesebrille heraus und setzte sie auf. Auf dem Schreibtisch lag ein brauner Ordner bereit. Mit einem Mal war Leo ganz sachlich und geschäftsmäßig. Statt der Einzelheiten eines raffinierten Einbruchs hätte er genauso gut mit einem Klienten eine Steuererklärung durchsprechen können. Übrigens hatte er an der UCLA tatsächlich Bilanzbuchhaltung studiert, bis ihm klar geworden war, dass er sein eigenes Geld verwalten wollte, nicht das von jemand anders.

Cassie trat näher und setzte sich in den Ledersessel vor dem Schreibtisch. Sie sah zu den roten Münzen auf, die direkt über dem Schreibtisch an einer Schnur von der Decke hingen. Leo bemerkte ihren neugierigen Blick und deutete fahrig auf die Münzen.

»Das ist das Heilmittel. Die Medizin.«

»Für was?«

»Für das Feng Shui. Es sind I-Ging-Münzen. Sie sind der Ausgleich für die fehlende Harmonie. Deshalb habe ich sie hier hängen. Wo ich arbeite, ist der wichtigste Platz im Haus.«

Er deutete an die Decke und auf den offenen Ordner.

»Du warst zwar immer schon paranoid, Leo, aber jetzt übertreibst du es, glaube ich, wirklich.«

»Nein. Ich glaube daran. Und es funktioniert. Eine weitere Sache sind die Sterne. Inzwischen befrage ich immer erst die Sterne, bevor ich was plane.«

»Damit weckst du nicht unbedingt mein Vertrauen. Soll das etwa heißen, du holst dir erst den Segen eines Astrologen, bevor du etwas unternimmst? Leo, findest du nicht ...«

»Ich frage niemand anders um Rat. Ich mache alles allein. Verstehst du?«

Er drehte sich um und deutete auf eine Reihe von Büchern, die zwischen zwei Buchstützen auf dem Sideboard hinter ihm standen. Sie hatten alle Titel, die im weitesten Sinn mit Astrologie zu tun hatten. Eines hieß *Kalender der Kritischen Grade*, ein anderes *In die Sterne investieren*.

»Leo, du hast mal ständig deinen jüdischen Großvater zitiert, der lauter solche Dinge sagte wie: ›Heb nie einen Penny auf, der mit dem Kopf nach unten liegt.‹ Was ist damit auf einmal?«

»Ich glaube immer noch an ihn. Ich glaube an alle diese Dinge. Das Entscheidende ist, dass man glaubt. Nicht hofft, sondern glaubt. Das ist nämlich ein gewaltiger Unterschied. Ich glaube an diese Dinge, und das hilft mir, das zu tun, was ich zu tun habe, und das zu erreichen, was ich erreichen möchte.«

Cassie fand, das war eine Philosophie, die nur aus Kalifornien kommen konnte.

»Das ist das Schöne daran«, fuhr Leo fort. »Ich habe mich nach allen Seiten abgesichert. Es kann nie schaden, sich jeden Vorteil zunutze zu machen, den man sich verschaffen kann, Cass. Das hat Max immer gesagt, weißt du noch?«

Cassie nickte ernst.

»Ja, weiß ich noch.«

Eine lange Pause unbehaglichen Schweigens und trauriger Erinnerungen verstrich. Cassie sah auf den Pool hinaus. Sie erinnerte sich, wie sie und Max eines Nachts in dem Glauben, Leo schliefe bereits, darin geschwommen waren. Dann ging plötzlich die Poolbeleuchtung an – und sie waren nackt.

Schließlich sah sie wieder Leo an.

Er hatte den Ordner auf dem Schreibtisch aufgeschlagen. Neben einem etwa einen halben Zentimeter dicken Bündel Hundertdollarscheine enthielt er einen Zettel voll sauber geschriebener, aber unentzifferbarer Notizen. Eine von Leos Vorsichtsmaßnahmen. Aufzeichnungen machte er sich immer nur in einer verschlüsselten Sprache, die nur er verstand. Er studierte die Notizen auf dem gelben Zettel.

»Also, wo soll ich anfangen?«, sagte er zu sich selbst.

»Wie wär's mit dem Grund, warum du meinst, ich werde von dem Job nicht sonderlich begeistert sein.«

Leo lehnte sich zurück und sah Cassie eine Weile prüfend an.

»Also«, sagte Cassie schließlich. »Willst du es mir sagen, oder steht das auch in den Sternen, wo ich es lesen kann?«

Er ignorierte die Spitze.

»Der Punkt ist folgender. Die Sache steigt in Las Vegas, aber darauf habe ich dich bereits aufmerksam gemacht. Man hat mir gesagt, es geht um eine Menge Geld. Aber es sind mehrere Leute daran beteiligt und ...«

»Wer?«

»Ein paar Leute einfach. Mehr brauchst du nicht zu wissen. Jeder hat seinen Part. Keiner kennt alle anderen. Nicht mal ich. Wir haben jemanden, der bereits in diesem Moment die Zielperson beobachtet, aber er ist für mich nur eine Stimme am Telefon, die mir alles Mögliche erzählt. Ich habe keine Ahnung, wer der Kerl ist. Er kennt mich vom Telefon, aber von dir weiß er nichts. Verstehst du? So ist es am sichersten. Verschiedene Mitspieler haben verschiedene Teile desselben Puzzles. Aber keiner sieht das ganze Puzzle, nur die Teile, die er hat.«

»Das ist alles schön und gut, Leo, aber ich rede hier nicht von den Mitspielern. Du weißt doch, für *wen* du die Sache organisierst, oder?«

»Ja, ich kenne die Auftraggeber. Ich habe schon früher mit ihnen zusammengearbeitet. Es sind verläßliche Leute. Genau genommen sind sie Investoren.«

Er deutete auf die Wand aus Champagnerkisten.

»Okay«, sagte Cassie. »Solange du für sie bürgst. Was gibt es sonst noch, das mir an der Sache nicht gefallen könnte?«

»Was sonst noch? Das große Was-sonst-noch ist, dass es im Cleo über die Bühne geht.«

»Himmelherrgott!«

»Ich weiß, ich weiß.«

Er hob die Hände, als gäbe er bei einem Streit klein bei. Dann ließ er sich in seinen Stuhl zurücksinken und nahm die Brille ab. Er hakte einen Bügel in den Mundwinkel und ließ die Brille daran baumeln.

»Leo, erwartest du im Ernst, dass ich da nach allem, was passiert ist, noch mal einen Fuß reinsetze? Wenn es schon Vegas sein muß?«

»Ich weiß.«

»Keine zehn Pferde bringen mich da rein.«

»Ich weiß.«

Sie stand auf und stellte sich so vor eine der Schiebetüren, dass ihr Gesicht nur wenige Zentimeter von der Scheibe entfernt war. Sie sah wieder auf den Pool hinaus. Das Sauggerät war immer noch in Betrieb. Vor und zurück, vor und zurück. Es erinnerte sie an ihre eigene Existenz.

Leo setzte seine Brille wieder auf und sagte in beruhigendem, gemessenem Ton: »Dürfte ich jetzt auch mal was sagen?«

Sie erteilte ihm mit einer Geste das Wort, sah ihn aber immer noch nicht an.

»Okay, dann halten wir uns doch mal Folgendes vor Augen. Du hast mich angerufen, nicht ich dich. Du hast mich gebeten, dir einen Job zu besorgen. Du hast gesagt, es soll was Größeres sein und es soll möglichst bald über die Bühne gehen. Und du wolltest, dass es um Bargeld geht. Ist das so weit richtig?«

Er wartete auf eine Antwort, aber sie sagte nichts.

»Ich fasse dein Schweigen als ein Ja auf. Also, Cass, das ist dieser Job.«

Sie drehte sich zu ihm um.

»Ich habe aber nicht gesagt ...«

Er hob die Hand, um ihr Schweigen zu gebieten.

»Lass mich bitte ausreden. Was ich damit sagen will, ist doch nur, du kannst es dir überlegen. Wenn du nicht willst, kein Problem. Ich telefoniere ein bisschen rum und lasse es jemand anders machen. Aber, Mädchen, ich kenne niemanden, der so was besser gebracht hat als du. Du warst eine wahre Meisterin deines Fachs. Einsame Klasse. Da hätte mir sogar Max zugestimmt. Er war der Lehrer, aber die Schülerin hat ihn übertroffen. Deshalb, als diese Leute zu mir kamen und mir von dieser Sache erzählten, dachte ich sofort, das ist genau das Richtige für dich. Aber versteh mich bitte nicht falsch, niemand will dich zu etwas zwingen. Früher oder später kommt was anderes rein, und ich rufe dich an. Du stehst nach wie vor ganz oben auf meiner Liste. Du wirst immer die Erste sein, Cassie. Immer.«

Langsam kehrte sie zu ihrem Stuhl zurück und setzte sich.

»Du bist der Meister, Leo. Ein Meister in der Kunst, andere herumzukriegen. Mit diesem Sermon wolltest du mir doch nichts anderes sagen, als dass ich es tun sollte, oder nicht?«

»Das habe ich nicht gesagt.«

»Musst du auch nicht. Jetzt schau doch mal, Leo. Du glaubst an die Sterne und diese I-Ging-Münzen und diesen ganzen anderen Kram. Das Einzige, was ich in Ermangelung einer anderen Erklärungsmöglichkeit glaube, ist, dass dieser Ort – dass an diesem Abend einfach ein böser Geist oder so was seine Hand mit im Spiel hatte. Es war wie verhext. Entweder war was mit uns oder mit diesem Laden. Ganze sechs Jahre lang sage ich mir jetzt, es lag nicht an uns, es war was mit diesem verdammten Casino. Und jetzt ... jetzt willst du, dass ich da wieder hingehe.«

Leo klappte seinen Ordner zu. Cassie sah das Bündel Geldscheine verschwinden.

»Ich möchte nicht, dass du etwas tust, was du nicht möchtest. Aber dann muss ich jetzt gleich mal ein bisschen herumtelefonieren, Cass. Ich muss noch heute Abend jemand anders auftreiben, weil die Sache morgen Abend steigen muss. Donnerstag Morgen reist der Typ ab.«

Cassie nickte und hatte plötzlich das beunruhigende Gefühl, dass sie, wenn sie diesen Job nicht annahm, keinen mehr bekommen würde. Sie wusste nicht, ob es daran läge, dass Leo ihr nicht mehr trauen würde, oder an etwas anderem. Es war nur so ein Gefühl. Ihre Gedanken sprangen zu der Strandszene und den Wellen, die hochschwappten und die Buchstaben im Sand wegspülten. Sie waren verschwunden, bevor Cassie sie lesen konnte, aber sie wusste, was sie bedeuteten. *Nimm den Job an.*

»Was springt für mich raus, wenn ich es mache?«

Leo sah sie an und zögerte.

»Willst du das wirklich wissen?«

Sie nickte. Er schlug den Ordner wieder auf und zog den gelben Zettel unter dem Bündel Geldscheine hervor. Er sah beim Sprechen auf seine Aufzeichnungen.

»Okay, die Konditionen sind folgende. Wir kriegen hunderttausend fest und vierzig Prozent vom Rest. Sie beobachten diesen Kerl schon eine ganze Weile. Sie glauben, er hat etwa fünfhunderttausend bei sich, alles in bar. In einem Aktenkoffer. Wenn das zutrifft, fallen für uns zwohundertsechzig ab. Die teilen wir sechzig zu vierzig, du den größeren Anteil. Das sind für dich über hundertfünfzigtausend. Ob das genug ist, um für immer unterzutauchen, weiß ich nicht, aber für den Anfang ist es verdammt gut und für einen Abend nicht schlecht.«

Er sah zu ihr auf.

»Sie machen dabei aber auch keinen schlechten Schnitt. Zweihundertvierzigtausend dafür, dass sie keinen Finger rühren.«

»So würde ich es nicht sehen. Sie haben die Zielperson gefunden. Das ist das Wichtigste. Außerdem haben sie vor Ort jemanden, der dir die Sache sehr einfach machen wird.«

Er hielt einen Moment inne, um sie den Betrag und die Einzelheiten verarbeiten zu lassen.

»Bist du jetzt interessiert?«

Cassie überlegte kurz.

»Du weißt nicht, wann der nächste Auftrag reinkommt, oder?«

»Das weiß ich nie. Im Moment ist das der Einzige, den ich habe. Aber um ehrlich zu sein, würde ich nicht darauf zählen, dass beim nächsten auch so viel herausspringt. Um auf einen solchen Schnitt zu kommen, musst du schon eher zwei, drei Jobs machen. Das ist eine einmalige Gelegenheit. Eine Sache ganz nach deinem Geschmack.«

Er lehnte sich zurück, sah sie über seine Brille hinweg an und wartete. Er hatte es genau richtig angepackt. Er hatte sie an der langen Leine laufen lassen, aber jetzt holte er sie langsam ein. Sie hatte angebissen, daran gab es nichts zu rütteln. Ein Job, bei dem möglicherweise einhundertfünfzigtausend Dollar heraussprangen, kam nicht alle Tage rein. Das meiste, was sie und Max mal auf einen Schlag abgesahnt hatten, waren die sechzigtausend Dollar, die sie einem Assistenten des Sultans von Brunei abgenommen hatten. Für den Sultan war es ein Klacks gewesen, aber sie und Max hatten im Aces and Eights Club in North Vegas bis in die frühen Morgenstunden gefeiert.

»Okay«, sagte sie schließlich. »Ich bin interessiert. Lass uns darüber reden.«

8

Leo war über die Arbeitsplatte gebeugt, an der er arbeitete, und sah beim Sprechen weder auf seine Aufzeichnungen noch auf Cassie.

»Der Typ steht unter dem Namen Diego Hernandez im Melderegister. Ein Profi, ein TexMex aus Houston. Sein Spiel ist Bakkarat. Soweit sich das sagen lässt, spielt er korrekt. Er ist einfach nur gut. Bleibt immer nur ein paar Tage in jedem Casino und zieht dann weiter. Auf diese Weise streicht er nirgendwo zu viel Geld ein und erregt kein großes Aufsehen. Sie sind seiner Spur vom Nugget zum Stardust und jetzt zum Cleo gefolgt. Er hat überall, wo er war, kräftig abgeräumt.«

Sie waren in der Küche von Leos Haus. Cassie saß am Tisch, während Leo an der Arbeitsplatte stand und Sandwiches mit Erdnussbutter, Honig und Banane machte. Das war seine Spezialität. Er nahm Siebenkornbrot dafür.

»Er nimmt seine Gewinne jeden Abend in bar mit aufs Zimmer und bewahrt alles in seinem Aktenkoffer auf. Verlässt er das Gebäude, nimmt er den Koffer mit. An sein Handgelenk gekettet. Die einzige Zeit, in der er ihn nicht bei sich hat, ist, wenn er im Casino spielt. Bei diesen Gelegenheiten gibt er ihn immer am Empfang ab und läßt ihn im Tresor einschließen, solange er spielt. Hinterher, wenn er schlafen geht, holt er ihn wieder ab. Wenn er den Koffer bei sich hat, wird er immer von einem Wachmann begleitet. Er geht kein Risiko ein.«

»Damit willst du also sagen, man kann nur an das Geld rankommen, wenn er schläft.«

»Richtig.«

Leo kam an den Tisch und stellte zwei Teller mit jeweils zwei Sandwiches darauf. Dann ging er zum Kühlschrank und kam mit zwei Flaschen Dr. Pepper zurück. Er setzte sich und öffnete die Flaschen, während er weitersprach.

»Es ist anzunehmen, dass er das Geld auf seinem Zimmer aus Sicherheitsgründen im Safe aufbewahrt. Sicher sind wir uns da zwar nicht, aber wir müssen davon ausgehen. Möchtest du ein Glas?«

»Nein. Was für ein Safe ist es? Ich kann mich nicht mehr erinnern.«

Leo zog seine Aufzeichnungen zu Rate.

»Ein Halsey Executive mit fünf Knöpfen. Befindet sich auf dem Boden des Schranks, unter der Kleiderstange. Ist von unten am Boden festgeschraubt. Du kriegst das Ding also nicht weg. Du musst rein und den Safe aufkriegen – während der Typ im Zimmer ist.«

Cassie nickte und nahm ein halbes Sandwich. Leo hatte sie in Dreiecke geschnitten. Das machte er immer so, und sie erinnerte sich, dass er mal sauer geworden war, als sie ein Sandwich gemacht und es der Länge nach durchgeschnitten hatte. Sie biss davon ab und musste sofort grinsen.

»*Mmmm.*« Ihr Mund war so voll Erdnussbutter, dass das zunächst das Einzige war, was sie herausbekam. »Ich habe ganz vergessen, wie gut deine Sandwiches schmecken, Leo. Ich weiß noch, wie du für Max und mich immer welche gemacht hast, wenn wir nach einem Job die ganze Nacht durchgefahren und dann hier angekommen sind.«

»Diese Sandwiches habe ich schon für ihn gemacht, als er sechs war. Sie waren schon immer sein Leibgericht. Und er hat sie nie überbekommen.«

Die Erinnerung an Max vertrieb ihr Lächeln. Cassie wandte sich wieder den Dingen zu, die anstanden.

»Der Halsey hat eine Fronttastatur. Ich kann es mit einer Kamera machen – zur Sicherheit mit zwei, falls die Zeit reicht. Ich muss wissen, ob der Mann Rechts- oder Linkshänder ist. Aber das kriege ich raus, wenn ich ihn im Casino sehe.«

Sie sprach im Wesentlichen mit sich selbst. Sah den Job in Gedanken bereits vor sich. Dann stieß sie auf eine Frage für Leo.

»Hast du deinen Mann nach der Wandfarbe gefragt?«

Leo nickte.

»Kaffeebraun. Das Zimmer wurde vor zwei Monaten neu gestrichen, aber es ist ein Raucherzimmer. Unser Freund raucht Zigarren.«

»Das ist gut – wegen des Geruchs.«

Sie merkte sich den Farbton und beschloss, am Morgen vor der Abfahrt bei Laurel Hardware eine Dose dieser Farbe und einen Sprayer zu kaufen.

»Außerdem habe ich gehört, er ist ein Fettsack«, sagte Leo. »Und er schnarcht. Das macht die Sache etwas einfacher.«

»Nichts ist einfach, Leo. Nicht in Las Vegas.«

Das erinnerte sie daran, dass sie das Cleopatra wieder betreten müsste, und weckte böse Vorahnungen in ihr.

»Wenn er am Donnerstag abreist – warum warten wir nicht einfach und sehen, wohin er fährt, und nehmen ihn dann im nächsten Casino aus? Warum ausgerechnet im Cleo?«

»Weil wir nicht wissen, ob er noch woanders hinfährt. Er könnte auch nach Texas zurückkehren. Vielleicht ist sein Aktenkoffer voll und er fährt nach Hause. Außerdem haben wir unseren Insider im Cleo sitzen. Und wer weiß, ob wir auch so viel Glück haben, wenn er in ein anderes Casino geht.«

Cassie nickte. Leo hatte das bereits alles bedacht und war zu der Überzeugung gelangt, dass sie nur im Cleopatra eine Chance hatten.

»Ich habe gelesen, dass das Cleo zum Verkauf steht«, bemerkte sie, nur um etwas zu sagen, was sie von ihren Gedanken ablenken würde.

»Klar, bei dreitausend Zimmern, von denen die Hälfte konstant leer ist. Ein Dinosaurier ist das, anders kann man es nicht nennen. Grade mal sieben Jahre alt und schon zu verkaufen. Soviel ich gehört habe, hat sich Steve Wynn den Laden angesehen, dann aber schnell abgewinkt. Muss wohl einiges im Argen liegen, wenn nicht mal er eine Möglichkeit sieht, den Karren aus dem Dreck zu ziehen. Alles, was der sonst anfasst, wird doch zu Gold.«

»Vielleicht ist das Cleo nicht mehr über seine schlechte Publicity hinweggekommen – du weißt schon, wegen Max.«

Leo schüttelte den Kopf.

»Unsinn. Das Problem ist, sie haben beim Bau des Ladens an allen Ecken und Enden gespart und jetzt fällt er ihnen schon halb auseinander, sodass niemand mehr dort absteigen will. Dafür kriegst du am Strip fürs gleiche Geld zu viele andere schöne Hotels. Da gibt's jetzt zum Beispiel das Bellagio oder das Venetian. Das Mandalay Bay am Ende.«

Er nannte Hotels, die noch gar nicht existiert hatten, als Cassie das letzte Mal in Las Vegas gewesen war. Sie aß ihr erstes Sandwich auf und machte sich sofort über das nächste her, sobald sie, gleich aus der Flasche, einen Schluck kalte Limonade genommen hatte. Sie sprach mit vollem Mund, als sie mit der Ausarbeitung ihres Plans fortfuhr.

»Wenn sie sie in der Zwischenzeit nicht ausgetauscht haben, haben sie im Cleo noch Magno-Cards. Das heißt, ich muss morgen möglichst bald in Vegas sein, um das Zimmermädchen schon mal rumzukriegen. Ich erschwindle mir den Zutritt in das Zimmer des Kerls, bereite alles vor und komme nachts durch den Luftschacht zurück – genau wie letztes Mal.«

Sie schluckte einen Bissen hinunter und spürte, wie er mit einem Plumps in ihrem Magen landete.

»Ich weiß nicht, Leo. Vielleicht haben sie etwas an den Schächten gemacht, seit Max und ich sie benutzt haben.«

Sie blickte zu ihm hinüber. Er sah sie über seine Brille hinweg an und lächelte.

»Was ist?«

»Du hörst mir nicht zu«, sagte er. »Ich sagte doch, derjenige, von dem wir unsere Informationen haben, gehört zum Personal. Um die Schächte brauchst du dich nicht zu kümmern. Und um das Zimmermädchen auch nicht. Damit hast du nichts zu tun. Am VIP-Schalter liegt bereits ein Päckchen für dich bereit.«

Er blickte auf seine Aufzeichnungen.

»Auf den Namen Turcello. Du kriegst alles, was du ...«

»Warum Turcello? Wer ist das?«

»Das bist du. Wen interessiert schon, warum? Es ist einfach der Name, den mir der Mann aus dem Cleo genannt hat. In diesem Päckchen ist alles, was du brauchst. Du marschierst einfach in den Laden rein und gehst in das Zimmer, weil du einen Hauptschlüssel hast. Außerdem kriegst du direkt daneben ein eigenes Zimmer. Damit du die Lage sondieren und die nötigen Vorbereitungen treffen kannst. Auch einen Pager kriegst du. Den steckst du ein, und sobald dein Mann im Casino Feierabend macht und sein Geld abholt, wirst du angepiepst.«

»Ein Hauptschlüssel allein genügt nicht. Ich muss das Schloss auswechseln. Es ist alles schon so lange her, dass ich das Fabrikat nicht mehr weiß. Hast du ...«

»Hab ich doch alles hier. Nur keine Aufregung. Ich sag dir doch, ich habe alles. Das sind keine Amateure.«

Er zog seine Aufzeichnungen zu Rate.

»Das Schloss ist ein Smithson Commercial. Wie letztes Mal. Hast du damit Probleme?«

»Das kann ich erst vor Ort sagen. Wie du vorhin ganz richtig gesagt hast: Beim Bau des Cleo haben sie überall da, wo man es nicht sehen kann, gespart. Sie haben für alle Schlösser nur halbe Schließmechanismen verwendet. Wahrscheinlich haben sie auf diese Weise eine Menge Geld gespart; bei dreitausend Schlössern kommt da einiges zusammen. Die Frage ist nur, ob sie nach der Geschichte mit Max nicht vielleicht alle ausgewechselt haben?«

»Und wenn?«

»Bedeutet das eine Menge Mehraufwand für mich. Es heißt, ich muss das ganze Schloss ausbauen und in der Mitte durchschneiden.«

»In seinem Zimmer?«

»Nein. Ich muss das Zimmer verlassen und hinterher wieder zurückkommen. Ich nehme einen Schneidbrenner mit und lasse ihn im Kofferraum. Aber ich muss mit dem Lift in die Tiefgarage runterfahren, um ihn zu holen, und ich brauche einen Ort, an dem ich ungestört arbeiten kann. Sollte der Typ in der Zwischenzeit in seinem Zimmer auftauchen, ist die Sache gestorben.«

»Was ist mit dem Schloss in deiner Zimmertür? Du könntest es ausbauen, auseinander schneiden und in das Zimmer von dem Typ mitnehmen.«

Bevor Cassie dazu kam, ihm zu sagen, dass er Recht hatte, erklärte Leo ihre Bedenken, die Schlösser könnten ausgewechselt worden sein, für unbegründet.

»Mach dir deswegen keine Sorgen. Dieser Laden schreibt seit seiner Eröffnung Verluste. Nie im Leben wären die hergegangen und hätten dreitausend Schlösser ausgetauscht, bloß weil mal jemand – der es nicht noch mal tun würde – ein Schloss aufgekriegt hat. Das kannst du vergessen.«

»Du hast leicht reden. Du bleibst hier.«

Statt darauf weiter einzugehen, griff Leo nur in den Ordner, zog das Bündel Geldscheine heraus und legte es neben Cassies Teller.

»Unsere Partner sind seriöse Leute. Sie wissen, was so eine Ausrüstung kostet. Hier hast du zehntausend Dollar. Damit kannst du dir eine Kamera kaufen und was du sonst noch brauchst.«

»Ich habe für die Grundausrüstung schon fast neunhundert ausgegeben.«

»Nur so eine Frage: Wie weit bist du, was Kameras und sonstiges Equipment angeht, auf dem neuesten Stand? Weißt du, was du alles brauchst?«

»Ich werde zu meinem Mann bei Hooten's gehen. Falls er noch dort arbeitet. Ist schon eine Weile her.«

»Allerdings.«

»Wenn nicht, gehe ich zu Radio Shack. Ich bin durchaus auf dem Laufenden. Ich kriege das schon hin, Leo. Mach dir deswegen mal keine Sorgen.«

Wieder sah Leo sie über seine Brille hinweg an. »Was ist nun eigentlich genau passiert, Cass? Warum hast du erst so spät bei mir angerufen? Ich hatte schon jede Hoffnung aufgegeben, dass du dich noch mal melden könntest.«

»Ich weiß nicht, Leo. Wahrscheinlich dachte ich zuerst, ich versuch's einfach mal, weißt du?«

Leo nickte.

»Der schmale Pfad der Tugend«, sagte er. »War dann aber wohl doch nicht dein Ding.«

»Ja, mit einem Mal wurde alles ganz anders. Buchstäblich von einem Tag auf den andern.«

»Jedenfalls schön, dass du wieder zurück bist. Wir könnten dich auf unserer Seite gut gebrauchen.«

Er lächelte. Cassie schüttelte den Kopf.

»Leo, das ist nur für dieses eine Mal, und dabei wird es auch bleiben. Und das ist nicht nur so dahingesagt. Ich habe nicht vor, bei dir einzusteigen. Wenn die Sache hier gelaufen ist, verschwinde ich.«

Natürlich würde das Geld nicht reichen. Es wäre nur das Startkapital. Aber mehr als die Aussicht auf einen Neuanfang wollte sie gar nicht.

Leo nickte und sah auf den gelben Zettel mit Notizen hinab.

»Also, dieser kleine Auftrag sollte dir jedenfalls ermöglichen, dahin zu kommen, wo du hinwillst.«

»Hast du wegen der Pässe angerufen?«

Leo hob bloß die Augen, nicht das Gesicht.

»Ja. Es hieß, sie sind unterwegs. Ich sehe nachher in meinem Postfach nach. Ich fahre gern später hin, wenn der Schalter schon geschlossen ist.«

»Gut. Und danke.«

»Keine Ursache. Ich möchte wirklich, dass du da hinkommst, Cassie, wo du hin möchtest.«

Sie nahm das Geld und stand auf.

»Ich beeile mich besser, wenn die Sache morgen steigen soll. Ich muss ...«

»Warte. Noch eins. Es ist wichtig.«

Obwohl er das zweite Sandwich nicht angerührt hatte, schob er den Teller beiseite und zog einen Terminkalender aus seiner Gesäßtasche. Er hatte etwa die Größe eines Scheckhefts, war aber dicker. Er entfernte den Gummi und schlug das Büchlein auf einer Seite auf, die mit einer rosa Haftnotiz eingemerkt war. Viele der Felder für die einzelnen Tage waren mit Leos verschlüsselter Handschrift beschrieben. Leo fuhr mit dem Finger über die einzelnen Felder, bis er fand, was er suchte. Er sprach, ohne den Blick von der Seite zu lösen.

»Würdest du mir einen Gefallen tun, wenn du in Vegas bist?«

»Meinetwegen. Was?«

»Versprich es mir.«

»Solange ich nicht weiß, was du willst, verspreche ich dir gar nichts. Worum geht es, Leo?«

»Okay, die Sache ist folgende. Egal, was du tust, egal, was passiert, sieh zu, dass du zwischen drei Uhr zweiundzwanzig und drei Uhr achtunddreißig morgens nicht im Zimmer dieses Kerls bist. Okay? Und zwar in der Nacht von Mittwoch auf Donnerstag. Schreib es dir auf, wenn du denkst, du kannst es dir nicht merken.«

Cassie spürte, wie sich ein verwirrtes, fragendes Lächeln über ihre Züge legte.

»Wie bitte?«

»In dieser Zeit ist ein kritischer Mond.«

»Ein kritischer Mond ...«

»Das ist mein astrologischer Kalender, ja? Ich arbeite mit den Büchern, die ich dir in meinem Büro gezeigt habe, und ich fertige Tabellen an, auch für den Mond.«

»Na schön, du verfolgst also die Bahn des Monds. Was ist ein kritischer Mond?«

»Das ist eine astrologische Situation, ja? Wenn zum Beispiel der Mond da oben am Himmel von einem Haus zum andern wandert, ist er manchmal in gar keinem Haus. Wenn das der Fall ist, befindet er sich auf einem kritischen Grad – bis er wieder in ein Haus eintritt. Dann spricht man von einem kritischen Mond. Und wie gesagt, in der Nacht von Mittwoch auf Donnerstag herrscht während dieser – wie viel? – sechzehn Minuten ein kritischer Mond. Er hängt da oben irgendwo zwischen Krebs und Löwe rum. Von drei Uhr zweiundzwanzig bis drei Uhr achtunddreißig befindet er sich auf einem kritischen Grad. Das habe ich hier alles ganz genau berechnet.«

Er schloss den Kalender und hielt ihn hoch, als wäre er etwas Heiliges.

»Und das heißt?«

»Das heißt, es ist eine Pechphase, Cass. Wenn der Mond auf einem kritischen Grad ist, kann alles passieren. Alles, nur nichts Gutes. Darum, unternimm in dieser Zeit nichts.«

Cassie sah ihn kurz an und merkte, seine Miene war vollkommen ernst. Leo hatte schon immer fest an das geglaubt, woran er zu glauben beschlossen hatte.

»Das wird aber nicht einfach werden«, sagte sie. »Es hängt alles davon ab, wann der Kerl einschläft. Ich muss ihn erst mal zwei Stunden schlafen lassen. Mindestens zwei Stunden, um halbwegs sicher zu sein.«

»Dann geh erst nach der kritischen Phase rein. Ich erzähle dir hier nicht irgendwelchen Unsinn, Cass. Wusstest du, dass sich der Mond bei der Amtseinsetzung von Lincoln, McKinley und Kennedy auf einem kritischen Grad befand? Bei allen dreien – und du weißt, was ihnen zugestoßen ist. Bei der von Clinton übrigens auch, und nach allem, was ihm passiert ist, könnte er genauso gut erschossen worden sein.«

Er nickte sehr ernst und hielt den Kalender noch einmal hoch, als würde allein dieses kleine Büchlein schon etwas beweisen. Für Cassie hatte Leos fester Glaube etwas Rührendes. Vielleicht lag das daran, dass sie nicht sicher war, ob sie selbst noch an etwas glaubte.

»Das ist mein voller Ernst«, sagte Leo. »Du kannst das alles nachschlagen und so weit zurückverfolgen, wie du willst.«

Cassie machte einen Schritt auf den Tisch zu und griff nach dem Buch. Doch als es ihr Leo hinhielt, zog sie die Hand zurück. Sie wollte ihn etwas fragen, aber sie war nicht sicher, ob sie die Antwort hören wollte.

Leo wusste, was sie dachte. Er nickte feierlich.

»Ja«, sagte er. »Ich hab's nachgeschlagen. Damals vor sechs Jahren, als das mit Max passiert ist, war auch ein kritischer Mond.«

Sie sah ihn nur an.

»Weißt du noch, wie du vorhin selbst gesagt hast, es wäre wie verhext gewesen? Das war der kritische Mond. Er war an allem schuld.«

An der Tür wünschte ihr Leo alles Gute und sagte, sie würden sich wieder treffen, wenn alles vorüber war. Auf der Eingangstreppe zögerte Cassie. Die Unterhaltung über den kritischen Mond und Max hatte allem einen ernsteren Anstrich verliehen. Sie rollte die Schultern, als bekäme sie eine Erkältung.

»Was ist?«, fragte Leo.

Wie um die Frage abzuwimmeln, schüttelte sie den Kopf und stellte ihre eigene.

»Leo, denkst du hin und wieder an Max?«

Zunächst antwortete Leo nicht. Er kam durch die offene Tür nach draußen und blickte zum Nachthimmel hoch. Der Mond war fahl und hing am Himmel wie ein Ei.

»In ein paar Tagen ist er voll. Schön rund und hell.«

Er sah noch eine Weile nach oben, dann wandte er sich wieder Cassie zu.

»Es vergeht kein Tag, an dem ich nicht an ihn denke«, sagte er. »Nicht ein Tag.«

Cassie nickte.

»Er fehlt mir immer noch sehr, Leo.«

»Mir auch, Cass. Sei also vorsichtig in Vegas. Ich möchte dich nicht auch auf diese Weise verlieren.«

9

Die Sonne spiegelte sich in der silbernen Haut des Porsche, und vom Asphalt stiegen Hitzeschlieren auf, als Cassie Black Mittwoch mittags, nach ein paar letzten Stopps, bei denen sie Farbe und verschiedene andere Sachen gekauft hatte, durch die Wüste fuhr. Obwohl auf dem Highway relativ wenig Verkehr herrschte und der Wagen locker 170 und mehr geschafft hätte, blieb sie ständig ein paar Stundenkilometer unter der erlaubten Höchstgeschwindigkeit. Das war in etwa so, als müsste sie ein reinrassiges Rennpferd in einem langsamen Galopp reiten, aber sie hatte ihre Gründe dafür. Mit dem Verlassen von Los Angeles County hatte sie gegen ihre Bewährungsauflagen verstoßen. Wenn sie von der Highway Patrol aufgehalten wurde, konnte das ihre umgehende Inhaftierung zur Folge haben.

Beim Überqueren der Countygrenze war ihr klar, dass sie um einen hohen Einsatz spielte und dass von nun an ihr Leben auf dem Spiel stand. Jede Begegnung mit der Polizei würde aller Wahrscheinlichkeit nach zu ihrer erneuten Einlieferung ins Gefängnis führen. Sie war wegen Totschlags zu einer sieben- bis zwölfjährigen Haftstrafe verurteilt und nach fünf Jahren auf Bewährung entlassen worden. Wenn sie aneckte, würde sie mindestens zwei weitere Jahre in den Bau wandern, eher länger.

Sie legte eine Lucinda-Williams-CD ein und hörte sie beim Fahren immer wieder. Auf dem glatten Highwaybelag sprang die CD kaum. Sie mochte den rebellischen Geist der einzelnen Nummern, diese Sehnsucht und dieses Auf-der-Suche-Sein, das aus jedem Song sprach. Bei einem Lied musste Cassie jedes Mal weinen, wenn es auf der CD kam. Er handelte von einem verlorenen Geliebten, der zum Sterben nach Lake Charles zurückgekehrt war.

Did an angel whisper in your ear
– hold you close and take away all your fear
– in those long, last moments

Für Cassie war die in dem Song gestellte Frage ein Geist, der sie die ganze Zeit verfolgte. Sie hoffte, zu Max wäre ein Engel gekommen.

Um drei Uhr wurden die scharfkantigen Umrisse der großen Casinos in der Ferne sichtbar und die unverkennbare Mischung aus Erregung und Bangigkeit ergriff von ihr Besitz. Jahrelang hatte sie geglaubt, diesen Ort nie mehr zu Gesicht zu bekommen, den Ort, an dem sie aufgewachsen war, an dem sie Max kennen gelernt und an dem sie mit ihm gelebt hatte. Sie hatte sich damit abgefunden und Las Vegas für sich abgehakt. Nun allerdings doch wieder zurückzukommen ließ sie an Leid und Versäumtes und Geister denken. Zugleich spürte sie jedoch auch, wie sie die Einzigartigkeit dieser Stadt immer wieder von neuem in Erstaunen versetzte. Wenn jemals etwas aus dem Nichts geschaffen worden war, dann Las Vegas.

Als sie den Strip hinunterfuhr, stellte sie fest, dass sich in ihrer Abwesenheit viel verändert hatte. In jedem Block gab es einen neuen Casinokomplex, ein neues Zeugnis der Gier und des Übermaßes. Sie fuhr an einer Imitation der New Yorker Skyline vorbei, am gigantischen MGM Grand und am neuen Bellagio. Sie sah Nachbildungen des Eiffel-

Turms und der Piazza San Marco in Venedig. Das waren Orte und Bauwerke, die sie nie gesehen hatte. Aber da waren sie auf einmal, am Strip von Las Vegas. Sie musste an etwas denken, was Max einmal gesagt hatte. »Alles und jeder wird irgendwann nach Las Vegas kommen. Eines Tages wird es keinen Grund mehr geben, irgendwo anders hinzufahren.«

Doch dann besuchten sie Inseln, und sie wussten, es gab zumindest einen Ort, der nicht nachgemacht oder verfälscht werden konnte.

Sie kam zum Cleopatra, und sofort wurde ihre Aufmerksamkeit auf die nebeneinander aufragenden Tigress und Euphrates Towers gelenkt. Ihr Blick streifte über das verspiegelte Glas der obersten Etage des Euphrates Tower und blieb kurz auf einem Fenster haften.

Dann senkte sich ihr Blick auf das Dreieck des gläsernen Atriumdachs, das sich zwanzig Stockwerke tiefer über das weitflächige Casino spannte. Die Reflexion der Sonne in einer Seite der verspiegelten Glasüberdachung war so scharf wie ein Diamant. Das Hotelcasino lag fast hundert Meter vom Strip zurückversetzt, und die Zufahrt führte den Besucher an einer Reihe höhenversetzter Wasserbecken vorbei, aus denen zur Choreographie eines Wasserballetts Fontänen aufstiegen. In den Wasserbecken waren rein weiße Statuen spielender Kinder aufgestellt – alle unter den wohlwollenden Blicken Cleopatras, die am Rand des höchstgelegenen Beckens auf einem Thron saß. Hinter ihr war ein ägyptisches Motiv in das moderne Design der sandfarbenen Fassade des Hotelcasinos integriert.

Cassie fuhr daran vorbei und wartete in einer langen Autoschlange darauf, in die Flamingo Road biegen zu können, um in die wild wuchernden Gewerbegebiete im Westen der Stadt zu kommen. Sie konnte gar nicht anders, als an Max denken. An die Zeiten, die sie hier verbracht hatten. An das Ende. Sie hatte nicht damit gerechnet, dass ihre

Rückkehr mit einem so tiefen und beißenden Schmerz verbunden wäre. Die Landschaft von Las Vegas veränderte sich dauernd, erfand sich täglich neu. Sie hatte nicht erwartet, dass ein Ort, der eigentlich nur Fassade war, so nostalgische Gefühle in ihr wecken könnte. Aber da waren sie, und sie schmerzten. Seit Max war sie mit keinem anderen Mann mehr zusammen gewesen, und sie war sicher, daran würde sich auch in Zukunft nichts ändern. Vielleicht, dachte sie, war dieser Schmerz alles, was ihr bleiben würde. Vielleicht sollte sie sich an ihn klammern. Aber dann fiel ihr ein, dass es doch noch etwas anderes gab. Den Plan weit hinten am Horizont.

Hooten's Lighting & Supplies lag in einer Gewerbezone in der Nähe eines erhöht verlaufenden Freewayabschnitts. Dort befand sich die Firma schon fast vierzig Jahre, obwohl sich ihre Produktpalette in dieser Zeit deutlich geändert hatte. Ursprünglich eine Großhandelsfirma für Casino-Beleuchtungsanlagen, hatte sich HLS immer mehr auf den Elektronikbereich verlegt. Es war nicht mehr nur Lieferant, sondern auch Hersteller. Mittlerweile baute und vertrieb HLS einen Großteil der technisch hochentwickelten Überwachungsanlagen, die in den Casinos von Nevada sowie in den Spielbanken in den Indianerreservaten des gesamten Westens zum Einsatz kamen.

Was die Betreiber von HLS und die Casinos, die diese Anlagen kauften, nicht wussten, war der Umstand, dass es in der Firma mindestens einen Mitarbeiter gab, der diese Technologien – zu einem entsprechenden Preis – jenen verfügbar machte, die es sich zum Ziel gesetzt hatten, die von der Firma installierten Sicherheitsanlagen der Casinos zu umgehen.

Cassie parkte den Boxster auf dem eingezäunten hinteren Parkplatz, wo die Installationsteams nachts ihre Trucks abstellten, und ging durch den Hintereingang nach drinnen. Hinter der Tür blieb sie erst einmal einen Moment stehen, damit sich ihre Augen an die Dunkelheit gewöhnen konnten. Als sie deutlich sehen konnte, wurde ihre Aufmerksamkeit auf die lange Theke gelenkt, die die gesamte rechte Seite des Basisbauteile- und Katalograums einnahm. Hinter dem Schalter waren ein halbes Dutzend Männer, die Kunden bedienten oder telefonierten. Die meisten von ihnen hatten einen der dicken HLS-Kataloge offen vor sich liegen und schrieben Lieferscheine aus. Cassie stellte fest, dass sich hier nicht viel verändert hatte. Sogar der Slogan, der vor sieben Jahren an die Wand hinter dem Schalter gepinselt worden war, stand noch da.

GOTT VERTRAUEN WIR –
ALLE ANDEREN ÜBERWACHEN WIR

Cassie brauchte ein paar Sekunden, bis sie Jersey Paltz entdeckte. Er telefonierte am hinteren Ende der Theke. Inzwischen hatte er einen Bart und mehr graue Haare. Aber den Pferdeschwanz und den silbernen Ohrring trug er immer noch. Er war es.

Gerade als Cassie an den Schalter trat, hängte Paltz auf. Er blickte aber nicht auf, sondern trug noch Verschiedenes in einen Lieferschein ein. Cassie las die auf dem Kopf stehenden Buchstaben. Es handelte sich um eine Bestellung des Tropicana. Sie begann zu sprechen, noch während er schrieb.

»Na, Jersey, zu beschäftigt, um einer alten Freundin guten Tag zu sagen?«

Paltz schrieb die Zeile zu Ende, bevor er lächelnd aufblickte. Das Lächeln wurde eine Spur verhaltener und sein Gesicht zeigte Anzeichen langsamen Wiedererkennens.

»Cassie Black?«

Cassie nickte und lächelte.

»Mensch, Mädchen, das ist aber lange her. Seit wann bist du denn wieder ... äh ...«

»Vor zehn Monaten. War nur nicht in Vegas. Bin von High Desert direkt nach Kalifornien gegangen. Gar nicht so übel dort. Wo ich jetzt lebe, gibt es wirklich nur ein paar Tage im Jahr, an denen das Thermometer die Schallmauer durchbricht.«

Paltz nickte, gab sich aber weiter reserviert. Cassie hatte ihn rasch durchschaut. Er merkte, sie war nicht hier, um eine alte Bekanntschaft aufzufrischen – zumal ihr Verhältnis immer rein geschäftlicher Natur gewesen war. Um sich zu vergewissern, dass niemand sie belauschen konnte, blickte Cassie sich um. Dann beugte sie sich über den Verkaufsschalter und stützte sich mit den Ellbogen auf Paltz' offenen Katalog und den Lieferscheinblock.

»Ich brauche eine Ausrüstung. Eine komplette. Mindestens drei Kameras, eine davon grün.«

Paltz steckte den Bleistift, den er benutzt hatte, hinter sein Ohr und schüttelte, ohne sie direkt anzusehen, einmal den Kopf.

»Außerdem brauche ich eine NSB und eine Rolle Conduct-O Tape«, fuhr Cassie fort. »Ich war auf dem Weg hierher schon bei Radio Shack, aber dort verkaufen sie das Tape nicht mehr. Alles andere habe ich schon.«

»Da sehe ich aber ein kleines Problem«, sagte Paltz.

»Wegen der Nachtsichtbrille oder dem Tape?«

»Grundsätzlich. Wir machen ... ich meine, ich lasse mich auf solche ...«

»Hör zu, Jersey. Glaubst du nicht, wenn ich dich hinhängen wollte, hätte ich das nicht schon vor sechs Jahren getan, als ich was davon gehabt hätte? Ich meine, du hast damals an Max und mir eine Menge Geld verdient. Das hast du doch noch nicht vergessen, oder?«

Widerstrebend schüttelte Paltz einmal den Kopf.

»In dieser Stadt ist es nur nicht mehr so wie früher. Nur einen Schritt zu weit, und schon hast du sie am Hals. Und wie, kann ich dir sagen.«

Cassie richtete sich auf.

»Das brauchst du mir – oder Max – nicht zu erzählen.«

»Entschuldige. Ich weiß.«

Er nickte und legte die Handflächen auf die Theke.

»Also, was ist, Jersey? Ich zahle bar, und es ist mir ernst.«

Lässig zog sie den Rucksack unter ihrem Arm hindurch und schlug die Klappe zurück, sodass das Bündel Hunderter, das Leo ihr gegeben hatte, zu sehen war. Loyalität und Vertrauen waren unter Ganoven eine Sache, jemandem ein paar Scheine unter die Nase zu halten eine andere.

»Ich möchte sofort eine Antwort, denn wenn du mir nicht hilfst, muss ich mir jemand anders suchen.«

Paltz nickte. Sie merkte, das Geld hatte ihn umgestimmt.

»Weißt du was?«, sagte er. »Vielleicht kann ich doch was für dich tun. In welchem zeitlichen Rahmen hast du dir das Ganze gedacht?«

»Jetzt sofort, Jersey. Heute Abend. Ich bin hier. Ich muss einen Job durchziehen.«

Er behielt seine Hände auf der Theke, als er zu ihr aufsah. Sein Blick wanderte durch den Raum. Er vergewisserte sich, dass niemand mithörte.

»Also schön ... um fünf mache ich hier Feierabend. Wie wär's um sechs, im Aces and Eights?«

»Den Schuppen gibt es immer noch?«

»Aber klar doch.«

»Okay, um sechs.«

Sie wollte sich vom Schalter entfernen, aber Paltz stieß einen leisen Pfiff aus und sie wandte sich ihm wieder zu. Paltz nahm den Bleistift von seinem Ohr und schrieb etwas auf einen Notizblock. Er riss das oberste Blatt ab und gab es ihr.

»Das wirst du brauchen.«

Sie nahm den Zettel und sah darauf. Es stand ein Preis darauf.

$8500

Das fand sie viel. Sie hatte genug über die neuesten Geräte gelesen, um zu wissen, dass sich die Kosten für die Dinge, die sie benötigte, auf rund fünftausend Dollar beliefen, einschließlich einer ordentlichen Gewinnspanne für Paltz. Offensichtlich merkte Paltz, was in ihr vorging, bevor sie etwas sagen konnte.

»Schau«, flüsterte er. »Du zahlst ziemlich viel für den ganzen Krempel. Das Problem ist nämlich: Wenn sie dich mit dem Zeug schnappen, finden sie vermutlich schnell raus, dass es von hier stammt. Es an dich zu verkaufen ist an sich noch nicht strafbar, aber sie könnten mir auf die Beihilfetour kommen. Inzwischen schmeißen die mit Verschwörungsklagen um sich wie mit Konfetti. Dazu kommt noch, dass ich meinen Job verliere. Du zahlst also deshalb so viel, weil auch mein Risiko abgedeckt werden muss. Du kannst es dir noch mal überlegen, aber das ist der Preis.«

Jetzt merkte sie, dass es ein Fehler gewesen war, ihm das Geld zu zeigen, bevor sie den Preis vereinbart hatten.

»Na schön, meinetwegen«, sagte sie schließlich. »Läuft sowieso alles auf Spesen.«

»Dann also um sechs.«

»Um sechs.«

10

Bis zu ihrem Treffen mit Jersey Paltz hatte Cassie zwei Stunden totzuschlagen. Sie überlegte, ob sie ins Cleo gehen und das hinterlegte Päckchen an der Rezeption abholen sollte. Aber dann hätte sie das Hotel wegen des Treffens mit Paltz noch einmal verlassen und wieder zurückkommen müssen. Und sie wollte den Leuten auf der anderen Seite der Kameras nicht zwei zusätzliche Chancen geben, auf sie aufmerksam zu werden.

Aus diesem Grund hielt sie sich vom Strip fern. Zuerst ging sie in ein Nagelstudio in einem Einkaufszentrum in der Flamingo Road und ließ sich die Nägel so kurz wie möglich schneiden. Das war zwar nicht sehr modisch, aber die Handpflegerin, vermutlich eine Vietnamesin, stellte keine Fragen, und Cassie gab ihr dafür ein großzügiges Trinkgeld.

Dann fuhr sie auf der Flamingo nach Osten, an der UNLV vorbei in das Viertel, in dem sie die ersten zehn Jahre ihres Lebens verbracht hatte. Sie hatte sich auf der Fahrt von L. A. dazu durchgerungen, es sich ein letztes Mal anzusehen.

Sie kam an dem 7-Eleven vorbei, in den ihr Vater sie mitgenommen hatte, um ihr Süßigkeiten zu kaufen, und an der Bushaltestelle, an der sie nach der Schule ausgestiegen war. Das kleine Haus in der Bloom Street, das ihren Eltern gehört hatte, war immer noch rosa gestrichen, und sie konnte so gut wie keine Veränderungen entdecken, die in den zwanzig Jahren, seit sie dort ausgezogen war, daran vorgenommen worden waren. Nur der Swamp Cooler auf dem Dach war durch eine richtige Klimaanlage ersetzt worden. Die Garage war in einen Wohnraum umgewandelt worden und der Garten hinter dem Haus war inzwischen wie bei allen anderen Häusern in der Straße eingezäunt worden. Cassie fragte sich, wer dort jetzt wohnte und ob es noch die Familie war, die es bei der Zwangsversteigerung gekauft hatte. Sie hatte das Bedürfnis, an die Tür zu klopfen und zu fragen, ob sie vielleicht kurz in ihr altes Zimmer sehen dürfte. Sie hatte den Eindruck, das letzte Mal, dass sie sich wirklich geborgen gefühlt hatte, war in diesem Raum gewesen. Es wäre schön, dieses Gefühl wieder zu haben. Bei dem Gedanken an ihr Zimmer und wie es damals gewesen war erinnerte sie sich flüchtig an Jodie Shaws Zimmer und die Sammlung von Stoffhunden auf dem Bord über dem Bett. Aber sie schlug sich dieses Bild rasch wieder aus dem Kopf und kehrte zu ihren eigenen Erinnerungen zurück.

Während sie das Haus betrachtete, dachte sie an den Tag, an dem sie von der Schule nach Hause gekommen war und ihre Mutter weinend an der Tür hatte stehen sehen, während ein Mann in Uniform einen Zwangsvollstreckungsbescheid daran befestigte. Er erklärte ihrer Mutter, das Dokument müsse für alle sichtbar angebracht sein, aber sobald er gegangen war, riss es ihre Mutter wieder ab. Dann packte sie Cassie, setzte sie in die Chevette und fuhr mit rücksichtsloser Selbstvergessenheit zum Strip, wo sie schließlich, zwei Räder auf dem Bürgersteig, vor dem Riviera hielt. Cassie hinter sich herzerrend, fand sie Cassies Vater an einem der Blackjack-Tische. Sie hielt ihm den amtlichen Bescheid kurz unter die Nase, dann steckte sie ihn ihm vorne in sein Hawaiihemd. Cassie würde dieses Hemd nie vergessen. Es waren halb nackte Hulatänzerinnen darauf, deren Brüste von ihren erhobenen Armen verdeckt wurden. Ihre Mutter beschimpfte ihren Vater und nannte ihn einen Feigling und alle möglichen anderen Dinge, an die sich Cassie aber nicht mehr erinnern konnte. Dann zerrten Wachmänner des Casinos sie von ihm weg.

Cassie konnte sich nicht an alles erinnern, was gesprochen worden war, aber die Szene selbst hatte sie, wie durch die Augen eines Kindes gesehen, noch ganz deutlich vor sich. Ihr Vater blieb einfach auf seinem Hocker hinter dem Spieltisch sitzen und sah seine auf ihn einschreiende Frau an, als wäre sie eine völlig Fremde. Um seine Lippen spielte ein verhaltenes Lächeln. Und er sagte die ganze Zeit kein Wort.

An diesem Abend und an den Abenden danach kam ihr Vater nicht mehr nach Hause. Cassie sah ihn nur noch ein einziges Mal wieder – als sie im Trop am Blackjack-Tisch arbeitete. Aber damals hing er schon so sehr an der Flasche, dass er sie nicht erkannte. Und sie hatte nicht den Mut, ihm zu sagen, wer sie war.

Sie sah von dem Haus weg, und wieder drängten sich ihr Bilder des Hauses in der Lookout Mountain Road auf. Sie dachte an die Zeichnung auf der Staffelei in Jodie Shaws Zimmer. Das kleine Mädchen auf dem Bild weinte, weil es kein Zuhause mehr hatte.

Cassie wusste genau, wie es sich fühlte.

11

Der Verkehr in Richtung North Las Vegas war eine schleppende Angelegenheit. Cassie traf fünfzehn Minuten zu spät am Aces and Eights Club ein. Trotzdem ging sie nicht sofort hinein, sondern blieb noch kurz im Wagen sitzen, um die Perücke aufzusetzen, die sie für die Hausbesichtigung in der Lookout Mountain Road gekauft hatte. Sie klappte die Sonnenblende nach unten, um die Perücke im Schminkspiegel zurechtzuzupfen und anschließend mit einem Augenbrauenstift ihre Brauen entsprechend dunkler zu machen. Schließlich setzte sie noch eine rosa getönte Brille auf, die sie in einem Thrifty Drugstore gekauft hatte.

Das Aces and Eights war eine Bar für Einheimische, in der Cassie bis vor sechs Jahren Stammgast gewesen war. Die meisten Gäste waren – teils legal, teils nicht – in der Glücksspielbranche tätig, und wenn es einen Ort gab, an dem Cassie selbst nach sechsjähriger Abwesenheit wieder erkannt werden könnte, dann das Aces and Eights.

Fast hätte Cassie Jersey Paltz gebeten, sich in einem anderen Lokal mit ihr zu treffen, war aber dann doch auf seinen Vorschlag eingegangen, um ihn nicht misstrauisch zu machen. Außerdem musste sie sich eingestehen, dass sie nicht ganz gegen gewisse nostalgische Anwandlungen gefeit war. Sie wollte sehen, ob sich ihre alte Stammkneipe verändert hatte.

Nachdem sie im Spiegel noch einmal ihr Aussehen überprüft hatte, stieg sie aus dem Boxster und betrat, den Rucksack über die Schulter geworfen, das Lokal. An der Bar waren mehrere Männer. An ihren Uniformen oder den Farben ihrer Croupierschürzen konnte sie sofort erkennen, in welchen Casinos sie arbeiteten. Auch ein paar Frauen in kurzen Kleidern und hochhackigen Schuhen, die ihre Pager und Handys auf der Bar liegen hatten, standen herum – Nutten, die auf einen Job warteten und sich nichts dabei dachten, dass ihnen das auf den ersten Blick anzusehen war. Im Aces and Eights kümmerte das niemanden.

Cassie entdeckte Paltz in einer runden Sitznische in der hintersten Ecke der schummrigen Bar, wo er über einer Schale Chili saß. Sie erinnerte sich, dass das Chili das einzige Gericht auf der Speisekarte gewesen war, das die Stammgäste zu essen riskiert hatten. Aber sie würde es weder hier noch sonstwo jemals wieder essen, nachdem sie es in High Desert fünf Jahre lang jeden Mittwoch hatte essen müssen. Sie ging zu der Nische, aber als sie auf die Sitzbank rutschte, begann Paltz zu protestieren.

»Tut mir Leid, Schätzchen, aber ich warte auf ...«

»Ich bin's.«

Er blickte auf und erkannte sie.

»Bisschen früh für Halloween, findest du nicht?«

»Ich dachte, hier könnte es unter Umständen noch Leute geben, die sich an mich erinnern.«

»Quatsch, du warst jetzt sechs Jahre nicht mehr hier. Da erinnert sich in Vegas kein Schwein mehr an dich. Ich dachte übrigens schon, du würdest heute gar nicht mehr kommen, aber dann fiel mir ein, Mensch, du warst ja schon sechs, sieben Jahre nicht mehr hier. Du weißt nicht, wie schlimm der Verkehr geworden ist.«

»Das habe ich gerade gemerkt. Ich dachte immer, L. A. wäre schlimm, aber das ...«

»Im Vergleich zu hier kommst du dir in L. A. wie auf der Autobahn vor. So, wie hier überall gebaut worden ist, brauchen wir mindestens drei neue Freeways.«

Cassie wollte nicht über den Verkehr oder übers Wetter sprechen. Sie kam sofort zur Sache.

»Hast du meine Sachen dabei?«

»Immer schön der Reihe nach.«

Paltz rutschte dicht an Cassie heran, streckte die linke Hand unter den Tisch und begann sie zu betatschen und zu befummeln. Sofort verkrampfte sich alles in ihr.

»Das ist etwas, was ich immer schon tun wollte«, sagte Paltz grinsend. »Schon seit ich dich das erste Mal mit Max gesehen habe.«

Sein Atem roch nach Chili und Zwiebeln. Cassie wandte sich ab und sah in die Bar hinaus.

»Du verschwendest nur deine Zeit, ich werde nicht ...«

Als seine Hand über ihren Oberkörper zu ihren Brüsten hinaufwanderte, verstummte sie und stieß seinen Arm weg.

»Ist ja schon gut«, sagte Paltz. »Man kann heutzutage nicht vorsichtig genug sein, weißt du? Die fünfundachtzig Hummeln, sind sie in deinem Rucksack?«

Um sich zu vergewissern, dass niemand sie beobachtete, blickte sie sich kurz im ganzen Lokal um. Sie hatten nichts zu befürchten. Wenn ihre ernsten Gesichter jemandem auffielen, würde sie sich der Betreffende als Ausdruck einschlägiger Verhandlungen zwischen einer auftoupierten Nutte und einem Freier erklären. Nichts Weltbewegendes. Sogar das Gefummel ließe sich als Bestandteil der Verhandlungen deuten; heutzutage musste sich der Kunde der Qualität und des Geschlechts der Ware vergewissern.

»Ich habe dabei, was du wolltest«, sagte sie. »Wo sind meine Sachen?«

»Im Wagen. Du zeigst mir noch mal, was ich haben möchte, und dann machen wir einen Spaziergang.«

»Das hatten wir doch schon alles«, protestierte Cassie. »Lass mich endlich in Ruhe.«

Paltz rutschte auf seinen Platz zurück. Er löffelte etwas Chili in seinen Mund und nahm einen kräftigen Schluck aus einer Flasche Miller High Life.

Cassie hob den Rucksack über ihren Schoß, stellte ihn zwischen sich und Paltz auf die Sitzbank und zog die Klappe ein Stück zurück. Inzwischen war auch ihre Werkzeugtasche aus Gummi im Rucksack. Auf ihr lag das Bündel Geldscheine. Hundertdollarscheine – oder Hummeln, wie manche Alteingesessenen sie nannten. Das war Vegas-Slang, der schon einige Jahre zurückreichte, in eine Zeit, als in der Unterwelt von Vegas Tausende gefälschter Hundertdollarchips in Umlauf kamen. Es waren perfekte Fälschungen der schwarz-gelben Hundertdollarchips des Sands, die Hummeln hießen. Die Fälschungen waren so gut, dass das Casino die Farbe und das Design seiner Chips ändern musste. Das Sands gab es schon lange nicht mehr; es war abgerissen und durch ein neues Casino ersetzt worden. Aber der Slangausdruck Hummel für einen Hundertdollarschein oder -chip hatte sich gehalten. Jeder, der das Wort benutzte, war schon eine Weile in Vegas.

Cassie sorgte dafür, dass Paltz das Geld gut sehen konnte, dann klappte sie den Rucksack wieder zu. Im selben Moment kam eine Bedienung an ihren Tisch.

»Darf ich Ihnen etwas bringen?«, fragte sie Cassie.

Paltz antwortete für sie.

»Nein, vorerst nicht. Wir gehen kurz mal nach draußen, aber ich komme gleich wieder zurück. Und dann werde ich noch ein Bier brauchen, Süße.«

Die Bedienung entfernte sich, und Paltz grinste. Seine Bemerkung würde die Bedienung in dem Eindruck bestärken, sie gingen nach draußen, um eine sexuelle Transaktion zum Abschluss zu bringen. Cassie störte das nicht, weil es in Einklang mit ihrer Tarnung stand. Was sie allerdings ärgerte, war, dass er die Bedienung Süße genannt hatte. Es stieß Cassie immer sauer auf, wenn Männer Frauen, die sie nicht kannten, Kosenamen gaben, obwohl sie es gar nicht so meinten. Sie verkniff es sich, Paltz deswegen zur Rede zu stellen, und rutschte aus der Nische.

»Dann mal los«, sagte sie stattdessen.

Sobald sie zur Tür hinaus waren, steuerte Paltz auf einen Lieferwagen zu, der auf der Seite der Bar stand. Er hakte einen Satz Schlüssel von seiner Gürtelschlaufe los und schloss auf der Beifahrerseite die Schiebetür auf. Der Lieferwagen war so geparkt, dass die offene Tür nur etwa einen Meter von der Seitenwand der Bar entfernt war. Man konnte also nur in den Lieferwagen sehen, wenn man direkt vor der offenen Tür stand. Das fand Cassie halb gut, halb schlecht. Gut war es, wenn Paltz das Geschäft korrekt abwickelte. Schlecht, wenn er sie linken wollte. Sie hatte nie eine Waffe getragen und fragte sich, ob Paltz das gewusst haben könnte.

Paltz stieg in den Wagen und gab Cassie ein Zeichen, ihm zu folgen. Im Laderaum des Lieferwagens, der durch eine Sperrholzwand vom Führerhaus abgeteilt war, standen sich zwei Sitzbänke gegenüber. An den Seitenwänden waren mit Haken versehene Lochplatten befestigt, an denen alles mögliche Werkzeug hing. In Zwanzig-Liter-Eimern befand sich weiteres Werkzeug sowie sonstige Ausrüstungsgegenstände und Lumpen. In der offenen Tür zögerte Cassie. Sie hatte fast zehntausend Dollar in bar in ihrem Rucksack und wurde von einem Mann, mit dem sie mehr als sechs Jahre nichts mehr zu tun gehabt hatte, in einen Lieferwagen gewinkt.

»Willst du jetzt die Sachen, oder nicht? Ich habe nicht die ganze Nacht Zeit – und du, dachte ich, eigentlich auch nicht.«

Er deutete auf einen mittelgroßen American-Tourister-Koffer, der auf dem Boden lag. Er hob ihn hoch und setzte sich damit auf eine der Sitzbänke. Dann öffnete er ihn in seinem Schoß und lehnte den Deckel gegen seinen Oberkörper, damit Cassie die in Formteilen aus Schaumstoff liegenden Geräte darin sehen konnte.

Cassie nickte und stieg in den Lieferwagen.

»Mach die Tür zu«, sagte Paltz.

Sie schob die Tür zu, ließ Paltz aber keinen Moment aus den Augen.

»Beeil dich ein bisschen«, sagte sie. »Mir gefällt es hier nicht.«

»Nur keine Hektik, ich beiße schon nicht.«

»Ich mach mir keine Sorgen darum, gebissen zu werden.«

Cassie sah sich den Koffer noch einmal aus der Nähe an. Damit sie beim Transport nicht verrutschten, befanden sich die elektronischen Überwachungsgeräte in Formteilen. Die meisten kannte Cassie entweder aus Fachzeitschriften und Katalogen oder weil sie schon mit ihnen gearbeitet hatte. Da waren Mikrokameras, ein Mikrowellen-Sender, ein Empfänger und verschiedenes Zubehör, außerdem eine Nachtsichtbrille.

Wie ein Hausierer schwenkte Paltz den Arm über seine Ware und zog seine Nummer ab.

»Soll ich dir alles erklären, oder glaubst du, du kommst allein zurecht?«

»Besser, du zeigst mir alles. Außer der NSB. Ist schon eine Weile her.«

»Also dann, gut, fangen wir mit der Bild-Erfassung an und gehen dann zur Wiedergabe weiter. Zuerst die Kameras.«

Er deutete auf die obere Hälfte des Koffers. Dort lagen in den entsprechenden Vertiefungen im Schaumstoff vier kleine schwarze Quadrate mit offenen Schaltkreisen und einem runden Mittelteil.

»Das wären vier Chip-Kameras – die müßten in jedem Fall ausreichen. Du hast mir heute Nachmittag in der Firma nicht gesagt, ob Schwarz-Weiß genügt oder ob du Farbe ...«

»Farbe brauche ich nicht. Ton auch keinen. Wichtig ist nur die Bildschärfe. Ich muss Zahlen ablesen.«

»Habe ich mir fast gedacht. Sie sind alle schwarz-weiß. Die ersten drei, die du hier siehst, sind ganz normale Mikrokameras. Mit normal meine ich hier, nach Hooten-L&S-Maßstäben. Niemand stellt im Moment ein besseres Teil zusammen. Bei den Dingern kriegst du mit einer elektronischen Linearblende vierhundert Zeilen Auflösung. Sehr scharf. Läuft mit einer Knopfbatterie vier bis sechs Stunden. Kommt das zeitlich für dich hin?«

»Müsste es eigentlich.«

Cassie spürte wachsende Erregung. Sie hatte sich anhand elektronischer Fachzeitschriften über die neuesten technischen Entwicklungen auf dem Laufenden gehalten, aber als sie nun die Kameras in natura vor sich liegen sah, fühlte sie sich, als stünde sie unter Strom. Sie konnte das Blut in ihren Schläfen pochen spüren.

Paltz machte mit seiner Vorführung weiter.

»Okay, die vierte Kamera ist deine grüne. Das ist eine so genannte ALI – wie Muhammad Ali. Deshalb nennen wir sie im Katalog die ›größte kleine Kamera aller Zeiten‹.«

»Ali?«

»A-L-I. Von Ambient Light Iris oder Umgebungslichtblende. Dieses Modell funktioniert unabhängig davon, ob du Licht hast oder keines. Bei Infrarot kriegst du manchmal Überbelichtungsblüten auf deinem LED-Bildschirm, wenn irgendwo Licht an ist. Deshalb haben wir dieses System hier entwickelt. Es arbeitet mit dem Licht, das jeweils gerade verfügbar ist, und verhilft dir zu einem Bild, auf dem du alles siehst, was du sehen musst – Umrisse, Schatten, Bewegungen. Grünes Bild, wie üblich. Übrigens, heute Nacht soll Vollmond sein. Wenn du ...«

»Und ein kritischer auch.«

»Was?«

»Nichts. Mach weiter.«

»Ich wollte gerade sagen, wenn du in den Bereich, in dem du filmen willst, etwas Mondlicht kriegen kannst, reicht das bei dieser Kamera vollauf, um gescheite Aufnahmen zu bekommen.«

»Hört sich gut an.«

Cassie musste nur erkennen können, wo sich ihr Ziel in dem dunklen Zimmer befand. Wie es schien, war die ALI alles, was sie brauchen würde.

»Gut, dann mal weiter. Du kannst jede dieser Kameras hier nehmen und in jedem der Gehäuse hier drinnen verwenden.«

Er nahm eine Rauchmelderattrappe aus dem Koffer und zeigte sie ihr. In das Gehäuse war ein kleines Loch gebohrt. Dann führte er ihr vor, wo die Mikrokamera angebracht werden musste, damit sich das Objektiv genau hinter dem Loch befand.

»Wenn du dagegen einen niedrigeren Aufnahmestandort brauchst ...«

Er nahm eine Doppelsteckdose heraus. Die Kamera ließ sich hinter der oberen Steckdose anbringen. Er reichte sie Cassie, die staunend feststellte, wie klein sie war.

»Echt super.«

»Aber auch ein bisschen riskant. Der Typ könnte versuchen, was einzustecken, und – hoppla – schon merkt er, in seinem Zimmer ist eine Kamera. Wenn du also die hier nimmst, sieh bitte zu, dass du sie möglichst an einer Stelle anbringst, wo er nicht auf die Idee kommt, seinen Computer oder Rasierapparat oder sonst was einzustecken.«

»Schon klar.«

»Okay, gut. Als Nächstes setzt du die Batterien ein. So.«

Paltz befestigte winzige runde Batterien in den Halterungen, die mit Drähten an die Kameras angeschlossen waren.

»Dann befestigst du die Kamera und schließt sie an den Sender an. Die Entfernungen sind doch alle nicht sehr groß, oder?«

Cassie schüttelte den Kopf.

»Nein. Allerhöchstens zweieinhalb, drei Meter, eher weniger.«

Er zog etwas heraus, das aussah wie eine Rolle Klebeband, und hielt es hoch.

»Conduct-O-Tape. Damit hast du doch schon gearbeitet, oder?«

»Ja, die letzten Male ... bei ein paar Jobs.«

Paltz fuhr mit seinen Erklärungen fort, als hätte Cassie das Gegenteil gesagt.

»Das ist dein Zauberband. Es enthält über die ganze Länge zwei Kabel, eins für Video, eins für die Erdung. Damit schließt du die Kamera an den Sender an. Aber sieh zu, dass der Abstand möglichst klein bleibt. Je größer die Entfernung, desto schlechter das Bild. Wenn du damit Zahlen ablesen willst, kannst du das sicher nicht brauchen.«

»Gut. Ich werde dran denken.«

Von Paltz' Haaransatz lief Schweiß über seine beiden Wangen hinab. Cassie fand es im Innern des Lieferwagens für eine solche Reaktion nicht heiß genug. Sie beobachtete, wie er den Arm hob und sich das Gesicht abwischte.

»Ist irgendwas?«

»Nein, nein.« Paltz griff in seinen Koffer. »Wird nur langsam ein bisschen heiß hier drinnen. Das ist ein Vier-Kanal-Sender.«

Er nahm ein flaches viereckiges Kästchen von der Größe eines Handys aus seiner Vertiefung im Schaumstoff. Es hatte eine 15 cm lange Stichleitungsantenne.

»Das ist eine Rundstrahlantenne – es spielt also keine Rolle, in welchem Winkel du sie anbringst. Bring sie nur möglichst nah bei den Kameras an, damit du ein deutliches Signal kriegst. Wie du siehst, ist der Sender nicht getarnt. Da es sich bei ihm nicht um eine Kamera handelt, kannst du ihn praktisch überall anbringen – unter einem Bett, in einer Schublade, in einem Schrank, egal wo. Er läuft auch mit einer Batterie – hält etwa so lang wie die Kameras. So weit alles klar?«

»Alles klar.«

»Dieser Sender macht jetzt Folgendes: Er sendet, was die Kamera aufnimmt, an dein Empfangsgerät. Dieses kleine Ding da.«

Paltz nahm das größte Gerät aus dem Koffer. Es sah aus wie ein kleiner Laptop. Oder eine Raumzeitalter-Lunchbox. Er klappte den Bildschirm hoch und zog eine Teleskopantenne aus.

»Das ist dein Mikrowellen-Empfänger und -Aufnahmegerät. Je nach Störfaktoren kannst du das Gerät bis zu zweihundert Meter vom Sender entfernt aufstellen und kriegst trotzdem noch ein brauchbares Bild.«

»Was wären solche Störfaktoren?«

»Nichts, worüber du dir wahrscheinlich Gedanken machen musst. Vor allem Wasser. Der Saft von Bäumen ist auch schlecht. Aber du wirst kaum in der Nähe eines Walds arbeiten, oder? Bäume senden ein Signal in die Erde.«

»Gibt es in Las Vegas einen Wald, Jerry?«

»Nicht, dass ich wüsste.«

»Also kein Wald. Keine Bäume, kein Saft.«

Sein Gequatsche und seine Nervosität begannen ihr auf die Nerven zu gehen. So etwas war ansteckend. Außerdem wurde ihr klar, dass sie, da der Lieferwagen hinten keine Fenster hatte, nicht mitbekäme, ob draußen jemand auf sie beide – oder nur sie allein – wartete, wenn sie die Tür öffneten. Dieses Treffen war ein Fehler gewesen.

»Was ist mit dem Pool?«, fragte Paltz.

Die Frage riss Cassie aus ihren Gedanken. Sie dachte kurz nach und erinnerte sich, dass im Cleopatra der Pool unten, auf Höhe des Erdgeschosses, war.

»Kein Pool.«

»Gut. Stahl, Beton, das ist alles kein Problem. Wenn du damit nicht ins Freie gehst, müßte es eigentlich perfekt funktionieren.«

Paltz machte sich an den Knöpfen des Aufnahmegeräts zu schaffen. Er schaltete es ein, und der Bildschirm begann zu flimmern. Dann tippte er auf einen roten Knopf auf der rechten Seite der winzigen Tastatur.

»Das hier ist die Aufnahmetaste. Du kannst entweder alles aufnehmen oder es auch nur ansehen. Du kannst den Bildschirm vierteilen und dir vier Kameras gleichzeitig ansehen.«

Er drückte auf eine Reihe von Knöpfen, worauf sich der Bildschirm zweimal teilte. Es waren immer noch vier Ansichten von dichtem Schneetreiben.

»Wir kriegen kein Bild, weil wir die Kameras nicht angeschlossen haben. Aber ich habe die vier Kameras schon hier draufgeladen. Es läuft alles.«

»Okay. Wirklich beeindruckend, Jersey. Sonst noch was, das du mir zeigen willst? Ich muss langsam los.«

»Das war's bereits. Wenn du mir jetzt den vereinbarten Betrag zahlst, kannst du hier raus, und ich kann zu meinem Chili zurück – auch wenn es inzwischen kalt sein dürfte.«

Cassie zog den Rucksack in ihren Schoß.

»Ziehst du den Job allein durch, Cassie?«

»Ja«, antwortete sie, ohne zu überlegen.

Gerade als sie die Klappe zurückschlug, schloss Paltz seinen Koffer und hob die andere Hand mit einer Pistole darin. Ihr Lauf war direkt auf Cassies Brust gerichtet.

»Was soll das?«

»Dumm gelaufen, Mädchen.«

Cassie wollte aufstehen, doch er hob die Waffe und veranlasste sie, sich wieder zu setzen.

»Hör mal, Mann, du kriegst das Geld doch. Ich habe es dabei. Was willst du denn noch mehr?«

Paltz nahm die Pistole in die andere Hand und stellte den Koffer auf den Boden. Dann streckte er die Hand nach dem Rucksack aus.

»Den werde ich mir jetzt nehmen.«

Er riss ihr den Rucksack aus den Händen.

»Jersey, wir haben eine Abmachung. Wir ...«

»Halt einfach die Klappe.«

Cassie versuchte Ruhe zu bewahren und wartete, dass er das Geld nehmen würde. Ohne mit einem Muskel zu zucken, verlagerte sie ihr ganzes Körpergewicht auf den rechten Fuß und hob den linken ganz leicht an. Paltz saß ihr direkt gegenüber. Zwischen seinen Knien waren etwa dreißig Zentimeter Abstand. Sie sprach in ruhigem, gemessenem Ton.

»Jersey, was soll der Quatsch? Warum hast du den ganzen Kram mitgebracht, wenn du mich sowieso bloß linken wolltest?«

»Ich wollte herausfinden, ob du diesen Job wirklich allein durchziehst. Ob du dir nicht einen Ersatz für Max gesucht hast.«

Langsam bekam Cassie eine Mordswut. Dieser Kerl hatte ihr was vorgemacht. Er hatte in ihr von Anfang an ein potenzielles Opfer gesehen, jemanden, den er ausnehmen konnte, wenn sie keinen Komplizen hatte.

»Und weißt du was?« Seit er den Rucksack mit dem Geld hatte, wirkte Paltz regelrecht berauscht. »Wenn ich mir's genauer überlege, sollte ich mir als Dreingabe vielleicht noch einen blasen lassen. Mir auch was von dem holen, was Max ganz allein haben wollte. Nach fünf Jahren Knast kann dir ein bisschen Übung im Schwanzlutschen sicher nicht schaden.«

Er grinste.

»Du machst einen Fehler, Jersey. Ich bin zwar allein hier, aber ich arbeite für ein paar Leute. Glaubst du, ich komme hier einfach an und suche mir auf gut Glück ein Ziel aus? Linkst du mich, linkst du auch sie. Und darüber werden sie nicht begeistert sein. Warum halten wir uns nicht an die Abmachung? Du kriegst das Geld, ich das Equipment. Ich vergesse das mit der Kanone und was du gerade getan hast. Und gesagt hast.«

»Du spinnst.«

Ohne Cassie aus den Augen zu lassen, griff Paltz in den Rucksack. Im selben Moment ertönte ein elektronisches Schnalzen, und Paltz schrie auf. Er riss die Hand aus dem Rucksack zurück, und im selben Moment ließ Cassies ihren linken Fuß nach vorn schnellen und rammte ihm ihren dicksohligen Doc-Marten's-Schuh in den Unterleib. Paltz sackte laut ächzend nach vorn und drückte den Abzug seiner Pistole.

Der Krach des Schusses war ohrenbetäubend. Cassie spürte ein Zupfen an ihrer Perücke, als die Kugel durch ihre falsche Lockenpracht fuhr. Hals und Wange brannten von Schießpulver und Austrittsgasen. Sie stürzte sich auf Paltz und packte die Pistole mit beiden Händen. Gleichzeitig drehte sie sich so weit herum, dass sie fast in seinem Schoß zu sitzen kam. Sie riss die Hand, in der er die Pistole hielt, zu ihrem Gesicht hoch und biss, so fest sie konnte, in seinen Handrücken. Es war nicht Angst, die sie dazu trieb. Es war Wut.

Paltz schrie auf und ließ die Pistole los. Cassie packte sie, wirbelte herum und richtete sie – ein kurzer Blick verriet ihr, es war eine 9-mm-Glock – aus einem halben Meter Entfernung auf Paltz' Gesicht.

»Du blödes Stück Scheiße!«, schrie sie. »Möchtest du verrecken? Möchtest du echt in dieser Scheißkarre hier verrecken?«

Paltz schnappte nach Luft und wartete, dass sich seine Hoden wieder erholten. Cassie strich mit der freien Hand über ihr Gesicht, um zu sehen, ob sie irgendwo blutete. Sie war sicher, die Kugel hatte sie verfehlt, aber sie hatte schon des Öfteren gehört, dass man es manchmal nicht mitbekam, wenn man getroffen wurde.

Sie nahm ihre Hand vom Gesicht und sah sie an. Kein Blut. Trotzdem fluchte sie laut. Paltz' hirnrissige Idee, sie reinzulegen, machte alles nur komplizierter. Sie versuchte, in Ruhe nachzudenken, aber ihre Ohren rauschten, und ihr Hals schmerzte von den oberflächlichen Verbrennungen.

»Leg dich auf den Boden!«, befahl sie. »Los, runter! Du mieses Schwein! Eigentlich sollte ich dir die Knarre in den Arsch schieben!«

»Es tut mir Leid«, winselte Paltz. »Ich hatte Angst. Ich ...«

»Blödsinn! Auf den Boden. Mit dem Gesicht nach unten. Los!«

Langsam ließ sich Paltz auf die Knie nieder, bevor er sich flach auf den Boden legte.

»Was hast du jetzt vor?«, wimmerte er.

Die Füße auf beiden Seiten seines Körpers, stellte sich Cassie über ihn, beugte sich zu ihm hinab und hielt ihm die Mündung der Pistole an den Hinterkopf. Dann zog sie mit der Handfläche den Hahn zurück. Das Geräusch, mit dem er zurückschnappte, brachte Paltz' Schultern zum Beben.

»Na, Jersey, willst du immer noch, dass ich dir einen blase? Meinst du, du kriegst noch einen hoch?«

»Bitte ...«

Cassie sah sich im Laderaum des Lieferwagens um, begann in den Kübeln mit elektronischen Instrumenten und Werkzeug zu kramen. Schließlich nahm sie eine Rohrschelle aus Plastik aus einem der Eimer und forderte Paltz auf, die Hände auf den Rücken zu legen. Als er ihrer Aufforderung nachkam, stellte Cassie fest, dass er von einem der Pole des Elektroschockers Verbrennungsspuren auf dem Handrücken hatte. Sie schlang das Plastikband der Rohrschelle um seine Handgelenke und durch die Schließe und zog es so fest, dass es in seine Haut schnitt. Dann legte sie die Pistole auf den Boden des Lieferwagens und suchte nach weiteren Schellen, um Paltz auch an den Fußgelenken zu fesseln.

»Ich hoffe, du hast genug Chili gegessen, du Arschloch. Wird eine Weile dauern, bis du deinen Nachschlag kriegst.«

»Ich muss dringend pinkeln, Cassie. Ich habe zwei Bier getrunken, als ich auf dich gewartet habe.«

»Niemand hindert dich daran.«

»O Mann, Cassie, bitte tu mir das nicht an.«

Cassie riss einen Lumpen aus einem der Kübel, setzte abrupt ihr Knie auf seinen Rücken und beugte sich zu seinem Ohr hinab.

»Vergiss nicht, dass du mit dieser Scheiße angefangen hast, du Arsch. Ich werde dir jetzt eine Frage stellen, und du gibst mir eine vernünftige Antwort, wenn dir dein Leben lieb ist. Klar?«

»Ja.«

»Wenn ich hier gleich die Tür aufmache, lauert mir dann da draußen jemand auf? Ein Kumpel von dir zum Beispiel, den du für diese krumme Tour mitgenommen hast?«

»Nein, niemand.«

Sie nahm die Pistole und drückte ihre Mündung fest gegen seine Wange.

»Verarsch mich hier bloß nicht. Wenn ich jetzt die Tür aufmache und da draußen jemanden stehen sehe, kriegst du ein Loch verpasst.«

»Da ist niemand. Ich bin allein hier.«

»Schön aufmachen.«

»Wa–«

Sie schob den Lumpen in seinen offenen Mund und schnitt ihm das Wort ab. Dann verband sie zwei Schellenbänder miteinander und legte sie ihm so um den Kopf und den offenen Mund, dass der Knebel nicht verrutschen konnte. Paltz' Augen wurden immer größer, als sie die Schellen fest anzog.

»Durch die Nase, Jersey. Du brauchst nur durch die Nase zu atmen. Dann kann dir nichts passieren.«

Cassie entfernte die Schlüssel für den Lieferwagen von der Gürtelschlaufe seiner Hose, ging zu ihrem Rucksack, nahm eine schwarze Sporttasche heraus und faltete sie auseinander. Dann machte sie sich daran, die Kameraausrüstung aus Paltz' Koffer in die Tasche zu packen.

»Okay, wir machen jetzt Folgendes«, sagte sie. »Wir nehmen deinen Wagen, wenn ich den Job jetzt durchziehe.«

Paltz wollte protestieren, aber wegen des Knebels brachte er nur unartikulierte Laute heraus.

»Gut, Jersey. Freut mich, dass du einverstanden bist.«

Sobald sie alles in der Sporttasche verstaut hatte, warf sie sich den Rucksack über die Schulter und ging zur Schiebetür. Sie fasste nach oben und machte die Innenbeleuchtung aus. Dann öffnete sie mit einer Hand die Tür, mit der anderen hielt sie die Pistole schussbereit.

Die Luft war rein. Sie stieg aus dem Lieferwagen, nahm die Sporttasche, machte die Tür zu und schloss sie ab. Die Pistole weiter im Anschlag, ging sie auf die Fahrerseite. Der Parkplatz war voll mit Autos, aber in keinem sah sie jemanden sitzen, der sie beobachtete.

Sie schloss die Fahrertür auf und öffnete sie. Bevor sie einstieg, entfernte sie das Magazin der Glock, pulte mit dem Daumen die Kugeln heraus und ließ sie auf den Asphalt fallen. Dann holte sie noch die letzte Kugel aus der Kammer und warf die Pistole und das Magazin auf das Flachdach des Aces and Eights.

Sie stieg in den Lieferwagen, ließ den Motor an und fuhr vom Parkplatz. Sie sah, dass das Radio im Armaturenbrett ein Loch aufwies. Die Kugel, die Paltz abgefeuert hatte, war durch die Sperrholzabtrennung und in das Radio gefahren. Das erinnerte sie an das Brennen an Hals und Wange. Sie machte die Innenbeleuchtung an und begutachtete sich im Spiegel. Ihre Haut war rot und fleckig. Sie sah aus, als hätte sie Nesselfieber.

Sie sah auf die Uhr. Paltz' Aktion hatte sie viel Zeit gekostet. Sie machte das Licht aus und fuhr auf den Neonstreifen zu, dessen Schein sie in der Ferne sehen konnte.

12

Die Koval Road lief parallel zum Las Vegas Boulevard, und man hatte von dort leichten Zugang zu den Parkhäusern hinter den großen Hotelcasinos entlang dem ständig verstopften Boulevard, besser bekannt als Strip. Cassie fuhr an den Koval Suites vorbei, einem Apartmenthaus, in dem sie und Max einmal einen Unterschlupf gemietet hatten, und bog in das mehrstöckige Parkhaus, das zum Flamingo Casino and Resort gehörte. Wegen seiner zentralen Lage in der Mitte des Strips war dieses Parkhaus für ihre Zwecke ideal, denn eine Grundregel lautete, nie in dem Hotel zu parken, wo der Überfall stattfinden sollte. Sie stellte Paltz' Lieferwagen auf dem Dach des achtgeschossigen Parkhauses ab, weil es so weit oben weniger Autos gab und damit auch das Risiko geringer war, dass ihr gefesselter und geknebelter Mitfahrer entdeckt würde. Sie nahm nicht den Lift, sondern die Treppe zum Zugang des Casinos hinunter.

Mit dem schwarzen Rucksack über der Schulter und der Sporttasche in der Hand betrat sie das Flamingo durch den Hintereingang und ging durch das Casino zum Vordereingang. Unterwegs kaufte sie in einem der Geschäfte im Foyer für den Fall, dass sie einen Feueralarm auslösen musste, ein Päckchen Zigaretten sowie eine Packung Souvenirspielkarten, mit denen sie sich die Zeit vertreiben konnte, bis ihr Opfer einschlief. Nachdem sie das Casino durch den Vordereingang wieder verlassen hatte, überquerte sie den

Las Vegas Boulevard und ging zwei Straßen weiter zum Cleopatra.

Schließlich glitt Cassie auf einem Förderband, das die Casinogäste zum Eingang brachte, an den Wasserbecken vor dem Cleopatra vorbei. Sie stellte fest, dass es kein Band in der Gegenrichtung gab, das die Spieler, nachdem sie ihr Geld im Casino gelassen hatten, wieder von dort wegbeförderte.

Die Wände des Casinoeingangs zierten Hieroglyphen, die kartenspielende und würfelnde Figuren mit ägyptischem Kopfputz abbildeten. Noch während sich Cassie fragte, ob es für diese Darstellungen irgendwelche historischen Vorbilder gab, wurde ihr bewusst, dass das überflüssig war, weil es in Las Vegas für nichts irgendwelche historischen Vorbilder gab.

Hinter diesen Darstellungen waren die Wände dem Cleo's Club vorbehalten – Fotos von den Spielern, die im vergangenen Jahr am meisten gewonnen hatten. Cassie fiel auf, dass viele der vor ihrem Spielautomaten posierenden Gewinner, auf eine Art lächelten, die vermuten ließ, dass sie fehlende Zähne zu verbergen versuchten. Sie fragte sich, wie viele dieser Leute ihren Gewinn dafür verwendeten, zum Zahnarzt zu gehen, und wie viele damit sofort wieder die Automaten fütterten.

Als sie schließlich das Casino selbst erreichte, blieb sie stehen und versuchte alles in sich aufzunehmen, ohne das Gesicht zu den Kameras zu heben, die sich über ihr befanden. Eine tief aus dem Bauch kommende Angst bemächtigte sich ihrer. Nicht wegen ihres Vorhabens. Sie rührte von der Erinnerung an ihren letzten Abend im Cleopatra Casino her. Es war der Abend, der ihr Leben mit der Endgültigkeit des Todes von Grund auf geändert hatte.

Das Casino erschien ihr unverändert. Dasselbe Ambiente und dieselben austauschbaren Spieler, die verzweifelten Träumen hinterherjagten. Die Kakophonie von Geld und Automaten und freudigen oder niedergeschlagenen menschlichen Stimmen war ohrenbetäubend. Sie nahm sich zusammen und bahnte sich einen Weg zwischen dicht besetzten Spielautomaten und mit blauem Filz bespannten Spieltischen hindurch, verteilt auf eine Fläche von der Größe eines Footballfelds. Sie war sich bewusst, dass jetzt alles, was sie tat, von den Kameras über ihr aufgezeichnet wurde. Sie hielt den Kopf waagrecht, bestenfalls leicht gesenkt, und zog sich die breite Krempe ihres Huts tief in die Stirn. Um ihre Tarnung perfekt zu machen, hatte sie die Brille aus dem Drugstore aufgesetzt. Ihre Kopfhaut war warm und feucht unter der Perücke, aber es würde noch Stunden dauern, bis sie sich Erleichterung verschaffen könnte.

Als sie die Gänge zwischen den Karten- und Würfelzonen entlangging, sah sie viele Männer und einige Frauen in den blauen Blazern des Casino-Sicherheitsdiensts. Sie schienen an jeder Säule und am Ende jeder Tischreihe postiert zu sein. Cassie folgte der Beschilderung zum Foyer. Einmal blickte sie, allerdings ohne ihr Kinn zu heben, nach oben.

Drei Stockwerke über dem Atrium mit den Spieltischen spannte sich ein riesiges Glasdach. Als das Cleopatra vor sieben Jahren eröffnet wurde, bezeichnete man es in Anspielung auf die architektonischen Anleihen, die es bei einem im Fernsehen sehr stark präsenten kalifornischen Gotteshaus genommen hatte, als die ›Kristallkathedrale der Casinos‹. Unter der teilweise gläsernen Decke verliefen massive Eisenträger, an denen Batterien von Lampen und Kameras angebracht waren. Im Gegensatz zu allen anderen Casinos von Las Vegas gab es im Spielsaal des Cleopatra natürliches Licht. Man unternahm erst gar nicht den Versuch, die über alles wachenden Kameras zu verbergen. In allen anderen Casinos, in denen man keinen Ausblick ins Freie hatte, gab es ausschließlich künstliche Beleuchtung, und die Kameras waren hinter verspiegelten Wänden und in Spiegelkugeln versteckt. Trotzdem war jedem Casinogast klar, dass jeder seiner Handgriffe – und das Geld auf den Spieltischen – scharf im Auge behalten wurde.

Cassies Blick wanderte zu dem kanzelähnlichen Gebilde hinauf, das, wie von zwei Armen gehalten, über die von Menschentrauben umringten Spieltische hinausragte. Die Hände der Arme bildeten eine Schale – das so genannte Krähennest, von dem ein Mann mit einem kantigen Gesicht auf das Casino hinabblickte. Er hatte weißes Haar und trug einen dunklen Anzug, keinen blauen Blazer. Cassie vermutete, dass es sich um jemanden in leitender Funktion handelte, wenn nicht um den Geschäftsführer persönlich. Unwillkürlich fragte sie sich, ob er auch vor sechs Jahren, an ihrem letzten Abend im Casino, dort oben in der Kanzel gestanden hatte.

Nachdem sie den Bereich mit den Spieltischen hinter sich gelassen hatte, betrat Cassie das Hotelfoyer und ging auf einen langen Schalter zu, an dem sie ein Schild mit der Aufschrift GELADENE GÄSTE UND VIPs entdeckt hatte. Es stand niemand davor. Als sie auf die Theke zuging, blickte ihr eine Frau in einem tunikaähnlichen weißen Gewand mit nur sehr vagen ägyptischen Anklängen lächelnd entgegen.

»Guten Tag«, sagte Cassie. »Für mich müsste ein Päckchen bei Ihnen bereitliegen. Auf den Namen Turcello.«

»Einen Augenblick bitte.«

Die Frau verschwand durch eine Tür hinter dem Schalter. Cassie spürte, wie ihr Atem in einem ein Anfall von Ganovenparanoia langsamer zu gehen begann. Wenn das Ganze eine Falle war, wäre das der Moment, in dem die Männer in den blauen Blazern durch die Tür kommen würden, um sie festzunehmen.

Aber es war die Frau in der Tunika, die darin erschien und Cassie lächelnd einen großen braunen Umschlag mit dem Logo des Cleopatra aushändigte – ein Frauenkopf im Profil mit einem Kopfputz in Form einer sich aufrichtenden Schlange.

»Vielen Dank«, sagte sie.

»Ich habe zu danken«, entgegnete Cassie.

Ohne den Umschlag anzusehen, ging sie damit auf eine Nische mit mehreren Münztelefonen zu, in der sich gerade niemand aufhielt. Sie steuerte auf den Apparat in der Ecke zu und blieb so davor stehen, dass sie einem Beobachter oder einer Kamera mit dem Rücken die Sicht auf das verdeckte, was sie nun tat.

Sie entfernte die Klammer, schlug die Klappe des Umschlags zurück und leerte seinen Inhalt auf die Marmorablage unter dem Telefon. Neben einer Codekarte für ein elektronisches Schloss, einem Foto und einem Zettel mit dem Briefkopf des Cleopatra glitt ein schwarzer Pager mit Digitalanzeige heraus. Nach einem kurzen Blick auf den Pager hakte sie ihn an ihren Gürtel. Dann steckte sie die Codekarte in die Gesäßtasche ihrer schwarzen Jeans und sah auf den Zettel. Es standen vier Zeilen darauf.

EUPHRATES PENTHOUSE
Seines: 2014
Ihres: 2015
Umschlag mit gesamtem Inhalt wieder am VIP-Schalter abgeben

Beim Lesen der ersten Zeile spürte sie, wie sich ihr Magen umzudrehen begann. Sie ließ den Kopf gegen das Telefon sinken. Das Penthouse des Euphrates Tower kannte sie nur zu gut. Dort waren ihre Träume und Hoffnungen zerschlagen worden. Es war eine Sache, nach Vegas zurückzukommen, eine andere, ins Cleo zurückzukehren. Aber noch einmal ins Penthouse raufzufahren ... Cassie kämpfte gegen den Drang an, einfach wegzulaufen. Sie rief sich in Erinnerung, was auf dem Spiel stand. Sie war schon zu weit gegangen, um jetzt noch umzukehren.

Um auf andere Gedanken zu kommen, sah sie wieder auf den Zettel und griff nach der Codekarte für das Schloss. Nur eine Karte für zwei Zimmer bedeutete, dass es sich hier um einen Hauptschlüssel handelte. Das erklärte auch die Anweisung in der letzten Zeile des Zettels. Weil vermutlich alle Hauptschlüssel und deren Besitzer registriert waren, musste sie die Codekarte unbedingt zurückgeben. Sollte nämlich die Straftat, die zu begehen sie im Begriff stand, Gegenstand eines Ermittlungsverfahrens werden, würde wahrscheinlich eine Bestandsaufnahme sämtlicher Hauptschlüssel vorgenommen.

Während Cassie den Zettel langsam zerknüllte, sah sie das Foto an. Es zeigte einen Bakkarattisch, an dem nur ein Spieler saß: ein feister Mann in einem Anzug mit einem großen Haufen Chips vor sich. Diego Hernandez. In einer Ecke des Fotos waren Datum und Uhrzeit eingeblendet – es war diesen Nachmittag aufgenommen worden, von einer Überwachungskamera des Casinos. Der Hauptschlüssel und das Foto deuteten darauf hin, dass der Mann, der für Leos Partner die Augen offen hielt, eine höhere Stellung im Cleo einnehmen musste, als Cassie angenommen hatte.

Nachdem sie sich das Aussehen des dicken Mannes eingeprägt hatte, steckte sie das Foto und den zerknüllten Zettel in den Umschlag zurück, faltete ihn zweimal und steckte ihn in eine Reißverschlusstasche des Rucksacks. Dann kehrte sie ins Casino zurück.

Ohne den Kopf zu heben, ließ sie den Blick über die Hinweisschilder über den Spieltischen gleiten, bis sie das für die Bakkarattische entdeckte. Sie ging jedoch nicht direkt darauf zu, sondern nahm den etwas längeren Weg außen herum. An der Absperrung vor den Bakkarattischen angekommen, lehnte sie sich, Ellbogen und Unterarme lässig darauf abgestützt, mit dem Rücken gegen das Geländer und ließ den Blick durch das Casino wandern. Er streifte niemanden, der sie beobachtete. Cassie war die Gelassenheit in Person. So, als bemerkte sie die Bakkarattische hinter sich erst jetzt, drehte sie sich langsam um und sah in die andere Richtung.

Er war noch da. Das Opfer. Diego Hernandez. Der Mann war klein, aber dick, und wegen seines Bauchumfangs entstand der Eindruck, als säße er weit weg vom Tisch. Er hatte sich fein gemacht und trug einen weiten dunklen Anzug mit Krawatte. Cassie fiel vor allem die ausgeprägte Sparsamkeit seiner Bewegungen auf. Seine Blicke wanderten zwar ständig auf dem Tisch herum, aber sein Kopf rührte sich nicht. Vor ihm lagen mehrere Stapel mit Hundertdollarchips. Cassie schätzte ihren Wert auf mindestens zehntausend Dollar.

Cassie verfolgte ein paar Partien, behielt den Blick aber nie länger als ein paar Sekunden auf Hernandez. Irgendwann blickte er plötzlich zum Geländer. Sie sah rasch weg. Als sie verstohlen wieder in seine Richtung schaute, ruhte sein Blick auf dem Spieltisch. Offensichtlich hatte sie seine Aufmerksamkeit nicht erregt.

Bevor sie zum Penthouse hochfahren konnte, musste sie nur noch eines über Hernandez in Erfahrung bringen. Sie konzentrierte sich ganz auf seine Hände, wenn er mit den Chips oder den Karten hantierte. In weniger als einer Minute hatte sie herausgefunden, dass er bevorzugt die linke Hand benutzte. Endgültige Gewissheit bekam sie, als sich der rechte Ärmel seiner Anzugjacke am gepolsterten Rand des Tisches verfing und so weit zurückgestreift wurde, dass seine Armbanduhr zum Vorschein kam. Jetzt wusste Cassie, was sie wissen wollte. Hernandez war Linkshänder. Sie trat vom Geländer zurück und ging mit gesenktem Kopf zu den Aufzügen, die in den Euphrates Tower hinaufführten.

Als Cassie eine der Aufzugkabinen betrat, sah sie, dass man erst die Codekarte in den dafür vorgesehenen Schlitz stecken musste, um den Knopf für das Penthouse bedienen zu können – eine Sicherheitsmaßnahme, die es noch nicht gegeben hatte, als sie das letzte Mal im Hotel gewesen war. Sie zog die Karte aus ihrer Gesäßtasche und drückte auf den Knopf. Da sie annahm, dass irgendwo über ihr eine Kamera war, blieb sie dicht an der Tür stehen und widerstand dem Drang, zu den Leuchtziffern über ihr aufzublicken. Sie sah auf ihre Uhr und stellte fest, dass es schon fast neun war. Sie würde mindestens eine Stunde in dem Zimmer brauchen. Sie musste sich also beeilen.

Als Cassie im zwanzigsten Stock den Lift verließ und in beide Richtungen den Gang hinuntersah, stellte sie zu ihrer Erleichterung fest, dass nirgendwo der Wagen eines Zimmermädchens zu sehen war. Anscheinend war die Eincheckfrist für VIPs bereits verstrichen. Auf dem Gang stand lediglich ein Servierwagen mit einem weißen Tischtuch und den Überresten eines Candlelight-Dinners, einschließlich einer leeren Champagnerflasche, die mit dem Kopf nach unten in einem silbernen Sektkübel schwamm.

Sie wandte sich nach rechts, um Zimmer 2015 zu suchen. Dazu musste sie an Zimmer 2001 vorbei. Den Blick von der Tür und den Erinnerungen dahinter abgewandt, drückte sie sich auf der anderen Seite des Gangs daran vorbei und sprach dabei ein stummes Gebet, in dem sie Max um seinen Beistand bat.

Von den neben jeder Tür angebrachten Wandleuchten war der Gang schwach beleuchtet. Zimmer 2014 und 2015 befanden sich, einander direkt gegenüber, fast am Ende des Flurs, nicht weit von der Feuertreppe. Das war gut. Falls etwas schief ging, war es nicht weit zur Treppe. Cassie klopfte an die Tür von Zimmer 2014 und drückte auf den Leuchtknopf links vom Türrahmen. Auf der anderen Seite der Tür ertönte ein leiser Glockenton. Sie wartete.

Wie erwartet, kam niemand an die Tür. Sie zog die Codekarte aus ihrer Gesäßtasche, sah noch einmal den Gang hinauf und hinunter und öffnete dann die Tür damit.

Als sie den Raum betrat, spürte sie sofort das Prickeln des Adrenalins, das durch ihre Adern strömte. Es fühlte sich an wie ein reißender Fluss, stark genug, alles wegzuschwemmen, was ihm in den Weg kam.

13

Cassie benutzte den Ellbogen, um die Tür zuzudrücken und das Licht anzumachen. Dann ging sie rasch in die Knie, um den Hut auf den Boden zu legen und den Rucksack abzustellen. Sie nahm ein Paar Gummihandschuhe aus seiner kleinen Vordertasche, zog sie an und vergewisserte sich, dass sie straff über ihren Fingern und kurz geschnittenen Nägeln saßen.

Rasch nahm sie den Gummibeutel mit dem Werkzeug heraus, rollte ihn auf dem Teppich aus und strich mit dem Finger über die Instrumente, um sich zu vergewissern, dass nichts fehlte. Dann holte sie die Polaroid-Kamera aus dem Rucksack, stand auf und begann mit der Besichtigung des Zimmers.

Es war eine VIP-Suite, wie sie bevorzugte Gäste des Casinos erhielten. Sie war sehr luxuriös eingerichtet und bestand aus einem großen Wohnraum, von dem man durch eine zweiflügelige Tür nach rechts ins Schlafzimmer gelangte. In den meisten Hotels wurden die VIP-Suiten jährlich renoviert, damit sie unbenutzt aussahen und den darin untergebrachten Gästen den Eindruck vermittelten, zu einigen wenigen zu gehören, die in den Genuss dieses Privilegs kamen.

Cassie bemerkte den intensiven Zigarrengeruch – ohne es zu wissen, erleichterte ihr Hernandez ihr Vorhaben. Sie ging ins Schlafzimmer, wo sie die ganze Arbeit erledigen würde. Als sie das Licht einschaltete, tat sich ein großer Raum vor ihr auf, in dem es neben einem riesigen Bett, einer Kommode und einem kleinen Schreibtisch einen bis zur Decke reichenden Fernsehschrank gab. Sie stellte fest, dass das Zimmermädchen bereits hier gewesen war. Die Bettdecke war ordentlich zurückgeschlagen und neben der Morgenbestellung für den Zimmerservice, die außen an den Türgriff gehängt wurde, lag ein in Folie verpacktes Pfefferminzbonbon auf dem Kopfkissen.

Rechts vom Bett befand sich eine Nische, von der zwei Türen abgingen. Eine davon war offen und führte ins Bad. Hinter der anderen, einer zweiflügeligen Lamellentür, befand sich ein großer begehbarer Kleiderschrank, dessen Innenbeleuchtung automatisch anging, als Cassie die Tür öffnete. Cassie bückte sich und inspizierte den im Boden verankerten Zimmersafe, der zum Teil von einem Sportsakko und einer Reihe langer, weiter Hemden verdeckt wurde, die Hernandez auf Kleiderbügel gehängt hatte.

Bevor sie irgendetwas anfasste, trat Cassie zurück und machte mit der Polaroidkamera ein Foto von den Kleidern. Dann ging sie in die Hocke und fotografierte auch das Paar Schuhe und den Haufen schmutziger Kleider auf dem Boden des Schranks.

Cassie kehrte ins Schlafzimmer zurück und legte die sich entwickelnden Fotos aufs Bett. Dann begann sie, mit den restlichen acht Polaroids in der Kassette das ganze Schlafzimmer zu fotografieren.

Als sie alle Bereiche der Suite, in denen sie unter Umständen etwas würde verändern müssen, ausreichend im Bild festgehalten zu haben glaubte, kehrte sie zum Schrank zurück, schob die Kleider beiseite und sah auf den Safe hinab. Die Auskunft von Leos Informant stimmte aufs Haar. Es war ein Halsey-Safe mit einem fünfstelligen Kombinationsschloss. Die fünfstellige elektronische LED-Anzeige zeigte LOCKD an, aber Cassie versuchte ihn trotzdem zu öffnen. Der Safe war abgeschlossen.

Als sie aus dem Schrank ins Schlafzimmer zurückging, ließ sie den Blick an den Wänden entlang zur Decke hoch wandern. Es gab in der Suite einen einzigen Rauchmelder. Er war an der Wand über dem Kopfteil des Betts angebracht. Cassie fand, ein zweiter Rauchmelder würde in einem so großen Raum nicht als überflüssig auffallen. Sie fasste eine Stelle über der Nische ins Auge, von der man ins Bad und in den begehbaren Kleiderschrank gelangte. Mithilfe einer dort angebrachten Kamera ließe sich das ganze Schlafzimmer überblicken. Außerdem war diese Stelle nicht weit vom Schrank entfernt, sodass sie nur ein kurzes Stück Conduct-O-Tape verlegen müßte.

Nachdem dieser Punkt geklärt war, machte sie sich wieder daran, sich in der Suite umzusehen und in Schubladen und Regalen nach Waffen und sonstigen Hilfsmitteln zu suchen, die Hernandez zu seinem Schutz mitgebracht haben könnte. Auf einem Bord über der Bar im Wohnraum fand sie einen Türalarm – ein billiges elektronisches Gerät, das an den Türgriff angeschlossen wird und einen durchdringenden Alarmton von sich gibt, wenn ein in den Türspalt geklemmter Clip durch das Öffnen der Tür herausfällt und dadurch den Stromkreis der Alarmanlage unterbricht.

Das Alarmsignal war so durchdringend laut, dass die meisten Benutzer das Gerät nie testeten, bevor sie den Kontaktclip an der Tür anbrachten. Stattdessen verließen sie sich auf das rote Lämpchen, das anzeigte, dass die Batterie noch nicht leer war. Mit einem Schraubenzieher entfernte Cassie eine Schraube und nahm das Gehäuse ab. Mit einer Zange durchtrennte sie die Kabel und die Erdung, isolierte jedes Kabel einen halben Zentimeter lang ab und drehte sie dann so zusammen, dass der Stromkreis geschlossen wurde, den sonst der Clip schloss, wenn er in den Türspalt gesteckt wurde.

Als Cassie darauf das Gerät einschaltete, ging prompt das rote Lämpchen an. Doch obwohl der Kontaktclip nicht im Türspalt steckte, ertönte kein Alarm. Cassie schaltete das Gerät wieder aus und legte es an die Stelle über der Bar zurück, wo sie es gefunden hatte.

Dann ging sie in die Eingangsdiele der Suite und setzte sich auf den Boden. Sie nahm die Kniepolster aus dem Rucksack, schnallte sie sich an, kniete vor der Tür nieder und machte sich an die Arbeit. Sie nahm den Akkuschrauber aus ihrem Werkzeugbeutel, setzte einen Kreuzschraubendreher ein und begann die Schrauben des inneren Türbeschlags zu entfernen. Das selbst gemachte Bohrergehäuse dämpfte den Lärm erheblich. Um auf das Geräusch aufmerksam zu werden, hätte jemand direkt auf der anderen Seite der Tür lauschen müssen.

Als sie den Türbeschlag abgeschraubt hatte, steckte sie sich die Taschenlampe in den Mund, um damit ins Innere des Schlosses zu leuchten, während sie mit einem Schraubenzieher die Beilagscheibe vom Riegelbolzen entfernte. Dann benutzte sie die Zange mit den gummiummantelten Enden, um den Bolzen mit beiden Händen herauszuziehen. Sie beugte sich vor und sah sich das Innere des Schlosses genau an. Erleichtert nahm Cassie die Taschenlampe aus dem Mund und ließ mit einem leisen Pfeifton den Atem entweichen. Der Riegel wurde nur mit einem halben Drehmechanismus betätigt. Obwohl Manager und Sicherheitsexperten des Hotels wussten, dass es deswegen vor sechs Jahren Ärger gegeben hatte, hatten sie die Kosten gescheut, jedes Schloss in dem 3000-Zimmer-Hotel auszuwechseln. Dank dieser Sparsamkeit konnte Cassie alle vorbereitenden Maßnahmen erledigen, ohne dass sie die Suite verlassen musste. Wäre in das Schloss ein ganzer Drehmechanismus eingesetzt worden, hätte sie das Schloss ausbauen und woandershin bringen müssen, um es – zum Beispiel in der Badewanne des Zimmers gegenüber – mit dem Schneidbrenner in zwei Teile zu schneiden. Erst in diesem Moment wurde ihr erleichtert bewusst, welches Glück sie hatte, dass sie den Schneidbrenner nicht brauchte; sie hatte ihn im Kofferraum des Boxster vergessen, der vor dem Aces and Eights stand.

Cassie nahm die Taschenlampe wieder in den Mund, steckte den Schraubenzieher in den Zylinderschlitz und drehte damit das Schloss um neunzig Grad nach rechts. Dann begutachtete sie im Schein der Taschenlampe das Ergebnis, schob den Bolzen wieder hinein, drehte das Schloss und spähte in den Türspalt. Der Riegel stand zwar ein bisschen vor, reichte aber nicht bis in die Einschließung im Türstock. Durch die Rechtsdrehung des Schlosses hatte sich die Anzahl der Stifte, die den Riegel bewegten, um die Hälfte reduziert, sodass dieser nicht mehr weit genug vorstand, um ein Öffnen der Tür zu verhindern. Darauf würde Hernandez nur aufmerksam werden, wenn er niederkniete und auf Höhe des Schlosses in den Türspalt spähte. Und dass er das tat, war sehr unwahrscheinlich.

Cassie stand auf und sah durch den Spion, um sich zu vergewissern, dass niemand auf dem Gang war. Dann öffnete sie die Tür. Dabei streifte der Riegel ganz leicht den Türstock und machte ein leises Geräusch. Rasch nahm sie eine Metallfeile aus der Werkzeugtasche und fuhr damit mehrere Male über den Kratzer, den der Riegel in der Einschließung hinterlassen hatte. Dann legte sie die Feile beiseite, vergewisserte sich, dass niemand auf dem Flur war, und schloss und öffnete die Tür ein weiteres Mal. Diesmal war kein Kratzen mehr zu hören.

Nachdem sie die Tür geschlossen hatte, nahm sie sich das Drehkastenschloss vor. Mit dem Akkuschrauber entfernte sie die vier Schrauben, mit denen das Drehkastenschloss am Türstock befestigt war. Sobald sie das Schloss entfernt hatte, spannte sie einen Bohrer in den Akkuschrauber und weitete damit die Schraubenlöcher. Sie holte die Dose mit Erdbebenwachs aus dem Rucksack und strich einen Tupfer davon auf die Rückseite des Schlosses, um es wieder an seinem alten Platz zu befestigen. Dann bestrich sie die Schrauben mit der Paste, damit sie in den geweiteten Löchern hielten.

Cassie kauerte sich auf die Fersen und sah sich die Tür genau an. Von außen war nicht zu erkennen, dass sie sich am Schloss zu schaffen gemacht hatte. Jetzt konnte sie mithilfe der Codekarte sogar dann in das Zimmer kommen, wenn Hernandez die anderen Schlösser abgeschlossen und seine kleine Alarmanlage angebracht hatte.

Die erste Phase der Vorbereitungen war abgeschlossen. Cassie sah auf die Uhr. Fast halb zehn. Sie rollte ihre Werkzeugtasche zusammen und trug sie zusammen mit ihren schwarzen Beuteln ins Schlafzimmer. Dort legte sie alles auf den Boden und machte sich an die Arbeit. Sie holte das Conduct-O-Tape und die ALI-Kamera heraus und befestigte diese in einem der Rauchmeldergehäuse. Dann setzte sie eine Batterie ein, schloss das Gehäuse und entfernte die Schutzfolie auf der Rückseite. Um an die Wand über dem Durchgang zum Bad und zum Kleiderschrank zu kommen, zog sie sich den Schreibtischstuhl heran, stieg darauf und drückte die Rauchmelderkamera etwa dreißig Zentimeter unter der Decke an die Wand.

Das Conduct-O-Tape sah aus wie gewöhnlicher Klebstreifen, in den zwei dünne Kupferdrähte eingebettet waren. Nachdem Cassie ein Ende des Bands an den Kontakten befestigt und das Rauchmeldergehäuse über der Kamera angebracht hatte, begann sie mit dem Verlegen des Tapes. Sie führte es an der Wand entlang zur niedrigeren

Decke des Durchgangs hinab und von dort ins Innere des Schranks, dann am Türrahmen entlang auf den Boden hinab und zu einer Stelle hinter dem Safe.

Als sie fertig war, nahm Cassie den Sender aus einem der Beutel und brachte ihn hinter dem Safe an einer Stelle an, wo die Wahrscheinlichkeit, dass Hernandez ihn entdeckte, sehr gering war. Sie schnitt das Conduct-O-Tape ab und wickelte es um einen der Kontaktstifte des Senders. Dann schaltete sie den Sender ein und kehrte zu ihrem Rucksack zurück. Sie holte das Empfangsteil mit dem Monitor heraus, klappte es auf dem Boden auf und schaltete es ein. Dann studierte sie die Beschriftung auf dem Abdeckband, das Paltz unter einer Reihe von Knöpfen angebracht hatte. Sie drückte auf den Knopf, unter dem ALI (1) stand, und auf dem Bildschirm erschien eine Ansicht des Raums mit ihr auf dem Boden. Das Bild war scharf und erfasste beinahe den ganzen Raum. Wichtig war vor allem das Bett. Es war ganz zu sehen. Sie stand auf, ging zur Tür und machte die Lichter aus, sodass es im Raum völlig dunkel wurde, sah man einmal von dem spärlichen Licht von draußen ab, das – die Türme des Cleopatra wurden nachts von Scheinwerfern angestrahlt – seinen Weg an den Vorhängen vorbei fand.

Nachdem sie zum Empfangsteil zurückgekehrt war, sah Cassie aufmerksam auf den Monitor. Die Umrisse des Betts waren kaum zu erkennen. Das grüne Bild war nicht so gut, wie Paltz behauptet hatte, aber daran ließ sich nun nichts mehr ändern. Sie stand wieder auf und ging zum Fenster, um die Vorhänge ein paar Zentimeter weiter aufzuziehen, sodass ein schmaler Spalt Licht in die Mitte des Raums fiel.

Dieses zusätzliche Licht reichte aus. Die Umrisse des Raums zeichneten sich deutlicher auf dem Bildschirm ab. Jetzt blieb nur noch zu hoffen, dass Hernandez den schmalen Spalt nicht entdeckte und die Vorhänge wieder zuzog, bevor er zu Bett ging.

Cassie machte das Licht wieder an und kehrte rasch zum Schrank zurück. Zunächst musste sie eine Möglichkeit finden, in den Schrank mit dem Safe zu kommen, ohne dass die Innenbeleuchtung automatisch anging. Denn davon hätte Hernandez wach werden können. Allerdings konnte sie nicht einfach nur die Glühbirne in der Decke des Schranks ein Stück herausdrehen. Zu groß war das Risiko, dass Hernandez es merkte und sie wieder festdrehte oder, noch schlimmer, Verdacht schöpfte. Außerdem brauchte sie im Schrank Licht, damit die Kameras, die sie dort anzubringen vorhatte, aufnehmen konnten, wie Hernandez den Safe öffnete.

Die Lamellentüren des Schranks überlappten sich ein Stück. Am linken Flügel befand sich eine Anschlagleiste, die den Spalt zwischen den beiden Türen verdeckte. Das hieß, der linke Flügel ließ sich öffnen, ohne dass sie auch den rechten aufmachen musste. Versuchte sie dagegen, nur den rechten zu öffnen, wurde wegen der überstehenden Anschlagleiste auch der linke ein paar Zentimeter weit aufgezogen. Das Problem war, dass der automatische Lichtschalter auf der linken Seite des Türrahmens angebracht war. Wurde also der linke Türflügel auch nur einen Zentimeter geöffnet, sprang ein kleiner Stift aus dem Türrahmen und schloss dadurch den Stromkreis, der die Glühbirne mit Strom versorgte.

Cassie ging zum Schreibtisch, zog die Schublade auf und suchte nach etwas zum Schreiben. Nachdem sie einen gespitzten Bleistift gefunden hatte, kehrte sie zum Schrank zurück und markierte damit außen am Türrahmen die Stelle, an der sich der automatische Schalter befand.

Dann nahm sie den Spachtel aus ihrer Werkzeugtasche, schloss die Schranktüren und schob ihn an der Stelle, die sie mit dem Bleistift markiert hatte, in den Spalt zwischen Rahmen und Tür. Während sie nun mit dem Spachtel von unten gegen den Türrahmen drückte, zog sie mit der anderen Hand die linke Tür gerade so weit auf, dass sie den rechten Türflügel ganz öffnen konnte, ohne dass er gegen die Anschlagleiste stieß. Dann schloss sie die linke Tür wieder, zog die Spachtel heraus und betrat den Schrank durch die rechte Tür.

Sie hatte es geschafft, in den Schrank zu kommen, ohne dass das Licht angegangen war. Aber sie hatte keine Zeit, das zu feiern. Sie öffnete nun die linke Tür, sodass die Schrankbeleuchtung anging, und beugte sich so über den Safe, als wollte sie ihn mit der linken Hand öffnen. Dann blickte sie rechts hinter sich und hielt den Finger an der Stelle an die Wand, wo die Kamera ihrer Meinung nach das Kombinationsschloss am besten erfassen könnte. Sie markierte die Stelle mit dem Bleistift und holte die Steckdosenattrappe und eine der Mikrokameras aus ihrer Tasche.

Nachdem sie die Kamera in die Steckdose eingesetzt hatte, schloss sie eine Batterie und das Conduct-O-Tape an die entsprechenden Kontakte an und befestigte das Ganze mit dem Akkuschrauber an der markierten Stelle. Sie vergewisserte sich, dass die Steckdose gerade saß, und verlegte das Conduct-O-Tape an der Wand entlang zum Schrankboden hinab und am Safe vorbei zum Sender.

Sie verließ den Schrank und stellte das Empfangsteil so ein, dass der Bildausschnitt der Steckdosenkamera auf dem Monitor zu sehen war. Die Kamera war optimal platziert, die Entfernung richtig eingestellt. Die Zahlen auf dem Kombinationsschloss waren deutlich zu lesen. Perfekt. Doch das aufgeregte Prickeln, das sich in Cassies Bauch bemerkbar machte, wurde durch das Vibrieren des Pagers an ihrem Gürtel bereits im Keim wieder erstickt.

Cassie stockte der Atem. Sie nahm den Pager vom Gürtel und sah auf die Digitalanzeige.

LÄSST SICH GEWINN AUSBEZAHLEN –
KOMMT RAUF

»Scheiße!« Statt den Pager wieder an ihren Gürtel zu stecken, warf sie ihn in den Rucksack.

Diese kurze Nachricht warf alle ihre weiteren Pläne über den Haufen. Statt an der Decke des Schranks eine zweite Kamera anzubringen, trat sie rasch den Rückzug an. Die Nachricht bedeutete, dass Hernandez am Bakkarattisch Schluss gemacht hatte und sich seinen Gewinn ausbezahlen ließ. Aber vorher musste er noch zur Rezeption, um seinen Aktenkoffer abzuholen. Damit blieb Cassie genügend Zeit, um den Rest zu erledigen.

Sie holte den Beutel mit dem Farbsprühgerät und dem Geruchsspray aus der Sporttasche und kehrte in den Durchgang zum Schrank zurück, wo sie, das Sprühgerät schüttelnd, zur Decke hochblickte und schließlich das Conduct-O-Tape zu übersprühen begann. Der Farbton stimmte zwar nicht hundertprozentig, aber der Unterschied war kaum zu erkennen. Sie begann den Sprüher in weit ausholenden Bewegungen hin und her zu schwenken und nicht nur das Band, sondern auch den größten Teil der Decke mit Farbe zu übersprühen. Dann folgte sie dem Verlauf des Klebebands zum Rahmen der Schranktür hinab. Im Innern des Schranks übersprühte sie nur noch das Tape, das von der Steckdosenattrappe zum Boden führte. Dann nahm sie das Geruchsspray und sprühte damit zunächst im Schrank und in der Durchgangsnische und, als sie zur Eingangstür ging, auch noch im Rest der Suite.

Nachdem sie ihre Ausrüstung in den zwei Taschen verstaut hatte, nahm sie die Polaroids vom Bett und kehrte zum Schrank zurück. Als sie die Kleider und Schuhe mithilfe der Fotos wieder so anordnete, wie sie sie beim Betreten der Suite vorgefunden hatte, achtete sie darauf, dass die

Kleider die noch feuchte Farbe an der Rückwand des Schranks nicht berührten.

Als sie die Kleiderbügel auf der Stange in ihre ursprüngliche Position brachte, schlug etwas Schweres und Hartes, das sich in der Tasche eines großen Sportsakkos befand, gegen ihre Hüfte.

Sie griff in die Tasche und zog eine Pistole heraus. Es war eine Smith & Wesson 9 mm mit schwarzem Finish. Sie nahm das Magazin heraus und stellte fest, dass es voll war. Obwohl sie nicht mehr viel Zeit hatte, überlegte sie: Sollte sie die Waffe da lassen oder mitnehmen? Sollte sie sie entladen? Es kamen zu viele Faktoren ins Spiel, um alle Möglichkeiten durchgehen und schließlich eine Entscheidung treffen zu können. Sie musste daran denken, was Max immer über den so genannten Welleneffekt gesagt hatte.

Denk immer an den Welleneffekt. Wenn du in einem Raum etwas veränderst, verändert es das Universum des Jobs. Es schlägt Wellen.

Im selben Moment stand ihre Entscheidung fest. Nahm sie die Pistole mit, merkte es Hernandez vielleicht, und sie konnte das Ganze vergessen. Entlud sie die Pistole, merkte es Hernandez vielleicht, und sie konnte das Ganze vergessen. Kein Eingreifen, keine Wellen und damit auch keine Veränderungen im Universum.

Sie steckte die Pistole in die Tasche des Sakkos zurück und verglich beim Verlassen des Schranks alles noch einmal mit der Polaroidaufnahme. Ihre Zeit konnte jeden Moment um sein. In Gedanken sah sie Hernandez bereits mit dem Aktenkoffer im Lift nach oben fahren.

Sie schnappte sich ihre zwei Taschen, warf sich die Riemen über die Schultern und verließ das Schlafzimmer. Als sie sich im Durchgang zum Wohnraum noch einmal umblickte, fuhr sie zusammen.

Sie hatte den Stuhl nicht wieder unter den Schreibtisch geschoben.

Keine Wellen, dachte sie, als sie zurückeilte und den Stuhl an seinen Platz zurückstellte. Ein letzter Blick, doch jetzt schien alles zu stimmen – für einen Polaroid-Check des Schlafzimmers reichte die Zeit nicht mehr. Sie kehrte in den Wohnraum zurück und nahm auf dem Weg zur Tür ihren Hut vom Boden.

Sie machte das Licht aus und spähte durch den Spion. Auf dem Gang war niemand zu sehen. Sie wandte den Kopf und lauschte. Es waren weder Schritte noch sonst irgendwelche Geräusche zu hören. Sie setzte den Hut auf, öffnete die Tür und trat auf den Gang.

Als sie die Tür hinter sich zuzog, hörte sie das Glockenzeichen, das die Ankunft des Lifts ankündigte. Rasch zog sie die Codekarte aus ihrer Gesäßtasche und steckte sie in das Schloss von Zimmer 2015 auf der anderen Seite des Gangs.

Sie öffnete die Tür und huschte nach drinnen. Geschafft.

14

Auf dem Gang war niemand zu sehen, aber sie wartete trotzdem. Das Auge dicht am Spion, stand Cassie an der Tür von Zimmer 2015. Dabei schob sich ihr Hut so weit nach hinten, dass er auf den Boden fiel. Als sie auf dem Flur Stimmen hörte, glaubte sie schon, sie hätte sich getäuscht, es wäre nicht Hernandez, der auf sein Zimmer ging, sondern zwei andere Personen.

Doch da war er plötzlich. Seine massige Gestalt kam in ihr Blickfeld, wobei die konvexe Linse des Spions Hernandez noch breiter erscheinen ließ. Er bückte sich leicht, um mit der rechten Hand die Codekarte in den Schlitz des elektronischen Schlosses zu schieben. In der linken Hand hielt er den Aktenkoffer. Hinter ihm war ein anderer Mann, von dem jedoch durch den Spion kaum etwas zu erkennen war. Allerdings konnte Cassie den blauen Blazer mit dem Cleopatra-Logo auf der Brusttasche sehen. Der Wachmann. Sie entfernte sich vom Spion und drückte sich an den Türrahmen, um zu lauschen.

»Möchten Sie, dass ich vorher nachsehe, Sir?«

»Nein, nicht nötig. Aber trotzdem vielen Dank.«

»Dann gute Nacht, Sir.«

»Gute Nacht.«

Cassie hörte, wie die Tür auf der anderen Seite des Gangs aufging. Sie kehrte an den Spion zurück. Der Wachmann war weg, und Hernandez trat durch die offene Tür. Plötzlich blieb er stehen und kam auf den Gang zurück.

»Ach, Martin?«

Cassies Herz machte einen Sprung. *Was hat er gesehen, was habe ich übersehen?* Rasch versuchte sie sich ihren überstürzten Aufbruch aus Zimmer 2014 noch einmal zu vergegenwärtigen, aber ihr fiel nichts ein. Sie blickte auf die zwei Taschen auf dem Boden hinab und nahm in Gedanken eine kurze Bestandsaufnahme vor. Kaum hatte sie jedoch damit begonnen, begann Hernandez zu sprechen. Sie hielt das Ohr an den Türrahmen.

»Fast hätte ich es vergessen. Heute ist mein letzter Abend. Ich reise morgen ab. Könnten Sie vielleicht kurz warten? Ich würde mich gern dafür erkenntlich zeigen, dass Sie sich die letzten paar Tage so gut um mich gekümmert haben.«

Plötzlich war Martins Stimme wieder da, ganz dicht an Cassies Zimmertür.

»Aber das ist doch nicht nötig, Mr. Hernandez. Bedanken Sie sich einfach bei Mr. Grimaldi. Ihm liegt viel daran, dass sich unsere Gäste hier sicher fühlen, und außerdem ist es gegen die Vorschriften, Geschenke anzu–«

»Das merkt doch niemand. Vincent Grimaldi jedenfalls sicher nicht, solange Sie es ihm nicht erzählen. Warten Sie kurz.«

Cassie hörte, wie die Tür geschlossen wurde, und sah wieder durch den Spion. Der Wachmann, der Martin hieß, stand, die Hände vor dem Körper verschränkt, auf dem Flur. Er blickte den Gang hinauf und hinunter, als fürchtete er, jemand – vielleicht der eben erwähnte Vincent Grimaldi – könnte sehen, wie er ein Trinkgeld annahm. Dann drehte er sich um und sah direkt auf den Spion, durch den Cassie ihn beobachtete. Sie hielt den Atem an. Wenn sie sich jetzt bewegte, sah er vielleicht eine Veränderung des Lichts hinter der Linse und merkte, dass er beobachtet wurde.

Die Tür hinter Martin ging auf, und Hernandez erschien.

»Könnten Sie vielleicht doch noch mal reinkommen und sich das Zimmer ansehen, wenn es Ihnen nichts ausmacht«, sagte Hernandez. »Irgendwie riecht es hier ein bisschen komisch.«

Die Hände zu Fäusten geballt, drückte sich Cassie fester gegen die Tür und beobachtete, wie Martin die Suite betrat und die Tür hinter sich offen ließ.

Sie konnte von der Suite nur einen Ausschnitt von der Breite einer Tür sehen. Hernandez und Martin gingen nach links und verschwanden aus ihrem Blickfeld, das sie ein paar Augenblicke später auf dem Weg ins Schlafzimmer wieder kreuzten. Cassie hörte sie zwar reden, konnte aber, obwohl sie am Türrahmen lauschte, nicht verstehen, was sie sagten. Deshalb spähte sie wieder durch den Spion. Kurz darauf erschien Martin und ging, gefolgt von Hernandez, zur Tür. Je näher die beiden Männer auf Cassie zukamen, desto mehr konnte sie von ihrer Unterhaltung verstehen.

»... in den Raucherzimmern«, sagte Martin. »Sie benutzen dafür immer ziemlich starkes Spray. Weil sich die Fenster nicht öffnen lassen, wissen Sie? In keinem Hotel in Vegas lassen sich die Fenster öffnen. Zu viele Selbstmörder.«

»Wahrscheinlich ist der Zigarrenrauch zu schlimm geworden. Das ist heute mein dritter Tag, und ich habe hier drinnen schon einige vernascht.«

Hernandez lachte wiehernd.

»Ja, Sir«, sagte Martin. »Aber wenn es Sie stört, kann ich mich an der Rezeption erkundigen, ob Sie vielleicht eine andere Suite bekommen können. Ich bin sicher, dass noch etwas frei ist.«

Nein, hätte Cassie am liebsten gerufen. Aber es war Hernandez selbst, der ihr zu Hilfe kam.

»Nein, nein, nicht nötig. Ich werde mir am besten gleich eine anstecken. Dann werden wir ja mal sehen, was stärker ist.«

Er lachte wieder, und diesmal fiel Martin mit ein.

»Ganz wie Sie meinen, Sir. Dann also gute Nacht – und gute Heimreise.«

»Danke. Ach, und hier. Fast hätte ich es wieder vergessen.«

Hernandez streckte die Hand aus, und Martin hob seine. Cassie hörte das Klimpern von Spielchips, die in die Hand des Wachmanns purzelten. Es waren nicht gerade wenige, und sie waren einiges wert. Martins Dankesbekundung kam laut und deutlich durch die Tür.

»Danke, Mr. Hernandez! *Vielen Dank!*«

»Nein, ich habe zu danken, Martin. Trinken Sie auch auf mein Wohl einen.«

»Nicht nur einen, Mr. Hernandez!«

Hernandez lachte und schloss die Tür, nachdem er das NICHT-STÖREN-Schild an den Griff gehängt hatte. Martin verschwand aus Cassies Blickfeld.

Sie hörte, wie zunächst der Riegel gedreht wurde, und dann schnappte das Drehkastenschloss mit einem metallischen Klicken zu. Mit angehaltenem Atem stand sie fünf Sekunden vollkommen reglos da. Nichts geschah. Hernandez hatte nicht gemerkt, dass sie sich an der Tür zu schaffen gemacht hatte.

Sie drehte sich um, lehnte sich mit dem Rücken an die Tür und ließ sich zu Boden gleiten. Dann öffnete sie rasch die schwarze Tasche und nahm das Empfangsteil heraus. Sie klappte den Bildschirm auf, zog die Antenne heraus und drückte auf den Knopf, der das Bild der Rauchmelderkamera im Schlafzimmer auf den Bildschirm holte.

Allerdings waren die Konturen des dunklen Raums nur schwer zu erkennen, weil die einzige Lichtquelle der schwache Schein war, der durch den schmalen Spalt zwischen den Vorhängen kam.

Cassie wartete.

Die Tür wurde geöffnet und das Licht ging an. Immer noch mit dem Aktenkoffer in der Hand, kam Hernandez in den Raum. Als Cassie sich tiefer über den Bildschirm beugte, sah sie mit einem erregten Schaudern, dass der Koffer mit einer Handschelle an seinem Handgelenk befestigt war. Leos Gewährsmann war ein guter Beobachter.

Hernandez, der sich eine Zigarre angezündet hatte, blieb paffend stehen und sah sich im Raum um, ohne auch nur einmal zu der Kamera hochzublicken. Dann ging er unter der Kamera hindurch in die Nische, die zum Schrank und zum Bad führte.

Cassie schaltete auf die Schrankkamera um und wartete. Bis auf das Licht, das aus dem Schlafzimmer durch die Lamellen der Schranktür drang, war der Bildschirm vollkommen dunkel. Wenige Augenblicke später sah sie die Schatten von Hernandez' Beinen durch die Lamellen, und dann ging die Tür auf. Für den Fall, dass Hernandez den Safe öffnete, drückte Cassie auf die Aufnahmetaste.

Das tat er jedoch nicht. Wegen des Kamerastandorts konnte Cassie zwar nicht sehen, was er machte, aber es schien, als machte er sich an seinen Kleidern zu schaffen. Schließlich verließ er den Schrank wieder. Cassie versuchte sich noch einmal genau daran zu erinnern, was sie mit der Pistole gemacht hatte. Sie war sicher, sie genauso in die Sakkotasche zurückgesteckt zu haben, wie sie sie vorgefunden hatte.

Sie schaltete wieder auf die Schlafzimmerkamera um, erhaschte aber nur noch einen kurzen Blick auf Hernandez, der durch die Tür zum Wohnzimmer verschwand. Sie bedauerte sogleich, nicht auch im Wohnzimmer eine Kamera angebracht zu haben, hielt sich aber fast im selben

Moment vor Augen, dass das fruchtloses Nachkarten war. Hätte sie nämlich auch dort eine Kamera angebracht, hätte die Zeit nicht gereicht, um die – unverzichtbaren – Kameras im Schrank und im Schlafzimmer zu installieren.

Cassie stand rasch auf und trug das Empfangsteil zum Tisch, auf dem neben Reisemagazinen, Hotelbroschüren, Zimmerservicefaltblättern und Schreibzeug auch eine Flasche Chardonnay von Robert Long Vineyards mit einer vorgedruckten Begrüßungskarte stand. Um Platz zum Arbeiten zu schaffen, schob sie alles beiseite.

Auf dem Bildschirm war inzwischen zu sehen, dass Hernandez ins Schlafzimmer zurückgekehrt war. Er hatte den Aktenkoffer aufs Bett gelegt und machte sich daran, die Handschelle aufzuschließen, mit der er an seinem Handgelenk festgekettet war. Als er damit fertig war, griff er nach dem Pfefferminzbonbon, das das Zimmermädchen beim Aufräumen aufs Kopfkissen gelegt hatte. Er aß es mit einem Bissen und steckte sich die Zigarre wieder in den Mund. Dann wandte er sich der Nische mit dem begehbaren Kleiderschrank zu und begann, während er darauf zuging, dicke Bündel mit Geldscheinen aus den Innentaschen seiner Anzugjacke zu holen.

Cassie schaltete auf die Schrankkamera um und drückte die Aufnahmetaste. Jetzt wurde es ernst. Alles, was sie bis jetzt getan hatte, hatte nur dem Zweck gedient, sie an diesen Punkt zu bringen.

Auf dem Bildschirm war zu sehen, wie im Schrank das Licht anging. Dann tauchte Hernandez' dicker linker Arm, gefolgt von einem Teil seines Oberkörpers, ins Bild. Er bewegte sich auf das Kombinationsschloss zu und begann, die Zahlen einzugeben. Bevor er jedoch damit fertig war, bewegte sich Hernandez' rechter Arm durch den Bildausschnitt. Er legte seine Hand auf den Safe, um sich abzustützen.

VERDAMMTE SCHEISSE! hätte Cassie am liebsten gebrüllt, riss aber stattdessen nur eine geballte Faust an ihren Mund hoch.

Hernandez öffnete die Tür des Safes und ließ sich auf ein Knie nieder. Er fasste in den Safe, holte ein etwa fünf Zentimeter dickes Bündel Scheine heraus und legte es oben auf den Safe. Das ungefähr genauso dicke Bündel, das er gerade aus seiner Tasche geholt hatte, legte er daneben. Dann griff er in die Seitentaschen seiner Jacke, zog zwei weitere Bündel Scheine heraus und stapelte das ganze Geld zu einem dicken Packen, den er gerade noch in einer Hand halten konnte. Er wog die Scheine in der Hand. Wegen des Kamerastandorts konnte Cassie sein Gesicht nicht sehen, aber sie war sicher, dass er grinste.

Hernandez legte das Geld in den Safe und schloss ihn ab, dann richtete er sich auf und machte die Schranktür zu, was zur Folge hatte, dass die Innenbeleuchtung ausging.

Während Cassie das alles beobachtete, überlegte sie, was mit dem Aktenkoffer war. Offensichtlich war er zu groß, um in den Safe zu passen. Aber warum hatte Hernandez dann das Geld, das darin sein musste, nicht herausgenommen und in den Safe gelegt?

Sie schaltete auf die Schlafzimmerkamera um, aber von Hernandez war nichts zu sehen. Der Aktenkoffer lag auf dem Bett. Die Frage, warum Hernandez den Inhalt des Aktenkoffers nicht im Safe verstaut hatte, beschäftigte Cassie nicht lange. Zunächst galt es, eine wichtigere Frage zu klären. Sie stellte das Empfangsteil auf Play und sah sich die Aufnahmen der Schrankkamera an. Als sich Hernandez' Hand ins Bild senkte, griff sie nach Block und Stift und drückte die Zeitlupentaste.

»Jetzt mach mal.«

Die Zahlen waren auf dem Bildschirm deutlich zu sehen. Hernandez' Finger drückte 4-3-5, doch dann kam sein rechter Arm ins Bild, stützte sich auf dem Safe ab und verdeckte die Sicht auf die zwei letzten Zahlen. Cassie spulte die Aufnahme zurück und spielte sie noch einmal ab, mit demselben Ergebnis. Die letzten zwei Zahlen der Kombination fehlten.

»Mist!«

Sie stand auf und ging zum Fenster. Sie zog die Vorhänge zurück und sah nach draußen. Der Blick reichte über den Strip hinweg bis zu den dunklen Umrissen der Berge weit hinter der Neonstadt. Sie blickte nach oben und sah den Mond.

Es hatte keinen Sinn, trotzdem einen Versuch zu unternehmen, nicht mit nur drei Nummern und der Hoffnung, den Safe vielleicht mit ein bisschen Rumprobieren aufzukriegen. Die Halsey-Safes hatten Sicherungen eingebaut. Gab man dreimal hintereinander eine falsche Zahlenkombination ein, ließ sich der Safe überhaupt nicht mehr öffnen. Dann musste die Sicherheitsabteilung mit einem elektronischen Gerät, das sich D-Lock nannte, anrücken, um den Safe wieder aufzubekommen. Das D-Lock wurde normalerweise im Safe des Geschäftsführers aufbewahrt.

Da half nur eines, entschied Cassie. Ein Feueralarm.

15

Cassie sah auf den Bildschirm und wartete. Auf dem Gang jaulte der Alarm, und sie konnte den Rauch riechen. Aber Hernandez machte keine Anstalten, sein Zimmer zu verlassen. Er lag in voller Kleidung, auf einen Haufen Kissen gestützt, auf dem Bett und sah fern. Allerdings war die Rauchmelderkamera so angebracht, dass Cassie nicht auf den Bildschirm sehen konnte.

Sie rief in seinem Zimmer an und beobachtete, wie Hernandez träge nach dem Apparat auf dem Nachttisch griff.

»Ja?«

»Mr. Hernandez, hier ist die Sicherheitsabteilung des Hotels. Wir haben einen Feueralarm. Auf Ihrem Stockwerk wurde Rauch gemeldet. Sie müssen leider unverzüglich Ihr Zimmer verlassen.«

»Ein Feuer? Ich habe den Alarm gehört.«

Er setzte sich abrupt auf.

»Wir sind uns noch nicht sicher, Sir. Wir schicken erst mal jemanden rauf. Aber andere Gäste haben im zwanzigsten Stock Rauch gemeldet. Bitte, Sir, nehmen Sie Ihre Wertsachen, und begeben Sie sich auf der Feuertreppe nach unten, bis wir genauer sagen können, was los ist.«

»Okay, danke.«

Cassie war überrascht über die Schnelligkeit und Wendigkeit, mit der der dicke Mann vom Bett aufsprang. Als er seine Schuhe anzog, schaltete Cassie auf die Schrankkamera um und drückte auf die Aufnahmetaste. Sie wartete.

Wenige Augenblicke später ging die Schranktür auf und diesmal kniete Hernandez vor dem Safe nieder, statt sich darüber zu beugen. Er streckte die Hand nach dem Kombinationsschloss aus und tippte, für die Kamera deutlich sichtbar, auf die Tasten. Cassie konnte erkennen, dass die letzte Ziffer eine Zwei war.

Während Hernandez das Geld hastig aus dem Safe nahm und in seine Taschen zu stopfen begann, blies Cassie aufgeregt den Atem aus und drückte auf die Abspieltaste des Empfangsteils, um sich das Öffnen des Safes noch einmal in Zeitlupe anzusehen.

Diesmal bekam sie alle Zahlen. Sie schrieb die letzte auf den Block.

4-3-5-1-2

Zum Feiern blieb Cassie keine Zeit. Sie schaltete auf die Live-Einspielung der Schlafzimmerkamera um. Hernandez stand am Schreibtisch und kettete den Aktenkoffer an sein Handgelenk. Cassie nahm das Telefon und rief in seinem Zimmer an. Hastig griff Hernandez nach dem Telefon.

»Ja?«

»Mr. Hernandez, hier ist noch einmal die Sicherheitsabteilung. Wir haben die Ursache des Problems entdeckt. Es besteht keine Gefahr. Sie brauchen Ihr Zimmer nicht zu verlassen.«

»Was war los?«

»Wir glauben, jemand hat eine brennende Zigarette auf einem Servierwagen liegen gelassen, der unter einem Rauchmelder stand. Deshalb wurde der Alarm ausgelöst.«

»Könnten Sie ihn dann vielleicht auch wieder abstellen?«

»Wir sind gerade dabei, Sir. Entschuldigen Sie bitte die Stö...«

»Hat Vincent Ihnen gesagt, dass Sie mich anrufen sollen?«

Einen Moment wusste Cassie nicht, was sie sagen sollte.

»Wie bitte?«

»Vincent Grimaldi.«

»Äh, nein, Sir. Das ist in einem solchen Fall allgemein so üblich. Gute Nacht, Sir.«

Sie hängte auf. Das war das zweite Mal innerhalb der letzten halben Stunde, dass der Name Vincent Grimaldi gefallen war. Cassie war sicher, ihn auch vorher schon einmal gehört zu haben. Während sie darüber nachdachte, wurde draußen auf dem Flur endlich der Alarm abgestellt.

Sie kehrte an die Tür der Suite zurück und lauschte am Türrahmen. Ein gutes Stück den Gang hinunter waren Männerstimmen zu hören. Sie konnte zwar nicht verstehen, was sie sagten, aber sie nahm an, dass sie die brennende Zigarette gefunden hatten, die sie unter einem Rauchmelder auf einem Servierwagen liegen gelassen hatte.

Jetzt musste sich nur noch Hernandez schlafen legen.

Sie schaltete das Empfangsteil wieder auf die Schlafzimmerkamera um und sah, dass Hernandez nur noch in Boxershorts und T-Shirt war. Er lag wieder auf dem Bett und sah fern. Bis auf das Flackern des Fernsehers waren alle Lichter aus. Cassie sah auf die Uhr; es war fast Mitternacht. Sie dachte über den Namen nach, den Hernandez und der Wachmann erwähnt hatten. Vincent Grimaldi. Irgendwie kam er ihr bekannt vor, aber sie konnte ihn nicht einordnen.

Cassie griff nach dem Telefon, wählte die Nummer der Rezeption und verlangte nach Vincent Grimaldi. Sie wurde weiterverbunden, worauf sich nach dem ersten Läuten eine Männerstimme meldete.

»Sicherheit. Mr. Grimaldis Büro.«

»Oh«, sagte Cassie. »Da muss ich mich verwählt haben. Ich wollte mich eigentlich erkundigen, ob ich im Casino einen Kredit bekommen kann. Ist dafür Mr. Grimaldi zuständig?«

Der Mann am anderen Ende der Leitung lachte leise.

»Also, man könnte durchaus sagen, dass er dafür zuständig ist, aber Anträge bearbeitet er keine. Mr. Grimaldi managt das Casino, Ma'am. Er ist der Direktor. Was Sie machen müssen, ist Folgendes: Sie gehen einfach runter ins Casino und beantragen an dem großen Kassenschalter bei der Sphinx einen Kredit. Da wird man sich um Sie kümmern.«

»Gut, mache ich. Und vielen Dank.«

Cassie legte auf. Inzwischen war ihr auch wieder eingefallen, wer Vincent Grimaldi war. Vor sechs Jahren, nach Max' letztem Einbruch, hatte sein Name in allen Zeitungen gestanden. Er war an der Vertuschung der Sache beteiligt gewesen.

Sie erinnerte sich, dass Grimaldi damals als Leiter der Sicherheitsabteilung des Cleo bezeichnet worden war. In den sechs Jahren, die seitdem vergangen waren, hatte er es zum Direktor des Casinos gebracht. Vielleicht hatte er diesen Karrieresprung der Geschichte mit Max zu verdanken gehabt.

Nun fand es Cassie auch nicht mehr ungewöhnlich, dass Hernandez Grimaldis Namen genannt hatte. Es war vollkommen normal, dass ein bevorzugter Casinogast, der um hohe Einsätze spielte, den Casinodirektor namentlich kannte. Cassie versuchte, nicht mehr weiter daran zu denken, aber die Erinnerungen, die der Name Vincent Grimaldi in ihr heraufbeschwor, ließen ihr keine Ruhe.

Um sich abzulenken, stellte sie das Empfangsteil neben dem Stuhl, auf dem sie saß, auf den Boden und holte aus der Vordertasche ihres Rucksacks die Spielkarten, die sie im

Flamingo gekauft hatte. Sie nahm die Joker heraus, steckte sie in die Schachtel zurück und legte sie beiseite.

Sie begann mit ihren alten Aufwärmübungen – einhändiges Abheben und dann Überhand- und Riffelmischen. Mit den Gummihandschuhen fiel ihr das Mischen ziemlich schwer, und einmal explodierten die Karten in ihren Händen, sodass einige zu Boden fielen. Sie zog die Handschuhe aus und hob die Karten auf. Dann begann sie, fünf imaginären Blackjack-Spielern und sich selbst als Haus zu geben.

Während sie dann wie bei einem richtigen Spiel die Karten umdrehte, spulte sie in Gedanken die Sprüche des Kartengebers herunter: *Mann mit Axt, Junge trifft Mädchen, Bube nimmt fünf ...*

Aber schon bald begannen ihre Gedanken abzuschweifen, und sie erinnerte sich an ihre erste Begegnung mit Max. Sie hatte sie von jeher als das zufällige Aufeinandertreffen zweier verwandter Seelen in Erinnerung. Etwas, das nicht oft passierte, etwas, das ihr sicher nicht mehr passieren würde.

Sie hatte im Trop in einer laschen Mitternachtsschicht am Caribbean-Poker-Tisch gearbeitet, und er hatte sich auf Platz Nummer zwei gesetzt. Sie hatte nur noch einen anderen Spieler gehabt, einen alten Asiaten auf Platz sieben. Max war ein gut aussehender Mann mit einer enormen Ausstrahlung gewesen. Cassie hatte gar nicht anders gekonnt, als zu beobachten, wie er mit den Karten umging, sie in der Handfläche zusammenschob und kurz auffächerte, dann rasch auf den Tisch legte und seinen Einsatz machte.

Aber er spielte ohne Rücksicht auf Verluste, und es wurde bald klar, dass er kein geübter Spieler war. Er verlor, was ihn aber nicht zu stören schien. Nach einem Dutzend Partien gelangte Cassie zu der Überzeugung, dass er nicht am

Tisch saß, um zu spielen. Er war da, um den anderen Spieler zu beobachten. Max war irgendeine Art von Ganove, und das machte ihn noch interessanter.

Als sie Pause hatte, postierte sie sich in der Nähe des Kassenschalters und beobachtete Max und sein potenzielles Opfer weiter. Nach einer Weile rutschte der Asiate von seinem Hocker und ging. Kurz darauf machte auch Max Schluss und folgte ihm. Nachdem er seinen Mann in einen Lift hatte steigen sehen, beendete er die Verfolgung.

Das war der Punkt, an dem Cassie in Aktion trat. Sie ging auf ihn zu.

»Ich möchte einsteigen«, sagte sie.

Max sah sie nur vollkommen baff an.

»Ich weiß nicht, was Sie machen, aber ich möchte es lernen. Ich möchte, dass Sie es mir beibringen. Ich möchte einsteigen.«

Er sah sie ein paar Minuten länger an und dann krümmte ein verhaltenes Lächeln seine Lippen.

»Ich bin Max. Möchtest du was trinken, oder ist das gegen die Vorschriften?«

»Es ist gegen die Vorschriften, aber ich hab' gerade aufgehört, mich an die Vorschriften zu halten.«

Jetzt weitete sich sein Lächeln zu einem Grinsen.

Während Cassie weiter am Tisch geben übte, sah sie in regelmäßigen Abständen auf das Empfangsteil. Als sie um ein Uhr wieder mal auf den Bildschirm blickte, wurde der Raum immer noch durch das Licht vom Fernseher beleuchtet. Aber Hernandez lag, das Gesicht vom Bildschirm abgewandt, unter der Decke flach auf dem Bett. Sie merkte, dass das Licht vom Bildschirm nicht mehr flackerte. Daraus schloss sie, dass Hernandez schlief und der Film, den er im Pay-TV angesehen hatte, zu Ende war. Auf dem Bildschirm des Fernsehers war jetzt vermutlich nur ein blaues Feld oder das immer gleich bleibende Filmauswahlmenü.

Cassie sah auf die Uhr. Bis etwa 2 Uhr 45 würde sich Hernandez in der Tiefschlafphase befinden. Sie beschloss, um drei reinzugehen. Dann würde sie dort spielend mit allem fertig, bevor Leos kritischer Mond begann.

Sie steckte die Spielkarten in die Schachtel zurück und verstaute sie in ihrem Rucksack. Und dann beschloss sie, etwas zu tun, was mit einem unnötigen Risiko verbunden war und was Max nie getan hätte. Aber sie hatte das Gefühl, es tun zu müssen. Für Max und für sich selbst.

16

Im Casino herrschte immer noch viel Betrieb, als Cassie in die Cocktaillounge neben dem Hotelfoyer ging. Auch dort war es ziemlich voll, aber der Tisch, den sie wollte, war frei. Sie setzte sich und blickte in das Casino hinaus, ohne jedoch wirklich etwas wahrzunehmen. Sie war ganz in Gedanken bei Max und der Erfolgsserie, die sie gehabt hatten, und wie die Sun und das Review-Journal sie die »Zockerräuber« getauft und die Las Vegas Casino Association eine Belohnung auf ihre Ergreifung und Verurteilung ausgesetzt hatte. Sie dachte daran, wie es ihnen irgendwann gar nicht mehr ums Geld gegangen war, sondern um das High, zu dem es ihnen verhalf. Sie dachte daran, wie sie immer die ganze Nacht aufblieben und sich liebten, wenn sie wieder ein Ding gedreht hatten.

»Was darf ich Ihnen bringen?«

Cassie blickte zu der Bedienung auf.

»Eine Cola mit einer Kirsche drin und ein Bier vom Fass.«

Die Bedienung legte Servietten auf den kleinen runden Tisch, eine vor Cassie, die andere auf den Platz ihr gegenüber. Sie lächelte wissend.

»Erwarten Sie noch jemanden, oder ist das zweite Getränk, um einer Anmache vorzubeugen?«

Cassie erwiderte das Lächeln und nickte.

»Ich will einfach meine Ruhe haben.«

»Kann ich Ihnen nicht verdenken. Ziemlich übles Volk heute Abend. Muss am Mond liegen.«

Cassie blickte zu ihr auf.

»Am Mond?«

»Heute ist Vollmond. Haben Sie nicht gesehen? Er ist heller als das ganze Neon hier. Bei Vollmond wird alles noch extremer. Ich bin schon eine Weile hier. Ich weiß, wovon ich rede.«

Sie nickte, als wollte sie jede Diskussion zu diesem Thema unterbinden. Cassie nickte ebenfalls. Dann entfernte sich die Bedienung, und Cassie versuchte zu ignorieren, was sie gesagt hatte, und sich stattdessen an die Nacht vor sechs Jahren zu erinnern, als sie in derselben Bar am selben Platz gesessen hatte. Aber so sehr sie auch versuchte, an Max' schönes Gesicht zu denken, kreisten ihre Gedanken ständig um die schlimmen Dinge, die dann passiert waren. Es war ihr noch immer ein Rätsel, wie ein Moment solch herrlicher Euphorie zugleich der Moment sein konnte, der jetzt so viel Schmerz und Furcht und Schuldgefühle in ihr weckte.

Sie wurde aus ihren Gedanken gerissen, als die Bedienung die Getränke auf die Servietten stellte, einen Zettel auf den Tisch legte und wieder ging. Cassie drehte die Rechnung um und sah, dass sie vier Dollar zu zahlen hatte. Sie zog einen Zehner aus der Tasche und legte ihn auf den Tisch.

Cassie beobachtete, wie die Bläschen im Bier aufstiegen und an der Oberfläche eine zwei Zentimeter dicke Schaumschicht bildeten. Sie erinnerte sich an den Schaum in Max' Schnurrbart an jenem Abend. Tief in ihrem Innern war ihr sehr deutlich bewusst, dass das, was sie an diesem Abend tun würde, in erster Linie etwas mit Max zu tun hatte. Irgendwie war sie zu der Überzeugung gelangt, wenn sie heute Abend ihre Sache gut machte, käme es zu einer Erleichterung ihrer Schuld, zu einem Ausgleich für all das, was sie verloren hatte. Es war ein verrückter Gedanke, aber ein Gedanke, an den sie sich insgeheim geklammert hatte und dem sie inzwischen genauso große Bedeutung beizumessen schien wie allen anderen. Dieser Gedanke war, dass sie, wenn sie heute ihre Sache gut machte, die Zeit zurückdrehen und Verschiedenes, und sei es auch nur einen Moment lang, wieder gutmachen könnte.

Sie griff nach ihrer Cola und vergewisserte sich, dass niemand sie beobachtete. Dabei wurde sie auf eine Frau aufmerksam, die sie ansah, merkte dann aber rasch, dass sie in der verspiegelten Rückwand der Lounge in ihr eigenes Gesicht blickte. Wegen der Perücke und des Huts und der Brille hatte sie sich im ersten Moment nicht erkannt.

Sie wandte rasch den Blick ab. Dann hob sie ihr Glas und stieß damit leicht gegen Max' Bierglas.

»Auf das Ende«, sagte sie leise. »Auf den Ort, an dem die Wüste Meer ist.«

Sie nahm einen Schluck und schmeckte einen Anflug von Kirsche. Dann stellte sie das Glas ab und stand auf. Sie verließ die Lounge und ging durch das Casino zurück zu den Liften.

Sie hielt sich an das Ritual. Sie blickte nicht zurück.

17

Um 3 Uhr 05 morgens öffnete Cassie Black die Tür von Zimmer 2015, blickte nach beiden Seiten und kam mit dem Schreibtischstuhl auf den Flur. Inzwischen hatte sie ihre Verkleidung abgelegt. Sie trug eine schwarze Jeans und ein enges schwarzes ärmelloses T-Shirt. Um den Bauch hatte sie die kleine Gürteltasche mit dem Werkzeug, das sie brauchen würde. Sie stellte den Stuhl unter die Wandlampe neben der Tür von Zimmer 2014 und stieg darauf. Nachdem sie ihre in Handschuhen steckenden Fingerspitzen abgeleckt hatte, langte sie über den Rand des Wandschirms und drehte die Glühbirne so weit heraus, dass sie ausging. Dann stellte sie den Stuhl unter die Lampe neben der Tür von 2015 und drehte ebenfalls die Birne heraus. Schließlich brachte sie den Stuhl in ihr Zimmer zurück und kam mit einem leeren schwarzen Kopfkissenbezug und der Nachtsichtbrille, die an einem Riemen um ihren Hals hing, wieder nach draußen.

Sie drehte den Riegel des Drehkastenschlosses nach draußen, damit ihre Zimmertür nicht zufallen konnte, und blieb vor Hernandez' Tür stehen. Sie entfernte das NICHT-STÖREN-Schild und legte es auf den Boden. Dann nahm sie die Codekarte und schob sie nach einem Blick auf die Uhr in das elektronische Lesegerät. Am Beschlag des Türgriffs leuchtete ein grünes Lämpchen auf. Sie drehte den Knauf lautlos nach rechts und drückte gegen die Tür.

Zunächst ertönte ein leises Klicken, dann machte das nachgebende Erdbebenwachs ein schmatzendes Geräusch und das Drehkastenschloss löste sich vom Türrahmen. Bevor es jedoch zu Boden fallen oder gegen die Tür schlagen konnte, kamen Cassies Finger durch den Spalt und hielten es fest. Gleichzeitig hörte sie den Clip von Hernandez' elektronischer Alarmanlage, die sie vorher außer Betrieb gesetzt hatte, zu Boden fallen. Sie huschte nach drinnen und schloss lautlos die Tür. Nachdem sie das Drehkastenschloss entfernt und auf den Teppichboden gelegt hatte, blieb sie einen Moment stehen, damit sich ihre Augen an die Dunkelheit in Hernandez' Suite gewöhnen konnten. Sie fühlte sich, als stünde sie unter Strom. Es war lange her, aber sie konnte sich gut an dieses Gefühl erinnern. Das Adrenalin rauschte durch ihre Adern. Sie spürte seinen sanften und willkommenen Finger ihr Rückgrat hinabstreichen. Es schien, als stellte sich der feine blonde Flaum auf ihren Armen von dem elektrischen Strom auf.

Schließlich betrat Cassie den Wohnraum und sah sich darin um. Wie erwartet, war er leer. Sie richtete ihre Aufmerksamkeit auf die zweiflügelige Tür zum Schlafzimmer. Einer der beiden Türflügel stand offen, und aus dem Raum dahinter kam lautes, tiefes Schnarchen. Auch in diesem Punkt waren Leos Informationen absolut zuverlässig. Hernandez schnarchte. Das war wie ein zusätzliches Frühwarnsystem. Sie trat durch die offene Tür in den blauen Lichtschein des Schlafzimmers. Sie hatte Recht gehabt. Sobald der Film, den sich Hernandez angesehen hatte, zu Ende gewesen war, war das blaue Auswahlmenü auf dem Bildschirm erschienen. Er warf so viel Licht in den Raum, dass sie beschloss, auf die Nachtsichtbrille zu verzichten.

In dem blauen Schein konnte sie erkennen, wie sich die Umrisse von Hernandez' massigem, rundem Körper langsam hoben und senkten. Sein Schnarchen war tief und sonor. Cassie fragte sich, ob er verheiratet war und ob seine Frau im selben Raum mit ihm schlafen konnte.

Hinter ihm, auf dem Nachttisch, glühten die roten Ziffern des Weckers. Sie hatte jede Menge Zeit. Neben dem Wecker lagen Hernandez' Uhr und Brieftasche – und seine Pistole. Um sie griffbereit zu haben, hatte Hernandez sie offensichtlich aus der Jacke im Schrank genommen. Cassie ging um das Bett herum auf den Nachttisch zu. Hernandez stöhnte und begann sich zu bewegen. Sie blieb stehen.

Hernandez hob den Kopf und ließ ihn wieder sinken, öffnete den Mund und schloss ihn wieder und schließlich veränderte er seine Körperhaltung. Er lag, bis zum Hals zugedeckt, auf dem Rücken. Die Bettfedern protestierten zwar angesichts der Umverteilung seines Gewichts, aber schließlich fand er eine bequeme Stellung und hörte auf, sich zu bewegen.

Nachdem sie lange vollkommen reglos dagestanden hatte, machte Cassie die letzten drei Schritte auf den Nachttisch zu und nahm die Pistole an sich. Sie öffnete vorsichtig den Kopfkissenbezug und legte sie hinein. Nachdem sie auch die Brieftasche darin hatte verschwinden lassen, griff sie nach der Uhr. Sie achtete darauf, dass das Metallband kein Geräusch machte, als sie die Uhr in der Hand herumdrehte. Als sie mit dem Daumen über die Unterseite fuhr, tastete sie nur glatten rostfreien Stahl, keine Stelle, die sich anders anfühlte, wie das der Fall hätte sein müssen, wenn das Rolex-Zeichen eingeprägt gewesen wäre. Die Uhr war eine Fälschung. Lautlos legte sie sie auf den Nachttisch zurück und zog sich langsam vom Bett zurück.

Sie musste gegen den Drang ankämpfen, sofort zum Safe zu gehen, sich das Geld unter den Nagel zu reißen und zu verschwinden. Da sich hätte feststellen lassen, dass die Kameras von Hooten L&S waren, musste sie sie unbedingt wieder mitnehmen. Wenn die Polizei einmal wusste, dass die ganze Ausrüstung von dort stammte, kam sie vielleicht auch Jersey Paltz auf die Schliche. Und von ihm führte die Spur dann vielleicht zu ihr und Leo weiter.

Cassie zog den Stuhl unter dem Schreibtisch hervor, stellte ihn unter die Rauchmelderkamera und stieg darauf. Sie öffnete das Gehäuse und zwickte mit einer kleinen Drahtzange, die sie aus ihrer Gürteltasche holte, das Conduct-O-Tape ab. Dann brachte sie das Gehäuse sorgfältig wieder an und zog den Rauchmelder von der Wand. Dabei machte der Klebstreifen, mit dem er befestigt war, ein leises Geräusch. Sie drehte sich auf dem Stuhl um und sah auf das Bett hinab. Hernandez rührte sich nicht.

Als Cassie vom Stuhl stieg, hätte sie fast laut aufgeschrien, denn sie sah sich kurz im Spiegel an einem der Türflügel und dachte im ersten Moment, es wäre jemand anders im Raum. Sie steckte den Rauchmelder in den Kopfkissenbezug und stellte den Stuhl an seinen Platz zurück. Dann drehte sie sich mit dem Rücken zum Bett, hielt das Handgelenk dicht an ihre Brust und drückte den Beleuchtungsknopf ihrer Uhr. Es war inzwischen 3 Uhr 11 und sie hatte nur noch den Schrank und den Safe.

Sie nahm den Spachtel aus ihrer Gürteltasche, suchte die Bleistiftmarkierung am Türrahmen und schob den Spachtel darunter in den Spalt. Dann öffnete sie mit derselben Methode wie bei ihrem ersten Besuch in der Suite den Schrank, ohne dass die Innenbeleuchtung anging, und ging hinein. Nachdem sie die Türen wieder geschlossen hatte, schob sie Hernandez' Kleider vorsichtig auf die Seite, schraubte die Glühbirne heraus und legte sie in ein Fach neben ein Ersatzkissen.

Dann kauerte sie nieder, entfernte mit einem Schraubenzieher die Steckdose mit der zweiten Kamera und knipste das Tape ab. Zum Schluss fasste sie hinter den Safe und zog den Sender an der Antenne aus seinem Versteck. Nachdem sie die Leitung gekappt hatte, verstaute sie ihn mit den anderen Dingen im Kopfkissenbezug.

Jetzt kam der Safe an die Reihe. Sie holte tief Luft, streckte die Hand nach dem Kombinationsschloss aus und tippte die Zahlenfolge 4-3-5-1-2 ein. Mit einem leisen *Pffft*, ähnlich dem Geräusch, das beim Öffnen einer neuen Dose Tennisbälle entsteht, ging der Safe auf. Cassie hielt das linke Ohr an die Türlamellen und wartete eine Weile. Hernandez schnarchte ununterbrochen weiter.

Nachdem Cassie die Safetür behutsam ganz geöffnet hatte, veränderte sie ihre Haltung so, dass sich ihr Körper zwischen dem Safe und dem Schlafzimmer befand. Sie nahm die kleine Taschenlampe aus der Gürteltasche, hielt sie in den Safe und machte sie an.

Der Lichtstrahl fiel auf das dicke Bündel Scheine, das sie Hernandez hatte hineinlegen sehen. Neben dem Geld war ein Schlüsselbund mit vier Schlüsseln daran. Sonst nichts.

Cassie machte die Taschenlampe wieder aus und überlegte kurz. Wo war der Inhalt des Aktenkoffers? Wo war die halbe Million Dollar, die ihnen Leos Partner in Aussicht gestellt hatten?

Sie fasste noch einmal in den Safe, holte die Geldscheine heraus und breitete sie in ihrem Schoß aus. Als sie kurz die Taschenlampe anknipste, sah sie, dass es sich offensichtlich um lauter Hundertdollarscheine handelte. Grob geschätzt, lagen etwa hunderttausend Dollar in ihrem Schoß. Zweifellos eine Menge Geld – mehr, als sie je besessen oder gestohlen hatte. Aber es war nicht so viel, wie sie erwartet und in Aussicht gestellt bekommen hatte. Irgendetwas stimmte da nicht. *Wo war der Aktenkoffer?*

In diesem Moment wurde ihr bewusst, dass sie ihn auf dem Weg durch die anderen Räume der Suite nicht gesehen hatte. Sie musste noch einmal zurück und ihn suchen. Vielleicht war Hernandez zu faul gewesen, den Koffer zu öffnen und seinen Inhalt im Safe einzuschließen. Vielleicht hatte er es wegen seiner Pistole und des Türalarms nicht für nötig gehalten.

Cassie steckte das Bündel Scheine in den Kopfkissenbezug, schloss den Safe und richtete sich auf. Damit die Gegenstände im Kopfkissenbezug nicht gegeneinander schlagen konnten, schlang sie sich das lose Ende fest um die rechte Hand und öffnete die Tür, aber gerade als sie den Schrank verlassen wollte, läutete das Telefon auf dem Nachttisch.

Blitzschnell zog sich Cassie wieder in den Schrank zurück und schloss lautlos die Tür.

Das Telefon klingelte ein zweites Mal, und Cassie hörte, wie Hernandez sich bewegte. Sie begriff, dass sie einen Fehler gemacht hatte. Statt sich in den Schrank zurückzuziehen, hätte sie sich mit dem, was sie hatte, aus dem Staub machen und in das Zimmer auf der anderen Seite des Gangs flüchten sollen.

Jetzt saß sie in der Falle. Wahrscheinlich war es die Sicherheitsabteilung, die anrief – sie hatten gemerkt, dass jemand in das Zimmer auf der anderen Seite des Gangs eingedrungen war!

Die Bettfedern quietschten, als Hernandez sich auf dem Bett bewegte. Beim vierten Läuten nahm er ab.

»Hallo?«, sagte er mit belegter Stimme.

Cassie schloss die Augen und lauschte. Sie war machtlos.

»Was soll die Scheiße?«, schimpfte Hernandez. »Wie spät ist es jetzt?«

Cassie öffnete die Augen. Sie dachte an die Pistole und die Brieftasche. Wenn Hernandez Licht machte, merkte er sicher, dass sie fehlten, und kam dann sofort in den Schrank, um nach dem Safe zu sehen.

»Schon mal was von drei Stunden Zeitunterschied gehört, du Vollidiot?«

Cassie fasste in die Gürteltasche und legte die Finger um den Elektroschocker. Nachdem sie ihn noch in der Tasche angemacht hatte, zog sie ihn vorsichtig heraus, um allerdings feststellen zu müssen, dass das rote Lämpchen, das anzeigte, dass der Paralyser betriebsbereit war, nicht brannte. Sie schaltete es aus und wieder an, aber das Licht ging nicht an. Der Elektroschocker war nicht einsatzbereit. Sie merkte, dass sie vergessen hatte, ihn auszuschalten, nachdem sie ihn vor ihrem Treffen mit Jersey Paltz in ihrem Rucksack versteckt hatte. Weil sie ihn so lange angelassen hatte und wegen des Stromstoßes, den sie Paltz damit versetzt hatte, war der Akku leer. Das Ding war zu nichts mehr zu gebrauchen.

Als sie durch die Lamellen spähte, sah sie Hernandez in dem blauen Licht auf der Bettkante sitzen. Sie legte den Kopfkissenbezug auf den Boden und fasste hinein.

»Na ja, gut, ruf mich eben dann an. Ist mir doch egal, wenn er unruhig wird. Oder kannst du mir vielleicht sagen, was ich hier um Viertel nach drei morgens groß machen soll?«

Sie zog die Pistole heraus.

»Ja, ja, später. Bis dann.«

Cassie hörte, wie er den Hörer auf die Gabel knallte.

»Scheiße!«, fluchte er dann.

Das blaue Licht vom Bildschirm des Fernsehers ging aus und im Schrank wurde es vollkommen dunkel. Cassie hörte, wie sich die Bettfedern bewegten, als Hernandez eine bequemere Stellung zu finden und wieder einzuschlafen versuchte. Gerade als sie die Nachtsichtbrille anstellte und aufsetzte, fluchte Hernandez erneut los.

»Scheiße!«

Im Schlafzimmer ging ein Licht an. Cassie hörte, wie das Bett aufbegehrte. Dann kamen auf dem Teppichboden schwere Schritte näher. Hernandez ging zum Schrank.

Langsam zog sich Cassie, so weit sie konnte, in den Schrank zurück. Die Arme an den Ellbogen aufgestützt, hob sie mit beiden Händen die Pistole. Gleichzeitig nahm sie sich fest vor, nicht zu schießen. Sie würde ihn nur so weit zurückdrängen, dass sie entkommen konnte.

Hernandez' umfangreicher Schatten schob sich vor das Licht, das durch die Lamellen kam. Cassie wappnete sich.

Doch dann verschwand der Schatten plötzlich, und die Schranktür ging nicht auf. Cassie ließ die Waffe sinken und machte einen Schritt auf die Tür zu. Wenige Augenblicke später hörte sie die Klobrille gegen den Spülkasten schlagen, gefolgt vom Geräusch von Hernandez' Strahl in der Kloschüssel. Cassie ließ die Pistole ganz sinken. Sie kannte nur noch einen Wunsch: den Kopfkissenbezug zu packen und damit aus der Suite zu rennen. Bis Hernandez begriffen hätte, was los war, wäre sie längst auf der Treppe. Außerdem hatte sie seine Pistole. Er konnte nichts anderes tun, als in der Sicherheitsabteilung anzurufen, die zu dieser nachtschlafenden Zeit im Übrigen nur rudimentär besetzt wäre. Bevor jemand einschreiten könnte, wäre sie längst aus dem Hotel.

Aber sie blieb im Schrank und wartete. Die beste Flucht war eine unbemerkte Flucht. Aber das war nicht der wahre Grund, weshalb sie blieb. Das war der Aktenkoffer. Sie wollte diesen Koffer unbedingt haben. Sie brauchte ihn.

Nachdem die Spülung gegangen war, verstrich noch einmal viel Zeit, bis Hernandez wieder an ihrem Beobachtungsposten vorbeitappte und sich ins Bett legte. Das Licht ging aus. Allem Anschein nach hatte er nicht gemerkt, dass die Brieftasche und die Pistole nicht mehr auf dem Nachttisch lagen.

Vorsichtig setzte sich Cassie mit angezogenen Beinen auf den Boden und lehnte sich mit dem Rücken gegen den Safe. Sie hob das Handgelenk an ihr Gesicht und drückte auf den Beleuchtungsknopf ihrer Uhr. Inzwischen war es 3 Uhr 20. Frustriert verschränkte sie die Arme über den Knien und legte den Kopf darauf. Ihr war klar, vor dem kritischen Mond käme sie nicht mehr aus dem Schrank. Das durfte sie nicht riskieren.

Cassie dachte an Leo. Sie fragte sich, ob er so spät noch wach war und an den kritischen Mond dachte, ob er auf seine Uhr sah. Er hatte von einer Pechphase gesprochen. Aber Cassie hatte schon Pech gehabt, bevor der Mond auf den kritischen Grad gekommen war. Schuld an allem war der Anruf. Das war Pech gewesen. Das musste sie Leo erzählen. Es ihm erklären. Er würde es bestimmt verstehen. Und wenn nicht, würde Cassie es ihm schon irgendwie verständlich machen.

18

Um 3 Uhr 46 öffnete Cassie Black im Schlafzimmerschrank des Mannes, den sie zu bestehlen versuchte, die Augen. Dieser Mann hatte endlich wieder zu schnarchen begonnen, und es wurde allmählich Zeit, die Sache zu Ende zu bringen. Sie erhob sich langsam, drückte die Schranktür auf, zog die Nachtsichtbrille über ihre Augen hoch und sah zum Bett. Hernandez lag mit zwei Kissen unter dem Kopf unter der Decke. Hätte er in diesem Moment die Augen aufgeschlagen, wäre sein Blick direkt auf Cassie gefallen, aber sein tiefer Atem und sein kehliges Schnarchen ließen keinen Zweifel daran, dass er tief und fest schlief. Selbst wenn er jetzt aufgewacht wäre, wäre es Cassie egal gewesen. Sie hatte es satt zu warten. Sie wollte nur noch den Aktenkoffer finden und endlich verschwinden. Aus dieser Suite und aus Las Vegas.

Sie bückte sich und massierte ihre linke Wade. Von dem langen Sitzen hatte sie einen Krampf bekommen. Schließlich schlang sie sich den Kopfkissenbezug ums Handgelenk und machte die Schranktür langsam ganz auf.

Einen Moment stand sie vollkommen still im Schlafzimmer und betrachtete den schlafenden Mann auf dem Bett. Das Eigenartigste bei so einem Job war immer, das schlafende Opfer zu beobachten. Es war, als erführe man ein Geheimnis, das man nicht erfahren sollte. Sie sah sich im ganzen Raum um, konnte den Aktenkoffer aber nirgendwo entdecken.

Sie ging in die Nische zurück und sah im Bad nach. Nichts. Wieder zurück im Schlafzimmer, ließ sie sich auf alle viere nieder und leuchtete mit der Taschenlampe unters Bett. Außer einer Menge Wollmäuse und einer Speisekarte des Zimmerservice gab es dort nichts zu entdecken.

Cassie richtete sich wieder auf und ging in den Wohnraum, den sie bis in die hintersten Winkel und Ecken durchsuchte, ohne etwas zu finden, was über den Verbleib des Aktenkoffers Aufschluss gab. Cassie, einer Panik nahe, begann sich heftige Vorwürfe zu machen, dass sie noch einmal nach unten gefahren war, um in der Bar ein Coke zu trinken und sich in Erinnerungen an ihre letzten Momente mit Max zu ergehen. War es möglich, dass Hernandez währenddessen die Suite mit dem Aktenkoffer verlassen hatte, um ihn woanders zu deponieren, und nach seiner Rückkehr sofort wieder eingeschlafen war?

Äußerst unwahrscheinlich, wäre da nicht der Umstand gewesen, dass sie den Aktenkoffer nirgendwo finden konnte.

Plötzlich fielen ihr die Schlüssel ein, die sie im Safe gesehen hatte. Sie überlegte, was der Umstand, dass Hernandez sie dort deponiert hatte, zu bedeuten haben könnte. An dem Schlüsselbund waren die Schlüssel für den Aktenkoffer und die Handschellen. Hernandez konnte sie nur deshalb in den Safe gelegt haben, statt den Inhalt des Koffers selbst dort einzuschließen, weil er eine andere Möglichkeit gefunden hatte, ihn sicher zu verwahren. Wie könnte er das bewerkstelligt haben, ohne dafür die Suite verlassen oder den Safe benutzen zu müssen?

Cassie ging ins Schlafzimmer zurück und nahm das Bett in Augenschein. Sie rief sich noch einmal in Erinnerung, was sie durch den Spion gesehen hatte, als Hernandez die Tür geöffnet hatte. Der Aktenkoffer war an seiner rechten Hand festgekettet gewesen. Sie ging auf die rechte

Seite des Betts und begann, die zerknüllte Decke behutsam abzutasten, immer darauf bedacht, den Erhebungen von Hernandez' Körper nicht zu nahe zu kommen. Sie hielt den Atem an, als sie das tat. So nahe war sie einem ihrer Opfer noch nie gekommen. Es war zu nahe, und jeder ihrer Sinne war auf das Bett und den massigen Körper gerichtet, der schnarchend unter der Decke lag.

Endlich spürte sie etwas Flaches und Hartes unter ihrer Hand. Sie hatte den Aktenkoffer gefunden. Langsam begann sie die Bettdecke zurückzuschlagen, bis sie den Koffer und die Handschellenkette, die zu Hernandez' rechtem Handgelenk führte, freigelegt hatte.

Als ihr klar wurde, dass sie die Schlüssel brauchte, um den Koffer abzumachen, kehrte sie in den Schrank zurück und öffnete noch einmal den Safe. Dabei merkte sie, dass sie die Pistole auf dem Safe hatte liegen lassen. Sie griff danach, öffnete den Safe und nahm vorsichtig den Schlüsselbund heraus, an dem sich, sah sie im grünen Visier der Nachtsichtbrille, fünf Schlüssel befanden. Sie hatte genügend Erfahrung mit Handschellen, um zu wissen, dass der kleine Schlüssel mit dem runden Bart zu den Handschellen gehörte. Um die Handschellen damit aufschließen zu können, ohne dass die anderen Schlüssel klimpernd aneinander stießen, nahm sie ihn vom Schlüsselbund ab und kehrte damit ins Schlafzimmer zurück.

Hernandez hatte sich nicht bewegt. Cassie legte die Pistole aufs Bett und schob den Schlüssel lautlos in die Handschelle, die sich um den Stahlgriff des Koffers schloss. Sie drehte ihn, und mit einem metallischen Klicken ging die Schelle auf. Doch gerade als Cassie sie abnehmen wollte, begann sich Hernandez, vermutlich durch das Geräusch im Schlaf gestört, zu regen.

Leise entfernte Cassie die Handschelle, richtete sich auf und nahm den Aktenkoffer vom Bett. Dann griff sie nach der Pistole. Mit einem Seufzer begann Hernandez unter der Decke mit den Beinen zu treten. Er wachte auf.

Cassie hob die Pistole. Wenn es sein musste, sagte sie sich, wäre sie durchaus imstande, es zu tun. Sie konnte es auf den dummen Anruf, den kritischen Mond oder einfach auf das Schicksal schieben. Es tat nichts zur Sache. Aber wenn es sein musste, würde sie es tun. Sie hielt die Pistole mit gestreckten Armen und richtete sie auf die Mitte der in Bewegung geratenden Masse auf dem Bett.

19

Als Jack Karch durch das Cleopatra Casino ging, fiel ihm zuallererst auf, dass das Krähennest leer war. Vincent Grimaldi konnte jetzt nicht dort oben sein, weil Karch genau wusste, wo Grimaldi sich aufhielt. Allerdings war es seit dem Tag der Eröffnung des Casinos üblich, dass immer jemand oben im Krähennest war. Und das hieß, vierundzwanzig Stunden am Tag, sieben Tage die Woche. Wenn nicht Grimaldi, dann ein anderer. Das Ganze war reine Augenwischerei. Ein simpler Taschenspielertrick. Die Illusion von Sicherheit schuf tatsächliche Sicherheit. Im Moment behielt jedoch niemand das Geschehen von dort oben im Auge, und das verriet ihm, dass der Grund, aus dem Vincent ihn herbestellt hatte, ziemlich wichtig sein musste. Diese Einsicht brachte Karchs Kreislauf erheblich besser auf Touren als der Becher 7-Eleven-Kaffee, den er auf der Fahrt ins Casino getrunken hatte.

Karch behielt ständig die Tür hinter der Kanzel im Auge, als er sich auf dem Weg zwischen den Spieltischen hindurch an betrunkenen Casinogästen vorbeischlängelte, die ihm blindlings in den Weg liefen. Halb erwartete er nämlich, jeden Augenblick würde jemand, den Hemdkragen oder die Krawatte zurechtrückend, aus dem Büro der Sicherheitsabteilung kommen, um dort oben Stellung zu beziehen. Aber niemand erschien, und Karch senkte schließlich den Blick, als er die Nische erreichte, wo die Aufzüge in den Euphrates Tower hinaufführten.

Bis auf eine Frau, die mit ihrem Plastikbecher für das Kleingeld auf den Lift wartete, befand sich niemand in der Nähe. Nach einem Blick in Karchs finsteres Gesicht wandte sie sich ab und legte die Hand auf den Becher, als wollte sie seinen Inhalt vor ihm schützen. Scheinbar beiläufig ging Karch auf den Sandbehälter neben den Liften zu, stellte den Fuß darauf und beugte sich vor, als wollte er seinen Schuh binden. Dabei hatte er der Frau den Rücken zugewandt. Statt sich jedoch den Schuh zu binden, steckte er den Finger in den schwarzen Sand, der eben erst von Kippen gesäubert und glatt gestrichen worden war, und bohrte darin, bis er fand, was er suchte. Er zog eine Codekarte heraus und richtete sich gerade in dem Moment wieder auf, als ein Glockenton die Ankunft des Lifts ankündigte.

Nachdem er der Frau in die Aufzugkabine gefolgt war, blies er den Staub von der Codekarte und steckte ihn, nachdem die Frau auf den Knopf für den sechsten Stock gedrückt hatte, in den dafür vorgesehenen Schlitz, um den Knopf für das Penthouse betätigen zu können. Karch stand jetzt neben der Frau und konnte zwischen ihren gespreizten Fingern hindurch in den Becher sehen. Er war etwa zur Hälfte mit Fünfcentstücken gefüllt. Sie war eine ganz kleine Nummer und wollte entweder nicht, dass er es merkte, oder sie fand ihn tatsächlich etwas zwielichtig. Sie war etwa in seinem Alter und hatte stark toupiertes Haar. Er nahm an, sie war von irgendwo aus dem Süden nach Las Vegas gekommen. Sie stand mit gesenktem Kopf da, aber ihm war klar, dass sie im glänzenden Holzfurnier der Tür sein Spiegelbild im Auge behielt. Karch hatte die Art von Gesicht, das andere misstrauisch machte. Nase und Kinn scharf geschnitten, die Haut trotz des Lebens unter der Wüstensonne immer fahl, das Haar so schwarz wie eine Limousine. Aber das alles war nichts gegen seine Augen. Sie hatten die Farbe von gefrorenen Pfützen und sahen auch genauso tot aus.

Karch griff in seine Tasche und zog seine Zigaretten heraus. Er hielt die vier Finger seiner rechten Hand als Sichtschutz gegen die Reflexion zusammen und schüttelte zwei Zigaretten aus der Packung. Eine verbarg er in seiner rechten Hand, die andere nahm er in die linke. An sich erwartete er, die Frau würde bereits beim bloßen Anblick einer Zigarette protestieren, aber sie sagte nichts. Dann machte er den Ohr-Mund-Trick, den ihm sein Vater vor vielen Jahren beigebracht hatte. Er hielt die zweite Zigarette mit den Spitzen seiner vier Finger und dem Daumen seiner linken Hand so, dass der Eindruck entstand, als schöbe er sich die Zigarette ins Ohr und zöge sie dann mit der rechten aus seinem Mund. Da er dabei das Spiegelbild der Frau beobachtete, wusste er, dass sie seine Nummer mitbekommen hatte. Sie drehte sich leicht herum, als wollte sie etwas sagen, überlegte es sich dann aber anders. Im sechsten Stock ging die Tür auf, und sie stieg aus. Als sie sich nach links entfernte und die Lifttüren zuzugehen begannen, rief ihr Karch hinterher: »Jetzt haben Sie doch geschaut.«

Dann lachte er still in sich hinein, als die Frau sich nach ihm umdrehte, während die Lifttüren ihm den Blick auf sie nahmen.

»Nächstes Mal bringen Sie Ihre Fünfcentstücke zu Branson«, sagte er, als sich der Aufzug wieder in Bewegung setzte.

Karch schüttelte den Kopf. Dabei hatte das Cleo so viel versprechend begonnen. Aber jetzt war es ein richtiges Popelparadies, ein Ort, an dem die Teppiche abgetreten waren und die Männer am Pool Sandalen und schwarze Socken trugen. Wieder einmal fragte er sich, was er hier eigentlich wollte, wie und warum er sich jemals an Vincent Grimaldi hatte verkaufen können.

Zehn Sekunden später stieg er im zwanzigsten Stock aus. Er trat auf den Gang hinaus und stellte fest, dass er bis auf einen Servierwagen, den jemand vor die Tür seines Zimmers gestellt hatte, leer war. Er roch ranzig, als Karch an ihm vorbei nach rechts den Gang hinunterging.

An der ersten Tür, an der er vorbeikam, blickte er auf und sah, es war 2001. Er erinnerte sich an dieses Zimmer von früher. In diesem Zimmer war er Vincent Grimaldi zum erstenmal zur Hand gegangen. Das war schon sehr lange her, und deshalb ärgerte ihn die Erinnerung daran. Wie weit hatte er es seitdem gebracht? Nicht weit, fand er. Gar nicht weit. Vielleicht war auch er ein Popel in einem Popelparadies. Seine Gedanken sprangen zu der leeren Kanzel unten im Casino, und er stellte sich vor, wie von dort der Blick auf die Spieltische war.

Er kam zu Zimmer 2014 und öffnete die Tür mit der Codekarte.

Beim Eintreten sah er Vincent Grimaldi am Panoramafenster des Wohnraums der Suite stehen. Er schien über die Stadt hinweg auf die Weite der Wüste hinauszublicken und auf die schokoladenbraunen Berge, die dahinter den Horizont zackten. Draußen war ein klarer, strahlender Tag.

Grimaldi, der Karch anscheinend nicht hatte hereinkommen hören, drehte sich nicht um. Karch ging durch die Diele in die Suite. Er stellte fest, dass die Tür zum Schlafzimmer geschlossen war. Es roch nach altem Zigarrenrauch, Desinfektionsmittel und etwas Drittem. Er versuchte es einzuordnen, und plötzlich legte sein Herz einen Gang zu. Verbranntes Schießpulver. Vielleicht brauchte ihn Vincent diesmal wirklich.

»Vincent?«

Grimaldi wandte sich vom Fenster ab. Er war ein kleiner Mann mit einem harten, zu stark gebräunten v-förmigen Gesicht, dessen Haut aussah, als wäre sie zu fest über die

Backenknochen gespannt worden. Er hatte das stahlgraue Haar ordentlich nach hinten frisiert und trug einen seriösen Hugo-Boss-Anzug. Er war immer so gekleidet, als wäre das Hotelcasino, das er führte, das Mirage. Das Cleopatra war allerdings längst zweite Wahl, auf dem besten Weg in die Drittklassigkeit. Seine Lage am Strip war das Einzige, was diesen Abstieg im Moment noch etwas aufhielt. Aber es stand völlig außer Frage, Grimaldi war der Kapitän eines alten Frachtkahns, umringt von einer Flotte neuer Luxusliner mit Namen wie Bellagio, Mandalay Bay und The Venetian.

»Jack! Ich habe dich gar nicht reinkommen hören. Wo hast du gesteckt?«

Karch ignorierte die Frage. Er sah auf seine Uhr. Es war zehn nach acht, und seit Grimaldis Pagerruf mit dem 911er-Notcode hinten dran waren nur vierzig Minuten vergangen. Vierzig Minuten waren nicht übel, vor allem in Anbetracht der Weigerung Grimaldis, ihm am Telefon zu sagen, worum es ging.

»Was gibt's?«

»Was es gibt? Wir haben hier ein Riesenproblem am Hals.«

Er trat vor und streckte die Hand nach der Codekarte aus, die Karch immer noch in der Hand hatte. Karch gab ihm die Karte und überlegte, ob er sich eine Zigarette anzünden sollte, beschloss dann aber zu warten.

»Das hast du bereits am Telefon angedeutet, Vincent. Jetzt bin ich hier. Was soll ich tun? Raten, was dieses Problem ist? Oder wirst du es mir vielleicht irgendwann mal sagen?«

»Nein, Jack, ich werde es dir zeigen. Damit du dir selbst einen Reim drauf machen kannst.«

Er deutete mit dem Kinn auf die Schlafzimmertür. Das war eine typische Geste Grimaldis, der sowohl mit Bewegungen wie mit Worten geizte.

Karch sah ihn kurz an und wartete auf eine weitere Erklärung. Als sie ausblieb, drehte er sich um und ging zur Schlafzimmertür. Er öffnete sie und betrat den Raum.

Bis auf eine Scheibe Sonnenlicht, die durch den zwei Zentimeter breiten Spalt zwischen den zugezogenen Vorhängen drang, war es im Schlafzimmer dunkel. Das Licht schnitt quer über das Bett, auf dem, mit dem Gesicht nach oben, ein toter dicker Mann lag. Vom rechten Auge des Mannes war nichts mehr übrig. Jemand hatte ihm aus nächster Nähe eine Kugel ins Gehirn gejagt. Das hölzerne Kopfteil und die Wand hinter dem Bett waren mit Blut und gräulich-weißer Hirnmasse bespritzt. Fünfzehn Zentimeter über dem Kopfteil war ein Einschussloch in der Wand.

Karch ging um das Fußende des Betts herum und blickte auf die Leiche hinab. Der Tote trug ein weißes T-Shirt und hellblaue Boxershorts. Karch sah, dass sich an seinem rechten Handgelenk ein Paar Handschellen befand, dessen beide Schellen sich um dasselbe Handgelenk schlossen. Außerdem lag zwischen den Beinen des Toten eine Handfeuerwaffe. Karch bückte sich und sah sie sich genauer an. Es war eine 9 mm Smith & Wesson mit einem matten Finish.

Grimaldi kam an die Schlafzimmertür, betrat den Raum aber nicht.

»Wer hat ihn gefunden?«, fragte Karch, ohne den Blick von der Leiche abzuwenden.

»Ich.«

Mit hochgezogenen Augenbrauen blickte Karch auf. Er hatte erwartet, die Antwort wäre, ein Zimmermädchen hätte die Leiche entdeckt, auch wenn es dafür noch etwas früh schien. Auf jeden Fall nicht der Direktor des Casinos. Das war ziemlich unwahrscheinlich. Grimaldi spürte, was in Karch vorging, und setzte zu einer Erklärung an.

»Ich war um sieben zum Frühstück mit ihm verabredet. Als er nicht auftauchte, rief ich auf seinem Zimmer an, und als er sich nicht meldete, ging ich nachsehen. Das ist, was ich gefunden habe. Dann habe ich dich angerufen.«

Das wird ja immer schöner, dachte Karch.

»Wer ist der Kerl, Vincent?«

»Nur ein Kurier. Aus Miami. Sein Name ist – war – Hidalgo. Im Gästebuch steht er allerdings unter einem anderen Namen.«

Karch wartete. Grimaldi sprach nicht weiter.

»Jetzt hör mal zu, Vincent. Soll ich dir hier weiter die Würmer einzeln aus der Nase ziehen oder lieber gleich Seymour den Hellseher aus der Lounge hochholen, damit er mir sagt, was ich nun weiter machen soll?«

Grimaldi blies den Atem aus. Karch genoss die Situation. Der alte Fuchs steckte in der Klemme und brauchte ihn. Eines war Karch bereits klar. Egal, worum es hier ging, würde er gnadenlos seinen Vorteil aus dieser Sache schlagen. Und wenn das bedeutete, Vincent Grimaldi von seinem Platz zu verdrängen, würde er es bedenkenlos tun. Er dachte an das Krähennest. Er konnte sich schon selbst dort oben sehen. Wie er über das Geld wachte. Wie er über alles wachte.

»Nur Geduld, ich bin ja schon dabei, dir alles zu erzählen.«

Grimaldi kam ins Zimmer und sah auf den Toten hinab.

»Es geht um viel Geld, Jack. Dieser fette Sack hatte zweieinhalb Millionen Dollar bei sich. Aber jetzt sind sie nicht mehr hier, und er kann uns wohl schlecht sagen, wo sie hingekommen sind, oder?«

»Zweieinhalb Millionen? Wofür? Doch wohl kaum, um Blackjack zu spielen?«

Karch sah, wie oben an Grimaldis Schläfe eine Ader zu zucken begann. Der alte Fuchs war wütend. Karch wusste, wie gefährlich er war, wenn er wütend war. Aber er war wie ein kleiner Junge, der mit einem Besenstiel vor dem Weihnachtsbaum stand. Er wollte unbedingt wissen, ob diese Glaskugeln tatsächlich so zerbrechlich waren.

»Er war wegen einer Übergabe hier«, sagte Grimaldi. »Sie sollte heute Morgen stattfinden. Deswegen die Verabredung zum Frühstück.«

Er deutete auf die Leiche.

»Und dann diese Bescherung, als ich heute Morgen hier raufkomme. Dieser Trottel hat jemanden auf sein Zimmer mitgenommen, und jetzt ist das ganze Geld weg. Wir müssen es unbedingt wieder zurückbekommen, Jack. Es war fest zugesagt, wenn du weißt, was ich meine. Wir brauchen es ganz dringend. Wir ...«

Karch schüttelte den Kopf, nahm die unangezündete Zigarette aus dem Mund und schnitt Grimaldi das Wort ab.

»Fest zugesagt von wem?«

»Jack, es gibt Dinge, die du nicht zu wissen brauchst. Du sollst nur herausfinden, wer ...«

»Was regst du dich dann so auf, Vincent? Und noch viel Erfolg bei der Suche.«

Mit einem kurzen Winken ging Karch in Richtung Tür. Er war bereits im Wohnzimmer und steuerte auf die Eingangstür zu, als Grimaldi ihn einholte.

»Okay, okay, jetzt warte doch endlich, Jack! Ich sage es dir, okay? Ich erzähle dir alles, was du wissen zu müssen glaubst.«

Karch blieb stehen. Er blickte immer noch, mit Grimaldi hinter sich, in Richtung Tür und sah, dass das Drehkastenschloss fehlte. Er streckte die Hand nach der nicht lackierten rechteckigen Stelle am Türrahmen aus, wo es befestigt gewesen war. In den Löchern für die Schrauben war eine gräuliche wachsartige Paste. Er rieb etwas davon zwischen Daumen und Zeigefinger. So etwas hatte er schon mal gesehen. Er drehte sich zu Grimaldi um.

»Okay, Vincent, und schön von Anfang an. Wenn du willst, dass ich dir helfe, musst du mir alles erzählen. Ohne was auszulassen.«

Grimaldi nickte und deutete auf die Couch. Karch ging in den Wohnraum zurück und setzte sich. Grimaldi kehrte an seinen Platz am Fenster zurück. Von Karchs Blickwinkel aus war er dort ganz vom strahlenden Blau des Himmels eingefasst. Er war die dunkle, finstere Wolke an diesem Himmel. Karch nahm die unangezündete Zigarette aus dem Mund und steckte sie zusammen mit der anderen, die er bei seinem Kunststück verwendet hatte, in seine Jackentasche.

»Also, die Sache ist die«, begann Grimaldi. »Vor zwei Wochen erfuhr ich, dass es mit dem Transfer Probleme geben würde. Wegen etwas, das über den Hintergrund der Käufer an den Tag kam. Was man so gemeinhin Verbindungen zum organisierten Verbrechen nennt.«

Karch nickte. Er war zwar nicht so gründlich in die Hintergründe des Ganzen eingeweiht wie Grimaldi, hatte aber aufgrund seines Jobs dennoch einen mehr als nur oberflächlichen Einblick in die Angelegenheit. Das Cleopatra-Hotelcasino stand zum Verkauf an. Ein Entertainment-Konsortium aus Miami, die Buena Suerte Group, zeigte starkes Interesse. Die Ermittlungsabteilung der Nevada Gaming Commission hatte zwölf Wochen lang Nachforschungen über den Kaufinteressenten angestellt und würde der Kommission demnächst in ihrem Abschlussbericht eine Empfehlung vorlegen, ob sie der Transaktion zustimmen solle oder nicht. Die Kommission – ein ernanntes Gremium – richtete sich bei seiner Entscheidung fast immer nach den Vorschlägen der Ermittlungsabteilung, womit letzten Ende deren Abschlussbericht darüber entschied, ob in Nevada einem Antrag auf den Kauf oder die Eröffnung eines Casinos stattgegeben wurde oder nicht.

»Was ist passiert?«, fragte er. »So viel ich gehört habe, wurde nichts Negatives über Buena Suerte bekannt.«

»Was passiert ist, ist nicht weiter wichtig. Wichtig ist nur das Geld, Jack.«

»Alles ist wichtig. Ich muss alles wissen. Was haben sie rausbekommen?«

Grimaldi machte eine frustrierte, resignierte Geste.

»Einen Namen haben sie rausgefunden – bist du nun endlich zufrieden? Sie sind auf eine Verbindung zwischen einem der Direktoren und einem gewissen Hector Blanca gestoßen. Jetzt wirst du bestimmt fragen, wer ist Hector Blanca. Es genügt zu wissen, er ist ein stiller Teilhaber, der auch besser still hätte bleiben sollen. Und das ist alles, was ich zu diesem Thema sagen werde.«

»Darf ich mal raten, Vincent? La Cuba Nostra?«

Karch sagte es in einem Was-hab-ich-dir-gesagt-Ton. Er und Vincent hatten schon bei einer früheren Gelegenheit über die neueste Unterweltkreuzung gesprochen. Transplantierte Mafiasoldaten aus dem Nordosten taten sich mit Exilkubanern aus Miami zusammen, um das organisierte Verbrechen in South Florida unter ihre Kontrolle zu bekommen. In kriminellen Geheimdienstkreisen hatte es sich herumgesprochen, dass die Gruppe vor einigen Jahren in Florida heimlich ein Glücksspielreferendum finanziert hatte, dem dann allerdings kein Erfolg beschieden gewesen war. Daher stand zu erwarten, dass diese Leute, wenn sie in Florida keine Casinos eröffnen durften, versuchen würden, ihr Geld woanders zu investieren.

Dieses Woanders schloss höchstwahrscheinlich Nevada ein, wo man sich nicht erst per Volksentscheid die Zustimmung erteilen lassen musste, ein Casino oder sonst eine Glücksspieleinrichtung eröffnen zu dürfen; die einzigen Klippen, die es hier zu umschiffen galt, waren die GCI und das Kurzzeitgedächtnis der jeweils amtierenden Stadtväter.

Die Tatsache, dass Las Vegas dem Traum eines Gangsters entsprungen und jahrzehntelang von gleich gesinnten und mit ihm unter einer Decke steckenden Männern betrieben worden war, war in der kollektiven Amnesie der Allgemeinheit völlig untergegangen. Las Vegas war als die amerikanische Stadt schlechthin wiedererstanden. Jetzt waren Piratenschiffe und Eiffeltürme im Maßstab 1:2, Wasserrutschen und Achterbahnen angesagt. Familien jederzeit willkommen. Gangster müssen draußen bleiben. Das Problem war, dass jedesmal, wenn ein neues Areal als Bauland ausgewiesen wurde und die Stadt sich weiter in die Wüste hinausfraß, die Gefahr immer größer wurde, dass die Schaufellader des Fortschritts die Relikte des wahren Erbes der Stadt ausgruben. Und einige der Söhne und Enkel dieser Vorväter – sogar einige derer, die draußen in der Wüste begraben waren – wollten einfach nicht wahrhaben, dass mit den früheren Verhältnissen endgültig Schluss sein sollte.

»Wir werden uns hier nicht über die Cuba Nostra unterhalten.« Grimaldi sprach das Wort mit einem halb italienischen, halb kubanischen Akzent aus. »Es geht hier nämlich um meinen Kopf, und es interessiert mich einen feuchten Dreck, wie schlau du dir wieder mal vorkommst.«

»Okay, Vincent, dann unterhalten wir uns über deinen Kopf, der in der Schlinge steckt. Was ist passiert?«

Grimaldi drehte sich um und sah beim Sprechen aus dem Fenster.

»Wie gesagt, ich erfuhr, dass ein Problem aufgetaucht war. Gleichzeitig gab man mir jedoch auch zu verstehen, dass sich dieses Problem zu einem entsprechenden Preis durchaus bereinigen, aus der Welt schaffen ließe.«

»Warum du?«

»Warum ich? Weil ich die Beziehungen hatte. Du magst mich vielleicht für den letzten Dreck halten, Jack, aber ich bin in dieser Stadt jetzt schon fünfundvierzig Jahre im Geschäft. Als dein alter Herr hier sein erstes Engagement bekam, war ich schon ein halbes Leben lang hier. Ich habe eine Menge gesehen. Ich weiß eine Menge.«

Er blickte sich nach Karch um und sah ihn mit einem viel sagenden Blick an, als er den letzten Satz sagte. Karch betrachtete es als einen Wink, mit dem ihn Grimaldi daran erinnern wollte, was er über ihn wusste. Karch wandte den Blick ab und bereute es sofort.

»Okay, Vincent. Wie viel sollte diese kleine Problembeseitigungsmaßnahme kosten?«

»Fünf Millionen. Zweieinhalb im Voraus, der Rest nach dem Spruch der Kommission.«

»Und die Tatsache, dass du so hilfreich eingesprungen bist und das Geschäft vermittelt hast, sollte vermutlich deine Stellung bei den neuen Besitzern festigen.«

»Etwas in der Richtung, Jack. Es hätte auch deine gefestigt. Jeder meiner Leute hätte davon profitiert. Ich wäre zum GM befördert worden. Ich hätte selbst meinen Nachfolger im Casino aussuchen können, hätte meinen Wunschkandidaten ins Krähennest setzen können.«

»Und Hector Blanco? Wollte er nicht einen seiner eigenen Leute da oben haben?«

»Das spielt keine Rolle. Abgemacht war, dass diese Entscheidung mir überlassen bleibt.«

Karch stand auf und stellte sich neben Grimaldi ans Fenster. Beide blickten beim Sprechen auf die Wüste und die dahinter liegenden Berge hinaus.

»Der Typ auf dem Bett – Hidalgo – kam also mit der ersten Rate hierher, aber jemand hat ihm das ganze Geld geklaut. Das ist doch eigentlich deren Problem, Vincent. Nicht deines. Nicht unseres.«

Grimaldi antwortete ganz sachlich. Seine Worte waren gemessen, ernst. Er hatte alle Theatralik abgelegt, und wenn er das tat, war er am gefährlichsten. Wie ein Hund mit einem gebrochenen Schwanz. Man versuchte ihn zu streicheln, und plötzlich bekam man die Hand abgebissen.

»Es ist sehr wohl mein Problem«, erwiderte Grimaldi. »Und damit wird es auch zu deinem. Ich war für die Abwicklung des Geschäfts zuständig. Von dem Moment an, in dem Hidalgo am McCarran aus dem Flugzeug stieg, war ich für ihn und das Geld verantwortlich. So sieht man es jedenfalls in Miami, und folglich geht es hier um meinen Kopf.«

Karch zog die Augenbrauen hoch.

»Hast du denen in Miami bereits Bescheid gesagt?«

»Unmittelbar bevor ich dich anrief, habe ich mit Miami telefoniert. Es war kein erfreuliches Gespräch. Jedenfalls haben sie sich mir gegenüber absolut unmissverständlich ausgedrückt. Der Verlust des Kuriers kratzt sie nicht groß. Aber das Geld, das ist eine andere Sache. Dafür machen sie mich verantwortlich.«

Er hielt einen Moment inne, und als er weitersprach, hatte seine Stimme einen verzweifelten, wenn nicht sogar flehentlichen Unterton. Er war nur ganz schwach, aber er war da. Es war ein Unterton, den Karch in all den Jahren, die er Vincent Grimaldi schon kannte, nie bei ihm gehört hatte.

»Ich muss das Geld wiederbeschaffen, Jack. Am Dienstag liegt der schriftliche GCI-Bericht vor. Danach lässt sich nichts mehr an der Sache ändern. Ich muss sehen, dass ich das Geld wiederbekomme und an den Empfänger übergebe, oder aus dem Geschäft wird nichts. Wenn es platzt, schicken sie aus Miami ein paar Leute rüber.«

Er deutete wieder mit dem Kinn, diesmal auf die Wüste hinaus.

»Dorthin werden sie mich bringen. Zu all den anderen raus, die in dieser Stadt dran glauben mussten. Sand fressen.«

Grimaldi schüttelte einmal den Kopf, eine rasche, angespannte Bewegung.

»Ich bin jetzt dreiundsechzig, Jack. Fünfvierzig Jahre in dieser Stadt, und das ist der Lohn dafür.«

Karch liess köstliche zehn Sekunden verstreichen, bevor er antwortete.

»So weit dürfen wir es nicht kommen lassen, Vincent. Werden wir auch nicht.«

Grimaldi nickte, und seine Mundwinkel verzogen sich zu einem bitteren Lächeln.

»Der gute alte Jack of Spades. Ich wusste, dass ich mich auf dich verlassen kann.«

20

Karch begann mit der Leiche, untersuchte ihre Lage und die Verteilung der Blutspritzer auf dem Kopfteil des Betts und an der Wand. Offensichtlich hatte der dicke Mann aufrecht im Bett gesessen, als er von der Kugel getroffen wurde. Der Todesschütze hatte am Fußende gestanden.

»Ein Linker«, sagte Karch.

»Was?«, fragte Grimaldi.

»Der Schütze. Er ist Linkshänder. Höchstwahrscheinlich.«

Er nahm die Haltung ein, die der Schütze vermutlich eingenommen hatte, und streckte den linken Arm aus. Er nickte. Wenn Hidalgo von jemandem, der ihm gegenüberstand, ins rechte Auge getroffen worden war, hatte der Betreffende die Waffe höchstwahrscheinlich in der linken Hand gehalten.

Karchs Blick wanderte von der Leiche zum Kopfteil und zur Wand hoch. In seinem Büro hatte er verschiedene Bücher über Blutspritzer – was ellipsenförmige Bluttropfen im Gegensatz zu runden bedeuteten, lauter solche Dinge. Aber er war nie über die ersten Kapitel hinausgekommen, weil das Ganze tödlich langweilig war und für seine Arbeit kaum zu gebrauchen. Was ließ sich aus den Gegebenheiten ablesen? Nicht viel. Der Typ war lebendig gewesen, und jetzt war er tot. Das war alles.

»Hat jemand einen Schuss gemeldet?«, fragte er.

»Nein. Ich habe ihn bewusst isoliert. Deshalb waren die angrenzenden und das gegenüberliegende Zimmer nicht belegt. Allerdings – wobei ich nicht weiß, ob es etwas damit zu tun hat – hatten wir gestern Abend auf dieser Etage einen Feueralarm.«

Karch sah Grimaldi an.

»Gegen elf«, fuhr Grimaldi fort. »Jemand ließ auf einem Servierwagen eine Zigarette liegen und stellte ihn in die Zimmerservicenische, direkt unter einen Rauchmelder.«

Karch deutete mit dem Kopf auf den Toten.

»Wurde er evakuiert? Hat er sein Zimmer verlassen?«

»Nicht, dass ich wüsste. Um den Hergang besser rekonstruieren zu können, lasse ich jemanden die Bandaufnahmen abhören.«

Karch nickte, aber er war nicht sicher, ob der Feueralarm etwas mit der Sache zu tun gehabt haben könnte. Er sah wieder auf die Leiche.

»Was wir hier haben, ist meiner Meinung nach ein halbherziger Versuch, das Ganze als Selbstmord hinzustellen. Allerdings ...«

»Das war kein Selbstmord. Das war ein Raubüberfall, verdammt noch mal.«

»Ich weiß, Vincent, ich weiß. Hör mir doch erst mal zu. Ich sagte, ein Versuch, es so hinzustellen. Ein *gründlich missglückter* Versuch obendrein. Hör mir also erst zu, bevor du gleich an die Decke gehst.«

Er beschloss, auf seine Kommentare zu verzichten. Sollte sich Grimaldi selbst einen Reim auf das Ganze machen. Was ihm am meisten zu denken gab, waren die Handschellen. Er konnte sich nicht erklären, warum sie ihm nicht abgenommen worden waren.

»Vincent, du hast doch überall in der Suite nach dem Geld gesucht?«

»Natürlich. Es ist weg. Und der Koffer auch.«

»Und die Schlüssel?«

»Welche Schlüssel?«

»Die Schlüssel dafür.« Er deutete auf die zwei Handschellen am Handgelenk des Toten. »Der Schlüssel für die Handschellen – wo ist er?«

»Keine Ahnung, Jack. Ich habe keine Schlüssel gesehen. Wer das Geld genommen hat, hat auch die Schlüssel genommen, nehme ich mal an. Aber der wird sich noch wundern.«

»Inwiefern?«

»Weil er für den Geldkoffer keinen Schlüssel hat. Der Fettsack da hatte nämlich keinen. Mr. Bla – äh, sein Boss wollte nicht, dass er auf dumme Gedanken kommt. Du weißt schon, sich eben mal ein paar Scheinchen rausnehmen und damit zum Spielen runtergehen. Aus diesem Grund hat er den Schlüssel mir geschickt, und damit sollte ich dann heute Morgen bei der Übergabe den Koffer öffnen. Jetzt habe ich zwar den Schlüssel, aber keinen Koffer, den ich aufmachen könnte. Der Koffer ist elektronisch gesichert – mit einer Art Paralyser. Wenn jemand ihn ohne Schlüssel zu öffnen versucht, kriegt er einen tödlichen Schlag ab. Neunzigtausend Volt.«

Karch nickte und zog ein kleines Notizbuch und einen Stift aus der Tasche. Er machte sich eine Notiz über den Schlüssel und den Aktenkoffer.

»Was schreibst du da, Jack?«

»Nur ein paar Notizen, damit ich nichts durcheinander werfe.«

»Ich möchte nicht, dass irgendwas davon in falsche Hände gerät.«

Karch drehte sich nur um und sah Grimaldi an. Das genügte.

»Ich weiß, Jack. Auf dich ist in solchen Dingen immer Verlass.«

Karch ging um das Bett herum und sah sich die Uhr auf dem Nachttisch an. Sie sah aus wie eine Rolex. Er fuhr mit dem Stift unter das Metallband und hob sie so hoch, dass er die Rückseite des Gehäuses sehen konnte.

»Wer das hier getan hat, war schlau genug, um zu merken, dass das eine Fälschung ist.«

»Das weiß doch inzwischen jeder, Jack. Diese Dinger kannst du die Fremont rauf und runter für fünfzig Dollar kaufen. Wer das hier war, war schlau genug, um zu wissen, dass ihn nur das Geld zu interessieren braucht. Aber das ist auch schon alles.«

Karch nickte und legte die Uhr wieder zurück. Dann ging er zum Schrank, öffnete ihn und blickte auf den Safe hinab. Seine Tür war offen, und er war leer.

»Was weißt du über diese Type, Vincent. Wann ist er hier aufgekreuzt?«

»Vor drei Tagen. Ich wusste nicht, wann die Übergabe genau stattfinden sollte. Was das anging, wusste der Kerl, an den wir das Geld übergeben sollten, auch nicht mehr als wir. Wir sollten uns nur mit dem Geld bereithalten. Hidalgo ist am Montag angekommen, und wir haben gewartet.«

Karch ließ sich auf die Hacken nieder und schloss die Tür des Safes, aber nicht ganz. Er studierte die Kombinationstastatur.

»Ist er die ganze Zeit auf dem Zimmer geblieben?«

»Nein, er war ziemlich viel unten im Casino. Ich hab ihm Kredit gegeben, und der Scheißkerl hat am laufenden Band gewonnen. Ich fing allen Ernstes schon zu denken an, wenn die Übergabe nicht bald steigt, sprengt dieser Arsch die Bank.«

Karch drehte sich um und sah zu Grimaldi hoch.

»Wie viel hat er gewonnen, Vincent?«

»Am Montag hab ich ihm aus dem Käfig fünfzig Hummeln gegeben. Daraus hat er bis gestern Abend hundert Riesen und ein paar Zerquetschte gemacht. Hat kräftig abgesahnt, der Kerl. Hat beim Trinkgeldgeben mit Hundertern um sich geworfen, als wären sie Klopapier.«

Karch wandte sich wieder dem Safe zu, zog die Tür auf und blickte hinein. Er nahm jedoch nicht wirklich etwas wahr, da er über das nachdachte, was Grimaldi gerade gesagt hatte.

»Ist dir eigentlich klar, was du da getan hast, Vincent? Das hast du dir alles nur selbst zuzuschreiben.«

»Was zum Teufel redest du da?«

»Du hast dem Kerl Geld gegeben, und er hat mehr Geld daraus gemacht. Und er hat es nicht gerade versteckt. Wir sind hier in Las Vegas, Vincent. Genauso gut hättest du Blut ins Wasser schütten können. Jedenfalls hat es prompt einen Hai angelockt, der sich deinen Fettwanst geschnappt hat.«

»Willst du damit sagen, der Kerl, der das getan hat, hat es wegen der hunderttausend getan, nicht wegen der zweieinhalb Millionen?«

»Ich sage, wer das getan hat, hatte es ursprünglich nur auf die hunderttausend abgesehen und dann den Rest rein zufällig entdeckt. Sein großer Glückstag.«

»Das kann nicht sein, Jack. Das ...«

»Wer wusste von dem Geld? Ich meine, dass es hier war und wer es hatte. Wer wusste davon?«

»Nur ich.«

»Und in Miami? Könnte dort etwas durchgesickert sein?«

»Nein, nur eine Person wusste Bescheid.«

»Vielleicht hat es der Kurier jemandem erzählt.«

»Das halte ich für ziemlich unwahrscheinlich, Jack. Er hat direkt für die Quelle gearbeitet. Ihm muss klar gewesen sein, dass sie ihn verdächtigen würden, wenn das Geld wegkommt.«

»Außer es hätte ihn selbst erwischt. Was ist mit dem Kerl, der das Geld in Empfang nehmen sollte?«

»Er wusste zwar, dass es hier irgendwo war, aber er wusste nicht, wer es hatte oder wo es genau war. Außerdem, warum sollte er etwas klauen, was wir ihm geben würden?«

»Da hast du allerdings recht. Wenn also niemand wusste, dass es hier war, stützt das nur meine Theorie. Das war ein stinknormaler Einbrecher, Vincent. Jemand, der mitbekommen hat, dass dieser Typ hundert Riesen gewonnen hatte, und sich seinen Gewinn unter den Nagel reißen wollte. Und bei dieser Gelegenheit hat er auch noch gleich den Jackpot abgeräumt.«

Karch sah aus der Hocke nach oben und inspizierte Hidalgos Kleider, die der Dieb zur Seite geschoben hatte, damit er sich ungehindert am Safe zu schaffen machen konnte. Plötzlich lenkte etwas an der Wand hinter dem Safe seine Aufmerksamkeit auf sich. Es sah aus, als wäre etwas Farbe abgeblättert. Als er auf den Knien näher darauf zurutschte, stellte er fest, dass es keine abblätternde Farbe war, sondern ein Stück übermalter Klebstreifen. Er griff nach dem abstehenden Ende und zog daran. Der Klebstreifen lief die Rückwand des Schranks hinauf, über die Decke, aus dem Schrank und über die Decke der Nische. Er endete an der Wand über dem Durchgang zur Nische.

»Was ist das denn?«, fragte Grimaldi.

»Leitfähiger Klebstreifen. Das war ein Profi, Vincent. Er hat den Dicken beobachtet.«

»Meinst du mit Kameras?«

Karch nickte und kehrte zum Schrank zurück. Er nahm noch einmal die Decke in Augenschein und dann die Wände. Er entdeckte das kleine Bohrloch in der rechten Wand und fand einen weiteren Klebstreifen. Als er ihn von der Wand abzog, zeigte sich, dass er hinter den Safe führte.

»Zwei Kameras. Eine im Schlafzimmer, um den Mann zu beobachten. Die andere hier, um die Kombination rauszukriegen. Nicht schlecht.«

»Ich habe nicht mehr gehört, dass jemand mit Kameras arbeitet, seit ... seit dem letzten Mal. Max Freeling.«

Karch sah Grimaldi an.

»Ich auch nicht. Aber dass es der gute Max nicht gewesen sein kann, wissen wir, oder?«

»Allerdings.«

Karch verließ den Schrank und ging durch die Suite, um die Decke und den oberen Wandbereich abzusuchen. Er kam zur Eingangstür und öffnete sie. Dann ging er wieder in die Hocke und sah sich das Schloss an.

»Irgendwelche Fingerabdrücke?«, fragte Grimaldi hinter ihm.

»Das würde mich sehr wundern.«

Er drehte den Türknauf und sah, dass der Riegel nur zur Hälfte herauskam. Er schloss die Tür mit herausstehendem Riegel. Dann nickte er anerkennend. Wirklich gute Arbeit. Er richtete sich auf und schloss die Tür. Als er Grimaldi ansah, konnte er sich ein Grinsen nicht verkneifen.

»Was ist so verflucht komisch?«, wollte Grimaldi wissen.

»Nichts.« Karchs Grinsen wurde breiter. »Es macht einfach mehr Spaß, wenn man einen würdigen Gegenspieler hat, das ist alles. Ich bin wirklich froh, dass du mich geholt hast, Vincent. Ich komme bestimmt auf meine Kosten.«

»Hör mal, hier geht es nicht um dein Vergnügen. Hier geht es um mein Geld.«

Karch widersprach Grimaldi nicht. Der Rüffel störte ihn nicht. Er hatte bereits eine Idee, wie er sich diese Geschichte zunutze machen könnte, um das zu bekommen, was er schon immer gewollt hatte.

»Vincent, du hast ein Problem.«

»Das weiß ich! Warum, glaubst du wohl, habe ich dich herkommen lassen?«

»Ich meine ein Problem innerhalb eines Problems. Sieh dir das mal an.«

Karch trat zurück, um Grimaldi das Türschloss zeigen zu können.

»Er hat sich am Schloss zu schaffen gemacht. Der Dicke dachte, er hätte sich hier drinnen verrammelt und verriegelt, aber in Wirklichkeit hatte der Einbrecher den Riegel und das Drehkastenschloss außer Betrieb gesetzt. Genauso wie dieses lächerliche Ding da von Radio Shack, das er selbst angebracht hat.«

Karch riss den elektronischen Türalarm vom Türknauf und warf ihn auf den Boden.

»Aber, schau mal, der Einbrecher hat sich nur an den von innen zu bedienenden Schließvorrichtungen zu schaffen gemacht. Das eigentliche Türschloss hat er nicht angerührt. Das heißt ...«

»Er hatte einen Schlüssel.«

Karch nickte.

»Echt gut, Vincent.« Karchs Ton implizierte genau das Gegenteil. »Er hatte einen Schlüssel. Das heißt, er hatte jemanden, der ihm einen beschafft hat. Jemand, der im Casino beschäftigt ist.«

Grimaldi blickte zu Boden, und Karch beobachtete, wie sich seine Miene erneut verdüsterte.

Karch wartete nicht, bis seine Wut wieder abgeklungen war.

»Ich würde sagen, unser Freund hatte auch einen Schlüssel für eins der leer stehenden Zimmer in der Nähe, um seine Kameras anbringen und den Dicken im Auge behalten zu können – und den richtigen Zeitpunkt zum Zuschlagen abzupassen.«

»Möchtest du nachsehen?«

»Auf jeden Fall.«

Das erste Zimmer, das sie sich ansahen, war Suite 2015 auf der anderen Seite des Gangs, und sie hatten es kaum betreten, als Karch bereits sagte, sie hätten das Versteck gefunden, in dem der Einbrecher darauf gewartet hatte, dass sein Opfer einschlief.

»Woher weißt du das?«, fragte Grimaldi.

Karch deutete auf den Tisch. Die Zeitschriften, die Speisekarte und die Hotelbroschüre waren aufeinander gelegt und zusammen mit der Flasche Wein beiseitegeschoben worden.

»Hier hat er gewartet.«

Karch sah sich in der Suite um, versprach sich aber nicht viel davon. Dieser Typ verstand etwas von seinem Geschäft, und die Aussichten, dass er einen Fehler gemacht hatte, waren gleich null. Das Schlafzimmer wirkte unberührt. Auch als er den Kopf ins Bad steckte, konnte er nichts Ungewöhnliches entdecken. Falls der Täter die Toilette benutzt hatte, hatte er hinterher sogar die Brille wieder nach unten geklappt.

Er ging in den Wohnraum zurück, wo Grimaldi mit verschränkten Armen herumstand. Karch überlegte, was er sagen könnte, um das Messer ein wenig in der Wunde zu drehen, doch dann fiel sein Blick auf etwas, das hinter dem Tisch unter den Vorhängen lag. Er ging darauf zu und ließ sich auf alle viere nieder, um unter den Tisch zu kriechen.

»Was hast du da, Jack?«

»Weiß ich noch nicht.«

Er langte unter den Vorhang und hob ihn hoch. Auf dem Boden lag eine Spielkarte. Das Herzass. Karch sah sie kurz nachdenklich an. Zwei gegenüberliegende Ecken der Spielkarte waren gekappt – ein Zeichen, dass sie von einem Souvenirkartenspiel aus einem der Casinos stammte. Nach der Verwendung im Casino wurden die Spielkarten an den Ecken gekappt und in den Andenkenläden des Casinos verkauft. Die Ecken wurden abgeschnitten, damit an den Spieltischen niemand versuchte, eine Karte dazuzuschmuggeln.

»Was ist es?«, fragte Grimaldi.

»Eine Spielkarte. Das Herzass.«

Plötzlich musste Karch an seinen Vater denken und was er immer über das Herzass gesagt hatte. Die Geldkarte hatte er sie genannt. Folge der Geldkarte, sagte er immer.

»Das Herzass?«, sagte Grimaldi. »Was, glaubst du, bedeutet das?«

Karch antwortete nicht. Er griff nach der Karte, nahm sie an den Kanten zwischen Daumen und Zeigefinger und hob sie vom Boden auf. Dann kroch er, die Karte mit gestrecktem Arm von sich haltend, unter dem Tisch hervor. Nachdem er sich aufgerichtet hatte, drehte er das Handgelenk, sodass er die Rückseite der Karte sehen konnte. Es befanden sich zwei rosarote Flamingos darauf, deren ineinander verschlungene Hälse die Umrisse eines Herzens bildeten.

»Aus dem Flamingo«, sagte er.

Grimaldi sah auf die Karte.

»Was bedeutet das?«

Karch hob die Schultern.

»Wahrscheinlich nichts. Aber unser Freund muss einige Zeit hier gewesen sein, um die Kameras zu beobachten. Vielleicht hat er eine Patience gelegt, um sich die Zeit zu vertreiben.«

»Also, wenn ihm das Herzass runtergefallen ist, ist sie ihm bestimmt nicht aufgegangen.«

»Sehr scharfsinnig, Vincent.«

Grimaldi explodierte.

»Hör zu, Jack, willst du mir hier helfen oder willst du in erster Linie irgendwelche blöden Sprüche ablassen und mich möglichst dumm dastehen lassen? Wenn nämlich das deine Absicht ist, suche ich mir jemand anders. Jemanden, der diesen Job macht, ohne mir ständig auf die Nerven zu gehen.«

Karch wartete eine Weile, bevor er ganz ruhig erwiderte:

»Vincent, du hast mich kommen lassen, weil du genau weißt, dass es für so etwas keinen Besseren gibt als mich.«

»Dann lassen wir doch endlich dieses blöde Gequatsche und tun was. Die Uhr läuft bereits.«

»Aber sicher, Vincent. Ganz wie du meinst.«

Karch sah auf die Spielkarte hinab, die er immer noch an den Kanten hielt. Er konnte von Iverson drüben in der Metro einen Gefallen einfordern und die Karte nach Fingerabdrücken untersuchen lassen. Aber damit hätte Iverson von einer Sache Wind bekommen, die, nahm Karch an, ziemlich weite Kreise zog. Er beschloss, es sich als letzten Notanker aufzusparen. Er ging zum Tisch und öffnete die Mappe mit den Hotelinformationen. In einem der Fächer waren Umschläge und Briefpapier. Er steckte die Spielkarte in einen Umschlag und den Umschlag in die Innentasche seines Jacketts.

»Fingerabdrücke?«, fragte Grimaldi.

»Vielleicht. Aber vorher versuche ich ein paar andere Dinge.«

Sie gingen in Suite 2014 auf der anderen Seite des Gangs zurück und besprachen, während sie sich dort ein letztes Mal umsahen, ihr weiteres Vorgehen. Da es den Leuten in Miami Grimaldi zufolge egal war, was sie mit dem Kurier machten, standen ihnen verschiedene Möglichkeiten offen. Sie konnten einfach aus dem Zimmer gehen und den Dingen ihren Lauf lassen, wenn irgendwann ein Zimmermädchen die Leiche entdeckte. Oder sie konnten einen Wäschewagen auf das Zimmer holen, die Leiche darin im Lastenaufzug zur Verladerampe hinunterbringen und in einem Lieferwagen wegschaffen. Jede Spur, die der Kurier während seines Hotelaufenthalts im Computer und auf den Überwachungsvideos hinterlassen hatte, ließe sich löschen, und seine Leiche konnte nach Einbruch der Dunkelheit draußen in der Wüste beseitigt werden.

»Um diesen Haufen Scheiße hochzuheben, sind vier Mann nötig«, lamentierte Grimaldi.

»Damit vergrößerst du den Kreis der Leute, die darüber Bescheid wissen, und damit auch das Risiko deiner Bloßstellung«, sagte Karch.

»Aber wenn wir den Dingen ihren Lauf lassen, hieße das, Metro schaltet sich ein – und zwar offiziell –, und das wiederum hieße, der Ruf des Hotels würde sehr stark leiden. Ich weiß nicht mehr, wann wir hier in der Stadt den letzten Hotelmord hatten. Darauf stürzen die sich doch wie Tyson auf Evanders Ohr.«

»Da hast du natürlich Recht. Aber vielleicht kann es nicht schaden, wenn unser Freund auch von dieser Seite etwas Druck bekommt. Möglicherweise unterläuft ihm dann ein Fehler.«

»Ja, und was ist, wenn ihn das Metro-Morddezernat vor dir findet?«

Karch sah Grimaldi nur an, und seine Miene sagte, dieser Gedanke wäre absurd.

»Das musst du entscheiden, Vincent. Wir vergeuden nur unsere Zeit. Ich möchte mir unten mal die Videoaufnahmen ansehen und dann weitermachen.«

Grimaldi nickte.

»Okay, Metro bleibt aus dem Spiel. Ich lasse ein paar Leute raufkommen, die sich um alles kümmern.«

»Eine kluge Entscheidung, Vincent«, sagte Karch, allerdings in einem Ton, der Grimaldi im Unklaren ließ, ob er es wirklich meinte. »Und jetzt sehen wir uns endlich das Video an.«

Sie gingen aus dem Zimmer und ließen den Toten auf dem Bett zurück. Grimaldi hängte ganz bewusst das NICHT-STÖREN-Schild an den Türgriff.

21

Es war nicht das erste Mal, dass Karch in Grimaldis Büro im zweiten Stock des Casinos war. Er arbeitete als Sicherheitsberater für das Cleopatra – kein Vertrag, nichts Schriftliches, Bezahlung in bar –, und als solcher traf er sich mit Grimaldi in den meisten Fällen in dessen Büro, auch wenn seine Aufträge normalerweise wenig mit dem zu tun hatten, was im Casino vorging.

In der Hauptsache befasste sich Karch mit, wie Grimaldi es gern nannte, begleitenden Sicherheitsfragen und -problemen. Karch hatte mit seinem inoffiziellen Status keine Probleme. Er würde nie der Typ werden, der freiwillig einen blauen Blazer mit dem Profil der ägyptischen Königin auf der Brusttasche trug.

Das Büro war groß und luxuriös, mit einem Arbeitsbereich, einer Sitzgruppe und einer Hausbar. Man erreichte es durch die gigantische Sicherheitszentrale des Casinos, wo Dutzende von Videotechnikern in mehreren Reihen von Abteilen saßen und die Monitore überwachten, auf denen zu sehen war, was die Hunderte von Kameras, die auf das Casino gerichtet waren, in ständigem Wechsel zeigten. Der große Raum war nur schwach erleuchtet, und wegen der empfindlichen elektronischen Geräte war es nie wärmer als 18° C. Die meisten Techniker trugen Pullover unter ihren blauen Blazern. Wenn man in Las Vegas im Sommer jemanden bei der Arbeit einen Pullover tragen sah, konnte man davon ausgehen, dass er in einem Gebäude arbeitete und den ganzen Tag Monitore überwachte.

In einer Wand von Grimaldis Büro befanden sich mehrere Fenster, die sich auf die Sicherheitszentrale öffneten. Durch die Fenster in einer anderen Wand konnte man das Casino überblicken. Und direkt hinter Grimaldis Schreibtisch befand sich die Tür, die zum Krähennest hinausführte. Es war nur durch Grimaldis Büro zu erreichen, und Grimaldi hatte Karch noch kein einziges Mal eingeladen, von dort einen Blick auf das Casino hinunterzuwerfen. Das ärgerte Karch, und das umso mehr, als er glaubte, dass Grimaldi sich dessen bewusst war.

Als sie das Büro betraten, saß an Grimaldis Schreibtisch ein Mann, der sich am Schaltpult der Multiplex-Videoanlage rechts neben dem Schreibtisch zu schaffen machte.

»Haben Sie was für mich?«, fragte Grimaldi, während er sich daran machte, die Jalousien vor den Fenstern zur Sicherheitszentrale herunterzulassen.

»Eine Überraschung«, sagte der Mann hinter dem Schreibtisch, ohne von den vier Monitoren der Anlage, die er in Betrieb hatte, aufzublicken.

»Dann spannen Sie uns nicht länger auf die Folter.«

Das Wort *uns* ließ den Techniker von den Monitoren aufblicken. Er nickte Karch zu, dann senkte er den Blick wieder.

»Also, wenn mich nicht alles täuscht, war es eine Frau, die diesen Kerl ausgenommen hat.«

Grimaldi ging um den Schreibtisch herum und sah über die Schulter des Technikers auf die Monitore.

»Zeigen Sie schon.«

Karch blieb auf der anderen Seite des Schreibtischs. Er blickte an den zwei Männern vorbei zu der Glastür hinaus, die zum Krähennest führte. Grimaldi hielt es nicht für nötig, den Techniker Karch vorzustellen.

In den nächsten fünf Minuten spielte der Techniker Videoaufnahmen mehrerer Überwachungskameras ab, die, mit Unterbrechungen, Hidalgos letzten Abend im Casino aufgezeichnet hatten. So etwas nannte man eine Videospur. Im Casino – in jedem Casino von Las Vegas – waren genügend Kameras angebracht, um eine Person, sobald sie einmal in das so genannte Videonetz geraten war, nicht mehr aus den Augen zu lassen. Die besten Techniker hatten sich die einzelnen Quadranten dieses Netzes so gut eingeprägt, dass sie einer bestimmten Person überallhin durch das Casino folgen konnten, indem sie mit flink über eine Tastatur huschenden Fingern von Kamera zu Kamera weiterschalteten.

Das führte ihnen Grimaldis Techniker jetzt vor, allerdings nicht live. Er hatte Hidalgos Videospur vom Vorabend zusammengeschnitten. Sie zeigte Hidalgo beim Bakkarat und Blackjack und sogar bei ein paar Versuchen am Roulettetisch. Egal, was er spielte, schien er die Kommunikation mit Casinoangestellten und Mitspielern auf ein Minimum zu beschränken. Als schließlich die Zeitangabe auf dem Video 22 Uhr 38 anzeigte, war zu sehen, wie Hidalgo an den VIP-Schalter ging und sich den gebürsteten Aluminiumkoffer aus dem Tresor holen ließ. Gleichzeitig erschien ein Wachmann, der ihn zum Lift begleitete.

»Wer ist der Wachmann?«, fragte Karch.

»Ein gewisser Martin«, antwortete Grimaldi. »Einer der Schichtleiter. Ist schon ein paar Jahre hier, kam vom Nugget zu uns. Ich habe ihn den Dicken die ganze Woche begleiten lassen.«

»Wir müssen unbedingt mit ihm sprechen.«

»Ich weiß nicht, was das bringen soll, aber das ist kein Problem.«

Der Techniker deutete auf einen anderen Monitor, auf dem Hidalgos Spur weiterging. Darauf waren der Dicke und Martin, im blauen Blazer, beim Betreten eines Aufzugs zu sehen. Hidalgo zog seine Codekarte aus der Tasche, und Martin nahm sie und steckte sie in den Schlitz des Lesegeräts, bevor er auf den Knopf für das Penthouse drückte. Obwohl das Video über keinen Ton verfügte, war klar, dass die zwei Männer nicht sprachen.

»Und das ist das Letzte, was wir von ihm gesehen haben«, sagte der Techniker.

»Keine Flurkameras, richtig?«, sagte Karch.

»Nein. Sobald er im Penthouse den Lift verlässt, verlieren wir ihn aus den Augen.«

»Was war, als später dieser Feueralarm losging?«, fragte Grimaldi. »Haben wir da noch einmal eine Spur von ihm?«

»Nein«, sagte der Techniker. »Ich habe alle Lift- und Treppenkameras gecheckt. Er hat sein Zimmer nicht verl–«

»Augenblick«, sagte Karch plötzlich. »Gehen Sie noch mal zurück. Spulen Sie das Liftvideo zurück.«

Der Techniker sah Grimaldi an, und als dieser nickte, spulte er das Band zurück, bis Karch sagte, er solle es anhalten. Dann spielte er es noch einmal ab. Sie sahen es sich wortlos an. Es war deutlich zu erkennen, dass Martin etwas zu Hidalgo sagte, worauf dieser in seine Tasche langte und seine Codekarte herausholte. Damit bediente Martin dann den Penthouseknopf.

»Hast du nicht gesagt, dieser Martin ist Schichtleiter, Vincent?«

»Ja?«

Grimaldi blieb eine Weile still, um über das, was sie gerade auf Video gesehen hatten, und über die Bedeutung von Karchs Frage nachzudenken.

»Sieh mal einer an. Er benutzte Hidalgos Karte, obwohl er seine eigene hätte nehmen können.«

»Vielleicht hatte er sie nicht einstecken.«

»Vielleicht hat er sie – wo ist die Frau, die Sie vorhin erwähnt haben?«

Der Techniker gab ein paar Memory-Befehle ein, worauf das Band auf einem der Monitore zu einer vorher markierten Stelle zurückgespult wurde. Auf dem Bildschirm erschien eine Totale des Bakkaratsalons. Nur an einem Tisch herrschte Betrieb, und Hidalgo war der einzige Spieler. Mithilfe einer Kugel in der Konsole bewegte der Techniker das Band ein paar Bilder weiter und deutete auf den unteren Bildschirmrand. Sein Zeigefinger berührte ihn genau unter einer Frau, die an dem Geländer lehnte, das den Salon vom Rest des Casinos abteilte.

»Die da«, sagte er.

»Was soll mit ihr sein?«, fragte Grimaldi.

»Sie versucht es sich nicht anmerken zu lassen, aber sie beobachtet ihn.«

Er drehte wieder die Kugel, und das Bild bewegte sich weiter. Schweigend sahen die drei Männer auf den Bildschirm. Die Frau schien sich auszuruhen oder auf jemanden zu warten. Über einer Schulter hatte sie einen kleinen Rucksack hängen, in einer Hand hielt sie einen schwarzen Matchsack. Sie sah aus, als wäre sie gerade im Hotel eingetroffen und wartete auf jemanden, möglicherweise ihren Ehemann, der noch ein paar Runden Blackjack spielte, bevor sie auf ihr Zimmer gingen. Allerdings sah sie zweimal in den Bakkaratsalon, und beide Male schien ihr Blick direkt auf Hidalgo zu fallen. Außerdem verharrte er jedesmal länger auf ihm, als dass man ihn noch hätte als flüchtig bezeichnen können. Es erschien Karch zwar etwas auffällig, aber nicht genügend.

»Er ist der Einzige, der spielt«, sagte er. »Wen sollte sie sonst ansehen?«

»Da haben Sie natürlich Recht. Aber ich habe auch von ihr eine Spur zusammengeschnitten.«

Er warf eine Videokassette aus und legte eine andere ein. Grimaldi stellte sich dichter hinter ihn, um auf den Monitor zu sehen. Karch legte die Hände auf Grimaldis Schreibtisch und beugte sich zum Bildschirm vor. Auf dem Video war zu sehen, wie die Frau um 20 Uhr mit den zwei Taschen das Casino betrat und zum VIP-Schalter ging, wo sie einen Umschlag ausgehändigt bekam.

»Das muss der Schlüssel sein«, sagte Grimaldi. »Martins Schlüssel, verdammte Scheiße!«

Karch dachte dasselbe, behielt es aber für sich. Außerdem dachte er, dass die üppigen dunklen Locken, die das Gesicht der Frau einfassten – und verbargen –, eine Perücke sein mussten. Er sah zu, wie sie sich im Foyer in die Nische mit den Telefonen zurückzog, wahrscheinlich, um dort, für die Kamera nicht sichtbar, den Umschlag zu öffnen. Dann ging sie in Richtung Casino los. Sie bewegte sich ausgesprochen zielstrebig, ohne Zögern. Die zwei Taschen sahen aus, als wären sie schwer, aber sie hatte sie fest im Griff.

Die Videospur folgte ihr durch das Casino zu einem Lift im Euphrates Tower.

»Verdammt clever, die Frau«, sagte der Techniker. »Hat kein einziges Mal aufgeblickt. Wir haben absolut nichts. Bei dem Hut und den Haaren könnte sie genausogut mit einem Schirm durch die Gegend spaziert sein.«

Karch lächelte, während er auf den Monitor sah. Der Techniker hatte Recht. Die Frau war clever, und da er wusste, was sie dort oben getan hatte, war er spontan fasziniert von ihr. Sie war verkleidet, aber anhand der Videoaufnahmen konnte er sich trotzdem schon einen ersten Eindruck von ihr verschaffen. Jung, schätzungsweise Anfang Dreißig, die Haut unter dem Kinn straff, die Konturen ihrer Kieferpartie unter der Hutkrempe entschlussfreudig. Keine Ohrringe, keine Ringe und, soweit er das sehen konnte, auch sonst kein Schmuck. Kein überflüssiger Schnickschnack.

Nichts als geballte Zielstrebigkeit. Karch hätte gern ihre Augen gesehen, denn die würden es in sich haben.

Inzwischen hatte die Frau eine der Liftkabinen betreten und zog eine Codekarte aus ihrer Gesäßtasche, um den Penthouseknopf betätigen zu können.

»Da hätten wir den Schlüssel schon«, sagte Grimaldi.

Karch wünschte, er würde still sein und bloß beobachten, aber er sagte nichts.

»Okay«, sagte der Techniker und gab einen neuen Befehl ein. »Sie steigt also im zwanzigsten Stock aus dem Lift. Aber dann kriegen wir sie noch zwei weitere Male zu sehen.«

»Zweimal?«, sagte Grimaldi.

»Ja, Sir. Zuerst kam sie noch mal nach unten, um sich mit jemandem zu treffen. Allerdings tauchte der oder die Betreffende nicht auf.«

Er deutete auf den Bildschirm, auf dem die Videospur weiterlief. Schweigend sahen sich die drei Männer die Videoschnipsel an, auf denen die Frau durch das Casino in die Lounge ging, an einem leeren Tisch Platz nahm und bei einer Bedienung bestellte. Nach einem Sprung von zwölf Minuten zeigte das Video die Frau, wie sie mit zwei Drinks allein am Tisch saß.

»Was soll das nun wieder bedeuten?«, fragte Grimaldi. »Sagten Sie nicht eben, es wäre niemand aufgetaucht?«

»Richtig«, entgegnete der Techniker. »Sie bestellte die Getränke, aber niemand tauchte auf.«

»Sehen wir doch einfach zu, ja?«, sagte Karch, verärgert über das ständige Gequatsche der beiden.

Die Frau auf dem Bildschirm blickte sich jetzt beiläufig um, als wollte sie sich vergewissern, dass niemand sie beobachtete. Dann griff sie nach dem Glas, das vor ihr stand. Für Karch sah es nach einer Cola aus. Die Frau stieß damit gegen das Glas Bier auf dem Platz gegenüber. Als sie laut etwas zu sagen schien, beugte er sich zum Bildschirm vor und beobachtete ihre Lippen.

»Ich glaube, Sie sind der Falschen gefolgt.« Grimaldis Stimme wurde laut vor Ärger. »Diese Frau sitzt doch bloß da und führt Selbstgespräche. Wir haben keine Zeit ...«

»Warten Sie, Sir, sehen Sie sich erst das noch an. Sie geht zu den Liften zurück und fährt wieder in den zwanzigsten Stock hoch.«

Er drückte auf den Schnellvorlauf.

»Und dann ist bis um vier nichts mehr von ihr zu sehen. Sie kommt wieder nach unten, und nun sehen Sie sich mal an, was sie bei sich hat. Sie fuhr ursprünglich mit zwei Taschen rauf, und mit zwei kommt sie auch wieder runter. Aber irgendwas ist anders.«

Die Frau erschien wieder in der Casinoetage und bahnte sich rasch einen Weg zwischen den hartnäckigen Spielern hindurch. Karch sah sofort, dass der Techniker Recht hatte. Etwas war anders. Den Rucksack hatte sie an einem Riemen über der Schulter hängen, aber die Sporttasche hatte sie nicht mehr dabei. Stattdessen trug sie einen großen schwarzen Leinenbeutel mit zwei Tragriemen. Der Techniker drückte auf eine Taste und hielt das Band an. In der Standbildaufnahme war zu sehen, dass die Tasche einen rechteckigen Gegenstand enthielt, dessen Umrisse sich durch den Stoff deutlich abzeichneten. Es war der Aktenkoffer des Opfers.

»Dieses kleine Miststück«, sagte Grimaldi ruhig. »Sie hat mein Geld.«

»Sind Sie ihr nach draußen gefolgt?«, fragte Karch.

Der Techniker drückte auf eine Taste, die das Band weiterlaufen ließ, und deutete lediglich auf den Bildschirm.

Die Kameras folgten der Frau durch das weitläufige Casino zum Südausgang. Das war nicht der Haupteingang.

Er führte nicht zu einem Parkplatz oder einer Auffahrt, sondern zu einem Gehweg, auf dem man zu Fuß den Las Vegas Boulevard erreichte.

»Sie ist nicht zum Haupteingang raus, Vincent.«

Der Nachdruck, mit dem Karch das sagte, ließ Grimaldi den Blick von der Videokonsole abwenden. Er zog die Augenbrauen hoch. Ihm war der veränderte Tonfall nicht entgangen, aber er wusste nicht, was er zu bedeuten hatte.

»Weil sie nicht wollte, dass die Kameras ihr Fahrzeug erfassen«, fuhr Karch fort, »hat sie nicht hier geparkt, sondern ein Stück weiter weg, und ist zu Fuß ins Cleo gekommen.«

Obwohl inzwischen nichts mehr auf dem Bildschirm zu sehen war, deutete Karch darauf.

»Der Südausgang. Sie ist zum Flamingo.«

Grimaldi nickte beeindruckt.

»Das Herzass. Kennst du dort jemanden?«

Karch nickte.

»Kein Problem.«

»Worauf wartest du dann noch?«

»Immer mit der Ruhe, Vincent. Was ist mit Martin? Wir sollten mit ihm anfangen.«

»Um ihn kümmere ich mich. Du folgst dem Geld, Jack. Das Geld hat Vorrang, die Zeit läuft uns davon.«

Karch nickte. Wahrscheinlich hatte Grimaldi sogar Recht. Er dachte an das Herzass, das er im Penthouse gefunden hatte. Folge dem Geld. Folge der Geldkarte.

»Also, worauf wartest du noch?«

Karch riss sich von seinen Gedanken los und sah Grimaldi an.

»Bin schon unterwegs.«

Er blickte kurz zur Tür hinaus auf das Krähennest, dann ging er auf den Ausgang des Büros zu. An der Tür blieb er stehen.

»Vincent, vielleicht solltest du noch mal jemanden in das zweite Zimmer hochschicken, in den Lüftungsschächten nachsehen.«

»Wozu?«

»Sie ist mit zwei Taschen rauf, einem Rucksack und einer Sporttasche. Runtergekommen ist sie mit dem Rucksack und dem Aktenkoffer. Wo ist die Sporttasche geblieben?«

Grimaldi dachte kurz nach. Beeindruckt, dass Karch das Fehlen der Tasche bemerkt hatte, lächelte er schließlich.

»Ich lasse jemanden nachsehen. Wir bleiben in Verbindung. Und nicht vergessen, Jack of Spades, die Uhr läuft.«

Karch erschoss ihn mit dem Zeigefinger und verließ den Raum.

22

Karch verließ das Cleopatra auf dem gleichen Weg, den er vor wenigen Minuten die Frau auf dem Video hatte nehmen sehen. Während er sich an den Tischen vorbeischlängelte und die Trottel umschiffte, die ihm schlurfend in die Quere kamen, begann er sich in Gedanken zusehends mehr mit der Frau auf dem Video zu beschäftigen. Fast hatte sie es geschafft, das perfekte Ding zu drehen. Nur ein Blick zu viel und zu lang, als sie das Ziel vom Geländer des Bakkaratsalons beobachtet hatte. Ihr einziger Fehler. Andernfalls würden sie wahrscheinlich immer noch im Dunkeln tappen. Trotzdem konnte er nicht umhin, sie zu bewundern. Er freute sich schon auf den Moment, in dem er ihr begegnen würde. Und er zweifelte nicht daran, dass dieser Moment kommen würde. Sie war gut, aber er war besser. Ihrer beider Zeit würde auf jeden Fall kommen.

Verärgert schob er sich an einem Mann in Shorts vorbei, der abwesend zu dem riesigen Glasdach hochsah, statt darauf zu achten, wohin er ging.

»Das Wort Entschuldigung kennen Sie wohl nicht«, wies ihn der Mann zurecht.

Ohne sein Tempo zu verlangsamen, blickte sich Karch nach ihm um.

»Halt's Maul, du blöder Sack. Verspiel lieber weiter dein Geld.«

»Hey!«, rief ihm der Mann nach.

Jetzt blieb Karch stehen und drehte sich um. Der Mann merkte schnell, dass er sich zu viel herausgenommen hatte, und begann in die andere Richtung davonzuschlurfen. Karch sah ihm so lange hinterher, bis der Mann sich umblickte und ihre Blicke sich trafen. Mit seinem Lächeln gab er ihm zu verstehen, dass er ihn dazu gebracht hatte, wie ein kleiner Junge vor ihm wegzulaufen.

Karch folgte dem River-of-Nile-Flur zu dem Ausgang, den die Frau benutzt hatte, und ging dann auf dem Strip in Richtung Flamingo, das eine Straße weiter lag. Als er das altehrwürdige und viele Male erweiterte und renovierte Casino erreichte, merkte er, dass er etwas Bargeld brauchte. Er machte sich im Stillen Vorwürfe, Grimaldi nicht um einen Spesenvorschuss gebeten zu haben, und überlegte, ob er umkehren sollte. Ihm wurde jedoch schnell klar, dass Grimaldi wegen der Verzögerung nur wütend würde. Deshalb sah er sich im Flamingo um, bis er einen Geldautomaten entdeckte, und hob den mit seiner Karte zulässigen Höchstbetrag von dreihundert Dollar ab. Normalerweise verlangte Don Cannon fünfhundert für eine Spur, aber diesmal mussten eben dreihundert genügen. Er glaubte nicht, dass Cannon Schwierigkeiten machen würde. Im Gegensatz zu den Automaten außerhalb eines Casinos kam das Geld in Hundertern heraus. Noch während er vor dem Automaten stand, faltete Karch die Scheine zweimal zusammen, sodass sie problemlos in seine Handfläche passten. Er strich die Knickstellen glatt und verbarg die Scheine in der Handfläche seiner rechten Hand. Dann schloss er sie leicht und ließ sie ganz natürlich an seiner rechten Seite hinabhängen. Er dachte an Michelangelos Hände. Der Meister. Er stellte sich Davids rechte Hand vor, die locker an seiner Seite hing. Oder die entspannte Haltung der Hände der Dämmerung am Grab Lorenzo de' Medicis. Karchs Vater war in seiner Jugend nach Italien gereist, um die Hände des

Meisters zu studieren. Diese Mühe konnte sich der Sohn sparen. In der Shopping-Rotunde des Caesar's Palace gab es eine Kopie von Michelangelos David im Maßstab 1:1.

Karch ging in die Telefonnische des Foyers und nahm den Hörer eines Hausapparats ab. Er verlangte Don Cannon in der Sicherheitsabteilung zu sprechen und wurde zu jemandem durchgestellt, der wissen wollte, wer am Apparat sei. Karch wurde erneut weiterverbunden, und diesmal wartete er über eine Minute. Er nutzte die Zeit, um sich zu überlegen, was er sagen sollte. Cannon war Schichtleiter im Monitorraum. Kennen gelernt hatte Karch ihn vor fünf Jahren bei der Suche nach einem Vermissten, und seitdem hatte sich Cannon – zu einem entsprechenden Preis – immer sehr hilfsbereit gezeigt. In den über zehn Jahren, die er inzwischen am Strip arbeitete, hatte Karch in fast allen Casinos Kontakte wie den zu Cannon geknüpft. Mit Ausnahme seiner Beziehung zu Vincent Grimaldi bewegten sich alle im Rahmen des Legalen. Aber inzwischen sah er eine Möglichkeit, Grimaldis Joch abzuschütteln.

Plötzlich kam eine polternde Stimme aus dem Hörer.

»Jack Karch!«

»Don? Wie geht's?«

»Kann nicht klagen. Was kann ich für dich tun?«

»Ich habe da gerade einen Fall, bei dem mir eine kleine Unterstützung durch deine Kameras sehr gelegen käme.«

»Ah, ein bisschen elektronischer Hokuspokus, wie? Worum geht es?«

»Das ist schnell gesagt. Typ wird im DI von einer Nutte ausgenommen. Weil er die Sache möglichst diskret abgewickelt haben will, kommt er zu mir. Keine Polizei, keine offiziellen Ermittlungen, wenn du weißt, was ich meine. Das Dumme ist nur, die Tussi hat ihm ein paar Schmucksachen geklaut – eine Uhr und einen Ring –, an denen ihm ziemlich viel liegt. Du weißt schon, mit einer Widmung drauf und diesem ganzen Quatsch. Auf die Schnelle bekommt er die Sachen nirgendwo her, und wenn er morgen ohne den ganzen Krempel nach Memphis zurückfliegt, gerät er seiner Frau gegenüber in Erklärungsnotstand.«

»Aha, schon klar. Aber was hat das alles mit dem Flamingo zu tun?«

»Ich glaube, sie hat ihren Wagen in eurem Parkhaus abgestellt – in dem an der Koval. Mein Klient hat sie gestern Abend an der Bar des Bugsy's kennen gelernt, von dort sind sie dann mit dem Taxi weiter ins Desert Inn. Nachdem er dann eingeknackt ist, hat sie sich die ganzen Wertsachen unter den Nagel gerissen und ist abgehauen. Ich bin ihrer Spur durchs Casino des Desert Inn bis hinaus auf den Bürgersteig gefolgt. Von dort ist sie dann, glaube ich, hierher gegangen. Das war heute früh gegen vier Uhr.«

»Du hast gerade *hierher* gesagt. Bist du denn gerade hier?«

»Ja, unten im Foyer.«

»Warum sagst du das nicht gleich, Mann? Komm rauf.«

Er hatte bereits aufgelegt, bevor Karch etwas erwidern konnte. Karch ging zu den Aufzügen und fuhr in den ersten Stock. Während der Fahrt im Lift zog er ein Taschentuch aus der Gesäßtasche, knüllte es zusammen und schob es so tief in die Brusttasche seiner Anzugjacke, dass es nicht mehr zu sehen war, die Tasche aber etwa zwei Zentimeter weit aufspreizte. Dann durchsuchte er seine Taschen nach Kleingeld und wurde mit einem Vierteldollar und einem Zehncentstück fündig. Beide Münzen waren erst vor kurzem geprägt worden und blitzblank. Er bückte sich und steckte den Quarter in den einen Schuh, den Dime in den anderen. Dann schüttelte er der Reihe nach beide Füße, damit die Münzen unter den Spann rutschten. Er hoffte, Cannon beobachtete ihn nicht mit einer seiner Kameras.

Nachdem er im ersten Stock ausgestiegen war, wandte er sich nach links zum Eingang der Sicherheitsabteilung und drückte auf den Knopf links von der Stahltür. Darüber befand sich eine Sprechanlage, die jedoch keinen Ton von sich gab. Nach fünf Sekunden summte das Türschloss, und Karch trat ein.

Don Cannon war ein großer, kräftiger, dunkelhaariger Mann mit Vollbart und Brille, der seine erste Anstellung im Casino vermutlich seiner Statur und der von ihr ausgehenden Wirkung zu verdanken gehabt hatte, wenn unten bei den Spieltischen einmal das Einschreiten der Sicherheitskräfte erforderlich wurde. Im Lauf der Jahre hatte er es jedoch bis hier herauf geschafft, und das Einzige, was er dieser Tage noch vom Casino zu sehen bekam, war das Geschehen auf den Bildschirmen, die er und seine Leute im so genannten Monitorraum überwachten. Er erwartete Karch in einem kleinen Vorzimmer hinter der stählernen Eingangstür. Sie schüttelten sich, wie sie das immer taten, die Hände, und dabei wanderten die zusammengefalteten Hundertdollarscheine nahtlos von einer rechten Hand in die andere. Wie in den meisten Hotelcasinos am Strip war es auch im Flamingo üblich, dass weder das Casino selbst noch das Personal irgendeine Bezahlung für die bei strafrechtlichen Ermittlungen geleistete Hilfe annahm. Dennoch war sich Karch bewusst, dass eine kleine Gefälligkeit nie schaden konnte und das Schloß dieser Stahltür auch dann wieder zum Summen brächte, wenn er das nächste Mal vorstellig wurde.

»Leider bin ich im Moment etwas klamm«, sagte Karch leise. »Ich muss da später noch was drauflegen, wenn dir das Recht ist.«

»Kein Problem. Ich habe bereits den Vier-Uhr-Chip geladen, während du nach hier oben unterwegs warst. Komm mit nach hinten.«

Cannon steckte das Geld ein und führte Karch in den Monitorraum, der sich wenig von der Sicherheitszentrale des Cleo unterschied. Die Blicke der Videotechniker, die an mehreren Reihen von Zwölf-Monitor-Multiplexkonsolen saßen, sprangen unablässig zwischen den einzelnen Bildschirmen hin und her, während sie mithilfe von Tastaturen und Joysticks Kameraeinstellungen und -brennweiten veränderten. Sie achteten auf alles, vor allem aber auf das Geld. Alles drehte sich ums Geld.

Cannon stieg auf ein Podest am Ende des Raums, auf dem sich eine einzige Konsole befand. Von dort konnte er als Schichtleiter sowohl die Bilder der Überwachungskameras als auch die Videotechniker im Auge behalten.

»Du meinst also, sie kam vom DI zu uns, richtig? Zu Fuß?«

Cannon setzte sich auf einen Stuhl mit Rollen und rutschte an die Konsole. Karch stellte sich hinter ihn.

»Sieht ganz so aus. Kurz nach vier.«

»Zu Fuß ist das relativ weit. Aber sehen wir mal. Versuchen wir es zuerst mit dem Nordeingang.«

Während seine Finger über die Tastatur huschten und die entsprechenden Befehle eingaben, fuhr er fort:

»Seit du das letzte Mal hier warst, haben wir auf Digital umgestellt. Echt Spitze, kann ich dir sagen.«

»Na, super.«

Karch wusste nicht, was auf Digital umstellen bedeutete, und es interessierte ihn auch nicht.

»Okay, hier ist der Eingang, beginnend um vier Uhr. Ich stelle mal auf doppelte Geschwindigkeit, bis du was entdeckst.«

Er deutete auf den großen Hauptmonitor direkt vor ihm. Er war in ein Raster von vierundzwanzig verschiedenen Kamerablickwinkeln unterteilt. Cannon griff nach dem Joystick, worauf sich auf dem Bildschirm ein Pfeil zu einem der kleinen Rechtecke bewegte. Ein Druck auf die Eingabetaste, und das Bild auf dem kleinen Rechteck nahm den ganzen Bildschirm ein. Es kam von einer Kamera, die schräg nach unten auf eine Reihe automatischer Glastüren gerichtet war. Das Bild bewegte sich sehr rasch. Durch die Türen war zu sehen, wie im Hintergrund Autos vorbeiflitzten, und die Passanten auf dem Bürgersteig schienen sich in einem raschen Laufschritt fortzubewegen. Aufmerksam beobachtete Karch den Bildschirm und die vereinzelten Gestalten, die das Casino betraten und verließen.

»Da!«, sagte er nach fast drei Minuten. »Das war sie, glaube ich. Spul mal zurück.«

»Okay.«

Cannon ließ das digitale Bild rückwärts laufen, bis die Gestalt, die so rasch vorbeigegangen war, wieder erschien. Nur ging sie jetzt rückwärts zur Tür hinaus.

»Da.«

Das Bild blieb stehen und begann dann in Zeitlupe wieder vorwärts zu laufen. Die automatischen Türen gingen auf, und die Frau, die Karch auf den Monitoren im Cleo gesehen hatte, kam mit ihrem Rucksack und dem Stoffbeutel mit dem Aktenkoffer herein.

»Das ist sie.«

»Für eine Nutte nicht übel. Was die wohl nimmt?«

»Was mein Mann gesagt hat, mindestens fünf Scheine.«

Cannon pfiff leise.

»Da geht der Beschiss schon los. Egal, wie gut eine Frau aussieht, fünf Scheine ist keine wert.«

Karch lachte pflichtschuldig.

»Hat sie auch das Gepäck von diesem Typ mitgenommen?«

»Ja. Aber das ist ihm eher egal. Er will nur diese Uhr und den Ring zurück.«

»Ich weiß nicht, so, wie sie die Tasche trägt, hat sie da die ganzen Goldbestände von Fort Knox drinnen.«

Karch geriet ins Schwitzen. Er hatte gehofft, Cannon würde ihm diese Videospur zeigen, ohne sich zu viel Gedanken über das zu machen, was darauf zu sehen war.

»Lass uns einfach mal sehen, wo sie hingeht«, sagte er in der Hoffnung, Cannon würde aufhören, die Bilder zu analysieren, und nur das Band durchlaufen lassen.

Es schien zu funktionieren. Cannon sagte nichts mehr und verfolgte die Frau durch die Matrix von Kamerablickwinkeln, bis sie das Gebäude durch den Hinterausgang verließ und das achtgeschossige Parkhaus hinter dem Casinokomplex in der Koval Street betrat.

»Muss eine Perücke sein, was sie da aufhat«, bemerkte Cannon schließlich nach fünfminütigem Schweigen. »Aber auch so kommt sie mir neu vor. Wenn du willst, kann ich in unserer Nuttenkiste nach ihr suchen.«

»In eurer Nuttenkiste?«

»So nennen wir es. Wir haben eine Datei mit fast allen Mädchen, die hier anschaffen. Vielleicht kriegen wir sogar einen Namen, wenn wir ihr Foto mit dem Video vergleichen. Das Problem ist nur, dass sie kein einziges Mal hochgeguckt hat. Bisher haben wir keine einzige brauchbare Aufnahme von ihrem Gesicht.«

Und die wirst du auch nicht kriegen, dachte Karch.

»Dann wollen wir mal sehen, was sie macht«, sagte er stattdessen, »und uns darüber später Gedanken machen.«

Im Parkhaus fuhr die Frau mit dem Lift in die achte Etage, wo sie zu einem blauen Lieferwagen ging, der mit dem Heck nach hinten in der Ecke stand, die am weitesten vom Aufzug entfernt war. So spät nachts waren die oberen Etagen des Parkhauses fast leer. Im Umkreis von zwanzig Stellflächen stand kein einziges anderes Fahrzeug.

»Kein Nummernschild«, sagte Cannon. »Sieht so aus, als hätte dieses Mädchen etwas zu verbergen. Bist du auch sicher, dass sie eine Nutte ist, Jack? Wie bereits gesagt, sie kommt mir nicht bekannt vor, und außerdem haben die meisten Mädchen einen Fahrer. Ganz besonders in dieser Preiskategorie.«

Karch antwortete nicht, sondern sah nur aufmerksam auf den Bildschirm. Die Frau schloss mit einem Schlüssel die Fahrertür auf, legte die Taschen auf die Sitzbank und stieg ein. Als sie den Motor anließ, gingen die Lichter an. Bevor sie den Gang einlegte, klopfte die Frau gegen die Trennwand zwischen Führerhaus und Laderaum. Karch bemerkte, dass sich ihre Lippen bewegten. Sie sagte etwas. Offensichtlich war jemand im Laderaum des Lieferwagens.

»Don, könntest du mir diese Stelle noch mal zeigen?«

»Klar, kein Problem.«

Cannon spulte das Band zurück und spielte noch einmal den Teil ab, in dem die Frau gegen die Trennwand klopfte. Er hielt das Band an und gab verschiedene Befehle in den Computer ein, um das Standbild schärfer zu machen. Dann bewegte er das Standbild mit der Shuttlekugel langsam vorwärts.

»Sie sagt was«, bemerkte Cannon. »Ich ... sieht so aus, als würde sie ›Alles klar?‹ sagen oder ›Alles okay?‹. Etwas in der Art.«

»Alles klar da hinten?«, sagte Karch.

»Also echt, Jack, ich glaube, du hast Recht. Wirklich gut, Mann. Jemanden wie dich könnten wir hier oben gut gebrauchen.«

»Bloß würde ich hier spätestens nach einer Woche durchdrehen. Glaubst du, du kannst eine Hinteransicht des Lieferwagens kriegen?«

»Sobald er wegfährt.«

Cannon kehrte zu der Matrix zurück – die inzwischen nur Parkhausbilder zeigte – und folgte dem Lieferwagen sieben Etagen nach unten, bis er das Parkhaus durch die Ausfahrt zur Koval verließ. Als er die Sperre passierte, wurde sein Heck von einer in Nummernschildhöhe angebrachten Kamera aufgenommen.

Auch das hintere Kennzeichen des Lieferwagens fehlte.

»Mist!«, entfuhr es Karch, selbst über seine Reaktion erstaunt.

»Augenblick mal.«

Cannon spulte das Band zurück und spielte es in Zeitlupe noch einmal ab. Dann hielt er das Bild an und vergrößerte es. Karch sah erst ihn an, dann den Bildschirm, bevor er begriff, was Cannon machte. Zwar fehlten die Nummernschilder des Lieferwagens, aber auf der linken Seite der Stoßstange befand sich ein Parksticker. Geschickt rückte Cannon ihn in den Bildmittelpunkt und vergrößerte ihn. Die größeren Buchstaben und Zahlen wurden fast vollkommen scharf. Karch las das laufende Jahr vom Sticker ab und war gerade dabei, die Buchstaben zu entziffern, als Cannon einen Pfiff ausstieß.

»Was ist?«

»Sieht mir ganz nach HLS aus.«

»Ja? Wofür steht das?«

»Für Hooten Lighting & Supplies. Es ist ihr Logo. Du weißt schon, die Firma, die dieses ganze Zeug da macht.«

Er deutete auf die Konsole.

»Ach so.«

Karch wusste nicht, was er sonst sagen sollte. Angesichts dieser Entdeckung wurde die Geschichte, die er Cannon erzählt hatte, zunehmend unglaubwürdiger. In diesem Moment merkte er zum erstenmal, wie kalt es im Monitorraum war. Er verschränkte die Arme über der Brust.

»Das verstehe ich nicht«, sagte Cannon. »Eine Nutte, die selbst fährt, und dann auch noch einen Lieferwagen von Hooten's. Bist du sicher, dieser, äh, Klient von dir hat dir die ganze Wahrheit erzählt?«

Er sah zu Karch auf, dem klar wurde, dass er sich dringend etwas einfallen lassen musste.

»Nein. Aber genau das wollte ich abklären, bevor ich weitere Schritte unternehme. Wenn dieser Typ lügt, bin ich geliefert. Danke für deine Hilfe, Don. Ich gehe lieber gleich mal ins DI zurück und rede mit dem Kerl.«

»Ja, hört sich ein bisschen fadenscheinig an das Ganze. Möchtest du trotzdem in der Nuttenkiste nachsehen? Sind ein paar richtige Schönheiten drin.«

Karch runzelte die Stirn und schüttelte den Kopf.

»Nein, später vielleicht. Erst rede ich mit diesem Typen, was hier eigentlich wirklich los ist. Ach, und was ich dir für die Spur noch schuldig bin, kriegst du später.«

Karch deutete mit einem Nicken auf die Videokonsole.

»Das geht schon in Ordnung so. Vor allem, wo es ganz so aussieht, als hätte ich dir mehr Löcher aufgemacht als zu. Alles, was ich von dir will, ist ein kleiner Zaubertrick. Hast du einen, den du mir zeigen kannst?«

Damit hatte Karch schon gerechnet. Aber er tat so, als wäre er auf Cannons Bitte nicht vorbereitet.

»Hm, mal sehen ...«

Er klopfte seine Taschen nach Kleingeld ab.

»Hast du ein paar Münzen? Einen Quarter oder so?«

Um die Hand in die Hosentasche zu bekommen, lehnte sich Cannon auf dem Stuhl nach hinten. Als sie wieder zum Vorschein kam, war sie voller Münzen. Karch streifte die Ärmel seiner Jacke nach oben und nahm mit der rechten Hand einen relativ neuen, noch glänzenden Quarter aus Cannons Handfläche. Dann machte er damit eine Variante des klassischen French Drop, kombiniert mit einem von J. B. Bobo entwickelten Trick, bei dem man etwas durch Wegwerfen scheinbar verschwinden ließ. Diesen Trick, den er mit zwölf Jahren zu üben begonnen hatte, beherrschte er wie im Schlaf. Mit entsprechend flüssigen Bewegungen und natürlicher Leichtigkeit führte er ihn aus.

Er hob die rechte Hand mit nach oben gekehrter Handfläche bis in Brusthöhe und hielt dabei den Quarter mit dem Daumen und allen vier Fingern leicht nach vorn geneigt, damit Cannon den Kopf der Münze sehen konnte. Dann bewegte er die linke Hand so darüber, als wolle er den Quarter damit nehmen. Als sich jedoch die linke Hand um die Münze schloss, ließ er sie in seine rechte Handfläche fallen und führte gleichzeitig die vermeintliche Wegnehmbewegung zu Ende.

Er schloss die linke Faust, streckte sie Cannon entgegen und begann damit Bewegungen zu vollführen, als wolle er die Münze, die er vermeintlich noch darin hielt, zerreiben. Gleichzeitig machte er mit der rechten Hand über der linken Faust, ohne den Blick von ihr abzuwenden, eine kreisende Bewegung.

»Und sie geht herum im Kreis – wo sie auftaucht, niemand weiß.«

Er beschrieb mit der rechten Hand immer weitere Kreise, dann schnippte er plötzlich mit den Fingern, öffnete beide Hände und hielt Cannon die Handflächen entgegen. Die Münze war weg. Cannons Blicke zuckten zwischen den beiden Händen hin und her, dann spaltete ein breites Grinsen sein Gesicht. Das war seine übliche Reaktion. Der Trick beruhte auf einer doppelten Irreführung. Der skeptische Betrachter glaubt, die Münze würde die linke Hand nie verlassen, muss aber erstaunt feststellen, dass die Münze in keiner Hand auftaucht.

»Irre!«, rief Cannon. »Wo ist sie?«

Karch schüttelte den Kopf.

»Das ist das Problem bei diesem Trick. Man weiß nie, wo die Münze wieder auftaucht. Dieses Problem habe ich nie in den Griff gekriegt. Schätze, du kannst fünfundzwanzig Cents hinzufügen zu dem, was ich dir schulde.«

Cannon lachte laut.

»Wirklich spitze, Jack. Von wem hast du den gelernt, von deinem Vater?«

»Ja.«

»Lebt er noch?«

»Nein, er ist tot. Schon lange.«

»Und er hat am Strip gearbeitet, oder?«

»Ja, in verschiedenen Casinos. In den sechziger Jahren. Eine Woche trat er mal vor Joey Bishop auf, der im Sands das Vorprogramm für Sinatra war. Ich habe Fotos von allen dreien.«

»Tatsächlich? Das Rat Pack. Tja, die guten, alten Zeiten.«

»Ja, zum Teil waren sie schon gut.«

Karch hatte eine kurze Vision von dem Moment, als sein Vater nach dem Zwischenfall im Circus, Circus aus dem Krankenhaus nach Hause gekommen war. Beide Hände weiß verbunden. Es sah aus, als hielte er zwei Softballs. Seine Augen sahen aus, als starrten sie auf etwas weit, weit Entferntes.

Karch merkte, dass sein Lächeln verflogen war. Er sah Cannon an.

»Dann ziehe ich mal lieber wieder los und gehe der Sache weiter nach. Danke für deine Hilfe, Don.«

Er reichte ihm die Hand, und Cannon schüttelte sie.

»Gern geschehen, Jack.«

»Ich finde allein raus.«

Er begann sich in Richtung Treppe zu entfernen, blieb aber plötzlich noch einmal stehen und stützte sich am Geländer ab.

»Was zum ...«

Er hob seinen linken Fuß und zog den Schuh aus. Ohne Cannon anzusehen – obwohl er wusste, dass er beobachtet wurde –, sah er in den Schuh und schüttelte ihn. Etwas schepperte darin, und als er den Schuh herumdrehte, fiel der Quarter, den er vorher darin versteckt hatte, in seine Handfläche. Er hielt ihn hoch und sah Cannon an. Der große Mann hieb mit der Faust auf die Konsole und schüttelte grinsend den Kopf.

»Hab ich's vorhin nicht gesagt«, murmelte Karch. »Ich weiß vorher nie, wo diese blöde Münze wieder auftaucht.«

Er schnippte die Münze Cannon zu, der sie mit der Hand aus der Luft schnappte.

»Die werde ich mir aufheben, Jack. Das ist echte Zauberei.«

Karch salutierte, stieg die Stufen hinunter und verließ den Monitorraum. Er wartete, bis er aus dem Flamingo und außer Sichtweite von Cannons Kameras war, bevor er in die Brusttasche seiner Anzugjacke fasste und das Taschentuch und den Quarter herausnahm, den er hatte hineinfallen lassen, als er bei seinem Zaubertrick mit der Hand die kreisende Bewegung gemacht hatte.

Den Dime in seinem Schuh würde er später herausholen, wenn er Zeit hatte, sich zu setzen.

23

Neunzig Minuten später stand Karch mit einem Handy außerhalb des eingezäunten Angestelltenparkplatzes von Hooten's Lighting & Supplies. Auf der anderen Seite des Zauns war der blaue Lieferwagen geparkt, den er auf der Videoaufzeichnung aus dem Parkhaus des Flamingo gesehen hatte. Nur hatte er jetzt ein Nummernschild an der hinteren Stoßstange. Karch ging nervös auf und ab. Er wartete auf einen Anruf. Seinen Hinterkopf begann das leichte Prickeln eines Adrenalinschubs zu streicheln. Er war bereits ganz dicht dran. Am Geld, an der Frau. Er neigte den Kopf nach hinten, und das schien das elektrisierende Gefühl zu verstärken, das sein Rückgrat hinauf in sein Gehirn lief.

Als das Telefon läutete, lauerte sein Daumen bereits über dem Gesprächsknopf.

»Hier Karch.«

»Hier Ivy. Ich hab's.«

Ivy war ein Metro-Detective, der eigentlich Iverson hieß und für fünfzig Dollar Kfz-Kennzeichen nachsah. Für andere Honorare machte er auch andere Dinge und verhalf sich so mithilfe seiner Dienstmarke zu einem zweiten Einkommen. Selbst wenn es sich um etwas völlig Legales handelte, war Karch immer sehr vorsichtig, wenn er Ivys Dienste in Anspruch nahm. Im Lauf der Jahre hatte er sich angewöhnt, allen Metro-Cops – und ganz besonders Iverson – mit der gleichen Vorsicht und der gleichen Distanz zu begegnen wie den Prostituierten, Pfandleihern und schrägen Casinovögeln, mit denen er bei seinen Jobs ständig zu tun hatte.

Karch legte den Kopf auf die Seite und klemmte sich das Handy in die Halsbeuge, während er Notizblock und Stift herausholte.

»Okay, was haben Sie?«

»Wagen dieses Kennzeichens gehört einem Jerome Zander Paltz, siebenundvierzig Jahre alt. Adresse: Mission Street dreihundertzwölf. Das ist in North Las Vegas. Ich habe auch das NCIC nach ihm abgefragt. Seine Weste ist weiß. Das Letztere war übrigens kostenlos.«

Nach dem Nachnamen hatte Karch zu schreiben aufgehört. Er kannte Jerome Paltz. Oder zumindest war er ziemlich sicher, ihn zu kennen. Er kannte einen Jersey Paltz, der am Ausgabeschalter von Hooten's gearbeitet hatte. Er merkte, er hatte immer gedacht, der Name Jersey bezog sich darauf, woher Paltz kam. Doch jetzt wurde ihm klar, dass es sich dabei anscheinend um eine Vermengung seines Vor- und Mittelnamens handelte.

»Was ist, Chef, sind Sie noch dran?«

Karch riss sich von seinen Gedanken an Jersey Paltz los.

»Klar. Und übrigens, vielen Dank, Ivy. Jetzt wird mir einiges klar.«

»Tatsächlich? Was?«

»Ach, nur so eine Sache, an der ich gerade dran bin. Eine Observierung an einer Baustelle. Am Venetian. Dieser Lieferwagen tauchte öfter auf, und irgendwann wurde ich argwöhnisch. Aber Paltz steht auf der Liste der Lieferanten. Er arbeitet für Hooten's L&S, und die installieren die Kameras. Das können Sie also streichen.«

»Was haben sie da drüben für Probleme? Diebstahl?«

»Ja, hauptsächlich Baumaterialien. Der Lieferwagen dieses Paltz' hatte keinen Firmennamen drauf, deshalb dachte ich mir, sehe ich mal lieber nach.«

»Wieder zurück zum ersten Feld, wie? Jemanden suchen, der mit der Schubkarre Zementsäcke wegkarrt.«

Karch nahm an, Iverson grinste am anderen Ende der Leitung.

»So in etwa. Jedenfalls vielen Dank, Mann. Das hat mir eine Menge Zeit erspart.«

»Bis demnächst.«

Während Karch das Telefon ausmachte und durch den Zaun auf den blauen Lieferwagen sah, überlegte er, was er als Nächstes tun sollte. Dass die Spur zu Paltz führte, machte die Sache nicht gerade einfacher.

Schließlich machte er das Handy wieder an, rief die Auskunft an und ließ sich die Nummer von Hooten's Lighting & Supplies geben. Dann rief er dort an und verlangte Jersey Paltz, der etwa nach einer halben Minute an den Apparat kam.

»Jerome Paltz?«

Eine Pause.

»Ja, wer ist ...«

»Jersey Paltz?«

»Wer ist da?«

»Jack Karch.«

»Ah. Wie kommen Sie plötzlich auf Jerome? Niemand nennt ...«

»Aber so heißen Sie doch, oder? Jerome Zander Paltz. Davon kommt doch das Jersey, oder nicht?«

»Ja, schon, aber niemand nennt mich ...«

»Ich möchte, dass Sie kurz nach draußen kommen. Sofort.«

»Worum geht es?«

»Darum, dass Sie jetzt auf der Stelle rauskommen. Ich warte auf Sie. Kommen Sie auf den Angestelltenparkplatz raus. Ich stehe mit meinem Wagen auf dem Seitenstreifen. Bei Ihrem Lieferwagen, auf der anderen Seite des Zauns.«

»Sagen Sie mir erst, was Sie wollen. Ich ...«

»Das sage ich Ihnen, wenn Sie hier sind. Und jetzt kommen Sie endlich raus. Wahrscheinlich kann ich Ihnen trotz allem noch helfen, aber ein bisschen kooperationsbereit müssen Sie sich schon zeigen und sofort rauskommen.«

Bevor Paltz etwas erwidern konnte, machte Karch das Handy aus. Dann ging er zu seinem Wagen und stieg ein. Es war ein schwarzer Lincoln – ein Towncar mit der alten Karosserie und dem riesigen Kofferraum. Die Fenster waren in einem undurchdringlichen Schwarz getönt. Er mochte den Wagen, obwohl er mächtig Benzin schluckte und er oft für einen Chauffeur gehalten wurde. Er verstellte den Rückspiegel so, dass er auf dem Fahrersitz tief nach unten rutschen und den Parkplatzeingang dreißig Meter hinter ihm im Auge behalten konnte. Er machte seine Jacke auf und nahm die 9mm Sig Sauer aus dem Holster. Dann langte er unter den Sitz und zwischen den Federn hoch und tastete nach dem Schalldämpfer, den er dort mit Klebstreifen befestigt hatte. Er riss ihn ab, steckte ihn auf den Lauf der Sig und legte die Waffe zwischen Fahrersitz und Autotür.

Nach fünfminütigem Warten sah er Jersey Paltz in das Blickfeld des Spiegels kommen und auf den Lincoln zugehen. Er rauchte eine frische Zigarette, und sein Gang war forsch, um nicht zu sagen wütend. Karch grinste. Der würde gleich sein blaues Wunder erleben.

Wutschnaubend setzte sich Paltz auf den Beifahrersitz. Sein Atem roch nach einem Zwiebelbagel.

»Ich will mal hoffen, die Sache ist auch wirklich wichtig. Geht nämlich alles von meiner Zeit ab.«

Karch sah zu ihm hinüber und wartete auf einen Blickkontakt, bevor er antwortete.

»Ich denke schon.«

Das war alles, was er sagte. Paltz wartete einen Moment, dann platzte er los.

»Also, was zum Teufel wollen Sie nun eigentlich?«

»Keine Ahnung. Was wollen *Sie*? Sie haben mich angerufen.«

»Was soll der Quatsch? Sie haben eben mich angerufen und ...«

Karch lachte schallend los, was Paltz verwirrt verstummen ließ. Er drehte den Zündschlüssel und ließ den Wagen an. Er legte den Gang ein und blickte über seine linke Schulter, um loszufahren. Sobald sich der Wählhebel des automatischen Getriebes in Fahrstellung befand, hörte er, wie die Türen automatisch verriegelt wurden.

»Hey, jetzt aber mal halblang«, protestierte Paltz. »Ich muss arbeiten, Mann. Wir fahren nirgendwo ...«

Er versuchte, die Tür zu öffnen, was jedoch wegen der automatischen Verriegelung nicht ging. Während er sich nach einem Knopf umsah, um sie zu lösen, stieg Karch heftig aufs Gas und fuhr los.

»Nur keine Hektik. Die Tür geht nicht auf, solange der Wagen in Bewegung ist. Das ist eine Sicherheitsmaßnahme. Da fällt mir ein, Ted Bundy hätte einen Lincoln fahren sollen.«

»Verdammt noch mal.« Verärgert warf Paltz die Hände hoch. »Wo fahren wir hin?«

»Es gibt da ein kleines Problem, Jerome«, sagte Karch ruhig.

Er bog auf der Tropicana nach Westen ab. Da, wo sie die Häuser überragte, konnte er die Grate der Berge sehen.

»Was faseln Sie da eigentlich die ganze Zeit? Wo soll es ein Problem geben? Ich hatte schon eine Ewigkeit nichts mehr mit Ihnen zu tun, und nennen Sie mich gefälligst nicht so.«

»Jerome Zander Paltz ... Jerry Z ... JerZEE. Welchen Namen willst du auf dem Stein haben?«

»Auf welchem Stein? Würden Sie vielleicht endlich mal ...«

»Auf dem Stein, den man auf dein Grab stellt.«

Endlich war Paltz das Maul gestopft. Karch sah zu ihm hinüber und nickte.

»Ja, so ernst ist die Sache, Freundchen. Sie haben deinen Van gesehen. Gestern Abend. Ist alles auf Video festgehalten.«

Paltz begann den Kopf zu schütteln, als versuchte er sich aus einem Albtraum wachzurütteln.

»Ich habe keine Ahnung, wovon Sie eigentlich reden. Wohin fahren wir?«

»An einen ruhigen Ort. Wo wir ungestört reden können.«

»Einen Dreck werden wir reden, Mann. *Sie* reden die ganze Zeit, und ich verstehe kein Wort von Ihrem Gequatsche.«

»Na schön, dann reden wir eben, wenn wir da sind.«

Zehn Minuten später hatten sie das Gewerbegebiet hinter sich gelassen, und je mehr sie sich der offenen Wüste näherten, desto stärker begann sich der städtische Wildwuchs zu lichten. Karch sah zu Paltz hinüber und stellte fest, dass seinem Beifahrer langsam dämmerte, was los war. Das war meistens so, wenn die Wüste näher rückte. Er fasste nach unten und legte die Sig so in seinen Schoß, dass ihr Lauf auf Paltz' Oberkörper zeigte.

»So eine verdammte Scheiße«, zischte Paltz, als er die Waffe sah und sich über den Ernst der Lage klar wurde. »Dieses verfluchte Miststück.«

Karch grinste breit.

»Wer ist sie?«

»Sie heißt Cassie Black«, antwortete Paltz ohne Zögern. »Einen Dreck werde ich sie decken.«

Karch kniff die Augen zusammen und dachte nach. Cassie Black. Irgendwie kam ihm der Name bekannt vor, aber im Augenblick konnte er ihn noch nicht einordnen.

»Vor sechs Jahren, diese Geschichte mit Max Freeling. Das war sie.«

Karch sah Paltz scharf an.

»Ohne Scheiß, Mann. Erinnern Sie sich nicht mehr?«

Karch schüttelte den Kopf. Das leuchtete ihm nicht ein.

»Sie hat immer nur die Augen offen gehalten, sie hat nie selbst einen Job durchgezogen.«

»Wie es scheint, hat sie aber einiges von Max gelernt.«

»Aber sie ist doch in den Bau gewandert. Sie kam nach High D. Wegen Mordes.«

»Totschlag, Karch. Sie ist wieder raus. Hat gesagt, sie hat in Kalifornien gelebt. In L. A.«

Karch dachte nach. Dann sah er auf seine Uhr. Es war jetzt drei Stunden her, dass er sich in Zimmer 2014 mit Grimaldi getroffen hatte, und er hatte bereits einen Namen und einen Lebenslauf. Er lockerte die Schultern, genoss die Erregung, die in seiner Brust aufkeimte. Dann richtete er seine Aufmerksamkeit wieder auf die Person und auf das Problem, das jetzt anstand.

»Eigentlich dachte ich, wir hätten eine Abmachung, Jerome. Ich dachte, du wolltest mir sofort Bescheid geben, wenn du Wind von etwas bekommst, was das Cleo betrifft, und zwar egal, was. Und du weißt genau, ich höre meinen Anrufbeantworter mehrmals am Tag ab, wenn ich nicht in meinem Büro bin. Aber komischerweise habe ich weder diese Woche noch letzte Woche einen Anruf von dir gekriegt und, soweit ich mich erinnern kann, auch sonst nirgendwann.«

»Aber ich wusste doch gar nicht, dass es das Cleo treffen würde, und außerdem hätte ich gar nicht anrufen können, Mann. Weil ich nämlich *eingesperrt* war, verdammte Scheiße noch mal.«

»Eingesperrt? Wieso eingesperrt?«

»Ich lag gefesselt im Laderaum des Lieferwagens.«

In den nächsten zehn Minuten erzählte Paltz beflissen seine Version der Ereignisse vom Vorabend. Karch hörte schweigend zu und machte sich in Gedanken eine Liste mit allen Ungereimtheiten und Widersprüchen.

»Ich hätte Sie gar nicht anrufen können«, erklärte Paltz abschließend. »Ich hatte es zwar vor, aber sie hat mich die ganze Nacht hinten in meinem Lieferwagen eingesperrt. Sehen Sie sich das mal an, Mann.«

Er drehte sich zur Seite und beugte sich Karch entgegen. Als dieser seine Waffe hob, hielt Paltz, mit den Handflächen nach vorn, die Hände hoch und deutete auf seine aufgerissenen Mundwinkel. Die beiden Wunden sahen frisch und schmerzhaft aus.

»Das ist von der verdammten Krawatte, mit der sie mich geknebelt hat. Ich erzähle Ihnen hier keinen Scheiß, Mann.«

»Setz dich wieder richtig hin.«

Paltz rutschte zurück. Eine Weile fuhren sie schweigend weiter, und Karch dachte über Paltz' Geschichte nach.

»Du hast mir nicht alles erzählt. Wusste sie, dass du sie das letzte Mal an mich verpfiffen hast?«

»Nein. Außer Ihnen hat es niemand gewusst.«

Karch nickte. Da es nie zu einem Prozess gekommen war, hatte er seine Geschichte nie in aller Öffentlichkeit erzählen müssen. Nur den Cops – und einer von ihnen war Iverson gewesen.

»Mit wem hat sie diesmal zusammengearbeitet?«

»Sie war allein. Sie tauchte gestern am Ausgabeschalter auf, und dann ging es Schlag auf Schlag. Sonst habe ich niemanden gesehen.«

Trotzdem, Paltz' Geschichte leuchtete ihm noch immer nicht ganz ein.

»Du hast mir nicht alles erzählt. Hast du versucht, sie zu linken? Mit irgendso einer krummen Tour?«

Als Paltz nichts sagte, fasste Karch das als Bestätigung auf.

»Natürlich hast du es versucht. Du hast gemerkt, dass sie allein war, und hast versucht, sie reinzulegen. Nur war sie darauf gefasst und hat *dich* reingelegt. Und das ist auch der Grund, warum sie dich erst freilassen konnte, als sie mit allem fertig war.«

»Na schön, dann habe ich es eben versucht. Und wenn schon?«

Karch gab keine Antwort. Inzwischen hatten sie die Stadt ein gutes Stück hinter sich gelassen. Karch gefiel es hier draußen, besonders im Frühling, bevor es zu heiß wurde.

»Was hat sie in L. A. gemacht?«, fragte er.

»Hat sie mir nicht erzählt und hab ich sie auch nicht gefragt. Und jetzt sagen Sie schon endlich, wo wir hinfahren. Ich hab Ihnen alles erzählt, was ich weiß.«

Karch antwortete nicht.

»Hören Sie, Karch, ich weiß, was Sie vorhaben. Glauben Sie im Ernst, ich bin vorhin nach draußen gekommen, ohne jemandem zu erzählen, mit wem ich mich auf dem Parkplatz treffe.«

Mit einem amüsierten Blick sah Karch zu ihm hinüber.

»Ja, Jersey, genau das, glaube ich, haben Sie getan.«

Der Bluff war kaum der Rede wert. Die Beziehung, die er und Paltz schon einige Zeit unterhielten, verbot es Paltz, seinen Kollegen etwas anderes zu erzählen, als dass er nur kurz nach draußen gehen wollte, um eine zu rauchen.

Er bog mit dem großen Lincoln in eine nicht gekennzeichnete Straße, die in den Vermessungskarten des County als Saddle Ranch Road eingetragen war. Sie war Teil eines Areals, mit dessen Erschließung man vor dreißig Jahren begonnen hatte. Obwohl schon mehrere Straßen angelegt worden waren, wurde das Projekt wieder eingestellt, ohne dass ein einziges Haus gebaut worden war. Trotz der Geschwindigkeit, mit der sich die Stadt ausbreitete, würde es noch etwa zehn Jahre dauern, bis dieses Versäumnis endlich nachgeholt würde. Dann würden auch hier Häuser entstehen. Karch hoffte, dass er das nicht mehr zu erleben brauchte.

Er hielt vor einem verlassenen alten Verkaufsbüro an. Tür und Fenster fehlten schon lange. Außen- und Innenwände überzogen Einschusslöcher und Graffiti, der Fußboden war mit zerbrochenem Glas und Bierdosen übersät. In einem silbrigen Spinnennetz, das in der Türöffnung hing, fing sich die Morgensonne. Karch blickte an dem Gebäude vorbei zu der Yuccapalme, die etwa zehn Meter dahinter wuchs. Er hatte sie vor Jahren gepflanzt, um eine bestimmte Stelle zu markieren. Es überraschte ihn immer wieder, wie gut sie an diesem unwirtlichen Ort gedieh.

Er stellte den Motor ab und sah Paltz an. Aus dem Gesicht seines Beifahrers schien alles Blut gewichen.

»Hören Sie mal, Mann, jetzt, wo ich Ihnen alles erzählt habe, über dieses Miststück und was passiert ist, da besteht doch kein Grund ...«

»Steig aus.«

»Was, hier?«

»Ja, raus.«

Zur Unterstreichung des Gesagten hob er die Sig, und Paltz versuchte, die Tür zu öffnen. Sie war immer noch abgeschlossen. Karch beobachtete amüsiert, wie die Hände seines Beifahrers auf der Suche nach dem Knopf zum Öffnen über die Tür krabbelten. Schließlich fand er ihn und machte die Tür auf. Er stieg aus, und Karch folgte ihm.

Er ging vorne um den Wagen herum und auf Paltz zu. Die Sig hielt er an seiner Seite.

»Was haben Sie jetzt vor?«, Paltz hob kapitulierend die Hände.

Karch antwortete ihm nicht und sah sich um.

»Diese Stelle ... schon seit Jahren komme ich immer wieder hierher. Seit meiner Kindheit. Mein Vater fuhr nachts immer hier raus, damit wir uns die Sterne ansehen konnten. Im Winter setzten wir uns auf die Kühlerhaube des Dodge, und die Hitze des Motors wärmte uns.«

Er drehte sich um und blickte in Richtung Stadt zurück.

»Mann, wenn er hier nachts in Richtung Strip sah, konnte er die Casinos allein anhand der Farbe ihrer Leuchtreklamen unterscheiden. Das Sands, das DI, das Stardust ... fand ich damals einsame Spitze. Aber jetzt ist es nur noch ... ein einziger Haufen Schrott. Vergnügungsparks und ein einziger Haufen Schrott. Keine Spur von Stil mehr. Klar, damals managten es noch diese Knochenbrechertypen, aber wenigstens hatte der Laden Stil. Inzwischen ist es nur noch ...«

Er sprach nicht zu Ende. Er sah Paltz an, als würde er sich seiner Anwesenheit erst jetzt bewusst.

»Wie viel hat sie dir gezahlt?«

»Nichts.«

Karch begann auf ihn zuzugehen, und Paltz platzte mit einer neuen Antwort heraus.

»Acht Riesen. Mehr nicht. Aber die waren für das elektronische Equipment. Ich habe keinen Anteil von ihr gekriegt. Sie hat mir nur die acht Riesen gegeben und mich laufen lassen.«

Es kam Karch eigenartig vor, dass Cassie Black Paltz laufen gelassen – und ihm sogar Geld gegeben – haben sollte, während sie Hidalgo nicht einmal am Leben gelassen hatte. Das war ein Widerspruch, über den er noch genauer nachdenken musste. Irgendetwas war in diesem Hotelzimmer passiert, und wahrscheinlich gab es nur einen Menschen, der ihm sagen konnte, was das gewesen war.

»Wo hast du die acht Riesen?«

»Zu Hause, in meinem Safe. Fahren wir hin. Ich zeige sie Ihnen. Sie können sie haben.«

Karch lächelte finster.

»Hat sie dir was über den Job erzählt, als sie dich freigelassen hat?«

»Nicht ein Wort. Sie hat mich bloß losgebunden und ist aus dem Van gestiegen. Die acht Riesen habe ich zusammen mit den Schlüsseln auf dem Vordersitz gefunden.«

»Was war mit dem Aktenkoffer?«

»Welchem Aktenkoffer?«

Karch überlegte kurz und beschloss, es dabei zu belassen. Er bezweifelte, dass sie Paltz etwas über den Aktenkoffer erzählt hatte. Wahrscheinlich hatte sie geahnt, dass der Koffer elektronisch gesichert war, und ihn zu diesem Zeitpunkt noch gar nicht zu öffnen versucht.

Karch nahm an, dass er bereits alles hatte, was von Paltz zu holen wäre – außer den achttausend Dollar vielleicht.

»Komm her.« Er deutete auf die Kühlerhaube des Lincoln. »Leg deine Brieftasche da drauf. Und deine Schlüssel.«

Paltz kam der Aufforderung nach und stellte sich vor den Wagen. Karch stand neben dem linken Kotflügel.

»Ihr beiden habt die falschen Leute beklaut. Und sie hat den falschen Mann erschossen.«

Paltz klappte der Unterkiefer nach unten, aber er hatte sich rasch wieder im Griff.

»Ich habe keine Ahnung, was Sie meinen – ich habe nichts gestohlen. Ich ...«

»Aber du hast dabei geholfen, und das macht dich genauso schuldig. Verstehst du?«

Paltz schloss die Augen, und als er zu sprechen begann, war seine Stimme ein verzweifeltes Winseln.

»Es tut mir Leid. Das wusste ich nicht. Bitte, drücken Sie doch mal ein Auge zu.«

Karch blickte an ihm vorbei auf die verdorrte Landschaft. Wieder blieb sein Blick eine Weile auf der Yuccapalme haften, bevor er weiterwanderte. In ihrer Verlassenheit war die Wüste wirklich schön.

»Weißt du, warum ich hierher gekommen bin?«

»Ja.«

Fast hätte Karch gelacht.

»Nein, ich meine, an diese Stelle. An diesen besonderen Ort.«

»Nein.«

»Weil sie vor dreißig Jahren, als sie dieses Stück Land hier parzellierten und die einzelnen Grundstücke an irgendwelche armen Schweine zu verkaufen begannen, weil sie damals hier alles planiert haben, damit es so aussah, als könnte es sofort losgehen, als würden sie sofort mit dem Bau deines Hauses beginnen, sobald sie dein Geld bekommen hätten. Das war Teil des ganzen Schwindels, und es funktionierte bestens.«

Paltz nickte, als fände er die Geschichte interessant.

»Mein alter Herr hat hier ein Grundstück gekauft ...«

»Und deshalb sind Sie hergekommen?«

Paltz' Gesprächsbeitrag war gezwungen und entsprang blanker Verzweiflung. Karch ignorierte die Frage.

»Dreißig Jahre sind eine lange Zeit. Inzwischen ist der Boden hier wieder ziemlich hart, aber wenn man sonst irgendwo hier draußen zu graben anfängt, kommt erst mal eine dreißig Zentimeter tiefe Sandschicht, und darunter ist der Boden so hart, dass man genauso gut versuchen könnte, durch richtigen Fels zu kommen. Die Leute denken, das wäre, als würde man am Strand im Sand buddeln. Von wegen. Die Erde unter der obersten Sandschicht ist Millionen von Jahren unangetastet geblieben. Daran prallt man mit so einer blöden Schaufel einfach ab.«

Er sah Paltz an.

»Darum mag ich diese Stelle. Aber dass du mich nicht falsch verstehst. Das heißt nicht, dass es nicht trotzdem eine fürchterliche Schinderei ist, aber man hat es mit ungefähr einem Meter Erde zu tun, mit dem man halbwegs fertig wird. Mehr braucht man im Grund nicht.«

Karch lächelte wissend. Plötzlich rannte Paltz, wie Karch erwartet hatte, weg. Er lief um das Verkaufsbüro herum und an der Yuccapalme vorbei, um sie zu seiner Deckung zu benutzen. Auch das war Karch nicht neu. Er trat einen Schritt vom Lincoln zurück und ging, um einen besseren Winkel zu bekommen, auf eine Stelle links vom Büro zu. Im Gehen entfernte er den Schalldämpfer vom Lauf der Sig. Er war jetzt überflüssig und beeinträchtigte nur die Zielgenauigkeit. Auf dem Schießstand schoss er immer ohne Schalldämpfer.

Paltz war etwa dreißig Meter entfernt. Seine Füße wirbelten kleine Wölkchen aus Sand und Staub auf, als er, verzweifelte Haken schlagend, im Zickzack davonrannte. Karch steckte den Schalldämpfer in seine Jackentasche und blieb stehen. Er spreizte die Beine, hob die Sig wie auf dem Schießstand mit zwei Händen und folgte damit Paltz' Bewegungen. Er zielte genau und feuerte einmal, wobei er einen guten halben Meter vorhielt. Dann ließ er die Waffe sinken und beobachtete, wie Paltz mit den Armen zu rudern begann und mit dem Gesicht voran in den Sand fiel. Karch hatte ihn in den Rücken getroffen, vielleicht sogar ins Rückgrat. Er wartete auf irgendeine Bewegung, und nach einer Weile sah er Paltz in den Sand treten und sich herumwälzen. Aber es war klar, dass er nicht mehr aufstehen würde.

Karch suchte nach der ausgeworfenen Patronenhülse und fand sie im Sand. Sie war noch heiß, als er sie aufhob und in die Tasche steckte. Er ging zum Lincoln zurück und öffnete mit der Fernbedienung den Kofferraum. Dann zog er seine Jacke aus, legte sie zusammengefaltet auf den Kotflügel und holte seinen Overall heraus. Er stieg in die Beine, wand sich mit den Armen in die Ärmel und zog den Reißverschluss bis zum Hals hoch. Der Overall war weit und schwarz, für Nachtarbeit gedacht.

Dann nahm er die Schaufel aus dem Kofferraum und ging zu der Stelle, wo Paltz hingefallen war. In der Mitte von Paltz' Rücken war eine Blüte aus rostrotem Blut. Sein Gesicht war voll Sand und Schmutz. Auf seinen Lippen und Zähnen war Blut. Das hieß, die Kugel hatte einen Lungenflügel durchschlagen. Er atmete rasch und heiser. Er versuchte nicht zu sprechen.

»So, das genügt«, sagte Karch.

Er bückte sich und drückte die Mündung der Sig unter Paltz' linkes Ohr. Mit der anderen Hand nahm er die Schaufel direkt über dem Blatt und hielt sie so, dass er keine Blutspritzer abbekäme. Er schoss Paltz eine Kugel in den Kopf und sah, wie er blitzartig erstarrte. Die herausgeschleuderte Hülse schlug scheppernd gegen die Schaufel und fiel in den Sand. Karch hob sie auf und steckte sie zu der anderen in die Tasche.

Karch steckte die Sig in das Holster zurück und blickte zum Himmel hoch. Tagsüber machte er so etwas nur sehr ungern, und zwar nicht nur wegen des schwarzen Overalls in der Wüstensonne. Manchmal, wenn es am McCarran zu Staus kam, flogen die Maschinen ihre Warteschleifen hier draußen oft sehr niedrig.

Trotzdem fing er zu graben an. Er hoffte, dieser Fall würde nicht eintreten, und er fragte sich, ob diesmal der Moment käme, wo seine Schaufel in der Erde auf einen Knochen stieß.

24

Karch stand in einem frischen Anzug vor dem Übungsspiegel und rückte seine Krawatte zurecht. Es war eine Hollyvogue mit Art-Deco-Spiralen, die seinem Vater gehört hatte. Er trug sie zu einem zweifarbigen Hollywood-Gabardinesakko und einer Bundfaltenhose, die er bei Valentino's in der Downtown gekauft hatte.

Sein Pager ertönte, und er nahm ihn von der Kommode. Die Nummer auf dem Display war die von Vincent Grimaldi. Er löschte sie, hakte den Pager an seinen Gürtel und machte sich wieder an der Krawatte zu schaffen. Er würde Grimaldi nicht zurückrufen. Er wollte ihn persönlich aufsuchen, um ihn über seine Fortschritte in Kenntnis zu setzen.

Als er mit der Krawatte fertig war, kehrte er an die Kommode zurück, um seine Waffen zu holen. Er steckte die Sig ins Holster und ließ den Sicherungsriemen darüber einschnappen. Dann nahm er die kleine .25er. Es war eine Beretta, die in seiner Handfläche Platz fand. Er stellte sich wieder vor den Spiegel und ließ die Hände – die .25er hielt er in seiner rechten verborgen – locker an den Seiten herabhängen. Als er ein paar Gesten und Bewegungen damit machte, achtete er darauf, dass die Pistole nie zu sehen war. Die rechte Hand des David, dachte er. Die rechte Hand des David.

Dann begann er, das Finale zu üben. Während er mit seinen scheinbar leeren Hände wie bei einer Unterhaltung gestikulierte, hatte er die Waffe plötzlich so in der Hand, dass sie direkt auf sein Spiegelbild gerichtet war. Als er das genügend geübt hatte, steckte er die kleine Pistole in die Zauberertasche aus schwarzer Seide, die er sich von einem Schneider in der Downtown hinten in den Hosenbund hatte nähen lassen – bei jeder Hose, die er hatte. Er reckte die Hände mit nach vorn gewandten Handflächen dem Spiegel entgegen, dann hielt er sie aneinander, als betete er. Schließlich verneigte er sich und trat vom Spiegel zurück, Ende der Vorstellung.

Auf dem Weg in die Garage machte Karch in der Küche Halt und nahm einen Steinguttopf aus einem der Schränke. Er entfernte den Deckel und warf die zwei Patronenhülsen aus der Wüste zu den anderen hinein. Dann hob er den Topf hoch und sah ihn an. Er war fast zur Hälfte voll mit Hülsen. Er schüttelte ihn und lauschte ihrem Scheppern. Dann stellte er ihn in den Schrank zurück und nahm eine Packung Honeycombs-Flocken heraus. Er hatte großen Hunger. Er hatte den ganzen Tag nichts gegessen, und die körperliche Anstrengung in der Wüste hatte viel Kraft gekostet. Er passte auf, dass er keine Krümel auf die Kleider bekam, als er die Getreideflocken, immer eine Handvoll davon, direkt aus der Packung zu essen begann.

Er ging in die Garage, die ohne Genehmigung in ein Arbeitszimmer umgebaut worden war, und setzte sich an seinen Schreibtisch. Im Gegensatz zu den meisten anderen Privatdetektiven brauchte er kein Büro in einem Bürogebäude. Der Großteil seiner Aufträge – zumindest der legalen – ging telefonisch aus anderen Bundesstaaten ein. Seine Spezialität waren Vermisste. Er zahlte den zwei Metro-Detectives, die für die Vermisstmeldungen zuständig waren, fünfhundert Dollar im Monat, damit sie ihm Klienten zuschanzten. Bei einer normalen Vermisstmeldung für einen Erwachsenen wartete die Polizei grundsätzlich erst einmal 48 Stunden, bevor sie etwas in der Sache unternahm. Das lag daran, dass die meisten Vermissten aus freien Stücken verschwanden und meistens einen Tag nach ihrem Verschwinden wieder auftauchten. Ganz besonders häufig war das in Las Vegas der Fall. Die Leute kamen auf Urlaub oder zu einem Kongress in diese Stadt, in der es geradezu zum Programm erhoben worden war, alle Hemmungen abzulegen, und verschwanden dann einfach. Sie bandelten mit Stripperinnen oder Nutten an, oder sie verspielten ihr ganzes Geld und schämten sich, nach Hause zu kommen, oder sie gewannen eine Menge Geld und wollten nicht mehr nach Hause zurück. Die Zahl der Gründe war endlos, und deshalb hielt sich die Polizei in solchen Fällen an die Devise: erst mal abwarten.

Diese 48-Stunden-Regel und die Gründe dafür waren jedoch nicht dazu angetan, die besorgten und manchmal hysterischen Angehörigen der vermeintlich Vermissten zu beruhigen. An diesem Punkt kamen dann Karch und eine ganze Reihe anderer Privatdetektive ins Spiel, und deshalb schmierte Karch die Cops in der MPU regelmäßig, dass sie seinen Namen und seine Telefonnummer an Personen weitergaben, die eine Vermisstenmeldung aufgaben und nicht die erforderlichen 48 Stunden warten wollten, bis die Polizei mit der Suche begann.

Die fünfhundert Dollar, die Karch jeden Monat auf ein Konto überwies, zu dem diese zwei Cops Zugang hatten, waren eine lohnende Investition. Sie trugen ihm monatlich etwa ein Dutzend Anrufe ein, die in Zusammenhang mit einer Vermisstmeldung standen. Er verlangte vierhundert Dollar pro Tag zuzüglich Spesen, Minimum zwei Tage. Oft hatte er die vermeintlich Vermissten mittels eines simplen Kreditkartenchecks binnen einer Stunde aufgespürt, was er jedoch seinen Klienten nie sagte. Er ließ sie einfach das Honorar auf sein Konto überweisen, bevor er ihnen den Aufenthaltsort des Gesuchten mitteilte. Für Karch war das ganz ähnlich wie bei einem Zaubertrick. Durch Irreführung immer schön alles am Laufen halten. Nie verraten, was man in der Hand hatte.

Sein Büro war eine Gedenkstätte für ein längst vergangenes Las Vegas. Die Wände waren eine Collage aus Fotos von Showgrößen der 50er- und 60er-Jahre. Es waren zahlreiche Aufnahmen von Frank und Dean und Sammy darunter, zum Teil einzeln, zum Teil als Gruppe. Daneben gab es Fotos von Tänzerinnen und gerahmte Eintrittskarten für Boxkämpfe.

Da waren Postkarten von Hotelcasinos, die es nicht mehr gab. Eine gerahmte Sammlung von Spielchips – eine von jedem Casino, das in den 50er-Jahren seine Pforten geöffnet hatte. Die Vergrößerung eines Fotos des Sands, wie es bei seiner Sprengung in sich zusammenfiel, um Platz für eine neue Ära von Las Vegas zu machen. Viele der Fotos waren mit einem Autogramm und einer Widmung versehen, aber nicht an Jack Karch. Sie waren für ›The Amazing Karch!‹ – seinen Vater.

In der Mitte der Wand, auf die Karch blickte, wenn er am Schreibtisch saß, befand sich der größte Rahmen der ganzen Sammlung. Er enthielt eine Aufnahme der riesigen Anzeigetafel, die vor dem Sands gestanden hatte. Sie verkündete in großen Leuchtbuchstaben:

Das Sands präsentiert:

FRANK SINATRA

JOEY BISHOP

THE AMAZING KARCH!

Karch betrachtete das Foto lange, bevor er sich an die Arbeit machte. Er war neun Jahre alt gewesen, als er den Namen seines Vaters auf der großen Anzeigetafel gesehen hatte. An einem Abend hatte ihn sein Vater mitgenommen, um sich die Vorstellung anzusehen. Er hatte hinter der Bühne gestanden und zugesehen, wie sein Vater gerade eine Nummer vorführte, die sich ›Die Kunst des Capes‹ nannte, als ihm jemand auf die Schulter tippte. Er blickte auf, und da stand Frank Sinatra vor ihm. Der Mann, der die lebende Verkörperung von Las Vegas war, täuschte einen Haken nach seinem Kinn an und fragte ihn lächelnd, ob er auch ein Ausrufezeichen hinter seinem Namen hätte. Das war seine nachhaltigste Kindheitserinnerung. Das und was seinem Vater ein paar Jahre später im Circus, Circus passiert war.

Karch blickte von dem Foto fort und hörte den Anrufbeantworter auf dem Schreibtisch ab. Es waren drei Anrufe eingegangen. Er drückte auf die Abspieltaste und griff nach einem Bleistift, um sich Notizen zu machen. Der erste Anruf war von einer Marion Rutter aus Atlanta, die Karch beauftragen wollte, nach ihrem Mann Clyde zu suchen, der von einer Tagung für Küchengerätevertreter nicht nach Hause gekommen war. Sie machte sich große Sorgen und wollte, dass jemand unverzüglich nach Clyde zu suchen begann. Karch notierte sich ihren Namen und ihre Telefonnummer, hatte aber nicht vor zurückzurufen, weil er bereits einen Auftrag hatte.

Die zwei nächsten Anrufe waren von Vincent Grimaldi. Er hörte sich gereizt an. Er wollte, dass Karch sich umgehend bei ihm meldete.

Karch löschte die Nachrichten und lehnte sich in seinen Ledersessel zurück. Dann schaufelte er sich eine weitere Hand voll Getreideflocken in den Mund und betrachtete beim Essen die zwei Bündel Geldscheine auf seinem Schreibtisch. Nach seinem Ausflug in die Wüste war er zu Jersey Paltz' Wohnung gefahren, hatte sich mit dem Schlüssel des Toten Zugang dazu verschafft und das Geld aus dem Safe genommen, den er nach kurzem Suchen in einem Schrank gefunden hatte. Ein Bündel enthielt 8 000

Dollar in Hundertdollarscheinen. Das andere 4 480 Dollar in Zwanzigern. Karch fand, die 8 000 Dollar gehörten Grimaldi. Abzüglich der 550 Dollar, die Karch bisher an Ausgaben gehabt hatte. Runden wir die mal ruhig auf 600 auf, beschloss er, für Benzin und andere unvorhergesehene Kosten. Das andere Bündel würde er selbst einstreichen. Es stammte nicht von dem Einbruch im Cleo. Offensichtlich waren es Paltz' Ersparnisse.

Er nahm, was ihm zustand, legte es in eine Schreibtischschublade und schloss sie ab. Dann holte er einen Quittungsblock heraus und schrieb eine Empfangsbestätigung für die 7 400 Dollar aus, die er Grimaldi aushändigen wollte. Er fügte eine Erklärung für den Betrag hinzu, den er für Spesen abzog, aber seinen Namen schrieb er nirgendwo auf das Formular. Als er fertig war, legte er das Geld in die zusammengefaltete Quittung, steckte alles in einen Umschlag und schob diesen in die Innentasche seines Jacketts.

Danach saß er eine Weile reglos an seinem Schreibtisch und überlegte, ob er mehr Geld hätte abziehen sollen, um die Kosten für den Abstecher, den er nach Los Angeles würde machen müssen, zu decken. Schließlich nahm er jedoch davon Abstand. Er stand auf und ging zu den Aktenschränken unter dem Foto des gesprengten Sands. Er schloss eine Schublade auf und begann nach einem Ordner zu suchen. Als er ihn gefunden hatte, kehrte er damit an den Schreibtisch zurück.

Auf dem Ordner stand *FREELING, MAX*. Karch öffnete ihn und breitete seinen Inhalt auf dem Schreibtisch aus. Neben einer Reihe polizeilicher Ermittlungsberichte und mehreren Seiten mit handschriftlichen Notizen enthielt er einen Stoß sorgfältig gefalteter vergilbter Zeitungsausschnitte. Er faltete sie auseinander und las den mit der dicksten Schlagzeile. Die Meldung war vor sechseinhalb Jahren auf der Titelseite der *Las Vegas Sun* erschienen.

CASINORÄUBER STÜRZT IN DEN TOD
von DARLENE GUNTER
Redaktionsmitglied der Sun

Um sich seiner Festnahme zu entziehen, sprang am frühen Mittwochmorgen ein Mann, der nach Ansicht der Polizei für eine Reihe von Hotelzimmereinbrüchen in den Casinos am Strip verantwortlich ist, aus einer Penthouse-Suite des Cleopatra-Hotelcasinos in den Tod. Dabei durchschlug der Mann um 4 Uhr 30 morgens das markante Glasdach des Casinos, das als das Wahrzeichen des Cleopatra gilt. Er landete unter einem Hagel aus Glassplittern auf einem nicht benutzten Würfeltisch, worauf unter den Casinogästen eine Panik ausbrach, die sich jedoch rasch wieder legte. Laut Aussagen der Polizei kam bei dem Zwischenfall außer dem Mann selbst niemand zu Schaden.

Ein Sprecher der Metro Police erklärte, der Verdächtige, der als der 34-jährige Maxwell James Freeling, wohnhaft in Las Vegas, identifiziert werden konnte, sei durch das geschlossene Fenster einer Penthouse-Suite gesprungen und zwanzig Stockwerke in die Tiefe gestürzt, nachdem er im Zug einer verdeckten Operation von einem Sicherheitsbeamten des Cleopatra gestellt worden war. Mittwoch abends war noch unklar, weshalb die Polizei nicht in diese Operation mit einbezogen worden war. Ebenso unklar blieb, warum Freeling in den Tod sprang, um sich seiner Festnahme zu entziehen.

Vincent Grimaldi, der Sicherheitschef des Casinos, äußerte sich nur sehr zurückhaltend über den Zwischenfall, verlieh aber seiner Erleichterung darüber Ausdruck, dass er sich zu einem Zeitpunkt ereignete, zu dem im Casino sehr wenig Betrieb herrschte.

»Wir können von Glück reden, dass es zu diesem Zeit-

punkt passiert ist«, erklärte Grimaldi. »Um diese Uhrzeit waren kaum Leute im Casino. Nicht auszudenken, welche Folgen der Vorfall hätte haben können, wenn er sich während der Stoßzeiten ereignet hätte.«
Laut Grimaldi bleibt das Casino weiter geöffnet, während die Decke wieder instandgesetzt wird. Für die hierfür nötigen Reparaturarbeiten muss nur ein kleiner Bereich des Casinos abgesperrt werden.
Nach Freelings Tod wurde im Hotel eine 26-jährige Frau festgenommen und der Polizei übergeben. Sie war von Sicherheitskräften des Hotels festgehalten worden, als sie nach Freelings Sturz auf seine Leiche zueilte. Laut Aussagen der Polizei wurde aus ihrer Reaktion ersichtlich, dass sie in irgendeiner Art von Beziehung zu Freeling gestanden haben muss.
»Hätte sie sich einfach aus dem Staub gemacht, wären wir wahrscheinlich nie auf sie aufmerksam geworden«, erklärte Metro Detective Stan Knapp. »Aber sie lief zu dem Mann und verriet sich dadurch.«
Die Frau, deren Identität die Polizei erst nach der offiziellen Anklageerhebung bekannt geben will, wurde den ganzen Mittwoch im Metro-Hauptquartier vernommen.
Nach Ansicht der Polizei ist Freeling der raffinierte Einbrecher, der in den letzten sieben Monaten in verschiedenen Hotelcasinos am Strip insgesamt elfmal zugeschlagen hat. In allen Fällen wurden Casinogäste von einem Einbrecher, der, während sie schliefen, in ihr Zimmer eindrang, ihrer Wertsachen und ihres Bargelds beraubt.
Der Dieb erhielt von der Polizei den Spitznamen »Zockerräuber«, weil es sich bei seinen Opfern ausnahmslos um so genannte »Abräumer« handelte – Hotelgäste, die hohe Beträge setzten und viel Geld gewannen. Die bei

den elf Einbrüchen erbeutete Summe betrug nach Angaben einer amtlichen Quelle mehr als 300 000 Dollar. Allem Anschein nach bediente sich der Dieb der unterschiedlichsten Methoden, um in die Zimmer seiner Opfer zu gelangen. Unter anderem verschaffte er sich durch Lüftungsschächte Zugang zu ihnen, oder er erschwindelte sich von nichts ahnenden Hotelangestellten oder Portiers einen Zimmerschlüssel. Keines der Opfer hatte den Dieb, der immer erst in ihre Zimmer kam, wenn sie eingeschlafen waren, zu Gesicht bekommen. Aus polizeilichen Kreisen wurde die Vermutung laut, der Dieb könnte seine Opfer mit mehreren versteckten Kameras beobachtet haben; Näheres war jedoch nicht in Erfahrung zu bringen.

Karch hörte zu lesen auf. Weil es der erste Artikel über den Vorfall war, enthielt er die wenigsten Informationen. Seine Autorin hatte aus einer Hand voll Fakten mehrere Absätze zusammengestrickt. Karch wandte sich der Meldung des folgenden Tages zu.

KOMPLIZIN DES TOTEN ZOCKERRÄUBERS UNTER ANKLAGE GESTELLT

von DARLENE GUNTER

Redaktionsmitglied der Sun

Eine Frau, die laut Aussagen der Polizei für den so genannten »Zockerräuber« Schmiere stand, wurde am Donnerstag in Zusammenhang mit dessen tödlichem Sturz aus dem Penthouse des Cleopatra-Hotelcasinos des Mordes angeklagt.

Cassidy Black, 26, wohnhaft in Las Vegas, wurde unter Mordanklage gestellt, da nach den Gesetzen des Staates Nevada alle an einer Straftat beteiligten Personen für jeden Todesfall verantwortlich zu machen sind, der sich während besagter Straftat ereignet. Obwohl Black im Foyer des Cleopatra auf Max Freeling wartete, als er zwanzig Stockwerke über ihr durch ein Penthousefenster sprang, ist sie nach dem Gesetz dennoch für seinen Tod verantwortlich, erklärte John Cavallito, District Attorney des Clark County.

Weiter wies Cavallito darauf hin, dass Black, die außerdem des Einbruchs und der Beihilfe zu einer Straftat angeklagt werde, im Falle einer Verurteilung eine Gefängnisstrafe zwischen fünfzehn Jahren und lebenslänglich drohe. Sie werde, nachdem sie keine Kaution gestellt habe, im Bezirksgefängnis inhaftiert.

»Sie war im selben Maß wie Freeling an dem tödlichen Zwischenfall und der ihm vorangegangenen Einbruchsserie beteiligt«, erklärte Cavallito auf einer Pressekonferenz. »Sie hat sich der Beihilfe an diesen Straftaten schuldig gemacht und wird deshalb auch mit der vollen Strenge des Gesetzes zur Rechenschaft gezogen werden.«

Die Ursache von Freelings Tod war nachweislich ein Unfall und nicht Selbstmord. Er sprang in dem Versuch, sich seiner Festnahme zu entziehen, durch eines der Fenster der Penthouse-Suite.

Weitere Einzelheiten der dramatischen Ereignisse vom frühen Mittwochmorgen wurden von Cavallito und Mitarbeitern der Polizei am Donnerstag bekannt gegeben. Der so genannte Zockerräuber hat in sieben Monaten elfmal in verschiedenen Casinos am Strip zugeschlagen und die Las Vegas Casino Association veranlasst, auf seine Ergreifung und Verurteilung eine Belohnung von 50 000 Dollar auszusetzen.

Laut Aussagen der Polizei handelte es sich bei den Opfern des Zockerräubers ausschließlich um Hotelgäste, die ihre hohen Gewinne in bar auf ihr Zimmer mitnahmen.

In der Hoffnung, Anspruch auf die Belohnung erheben zu können, hatte sich am Tag vor dem tödlichen Zwischenfall ein Privatdetektiv bei den zuständigen Stellen des Casinos gemeldet und diese darauf aufmerksam gemacht, dass er beobachtet zu haben glaube, wie ein Hotelgast vom Zockerräuber ausgekundschaftet worden sei.
Gleichzeitig erklärte sich der Privatdetektiv, Jack Karch, bereit, sich der Polizei als Lockvogel zur Verfügung zu stellen. Als sich der von Freeling ins Auge gefasste Spieler, dessen Name nicht bekannt gegeben wurde, nachts auf sein Zimmer zurückzog, gab Karch sich als dieser Spieler aus und begab sich an seiner Stelle in die Penthouse-Suite.
Zwei Stunden nachdem Karch in der Suite das Licht gelöscht und zu schlafen vorgegeben hatte, drang Freeling durch einen Luftschacht, zu dem er sich durch die Decke der haustechnischen Versorgungsstation des Penthouse Zugang verschafft hatte, in die Suite ein. Als Freeling das Schlafzimmer betrat, wurde er von Karch überrascht. Der Privatdetektiv hielt ihn mit gezogener Waffe in Schach und verständigte über Funk mehrere Wachmänner des Hotels, die in der Nähe gewartet hatten.
»Noch bevor die Wachmänner das Zimmer erreichten, rannte Mr. Freeling aus unerfindlichen Gründen auf das Fenster zu«, erklärte Cavallito, »und warf sich mit solcher Wucht dagegen, dass er die Scheibe durchschlug und in die Tiefe stürzte.«
Laut Cavallito befand sich unter dem Fenster ein schmaler Sims, und möglicherweise glaubte Freeling, entkommen zu können, indem er sich darauf an der Fassade entlang zu einem der Stahlkabel vorwärts tastete, an denen die Gondeln zur Außenreinigung der

Fenster befestigt werden. Freeling durchschlug das Fenster jedoch mit solcher Wucht, dass er über das schmale Sims hinausschoss und in die Tiefe stürzte. Er schlug durch das Glasdach des Atriums, das Markenzeichen des Casinos, und löste unter den wenigen Casinogästen, die sich um diese Zeit noch an den Spieltischen aufhielten, eine Panik aus. Außer ihm kam niemand zu Schaden.
Unter Berufung auf das laufende Ermittlungsverfahren und die Anklageerhebung gegen Black beantwortete Cavallito im Anschluss an die Pressekonferenz vom Donnerstag nur wenige Fragen. Er verweigerte jegliche Auskünfte, wie zum Beispiel Karch, der Privatdetektiv, in Erfahrung hatte bringen können, dass Freeling einen Gast des Cleopatra auszurauben beabsichtigte.
Alle Bemühungen, sich mit Karch in Verbindung zu setzen, blieben erfolglos, und auf seinem Anrufbeantworter hinterlassene Nachrichten wurden nicht erwidert. Als Kind trat Karch gelegentlich mit seinem Vater auf, dem inzwischen verstorbenen Zauberer, der von den 50er- bis in die frühen 70er-Jahre unter dem Namen »The Amazing Karch!« zu den Dauerattraktionen der Casinos am Strip gehörte.
Karch junior war auch unter dem Namen »Jack of Spades« bekannt, weil ihn sein Vater bei einer Nummer in einem verschlossenen Postsack in eine verschlossene Kiste steckte, aus der er dann verschwand, während an seiner Stelle nur eine Spielkarte zurückblieb – der Pikbube oder Jack of Spades.
District Attorney Cavallito lastete Karch zwar keinerlei Schuld am Tode Freelings an, kritisierte jedoch die Entscheidung Karchs und der Sicherheitsabteilung des Cleopatra, die verdeckte Operation ohne Beteiligung der Polizei durchzuführen.

»Wir hätten es auf jeden Fall lieber gesehen, wenn sie sich mit dem Metro Police Department in Verbindung gesetzt hätten, bevor sie ihren Plan in die Tat umsetzten«, erklärte Cavallito wörtlich. »Vielleicht hätte sich der Vorfall dann vermeiden lassen.«

Vincent Grimaldi, der Leiter der Sicherheitsabteilung des Cleopatra, verweigerte jeden Kommentar zu Cavallitos kritischen Äußerungen.

Ein Sprecher der Casino Association lehnte es ab, sich darüber zu äußern, ob Karch angesichts des Todes des verdächtigten Einbrechers und der Verhaftung seiner Komplizin Anspruch auf die Belohnung habe.

Im Zuge der polizeilichen Ermittlungen wurden gestern weitere Einzelheiten über Freelings Person bekannt. Laut Angaben der Polizei war der Verdächtige bereits zweimal wegen Einbruchs verurteilt worden und hatte insgesamt vier Jahre in Staatsgefängnissen verbracht.

Freeling, heißt es weiter, wuchs in Las Vegas auf und war wie Karch der Sohn einer stadtbekannten Persönlichkeit. Sein Vater Carson Freeling wurde 1963 wegen seiner Beteiligung an einem bewaffneten Überfall auf das Royale Casino verurteilt, der nach Auffassung vieler Einheimischer von dem Film Frankie und seine Spießgesellen inspiriert wurde, in dem Frank Sinatra und andere Mitglieder des so genannten »Rat Pack« mitwirkten.

Zum Zeitpunkt der Verhaftung seines Vaters war Maxwell Freeling drei Jahre alt. Carson Freeling starb 1981 im Gefängnis.

Karch betrachtete das Bild, das den Bericht begleitete. Es war ein erkennungsdienstliches Foto Cassidy Blacks, das am Tag ihrer Festnahme aufgenommen worden war. Ihr langes blondes Haar war wild zerzaust, ihre Augen vom vielen Weinen rot und wund. Er erinnerte sich, dass sie den Metro-Cops kein Sterbenswörtchen gesagt hatte, obwohl diese sie zwölf Stunden verhört hatten. Sie hatte sich nicht kleinkriegen lassen, und das bewunderte Karch.

Er hatte sie während der Ermittlungen zum Fall Freeling nie zu Gesicht bekommen. Deshalb war er nicht in der Lage, festzustellen, ob die Frau auf dem Foto dieselbe Frau war, die er auf den Überwachungsvideos des Cleo und des Flamingo gesehen hatte. Aber sein Gefühl sagte ihm, dass sie es sein musste.

Er überflog die restlichen Zeitungsausschnitte, bis er beim letzten Bericht anlangte. Diese Meldung wurde von einem anderen Foto Cassidy Blacks begleitet. Sie war darauf in einem Gefängnisoverall und mit Fußfesseln zu sehen, wie sie von zwei Gerichtsdienern aus einem Gerichtssaal geführt wurde. Der entschlossene Zug um ihre Kinnpartie und der Ausdruck in ihren nach oben gerichteten Augen hatten Karch spontan eingenommen. Es zeigte, dass sie trotz der Fesseln und der Gefängniskluft und ihrer misslichen Lage nichts von ihrer Würde eingebüßt hatte.

Karchs Augen glitten hinüber zu dem Zeitungsbericht, und er begann zu lesen. Es war das letzte Kapitel der Geschichte, das Resümee. Die Meldung war kurz und im Mittelteil der *Sun* versteckt.

ZOCKERRÄUBER: BLACK BEKENNT SICH SCHULDIG, WIRD ZU HAFTSTRAFE VERURTEILT

von DARLENE GUNTER

Redaktionsmitglied der Sun

Cassidy Black, die eine Hälfte des Zockerräuber-Duos, bekannte sich am Montag der Serie von Straftaten schuldig, die vor zwei Monaten mit dem spektakulären Tod ihres Partners endete. Sie wurde umgehend zu einer Haftstrafe verurteilt.

In Absprache mit der Bezirksstaatsanwaltschaft des Clark County bekannte sich die 26-jährige ehemalige Blackjack-Dealerin jeweils in einem Fall des Totschlags und der Beihilfe zum Einbruch schuldig. Darauf wurde sie von Circuit Court Judge Barbara Kaylor zu einer Haftstrafe von fünf bis fünfzehn Jahren verurteilt.

Black, die einen gelben Overall trug, sagte während der Verhandlung kaum etwas. Nachdem ihr von Judge Kaylor die einzelnen Anklagepunkte vorgelesen worden waren, sagte sie jedesmal das Wort »schuldig« und versicherte der Richterin schließlich, sich der Konsequenzen ihrer Einlassung bewusst zu sein.

Blacks Anwalt Jack Miller erklärte, angesichts der erdrückenden Beweislast für ihre Beteiligung an der Maxwell James Freeling angelasteten Serie von Straftaten, die mit ihrer Festnahme und Freelings Sprung aus einer Penthouse-Suite des Cleopatra-Hotelcasinos ihr Ende gefunden habe, sei dies die beste Regelung, die Black habe erzielen können.

»Dieser Kompromiss lässt ihr immer noch die Chance eines Neuanfangs«, erklärte Miller. »Bei entsprechend guter Führung kann sie schon in fünf, sechs, sieben Jahren aus dem Gefängnis entlassen werden. Sie ist dann Anfang Dreißig und hat genügend Zeit, um noch einmal ganz von vorne anzufangen und ein vollwertiges Mitglied der Gesellschaft zu werden.«

Der Polizei zufolge deuteten alle Beweise darauf hin, dass Black für Freeling Schmiere stand, wenn er die Hotelzimmer von Spielern ausraubte, die hohe Beträge gewonnen hatten.

Ohne ihn zu Ende zu lesen, ließ Karch den Zeitungsausschnitt auf die anderen fallen. Cassidy Blacks Schuldgeständnis hatte einen Prozess überflüssig gemacht und ihm erspart, vor Gericht aussagen zu müssen, was in dieser Penthousesuite mit Freeling passiert war. Ihre Verurteilung hatte ihm zudem ermöglicht, Anspruch auf die Belohnung zu erheben, obwohl er sich einen Anwalt nehmen musste, um schließlich gegen die Casino Association zu seinem Recht zu kommen. Nach Abzug der Anwaltshonorare und Steuern war er zwar um 26 000 Dollar Belohnung reicher, befand sich nun aber auch in Grimaldis Hand. Er wurde zu Grimaldis Handlanger, der die ganze Drecksarbeit für ihn erledigen musste, insbesondere die Ausflüge in die Wüste mit dem vollen Kofferraum.

Das wird jetzt alles anders, sagte sich Karch. Bald. Bald.

Sorgfältig faltete er die Zeitungsausschnitte wieder zusammen und legte sie in den Ordner zurück. Dann schloss er die Getreideflockenpackung und brachte sie auf dem Weg zur Haustür in die Küche zurück.

In der Diele nahm er den Kleidersack, den er schon vorher gepackt hatte, und wählte unter den Hüten auf der Garderobe einen runden, niedrigen Filzhut aus. Seine Reisekopfbedeckung. Bevor er ihn aufsetzte, sah er auf das Futter. Es war ein Mallory, und auf dem Etikett stand: Für jugendlichen Schick. Er setzte ihn auf und strich wie ein alter Jazzmusiker die Krempe glatt, ganz so, wie er Joe Louis vor dem Caesar's mal einen Filzhut hatte tragen sehen. Er trat durch die Tür in das blendende weiße Sonnenlicht hinaus.

25 Karch spürte, dass er beobachtet wurde, als er durch das Casino des Cleo ging. Er linste unter der Krempe seines Huts hervor nach oben und entdeckte Vincent Grimaldi, der vom Krähennest auf ihn herabsah. Grimaldi brauchte nicht groß zu gestikulieren, um Karch deutlich zu machen, dass er wütend war und wartete.

Karch senkte den Blick wieder und ging etwas rascher auf die Aufzüge zu.

Als er zwei Minuten später Grimaldis Büro betrat, empfing ihn ein großer Mann, von dem er wusste, dass er Grimaldis Mann fürs Grobe war. An seinen Namen konnte sich Karch nicht mehr erinnern, nur, dass er mit einem Vokal endete. Irgendwas wie Rocco oder Franco oder so ähnlich.

»Er möchte mich sprechen«, sagte Karch.

»Ja, wir versuchen Sie schon den ganzen Vormittag zu erreichen.«

Karch registrierte die Verwendung der Mehrzahl und das herablassende Grinsen des Mannes, als er auf die Tür deutete, die zum Krähennest hinausführte.

Als Karch an Grimaldis Schreibtisch vorbeiging, sah er verschiedene Geräte und Instrumente darauf liegen: einen Akkuschrauber, eine Polaroidkamera, eine große Taschenlampe und eine kleine Dose Erdbebenwachs. Er hob den Akkuschrauber hoch und sah, dass das schwarze Gummifutteral, in dem er steckte, mit Angelleine zusammengenäht war.

»Das war alles im Lüftungsschacht von Zimmer ...«

»Zweitausendfünfzehn«, sagte Karch. »Ich weiß. Es war meine Idee, dort nachzusehen.«

Er legte den Akkuschrauber zurück und bedachte den Mann nun seinerseits mit einem herablassenden Grinsen. Dann trat er durch die Tür, die zum Krähennest hinausführte. Als er sie hinter sich schloss, sah er den anderen Mann durch die Glasscheibe an.

Grimaldi drehte sich nicht um, als Karch nach draußen kam. Er stand mit beiden Händen am Geländer da und blickte auf das Meer von Spielern hinab. Karch war noch nie im Krähennest gewesen. Als er sich umsah und dann auf das Casino hinabblickte, bemächtigte sich seiner etwas wie ehrfürchtige Ergriffenheit. Er blickte hinter sich und sah, dass Grimaldis Gorilla an der Glastür stand und ihn beobachtete. Er drehte sich wieder um und stellte sich direkt neben Grimaldi.

»Vincent.«

»Wo warst du, Jack? Ich habe ständig bei dir angerufen.«

»Tut mir Leid, Vincent, aber ich hatte alle Hände voll zu tun.«

»Womit? Einen frischen Anzug anzuziehen? Wen willst du damit darstellen, Bugsy Siegel oder Art Pepper?«

»Ich bin hier, Vincent. Was willst du?«

Jetzt sah ihn Grimaldi zum erstenmal warnend an.

»Weißt du, ich beginne mich zu fragen, ob es richtig war, dir die Verantwortung für diese Sache zu übertragen. Es geht hier um meinen Kopf, und ich habe keine Ahnung, was du eigentlich noch machst, außer dich umzuziehen und irgendwelche komischen Hüte aufzusetzen. Vielleicht sollte ich diesmal doch lieber Romero dranlassen. Ich weiß, er kriegt so was durchaus hin.«

Karch ließ sich nicht aus der Ruhe bringen. Er war ziemlich sicher, dass Grimaldi nur Dampf ablassen musste.

»Das musst du wissen, Vincent. Allerdings dachte ich, du wolltest das Geld zurück.«

»ALLERDINGS, Herrgott noch mal!«

Ein paar Spieler an einem Würfeltisch unter ihnen blickten bei Grimaldis Wutausbruch auf. Sie spielten an dem Tisch, auf dem Max Freeling vor sechs Jahren gelandet war.

Karch beschloss, Grimaldi nicht mehr weiter zu reizen.

»Hör zu, Vincent, ich habe mich mit dem Problem befasst, ja? Ich bin gut vorangekommen. Ich habe den Namen der Frau, und ich weiß, wo sie ist. Wenn du nicht ständig anrufen würdest, wäre ich längst unterwegs zu ihr.«

Grimaldi wandte sich ihm zu. Seine Erregung war ihm deutlich anzusehen.

»Du hast schon einen Namen?«

»Ja.« Karch deutete mit dem Kopf auf den Würfeltisch unter ihnen. »Erinnerst du dich noch an diese Geschichte mit Max Freeling? An seinen Sturzflug?«

»Natürlich.«

»Und erinnerst du dich auch noch an das Mädchen, das sie festgenommen haben? Seine Komplizin?«

»Sicher. Sie ist in den Bau gewandert. Fünfzehn Jahre, glaube ich.«

»Fünf bis fünfzehn, Vincent. Sie muss ein braves Mädchen gewesen sein. Sie hat nämlich die fünf Jahre abgesessen und ist jetzt wieder draußen. Die Frau gestern Abend, das war sie.«

»Quatsch. Sie hat damals nur Schmiere gestanden. Und du hast heute Morgen selbst gesagt, das war ein Profi, ein absoluter Könner.«

»Ich weiß. Das war sie. Glaub mir, es war sie.«

»Und woher weißt du das?«

Die nächsten zehn Minuten schilderte ihm Karch, wie er Jersey Paltz ausfindig gemacht und ausgequetscht hatte.

»Diese miese Ratte«, zischte Grimaldi. »Du hast ihn hoffentlich erledigt.«

»Mach dir seinetwegen mal keine Sorgen.«

Grimaldis scharf geschnittenes dunkles Gesicht spaltete sich zu einem Lächeln, das schöne weiße Zähne zum Vorschein brachte.

»Nicht umsonst nennen sie dich Jack of Spades. Den Mann mit dem Spaten im Kofferraum.«

Statt darauf einzugehen, tippte Karch nur auf die Brusttasche seines Jacketts.

»Ich habe die acht Mille, die sie ihm für das Equipment gezahlt hat. Abzüglich meiner Ausgaben. Ich lege sie dir auf den Schreibtisch.«

»Sehr gut, Jack. Und jetzt rate mal, was ich für dich habe. Wir haben auch einen Namen.«

Karch sah ihn an.

»War der Insider Martin?«

Grimaldi nickte.

»Zuerst stellte er sich blöd, aber dann bekamen wir es doch aus ihm raus. Bis auf den Namen des Mädchens hat er uns alles gesagt. Allerdings wusste er den auch gar nicht. Zusammen mit dem, was du rausgefunden hast, haben wir also schon ein ziemlich lückenloses Bild.«

»Und das wäre?«

»Organisiert hat das Ganze ein Kerl aus L. A., ein gewisser Leo Renfro. Er setzte sich mit Martin in Verbindung, und dann heuerte er das Mädchen an. Er ist der Drahtzieher bei dieser ganzen Geschichte.«

»Woher kannte er Martin?«

»Er kannte ihn nicht. Er wurde mit ihm verkuppelt.«

»Von wem?«

»Das ist der Punkt, an dem die Sache echt haarig wird. Wie sich herausstellte, hat Martin für Chicago die Augen offen gehalten. Vor ein paar Jahren, als er noch im Nugget arbeitete, war er Joey Marks' Ohr. Als das FBI dann Marks und seine Leute hochgehen ließ, löste sich die ganze Organisation auf, Martin kündigte im Nugget und fing hier wieder von vorne an. Davon wusste ich natürlich nichts, als ich ihn anstellte. Jedenfalls, wie bereits gesagt, er kannte diesen Renfro nicht. Als er allerdings spitzbekam, wie Hidalgo beim Bakkarat ordentlich absahnte und dann jeden Abend mit seinem Handschellenkoffer auf sein Zimmer ging, kam er auf die Idee, dass da für ihn einiges herausspringen könnte. Er gab seinen Leuten in Chicago einen Tip, und die stellten dann die Verbindung zwischen ihm und Leo Renfro her, damit sie sich gemeinsam was ausdachten.«

Karch hörte kaum zu. Schon das bloße Wort Chicago, der Hinweis auf eine Beteiligung des so genannten Syndikats, ließ ihm den Kragen schwellen. Seine Hände ballten sich zu Fäusten.

»Hey, Jack, hörst du mir überhaupt noch zu?«

Karch nickte.

»Klar.«

»Hör zu, ich weiß, nach allem, was mit deinem Vater war und überhaupt ... Ich wollte nur, dass du über die genauen Hintergründe im Bild bist, verstehst du?«

»Danke, Vincent. Bist du sicher, Martin hat das Ganze nur angeleiert, weil er mitgekriegt hat, dass der Dicke so viel gewonnen hat? Und von den zweieinhalb Millionen hat er gar nichts gewusst?«

Grimaldi trat mit einem grimmigen Lächeln auf ihn zu.

»Belassen wir es einfach dabei, dass wir ihn, was das angeht, eingehend und in aller Ausführlichkeit befragt haben, Jack. Und die Antwort ist, er wusste nichts davon.

Chicago wusste nichts. Es war nur ein Casinostich. Du hattest vollkommen Recht, Jack. Es war ein Fehler, diesem Kerl Kredit zu geben. Er hat sein Geld vermehrt, und das hat Haie angelockt. Martin und seine Hintermänner in Chicago. Alle Beteiligten haben für Chicago gearbeitet.«

Karch nickte bloß. Er hatte die Lippen weiter fest zusammengepresst.

»Wenn also das Mädchen inzwischen in L. A. sitzt und Renfro ebenfalls, dann ist das Geld jetzt dort. Deshalb würde ich sagen, du siehst zu, dass du auf schnellstem Weg nach L. A. kommst, und holst es dir, bevor sie es an Chicago weiterleiten.«

»Das haben sie inzwischen wahrscheinlich bereits getan, Vincent.«

»Nicht unbedingt. Sie hat den Kerl umgebracht. Vielleicht wollen sie erst abwarten, wie dicht ihnen die Cops auf den Fersen sind, bevor sie weitere Schritte unternehmen. Du musst auf jeden Fall nach L. A. Wir dürfen nichts unversucht lassen. Außerdem, selbst wenn sie das Geld schon weitergeleitet haben – sie sollen auf keinen Fall ungeschoren davonkommen. Wo kämen wir denn da hin? Du weißt, was auf dem Spiel steht.«

Grimaldi sah auf die Uhr.

»Trotzdem glaube ich, wir haben noch eine Chance, das Geld zurückzubekommen. Wir sind jetzt erst sechs Stunden an der Sache dran und wissen schon alle Einzelheiten. Du fliegst nach L. A. und holst dir das Geld. Hast du schon irgendwelche Anhaltspunkte über die Frau?«

»Noch nicht. Wenn sie aus L. A. nach Vegas gekommen ist, heißt das, sie hat vermutlich gegen ihre Bewährungsauflagen verstoßen. Das könnte ich sicherheitshalber nachprüfen, aber damit würde ich bei den Behörden eine Spur hinterlassen. Und ich kann mir nicht vorstellen, dass du das jetzt schon willst, Vincent.«

»Auf keinen Fall. Spar dir das also für den Fall auf, dass alle Stricke reißen. Vielleicht solltest du bei Renfro anfangen, ihn als Ausgangspunkt benutzen.«

Karch nickte.

»Hast du seine Adresse?«

Grimaldi schüttelte den Kopf.

»Nur eine Handynummer. Der Name und die Telefonnummer waren alles, was Martin wusste. Du musst eben sehen, was du damit anfangen kannst. Romero hat beides im Büro auf einem Zettel stehen. Außerdem steht noch der Name von jemand drauf, den ich in L. A. kenne. Wenn du Hilfe brauchst – egal was, eine Nummer rauskriegen oder sonst was –, brauchst du ihn nur anzurufen. Wenn über ihn was läuft, hinterlässt es keine Spuren. Auf den Mann ist Verlass, und er verfügt über weit reichende Beziehungen, auf die er jederzeit zurückgreifen kann.«

»In Ordnung, Vincent.«

»Und jetzt sieh zu, dass du einen Flug kriegst, dann bist du spätestens um drei da und ...«

»Ich fliege nicht, Vincent. Prinzipiell nicht.«

»Jack, die Zeit ist in diesem Fall aber extrem kostbar.«

»Dann lass das Ganze deinen Mann in L. A. regeln. Ich nehme den Wagen. Ich bin vor fünf da.«

»Na schön, meinetwegen. Dann fährst du eben. Bei der Gelegenheit könntest du ja vielleicht unterwegs noch was für mich erledigen. Du weißt schon, in der Wüste.«

Karch sah ihn bloß an.

»Der Fettsack und Martin liegen immer noch unten am Lastenaufzug in einem Wäschekorb rum.«

»Der steht dort einfach rum?«

»Longo passt auf ihn auf. Damit ihm niemand zu nahe kommt.«

Karch schüttelte den Kopf.

»Dann sollen sich auch Long-*O* und Romer-*O* darum kümmern. Ich fahre sofort los.«

Grimaldi deutete mit dem Finger auf ihn.

»Okay, Jack, aber diesmal möchte ich auf dem Laufenden gehalten werden. Ist das klar?«

»Vollkommen.«

»Dann mal los, Jack. Bring mir das Geld zurück.«

Bevor er das Krähennest verließ, sah Karch ein letztes Mal auf das Casino hinab. Der Blick von hier oben gefiel ihm. Er nickte sich selbst zu und ging auf die Glastür zu.

26

Als Cassie Black auf den Klingelknopf an Leo Renfros Tür drückte, fuhr ihr ein so heftiger Stich durch ihren verletzten Arm, dass sie sich fast krümmte vor Schmerzen. Sobald Leo öffnete, zwängte sie sich mit dem Aktenkoffer an ihm vorbei. Er blickte die Straße hinauf und hinunter, schloss die Tür und wandte sich ihr zu. An seiner Seite hielt er eine Schusswaffe. Cassie begann zu sprechen, bevor er etwas sagen konnte und bevor sie die Waffe sah.

»Wir haben ein gewaltiges Problem, Leo. Die ganze Sache war – warum hast du das denn in der Hand?«

»Nicht hier. Nicht an der Haustür. Komm nach hinten in mein Büro.«

»Wieso? Wieder so eine Feng-Shui-Scheiße?«

»Nein, John Gotti. Wen interessiert das schon? Komm.«

Wieder einmal führte er sie durchs Haus und in das Büro in der Garage. Er hatte einen weißen Bademantel an, und sein Haar war nass. Cassie nahm an, er war im Pool geschwommen – was für seine Verhältnisse spät war, außer er hatte etwas Stress abbauen wollen.

Sie betraten das Büro, wo Cassie den Koffer mit dem rechten Arm hoch hob und auf den Schreibtisch knallte.

»Herrgott noch mal! Jetzt reg dich mal ab, ja? Ich sitze hier schon die ganze Zeit wie auf Kohlen. Wo warst du so lange, verdammte Scheiße?«

»Flach gelegen bin ich, auf dem Wohnzimmerboden.«

Sie deutete auf den Aktenkoffer.

»Dieses Scheißding da ist so eine Art elektrischer Stuhl im Kleinformat.«

»Was?«

»Der Koffer hat einen Elektroschocker eingebaut. Es war, als würde ich vom Blitz getroffen, als ich ihn aufmachen wollte. Ich war bewusstlos, Leo. Drei Stunden. Sieh dir das mal an.«

Sie beugte sich vor und zog mit den Händen die Haare an ihrem Kopf auseinander, sodass eine ziemlich schmerzhaft aussehende Platzwunde und eine Beule zum Vorschein kamen.

»Ich habe mir im Fallen den Kopf an der Tischkante angeschlagen. Das war vermutlich schlimmer als der Stromschlag.«

Leos anfänglicher Ärger darüber, dass sie sich so lange nicht gemeldet hatte, wich sofort einem Ausdruck aufrichtiger Überraschung und Besorgnis.

»Und es ist wirklich nichts Schlimmeres? Du solltest das lieber von einem Arzt ansehen lassen.«

»Ich komme mir vor, als hätte ich den Arm dieses Baseballspielers, Nolan O'Brien.«

»Ryan.«

»Egal. Fühlt sich jedenfalls an, als wäre er abgestorben. Mein Ellbogen tut schlimmer weh als mein Kopf.«

»Du hast die ganze Zeit bei dir zu Hause auf dem Boden gelegen?«

»So in etwa. Der ganze Teppich ist voll Blut.«

»Und ich dachte schon, du wärst tot. Ich war völlig aus dem Häuschen. Ich rief in Las Vegas an, und weißt du, was? Mein Mann meinte, irgendwas würde da nicht stimmen.«

»Was soll das heißen?«

»Der Kerl ist spurlos verschwunden. Hernandez. Es ist, als wäre er nie dort gewesen. Er ist nicht in seinem Zimmer, und im Computer ist auch nichts über ihn. Es gibt keinerlei Aufzeichnungen über ihn.«

»Tatsächlich? Das ist aber noch lange nicht das Schlimmste. Schau mal.«

Sie streckte die Hände nach den Schlössern des Aktenkoffers aus, aber Leo packte sie hastig an den Armen.

»Nein, nicht!«

Sie schüttelte ihn ab.

»Keine Sorge, Leo. Ich habe so dicke Gummihandschuhe, wie sie die Arbeiter in Kraftwerken tragen. Hat fast eine Stunde gedauert, bis ich mit diesen Dingern die Schlösser schließlich auf hatte. Ich habe die Batterie abgeklemmt. Vom Koffer selbst droht keine Gefahr mehr, nur von seinem Inhalt. Sieh dir das an.«

Sie ließ die Schlösser aufschnappen und öffnete den Koffer. Er war randvoll mit Hundertdollarscheinen, abgepackt in Zellophantüten, auf die mit dickem schwarzem Filzschreiber »50« geschrieben war. Sie beobachtete, wie Leos anfängliches Erstaunen rasch Bestürzung wich. Beiden war klar, dass ein Koffer voll Geld, noch dazu in lauter hohen Scheinen, kein Grund zum Feiern war. Das war nicht der Topf voll Gold am Ende des Regenbogens, von dem jeder Dieb träumte. Es gab eher Anlass zu Argwohn und Besorgnis. So, wie ein Strafverteidiger einem Zeugen vor Gericht nie eine Frage stellt, auf die er die Antwort nicht bereits weiß, stiehlt ein professioneller Dieb nie blind. Das heißt, er stiehlt nichts, ohne sich über die möglichen Konsequenzen im Klaren zu sein. Und damit sind nicht irgendwelche rechtlichen Konsequenzen gemeint. Er hat dabei Konsequenzen ernsterer Natur im Sinn.

Es vergingen gut zehn Sekunden, bis Leo etwas sagte.

»Scheiße ...«

»Allerdings ...«

»Scheiße ...«

»Ich weiß ...«

»Hast du es schon gezählt?«

Cassie nickte.

»Aber nur die Päckchen. Es sind fünfzig. Wenn diese Fünfzig auf jedem davon bedeutet, was es allem Anschein nach bedeutet, haben wir hier zweieinhalb Millionen Dollar vor uns liegen. Dieses Geld hat er nicht im Casino gewonnen, Leo. Das hat er nach Vegas *gebracht*.«

»Moment, Moment. Lass uns erst mal in Ruhe überlegen.«

Ohne sich dessen bewusst zu sein, begann Cassie ihren schmerzenden Ellbogen zu massieren.

»Was soll es da groß zu überlegen geben? Sie zahlen dir am Wechselschalter deine Chips nicht in zellophanverpackten Fünfzigtausend-Dollar-Bündeln aus. Er hat dieses Geld nicht in Vegas gewonnen. Völlig ausgeschlossen, Leo. Er hatte es dabei. Es ist irgendeine Art von Bezahlung. Für Drogen vielleicht. Vielleicht auch für was anderes. Aber bevor er es abliefern konnte, haben wir es geklaut – habe ich es geklaut. Dieser Typ, das war nur ein Kurier. Er hatte nicht mal einen Schlüssel für den Koffer. Er sollte ihn nur abliefern und wusste wahrscheinlich nicht mal selbst, was drin war.«

»Er hatte keinen Schlüssel?«

»Hast du mir eigentlich zugehört, Leo? Ich bin k.o. gegangen, als ich das Ding da aufzubekommen versucht habe. Glaubst du, das hätte ich getan, wenn ich den Schlüssel von dem Kerl gehabt hätte?«

»Entschuldige, entschuldige. Hab ich vergessen, tut mir Leid.«

»Ich habe ihm seine Schlüssel abgenommen. Für die Handschellen hatte er einen, aber für den Koffer nicht.«

Als Leo sich in seinen Stuhl sinken ließ, stellte Cassie ihren Rucksack auf den Schreibtisch und begann darin zu kramen. Sie holte vier mit Gummiband gebündelte Packen Hunderter heraus und legte sie auf den Schreibtisch.

»Das ist das Geld, das er gewonnen hat. Hundertfünfundzwanzigtausend. Und die Hälfte der Informationen, die du von diesem Gewährsmann oder deinen Partnern gekriegt hast, waren fürn Arsch.«

Ihre Hand schlängelte sich wieder in den Rucksack. Sie holte die Brieftasche heraus, die sie in Zimmer 2014 vom Nachttisch genommen hatte, und warf sie Leo zu.

»Der Typ hieß nicht Hernandez und war auch nicht aus Texas.«

Leo öffnete die Brieftasche und sah den in Florida ausgestellten Führerschein in seinem durchsichtigen Plastikfach an.

»Hector Hidalgo«, sagte er. »Aus Miami.«

»Er hat da drinnen auch ein paar Visitenkarten. Er ist Anwalt für eine Firma, die sich Buena Suerte Corporation nennt.«

Leo schüttelte verneinend den Kopf, aber er tat es zu rasch. Eher versuchte er, die Information abzuschütteln, als zu leugnen, dass er davon wusste. Zunächst sagte Cassie nichts. Schließlich beugte sie sich, die Handflächen flach auf dem Schreibtisch, vor und sah ihn mit einem Gesicht an, das besagte, dass sie sein Spiel durchschaute und wissen wollte, was er wusste. Leo sah zum Pool hinaus, und Cassie folgte seinem Blick. Sie konnte den Schlauch des Sauggeräts, das irgendwo auf dem Beckengrund war, an der Oberfläche treiben sehen.

Leo blickte sich nach ihr um.

»Ich weiß absolut nichts über diese ganze Geschichte, Cass, Ehrenwort.«

»Was das Geld angeht, glaube ich dir, Leo. Aber was ist mit Buena Suerte? Erzähl mir, was du darüber weißt.«

»Da steckt eine Menge Geld dahinter. Kubaner aus Miami.«

»Sauberes Geld?«

Leo hob die Schultern, als wollte er sagen, die Frage ließe sich so oder so beantworten.

»Sie wollen das Cleo kaufen.«

Cassie ließ sich in den Stuhl gegenüber Leo plumpsen.

»Es war das Schmiergeld für die Lizenz. Ich habe Schmiergelder geklaut.«

»Lass uns mal in Ruhe nachdenken.«

»Das sagst du schon die ganze Zeit, Leo.«

Sie legte den verletzten Arm in ihren Schoß.

»Na schön, und was tun wir sonst noch? Wir müssen uns etwas einfallen lassen.«

»Wer waren die Leute, für die du es gemacht hast? Das wolltest du mir bisher zwar nicht erzählen, aber jetzt wirst du wohl nicht mehr darum herumkommen.«

Leo nickte, doch dann stand er auf. Er ging zur Schiebetür, öffnete sie, trat ins Freie. Am Rand des Pools blieb er stehen und blickte auf das Sauggerät hinab, das lautlos über den Grund kroch. Cassie näherte sich ihm von hinten. Er hob den Blick beim Sprechen kein einziges Mal vom Wasser.

»Sie sind aus Vegas, arbeiten aber für Chicago.«

»Chicago. Meinst du etwa das Syndikat, Leo?«

Leo antwortete nicht, aber sein Schweigen war die Antwort.

»Wie konntest du dich bloß mit dem Syndikat einlassen, Leo? Erzähl.«

Die Hände tief in den Taschen seines Bademantels, begann Leo am Beckenrand entlangzuwandern.

»Also, zuallererst, ich bin nicht so blöd, mich freiwillig mit dem Syndikat einzulassen, ja? Wenigstens so viel wirst du mir wohl noch zugute halten, oder? Ich hatte ganz einfach keine andere Wahl.«

»Okay, Leo, ich verstehe. Dann schieß mal los.«

»Angefangen hat das Ganze vor etwa einem Jahr. Ich traf mich mit diesen Typen. Ich war in Santa Anita, bei Carl Lennertz. Du kannst dich doch sicher noch an ihn erinnern, oder?«

Cassie nickte. Lennertz war ein Kundschafter, der immer nach einem, wie er es nannte, guten Buch Ausschau hielt – einem lukrativen Job. Er verkaufte Leo Tipps, entweder für ein festes Honorar oder für einen zehnprozentigen Anteil an Leos Gewinn. Cassie war ihm vor Jahren mit Leo und Max ein- oder zweimal begegnet.

»Jedenfalls, er hatte zwei Typen dabei und machte uns miteinander bekannt. Es waren nur zwei Typen, die hier rumhingen und nach einem guten Job Ausschau hielten. Sie sagten, sie wären Risikokapitalgeber.«

»Und du hast ihnen das abgenommen.«

Auf dem nahen Freeway dröhnte ein Lkw mit einem defekten Auspuff vorbei, und Leo antwortete erst, als sich der Lärm wieder legte.

»Für mich bestand kein Grund, daran zu zweifeln. Schließlich hatte uns Carl bekannt gemacht, und Carl ist in Ordnung. Außerdem hatte ich damals eine längere Durststrecke hinter mir und meine Rücklagen fast ganz aufgebraucht. Ich brauchte auf die Schnelle Geld, und da waren plötzlich diese beiden Typen. Also vereinbarte ich ein Treffen mit ihnen und bat sie, mir, du weißt schon, ein bisschen unter die Arme zu greifen. Sie meinten, klar, kein Problem.«

Er blieb an der Seite des Pools stehen, wo eine drei Meter lange Stange mit einem Netz am Zaun hing. Er nahm sie aus ihrer Halterung und fischte damit einen toten Kolibri aus dem Wasser.

»Die armen Tiere. Muss wohl daran liegen, dass sie kein Wasser sehen können oder so was Ähnliches. Sie fliegen einfach rein. Das ist diese Woche schon der dritte.«

Er schüttelte den Kopf.

»Tote Kolibris bringen Pech, weißt du.«

Er warf den toten Vogel über den Zaun in den angrenzenden Garten. Cassie fragte sich, ob die drei toten Kolibris in Wirklichkeit nur ein Vogel waren, den der Nachbar immer wieder über den Zaun zurück in den Swimmingpool warf. Sie sagte aber nichts. Sie wollte, dass Leo weitererzählte.

Leo hängte das Netz an den Zaun zurück und kam zu Cassie zurück.

»So fing es also an. Ich bekam fünfundsechzig Riesen von ihnen, und sie sollten hundert von mir kriegen, wenn die Jobs sich ausgezahlt hatten. Ich rechnete mit etwa sechs Wochen, allerhöchstens. Ein Job war Diamanten, das geht immer schnell. Und der andere ein Lagerhaus – italienische Möbel. Dafür hatte ich in Pennsylvania schon einen Abnehmer an der Hand, und wahrscheinlich wäre in allerspätestens sechs Wochen alles gelaufen gewesen. Für mich sollten etwa zweihundert rausspringen, und diese Typen sollten, wie gesagt, hundert bekommen. Also nicht schlecht. Der größte Teil des Gelds, das ich von ihnen brauchte, ging für die Informationen drauf. Die Leute, mit denen ich zusammenarbeitete, hatten ihr eigenes Equipment.«

Er schweifte ab, erging sich in Einzelheiten, statt zu erzählen, was passiert war.

»Das kannst du dir alles sparen, Leo. Lies mir nur die letzte Seite vor.«

»Die letzte Seite ist, dass beide Geschäfte den Bach runter gingen. Die Informationen über die Diamanten waren falsch. Reiner Beschiss. Hab vierzig dafür hingeblättert, und der Typ verschwand einfach. Und die Möbel, stellte sich heraus, hatten sie unten in Mexicali gemacht. Es war nachgemachte Designerware, und die ›Made in Italy‹-Etiketten waren genauso falsch wie die meisten Titten, die du in L. A.

zu sehen kriegst. Das erfuhr ich allerdings erst, als der Lkw damit in Philadelphia ankam und der Abnehmer sich die Ware ansah. Eine Scheiße war das vielleicht. Ich habe ihnen gesagt, sie sollen den Lkw einfach irgendwo in Trenton am Straßenrand stehen lassen.«

Er hielt inne, als versuchte er sich an einen weiteren Punkt zu erinnern, machte dann aber nur eine resignierte Handbewegung.

»Jedenfalls stand ich danach ganz schön dumm da. Ich schuldete diesen Typen hundert Riesen, hatte aber selbst keinen Cent in der Tasche. Ich erklärte ihnen die Situation, und sie zeigten ungefähr so viel Verständnis wie ein Night-Court-Richter für eine Nutte. Doch als wir uns schließlich auf eine Lösung geeinigt hatten, dachte ich, ich hätte wenigstens etwas Zeit gewonnen. Aber von wegen. Diese Typen wussten nichts Besseres zu tun, als meinen Schuldschein an jemand anders zu verkaufen.«

Cassie nickte. Inzwischen hätte sie die Geschichte selbst zu Ende erzählen können.

»Es kommen also zwei neue Typen bei mir an und sagen, sie vertreten jetzt den neuen Inhaber des Scheins«, fuhr Leo fort. »Ohne es direkt auszusprechen, machen sie mir in aller Deutlichkeit klar, dass dieser neue Inhaber das Syndikat ist. Weißt du, was ich meine? Sie erzählen mir, wir müssen eine Tilgungsregelung finden. Die sah dann so aus, dass ich wöchentlich allein zwei Mille Zinsen zahlen durfte. Nur, um mich über Wasser zu halten. Ich war erledigt. Die hunderttausend blieb ich weiter schuldig, und davon wäre ich auch nicht mehr runtergekommen. Nie. Bis sie eines Tages ankamen und mir einen Vorschlag machten.«

»Und der war?«

»Sie erzählten mir von diesem Job.«

Er deutete durch die offene Schiebetür auf den Aktenkoffer, der auf dem Schreibtisch stand.

»Sie sagten, ich sollte den Job zusammen mit ihrem Mann in Vegas organisieren, und dafür würden sie meinen Schuldschein verbrennen und mir auch noch einen Anteil lassen.«

Leo schüttelte den Kopf. Er ging zu der Sitzgruppe am flachen Ende des Pools und setzte sich auf einen der Stühle. Er begann die Handkurbel des Sonnenschirms zu drehen, worauf er sich öffnete wie eine Blüte. Cassie setzte sich ebenfalls. Sie legte den linken Ellbogen in ihre rechte Hand.

»Demnach wussten sie also, was in dem Koffer war«, sagte sie.

»Möglicherweise.«

»Von wegen möglicherweise. Sie wussten es hundertprozentig. Sonst wären sie dir gegenüber nie so großzügig gewesen. Wann kommen sie es holen?«

»Keine Ahnung. Ich warte auf einen Anruf.«

»Haben sie dir einen Namen genannt?«

»Wie meinst du das?«

»Einen Namen, Leo. Wer deinen Schuldschein gekauft hat.«

»Ja, Turcello. Der gleiche Name, der auf dem Päckchen stand, das an der Rezeption für dich bereitlag. Das ist wahrscheinlich der Mann, der Joey Marks' Nachfolge antrat, als Joey ins Gras beißen musste.«

Cassie wandte den Blick ab. Der Name Turcello sagte ihr nichts, aber sie wusste, wer Joey Marks gewesen war. Er war in Las Vegas Chicagos Mann fürs Grobe gewesen – einer in einer langen Reihe brutaler Gorillas. Eigentlich hatte er Joseph Marconi geheißen, aber wegen der Markierungen, die er denjenigen seiner Opfer verpasste, die er am Leben ließ, kannten ihn alle nur unter dem Namen Joey Marks. Cassie konnte sich noch gut erinnern, wie sie und Max ein Jahr lang in ständiger Angst vor Marks gelebt hatten, weil er einen Anteil an ihren Gewinnen hatte haben wollen. Als sie in High Desert gesessen hatte, hatte sie eines Tages in der Zeitung gelesen, dass Marks auf dem Parkplatz einer Bank in Las Vegas bei einer wilden Schießerei mit FBI und Polizei in seiner Limousine getötet worden war. Das war ein Grund zum Feiern gewesen – was im Gefängnis darauf hinauslief, sich einen Pappbecher Apfelschnaps zu genehmigen, den sie für ein Päckchen Zigaretten gekauft hatte.

Sie wusste nicht, wer Marconis Nachfolger, Turcello, war, aber sie nahm an, dass er, um seinen Platz einzunehmen, genauso ein brutaler Psychopath sein musste wie Marks.

»Und jetzt hast du auch noch mich da mit reingezogen«, stieß Cassie hervor. »Vielen Dank, Leo. Wirklich vielen ...«

»Nein, das stimmt nicht. Ich habe dich gedeckt. Von dir wissen sie nichts. Ich habe den Auftrag angenommen und alles organisiert. Wie bereits gesagt, niemand kennt alle anderen Beteiligten. Sie wissen nichts von dir und werden auch nichts von dir erfahren.«

Leos Beteuerung war nicht dazu angetan, ihre Bedenken auszuräumen. Cassie konnte nicht länger stillsitzen. Plötzlich schien ihr ganzes Leben vor ihr Revue zu passieren. Sie stand auf und trat an den Beckenrand und blickte in das ruhige, klare Wasser hinab. Ihr linker Arm hing an ihrer Seite hinab wie ein totes Gewicht.

»Was sollen wir jetzt tun, Leo? Wenn ich dich eben richtig verstanden habe, hat die Mafia in Chicago mit unserer Hilfe Geld gestohlen, das diese Kubaner aus Miami im Zusammenhang mit dem Verkauf des Cleo einer dritten Partei zahlen wollten. Wir sind da in etwas reingeraten, was schnellstens zu einem richtigen Bandenkrieg ausarten kann. Das ist dir doch hoffentlich klar. Was machen wir jetzt?«

Leo stand auf und kam zu ihr. Er schloss sie fest in die Arme und sagte ruhig: »Niemand weiß etwas von dir. Glaub mir. Niemand weiß etwas von dir, und niemand wird etwas erfahren. Du brauchst dir keine Sorgen zu machen.«

Sie löste sich von ihm.

»Ich mache mir aber Sorgen, Leo. Komm endlich wieder auf den Boden der Tatsachen zurück, ja?«

Der Ton, in dem sie das sagte, ließ Leo verstummen. Er hob die Hände und ließ sie kapitulierend wieder sinken. Dann begann er sich mit geballter Faust gegen die Lippen zu schlagen. Cassie ging am Beckenrand auf und ab. Nach einer endlos langen Minute begann sie wieder zu sprechen.

»Was weißt du über Buena Suerte?«

»Wie bereits gesagt, nichts. Aber ich werde ein bisschen rumtelefonieren, mich kundig machen.«

Nach einem weiteren langen Schweigen schüttelte Leo die Schultern.

»Vielleicht sollten wir das Geld einfach zurückgeben und sagen, es war ein Versehen. Wir suchen uns einen Mittelsmann, der ...«

»Dann haben wir Chicago am Hals, Leo. Diesen Turcello. Denk doch mal ein bisschen nach. Also wirklich. Das geht nicht.«

»Ich sage einfach, der Koffer war nicht da, als du gestern Abend in das Hotelzimmer rein bist.«

»Was sie dir bestimmt unbesehen glauben werden. Vor allem, nachdem der Typ auch noch spurlos verschwunden ist.«

Leo ließ sich mit bedrücktem Gesicht auf den Stuhl unter dem Sonnenschirm plumpsen. Darauf trat wieder langes Schweigen ein, und keiner sah den anderen an.

»Manchmal kann man auch zu viel stehlen«, sagte Cassie, mehr zu sich selbst als zu Leo.

»Was?«

»Max sagte immer, manchmal kann man auch zu viel stehlen. Genau das haben wir gerade getan.«

Darüber dachte Leo eine Weile schweigend nach. Cassie verschränkte die Arme über der Brust. Als sie wieder zu sprechen begann, war ihre Stimme fest und entschlossen. Sie sah Leo jetzt direkt an.

»Reißen wir uns das Geld einfach unter den Nagel. Und zwar alles. Wir teilen es und hauen ab, Leo. Eins Komma drei für jeden. Das reicht lässig. Chicago und Miami können uns mal. Wir stecken alles ein und hauen ab.«

Sie hatte noch nicht zu sprechen aufgehört, als Leo bereits den Kopf schüttelte.

»Auf gar keinen Fall.«

»Leo ...«

»Kommt überhaupt nicht infrage. Glaubst du im Ernst, vor diesen Leuten kannst du davonlaufen? Wohin willst du? Nenn mir einen Ort, an dem es sich zu leben lohnt und an dem sie dich nicht finden werden. Es gibt keinen, das ist das Problem. Sie werden dich so lange jagen, bis sie dich gefunden haben, und wenn sie dir bis ans Ende der Welt folgen müssen, und sei's nur aus Prinzip. Sie bringen deine Hände in einem Schuhkarton nach Chicago oder Miami zurück und stellen sie beim Sonntagsbrunch der Capos aus.«

»Dieses Risiko gehe ich gerne ein. Ich habe nichts zu verlieren.«

»Aber ich SCHON! Ich bin hier zu Hause. Ich habe hier Wurzeln geschlagen, und ich habe keine Lust, den Rest meines Lebens jeden Monat den Namen zu ändern und jedesmal, wenn ich die Tür aufmache, meine Glock hinterm Rücken bereitzuhalten.«

Cassie kam zum Tisch und ging neben Leos Stuhl in die Hocke. Sie hielt sich mit beiden Händen an der Plastikarmlehne fest und sah ihm von unten herauf in die Augen, aber er blickte rasch weg.

»Nein, Cass, das geht nicht.«

»Leo, meinetwegen kannst du auch zwei Millionen haben, und ich behalte den Rest. Das ist immer noch mehr Geld, als ich brauche. Vor zwei Tagen dachte ich noch, ich könnte von Glück reden, wenn irgendwas im sechsstelligen Bereich bei der Sache rausspringt. Nimm ruhig die zwei Millionen. Das ist genug, um ...«

Er stand auf und ging an den Rand des Pools zurück. Cassie ließ ihre Stirn gegen die Armlehne sinken. Sie würde ihn nicht umstimmen können.

»Es geht mir nicht ums *Geld*«, sagte Leo. »Hörst du mir denn nicht zu? Es spielt keine Rolle, ob es eine oder zwei Millionen sind. Was hilft mir das Geld schon, wenn ich sowieso nicht mehr dazu komme, es auszugeben? Ich will dir mal was erzählen. Es ist schon ein paar Jahre her, da war dieser Typ. Sie haben ihn sogar in Juneau aufgespürt, oben in Alaska, am Arsch der Welt. Sind raufgeflogen und haben ihn ausgenommen wie einen Lachs. Wahrscheinlich müssen sie einfach alle paar Jahre ein Exempel statuieren. Damit niemand auf dumme Gedanken kommt. Und ich möchte nicht derjenige sein, der dafür herhalten darf.«

Immer noch in der Hocke wie ein Kind, das sich versteckt, drehte sich Cassie um und sah seinen Rücken an.

»Und was willst du dann tun? Warten, bis jemand *hierher* kommt und dich ausnimmt? Was soll daran groß anders sein, als wenn wir gleich abhauen? Und vor allem, wenn wir das tun, haben wir wenigstens eine Chance.«

Leo blickte in den Pool. Lautlos kroch das Sauggerät über den Grund.

»Scheiße ...«

Etwas an seinem Ton veranlasste Cassie, ihn erwartungsvoll anzusehen. Vielleicht war es ihr doch gelungen, ihn umzustimmen. Sie drängte ihn nicht.

»Zwei Tage«, sagte er schließlich, ohne den Blick vom Wasser des Pools abzuwenden. »Lass mir achtundvierzig

Stunden Zeit. Ich will sehen, was ich tun kann. Ich kenne in Miami ein paar Leute. Lass mich ein paar Anrufe machen, sehen, was ich herausfinden kann. Und ich werde in Vegas und Chicago die Lage sondieren. Vielleicht kann ich uns noch mal herausreden. Genau, vielleicht können wir sogar ins Geschäft kommen und ein bisschen was für uns selbst behalten.«

Er nickte sich selbst zu, bereitete sich innerlich bereits auf die wichtigsten Verhandlungen seines Lebens vor – in denen es um ihr Leben ging. Er konnte nicht sehen, wie Cassie den Kopf schüttelte. Sie glaubte nicht, dass sie eine solche Chance hatten. Aber sie stand auf und stellte sich neben ihn.

»Leo, du musst dir über eines klar werden. Turcello wird dir keinen Anteil am Inhalt dieses Koffers geben. Das hatte er auch nie vor. Wenn du seine Leute anrufst und ihm sagst, du hast das Geld, kannst du genausogut sagen: ›Hallo, Leute, hier bin ich, kommt mich holen.‹ Dann kannst du für die den Lachs machen.«

»Nein! Glaub mir, ich haue uns da schon raus. Ich kann mit diesen Leuten verhandeln. Vergiss nicht, es geht hier nur um Geld. Solange jeder etwas davon abkriegt, können wir bestimmt den Kopf noch irgendwie aus der Schlinge ziehen.«

Cassie wusste, dass sie ihn nicht umstimmen würde. Sie gab auf.

»Okay, Leo, zwei Tage. Und keine Minute mehr. Danach teilen wir und tauchen unter. Wir riskieren es einfach.«

Er nickte zum Zeichen, dass er einverstanden war.

»Ruf mich heute Abend an. Vielleicht weiß ich bis dahin schon etwas. Ansonsten machst du einfach, was du sonst auch machen würdest. Kann ich dich nur im Autohaus erreichen?«

Sie gab ihm ihre Handynummer. Sie machte sich keine Sorgen mehr, er könnte verhaftet werden und die Cops könnten sie in seinem Adressbuch finden. Diese Sorge schien sie vor einer Million Jahre geplagt zu haben.

»Ich gehe dann mal, Leo. Was machen wir mit dem Geld so lange?«

Bevor Leo antworten konnte, fiel Cassie noch etwas ein, was sie in der Hektik der letzten Stunden völlig vergessen hatte.

»Übrigens, hast du meine Pässe bekommen?«

»Ich kann dir nur sagen, dass man mir versichert hat, sie sind bereits unterwegs. Ich sehe heute Abend noch mal in meinem Postfach nach. Wenn sie heute Abend nicht kommen, dann morgen. Ganz sicher.«

»Danke, Leo.«

Leo nickte. Cassie wandte sich der Schiebetür zu.

»Warte noch«, sagte Leo. »Nur so eine Frage. Wie spät war es, als du in das Zimmer rein bist?«

»Was?«

»Um wie viel Uhr bist du gestern Abend in das Zimmer dieses Typen gegangen? Du hast doch sicher auf die Uhr gesehen.«

Sie sah ihn an. Ihr war klar, was er wissen wollte.

»Es war fünf nach drei.«

»Und es hat – wie lange? – fünf, allerhöchstens zehn Minuten gedauert, bis du fertig warst, oder?«

»Unter normalen Umständen schon.«

»Unter normalen Umständen?«

»Er bekam einen Anruf, Leo. Ich war in dem Schrank, in dem der Safe war. Das Telefon läutete, und er sprach mit jemandem. Ich glaube, es ging um die Übergabe des Gelds. Sie sollte heute Morgen laufen. Und dann, nachdem er aufgelegt hatte, stand er auf und ging auf die Toilette.«

»Und du bist rausgeschlichen.«

»Nein. Ich bin im Schrank geblieben.«

»Wie lange?«

»Bis er wieder einschlief. Bis ich ihn schnarchen hörte. Anders ging es nicht, Leo. Es war zu riskant. Glaub mir. Ich konnte nicht eher weg, als bis er ...«

»Du bist in den kritischen Mond reingekommen, nicht?«

»Das ließ sich leider nicht vermeiden, Leo. Das versuche ich dir doch schon die ganze Zeit ...«

»Herrgott noch mal!«

»Leo ...«

»Ich hab's dir doch gesagt. Das war das Einzige, worum ich dich gebeten habe.«

»Es ging aber nicht anders. Er bekam den Anruf – einen Anruf um drei Uhr morgens, Leo. Das war einfach Pech.«

Leo schüttelte den Kopf, als hörte er nicht zu.

»Da haben wir den Salat«, sagte er. »Wir ...«

Er sprach nicht zu Ende. Sie schloss die Augen.

»Es tut mir Leid, Leo. Wirklich.«

Ein leises Schwirren in der Nähe ihres linken Ohrs erregte ihre Aufmerksamkeit. Sie blickte sich um und sah einen Kolibri, seine Flügel zu einem flirrenden Kreisen verschwommen, in der Luft schweben.

Plötzlich schoss der kleine Vogel nach links zum Pool hinüber, wo er etwa dreißig Zentimeter über der ruhigen Wasseroberfläche erneut verharrte. Es schien, als betrachtete er sein Spiegelbild darin. Dann ging er noch tiefer, bis er die Oberfläche berührte. Er begann heftig mit den Flügeln zu flattern, die jedoch inzwischen zu schwer waren, um noch mit ihnen fliegen zu können. Der Vogel war im Wasser gefangen.

»Siehst du, was ich meine«, sagte Leo. »Blöde Vögel.«

Er ging das Netz holen, um das Leben des winzigen Wesens vielleicht doch noch zu retten.

27

Bevor er auf dem Freeway 10 das Stadtgebiet von Los Angeles erreichte, nahm Jack Karch in Ontario die Flughafenausfahrt und folgte der Beschilderung für Langzeitparker. Er musste fünf lange Reihen geparkter Autos entlangfahren, bevor er einen Towncar wie seinen mit kalifornischem Kennzeichen entdeckte. Er blieb mit laufendem Motor hinter der Limousine stehen und stieg aus.

Mit dem Akkuschrauber, der unter den Dingen gewesen war, die Grimaldis Leute im Luftschacht von Zimmer 2015 gefunden hatten, hatte er die Nummernschilder in weniger als einer Minute ab. Er schob sie unter den Vordersitz seines Wagens und fuhr zur Ausfahrt. Er war so kurz auf dem Parkplatz gewesen, dass ihm der Kassierer im Schalterhäuschen sagte, er sei unter den zehn Minuten Kulanzzeit geblieben und brauche nichts zu zahlen. Als er Karch fragte, ob er eine Zigarette für ihn hätte, kam Karch seiner Bitte gern nach.

Er war auf der Fahrt von Las Vegas zügig vorangekommen und hatte einen Schnitt von hundert Meilen fahren können. Doch dann war er in den Verkehr von Los Angeles geraten und hatte für die letzten fünfzig Meilen zu seinem Ärger eine ganze Stunde gebraucht. Er fand, in Los Angeles fuhren die Leute genauso Auto, wie sie in Las Vegas durch die Casinos gingen: ohne auch nur die geringste Rücksicht darauf zu nehmen, dass außer ihnen auch noch andere

Leute unterwegs sein könnten, die es vielleicht etwas eiliger hatten als sie. In der Downtown wechselte er vom Freeway 10 auf den 101 und fuhr nach Nordwesten in Richtung San Fernando Valley weiter. Es war zwar schon einige Jahre her, dass Karch zum letztenmal in L. A. gewesen war, aber er war dennoch schon oft genug in der Stadt gewesen, um sich dort auszukennen. Für den Fall, dass er in eine ganz bestimmte Straße musste, hatte er in seinem Aktenkoffer auf dem Beifahrersitz einen Stadtplan von Thomas Brothers. Er war zwar schon ein paar Jahre alt, aber für seine Zwecke würde er genügen. Ins Valley war er unterwegs, weil die Handynummer dieses Leo Renfro, die Grimaldi aus Martin herausbekommen hatte, den Regionalcode 818 hatte, und der gehörte zum Valley, dem nördlichsten Teil von L. A. Er ging davon aus, dass er Renfro irgendwo innerhalb des Gebiets mit dieser Vorwahl finden würde.

Am Ventura Boulevard fuhr er vom Freeway ab und hielt an einer Tankstelle mit einem Münztelefon. Er klappte den Aktenkoffer auf dem Beifahrersitz auf und nahm das zusammengefaltete Blatt mit dem Cleopatra-Resort-Briefkopf heraus, auf dem der Name *Leo Renfro* und die Handynummer standen. Unter dem Knick stand auch der Name von Grimaldis Kontaktmann in L. A., aber Karch hatte nicht vor, ihn anzurufen. Er wollte unbedingt vermeiden, dass ein vollkommen Fremder – egal, wer für ihn bürgte – etwas über seine Machenschaften erfuhr. Das wäre einfach dumm gewesen, und er hatte nicht vor, irgendwelche Dummheiten zu begehen. Aus dem gleichen Grund machte sich Karch nicht seine Beziehungen in Polizeikreisen zunutze, um etwas über Leo Renfro und Cassie Black in Erfahrung zu bringen. Das ginge auch, ohne dass er irgendwelche Spuren hinterließ.

Erstaunlicherweise gab es zu dem Münzapparat ein intaktes Telefonbuch. Karch zog es hoch und begann auf die geringe Wahrscheinlichkeit, dass Leo Renfro darin stand, im Teil für die Privatanschlüsse nach ihm zu suchen. Dort stand er nicht. Darauf blätterte Karch zu den gelben Seiten weiter, wo er unter Mobilfunkanbieter nachschlug. Sich an der Größe und Qualität der Anzeigen orientierend, stellte er eine Liste der größeren Firmen und ihrer Kundendienstnummern zusammen. Dann brach er an der Kante der Ablage unter dem Telefon eine Rolle Quarter auf, die er sich am Wechselschalter des Cleo besorgt hatte, und wählte die erste Nummer.

Er bekam einen Anrufbeantworter dran, der ihm verschiedene Optionen vorschlug. Karch entschied sich für eine davon und wurde zur Rechnungsstelle durchgestellt, wo er erst einmal zwei Minuten warten musste, bevor sich eine menschliche Stimme meldete.

»Danke, dass Sie bei L. A. Cellular anrufen. Was kann ich für Sie tun?«

»Also«, begann Karch, »ich bin auf unbestimmte Zeit versetzt worden und möchte deshalb meinen Handyanschluss kündigen.«

Nachdem er sich das übliche Blabla über die Möglichkeiten angehört hatte, den Vertrag auch außerhalb von Los Angeles weiterlaufen zu lassen, kam der Angestellte der Telefongesellschaft endlich zur Sache.

»Ihr Name?«

»Leo Renfro.«

»Kundennummer?«

»Ich habe die Unterlagen gerade nicht ...«

»Es ist die gleiche wie Ihre Handynummer.«

»Ach so.«

Karch sah auf den Zettel und las die Nummer ab, die Martin beim Verhör durch Grimaldi genannt hatte.

»Einen Augenblick bitte.«

»Klar.«

Am anderen Ende der Leitung wurden Tippgeräusche hörbar.

»Bedaure, Sir, aber ich habe hier keinen Eintrag unter diesem Namen oder ...«

Karch legte auf und wählte sofort die Nummer der nächsten Gesellschaft auf der Liste. Er erzählte seine Geschichte immer wieder von neuem, und beim siebten Versuch hatte er schließlich damit Erfolg. Renfro hatte sein Handy bei einer Gesellschaft angemeldet, die sich SoCal Cellular nannte. Als die Sachbearbeiterin die Daten im Computer aufrief, setzte Karch unverzüglich zum nächsten Schwindel an.

»Könnten Sie mir die Endabrechnung bitte an meine neue Adresse in Phoenix schicken? Wäre das möglich?«

»Aber natürlich, Sir, kein Problem. Ich muss nur erst die Abmeldedatei aufrufen.«

»Ach so, Entschuldigung.«

»Kein Problem. Dauert nur einen Moment.«

»Lassen Sie sich ruhig Zeit.«

Karch ließ ein paar Sekunden verstreichen, bevor er noch einmal ansetzte.

»Da fällt mir gerade ein, ich muss Ende nächster Woche noch einmal ein paar Tage nach L. A. zurück, um Verschiedenes zu erledigen. Da brauche ich das Handy vielleicht noch. Vielleicht sollte ich besser noch so lange warten und es erst dann abmelden.«

»Ganz, wie Sie wollen, Sir.«

»Äh ... wissen Sie was, dann warte ich lieber noch.«

»Wie Sie meinen, Sir. Möchten Sie mit der Adressenänderung ebenfalls warten?«

Karch lächelte. Am besten funktionierte es immer, wenn das Opfer den Schwindel selbst vorschlug.

»Nein, machen wir lieber – wissen Sie was, vielleicht sollte ich auch damit noch warten. Außerdem wird mir die

Post sowieso nachgeschickt. Das heißt, da fällt mir ein, ich weiß gar nicht mehr, an welche Adresse die Rechnung geht? Zu mir nach Hause oder ins Büro?«

»Das weiß ich nicht, Sir. Warner Boulevard viertausend, Postfach fünfhundertzwanzig. Welche ist das?«

Karch antwortete nicht. Er schrieb die Adresse auf das Hotelbriefpapier.

»Sir?«

»Das ist das Büro. Dann ist ja alles bestens. Lassen wir alles so wie bisher, und ich melde mich dann nächste Woche noch mal bei Ihnen.«

»Gern. Vielen Dank für Ihren Anruf.«

Er legte auf und ging zum Auto zurück. Er schlug die Adresse im Index des Stadtplans nach und stellte fest, dass er Recht gehabt hatte. Die Adresse befand sich in dem Gebiet, das die Vorwahl 818 hatte. Aber es gehörte nicht mehr zu Los Angeles, sondern bereits zu Burbank. Er startete den Lincoln und sah auf die Digitaluhr im Armaturenbrett. Es war genau fünf Uhr. Nicht schlecht, dachte er, langsam kommen wir der Sache näher.

Fünfzehn Minuten später hielt der Lincoln vor einer privaten Postfachagentur am Warner Boulevard 4000. Karch war nicht besonders enttäuscht. Es wäre zu einfach und verdächtig gewesen, wenn ihn die Adresse, die er sich bei SoCal Cellular erschwindelt hatte, direkt zu Leo Renfros Haustür geführt hätte.

Er sah nach den Geschäftszeiten an der Tür. Die Agentur schloss in fünfundvierzig Minuten, aber auf einem anderen Schild stand, dass die Kunden rund um die Uhr Zugang zu ihren Schließfächern hatten. Nachdem Karch eine Weile überlegt hatte, wie er am besten vorgehen sollte, gelangte er zu der Überzeugung, dass Renfro vermutlich jemand war, der seine Post außerhalb der regulären Geschäftszeiten abholte, um den Angestellten der Agentur möglichst selten zu begegnen. Noch während er das dachte, begann sich in seinem Kopf bereits in groben Zügen ein Plan abzuzeichnen.

Karch betrat die Agentur. Am einen Ende des L-förmigen Raums befand sich der Schalter, am anderen waren die Schließfächer. Links vom Eingang war eine Theke mit einem Hefter, einem Klebstreifenspender und mehreren Plastikbechern mit Stiften, Heftklammern und Gummis. Hinter dem Schalter kniete ein Mann auf dem Boden, der sich an etwas zu schaffen machte. Über ihm befand sich ein Sicherheitsgitter, mit dem der Schalterbereich der Agentur außerhalb der Geschäftszeiten vom Bereich mit den Schließfächern, der rund um die Uhr zugänglich war, abgetrennt werden konnte.

Jedes Schließfach hatte ein kleines Fenster, das es seinem Inhaber nachzusehen ermöglichte, ob er Post hatte. Karch wandte sich nach links und ging in den Bereich mit den Schließfächern, wo er das mit der Nummer 520 rasch gefunden hatte. Als er sich bückte, um hineinzusehen, konnte er einen Umschlag darin liegen sehen. Er blickte hinter sich. In der oberen Ecke über der Tür war ein Spiegel angebracht, mit dessen Hilfe man den Bereich mit den Schließfächern vom Schalter aus überwachen konnte, aber der Mann dahinter war immer noch auf dem Boden mit etwas beschäftigt.

Karch zog eine kleine Taschenlampe aus seiner Hemdtasche und knipste sie an. Jetzt konnte er die Schrift auf dem Umschlag lesen. Er war an Leo Renfro adressiert. In der linken oberen Ecke standen statt eines Absenders nur ein paar Buchstaben. Um sie besser lesen zu können, hielt er den Kopf näher an das Glas und stellte fest, dass es Zahlen waren: 773.

Da bereits Post im Schließfach war, überlegte Karch einen Moment lang, ob er an seinem Plan festhalten sollte, und entschied sich schließlich dafür. Falls er klappte, würde er Renfro zumindest verwirren und gehörig verunsichern.

Karch steckte seine Schlüssel ein und ging um die Ecke an den Schalter. Der Mann dahinter war Anfang zwanzig und füllte auf dem Boden Styroporkügelchen in eine große Schachtel. Er blickte beim Sprechen nicht von seiner Beschäftigung auf.

»Was kann ich für Sie tun?«

Diese Art von unpersönlichem Service ärgerte Karch immer, und in Las Vegas passierte ihm so etwas ständig, aber diesmal war er froh darüber, weil er nicht wollte, dass ihm der Angestellte zu viel Aufmerksamkeit schenkte.

»Ich brauche einen Umschlag.«

»Welche Größe?«

»Egal. Normal.«

»Nummer zehn?«

Der Angestellte wandte sich von der Schachtel, die er füllte, ab und ging zur Rückwand des Schalterbereichs, an der Schachteln und Umschläge in allen Größen befestigt waren. Darunter waren die entsprechenden Versandbehältnisse der Größe nach auf Borden gestapelt. Karch ließ den Blick über die Umschläge gleiten und entdeckte die mit Größe 10.

»Ja, zehn ist gut.«

»Gepolstert, ungepolstert?«

»Äh, gepolstert.«

Der Angestellte nahm einen Umschlag aus dem Regal, kehrte an den Schalter zurück und teilte Karch mit hoher, winselnder Stimme mit, dass er ihm zweiundfünfzig Cents, Mehrwertsteuer inklusive, schuldig sei. Karch hatte den Betrag passend.

»Echt stark, der Hut«, sagte der Angestellte.

»Danke.«

Karch ging mit dem Umschlag zu der Theke neben der Tür. Er hatte den Eindruck, dass sich der Angestellte über seinen Hut lustig gemacht hatte, aber er ließ es ihm durchgehen.

Damit der Mann nicht sehen konnte, was er tat, kehrte Karch ihm den Rücken zu und holte den Umschlag mit dem Herzass, das er in Zimmer 2015 gefunden hatte, aus seiner Anzugtasche. Er nahm die Spielkarte heraus, steckte sie in den Umschlag, den er gerade gekauft hatte, und verschloss ihn mit den Klammern.

Dann adressierte er den Umschlag mit dem dicksten Magic Marker, den er in den Plastikbechern finden konnte, an Leo Renfro und schrieb die Postfachnummer darunter, die er über die Telefongesellschaft herausgefunden hatte. Schließlich schrieb er in großen Buchstaben auf beide Seiten SOFORT ZUSTELLEN! und EILIG!. In den Raum für den Absender schrieb er 773 und auf die Rückseite Leo Renfros Handynummer.

Als er zum Kundenschalter zurückkehrte, sah er, dass der Angestellte inzwischen dabei war, die Schachtel auf dem Boden mit Klebstreifen zu verschließen. Auch diesmal blickte der Mann nicht auf. Diesmal fragte er nicht einmal, was Karch wollte. Karch sah, auf dem Namensschild an seinem Hemd stand STEPHEN.

»Entschuldigen Sie, Steve, würde es Ihnen was ausmachen, das für mich in das richtige Fach zu tun?«

Mürrisch legte der junge Mann das Klebeband beiseite und kam an den Schalter. Er nahm den Umschlag und sah ihn an, als wäre fraglich, ob er der Bitte nachkommen könnte.

»Könnten Sie das bitte gleich in sein Fach tun. Er kommt nämlich immer am Morgen gleich als Erstes nachsehen.«

Endlich gelangte der junge Bursche zu der Überzeugung, dieser Aufgabe gewachsen zu sein, und verschwand hinter einer Trennwand, hinter der sich offensichtlich der Postraum befand.

»Und übrigens heiße ich *Stephen*«, rief er über seine Schulter zurück.

Karch trat vom Schalter zurück und ging um die Ecke zu Postfach 520. Durch das kleine Glasfenster beobachtete er, wie der Umschlag, den er dem Angestellten gerade gegeben hatte, auf die andere Sendung geschoben wurde, die im Postfach für Leo Renfro bereitlag.

Karch hatte den Laden verlassen, bevor der Angestellte an den Schalter zurückkehrte. Als er zu seinem Wagen ging, sagte er laut: »Das macht zweiundfünfzig Cents ... und übrigens heiße ich Stephen.«

Sobald er in seinem Lincoln saß, sagte er es immer wieder, um die Stimmlage zu treffen und den verdrießlichen Quengelton richtig hinzubekommen. Als er mit dem Ergebnis halbwegs zufrieden war, startete er den Wagen und fuhr los.

Er durfte den Anruf nicht von einem Münzapparat mit Verkehrslärm im Hintergrund machen. Deshalb fuhr er auf der Suche nach einem geeigneten Telefon zehn Minuten in Burbank herum. Schließlich entdeckte er ein Restaurant, das sich Bob's Big Boy nannte. Er fuhr auf den Parkplatz hinter dem Lokal und stieß neben einem Müllcontainer rückwärts in eine Lücke.

Im Restaurant fand er im Gang, der zu den Toiletten führte, ein Münztelefon. Als er ein paar Münzen einwarf und Leo Renfros Handynummer wählte, war er sich des Risikos, das er damit einging, durchaus bewusst. Renfros Postfach war ein toter Briefkasten. Obwohl es offensichtlich auf seinen Namen lief, hatte Karch keine Möglichkeit herauszufinden, ob sie in der Agentur Renfros Handynummer hatten. Aber auch diese Eventualität hatte er in seinem Plan berücksichtigt.

Nach dem zweiten Läuten wurde am anderen Ende der Leitung abgenommen, aber niemand sagte etwas.

»Hallo?«, sagte Karch schließlich in einem hohen Winselton.

»Wer ist da?«

»Mr. Renfro? Hier spricht Stephen von Warner Post & Pack It.«

»Woher haben Sie diese Nummer?«

»Sie steht auf dem Umschlag.«

»Auf welchem Umschlag?«

Karch konzentrierte sich auf seine Stimme.

»Deswegen rufe ich doch an. Für Sie ist heute Morgen ein Brief eingegangen. Es steht drauf, es ist eilig. Und Ihre Telefonnummer ist auch drauf. Da dachte ich eben, ich rufe Sie an. Wir machen hier gleich dicht, und weil Sie nicht hier gewesen sind, dachte ich, ich rufe Sie an. Ich meine, könnte ja sein, dass Sie eine wichtige Sendung erwar ...«

»Steht ein Absender drauf?«

»Ja – das heißt, nein. Das Einzige, was drauf steht, ist siebenhundertdreiundsiebzig.«

»Okay. Danke. Aber tun Sie mir einen Gefallen und rufen Sie nie wieder hier an.«

Renfro hängte abrupt auf. Als wollte er Renfro eine Chance geben, zurückzukommen und weitere Fragen zu stellen, hielt Karch den Hörer noch eine Weile an sein Ohr. Schließlich hängte auch er auf. Er glaubte, es hatte geklappt. Er war zuversichtlich. Dem Eindruck nach zu schließen, den er anhand des kurzen Telefonats gewonnen hatte, war Renfro eher jemand von der vorsichtigen Sorte. Das hieß, es konnte eine lange Nacht werden.

Er ging an die Theke und bestellte zwei Hamburger zum Mitnehmen, gut durch, mit einer zusätzlichen Portion Ketchup und zweimal Kaffee. Während seine Bestellung fertig gemacht wurde, ging er nach draußen auf den Parkplatz. Er holte die gestohlenen Nummernschilder aus dem Lincoln und wechselte im Schutz des Müllcontainers sein hinteres Kennzeichen gegen eines davon aus. Dann stieg er in den Wagen, fuhr aus der Lücke und vorwärts wieder hinein.

Jetzt wechselte er das vordere Nummernschild aus. Mit Cassie Blacks Akkuschrauber war das Ganze ein Kinderspiel. Er beschloss, den Akkuschrauber zu behalten, wenn er den Job erledigt hatte. Den Akkuschrauber und ein paar andere Dinge.

28

Eine weitere Sorge, die einem ohnehin schon sorgenvollen Tag hinzugefügt wurde. Cassie saß in dem Boxster, der mit laufendem Motor gegenüber dem Haus in der Lookout Mountain Road am Straßenrand stand. Die Familie hatte den Vorhang hinter dem großen Panoramafenster offen gelassen. Deshalb konnte Cassie durch das Wohnzimmer in die Küche sehen, wo alle drei beim Essen am Tisch saßen. Auch wenn sie es von ihrem jetzigen Standort nicht sehen konnte, wusste sie von der Hausbesichtigung, dass auf dem Stuhl, auf dem das Mädchen saß, ein Telefonbuch lag. Wahrscheinlich fand sie sich schon zu alt für einen Kinderstuhl, brauchte aber die zusätzlichen Zentimeter noch.

Cassie sah vom Fenster zum Verkaufsschild. Unter dem Namen des Maklers war an zwei Haken ein schmaler beschrifteter Holzstreifen befestigt worden.

NOTARIELLES KAUFANGEBOT LIEGT VOR

Cassie hatte zwar noch nie ein Haus gekauft, wusste aber, das neue Schild bedeutete, dass das Haus so gut wie verkauft war und die Familie bald ausziehen würde. Als Cassie das Lenkrad fester umklammerte, begannen ihr Ellbogen und ihre Schulter zu schmerzen. Sie dachte über Leos Vorschlag nach, das Geld zurückzugeben. Ihr war klar, für einen zweiten Einbruch reichte die Zeit nicht – und vor allem würde dabei nicht annähernd so viel abfallen, wie in dem Koffer gewesen war. Sie ertappte sich dabei, dass sie sich wünschte, Leos Vermittlungsbemühungen würden scheitern. Ihre Entscheidung stand längst fest. Sie wollte das Geld jetzt sofort. Sie wollte nichts anderes mehr als endlich weg von hier.

Ihr Handy läutete. Sie wühlte es aus dem Rucksack und machte es an. Es war Leo, aber er sagte seinen Namen nicht. Die Verbindung war verheerend. Es überraschte sie, dass er in den Hügeln überhaupt zu ihr durchgekommen war.

»Wie denkst du inzwischen über die Sache?«, fragte er.

»Noch genauso.«

»Übrigens, die ... auf die du wartest? Ich ... gerade einen Anruf bekommen. Wie es aussieht ... und ich hole sie heute Abend ab.«

Sie hörte genug, um die Lücken ergänzen zu können.

»Gut. Aber ohne das Geld nützen sie mir nicht viel.«

»... erde mich darum kümmern. Ich versuche schon ... erreichen. Morgen weiß ich wahrscheinlich mehr. So oder so ...«

»Was soll ich bis dahin tun?«

»Das Letzte habe ich nicht verstanden.«

»Was soll ich bis dahin tun?«, fragte sie laut, als könnte sie die schlechte Verbindung durch bloße Lautstärke ausgleichen.

»Darüber haben wir doch schon gesprochen, Cass. Du gehst weiter zur Ar ... ob nichts wäre. Es geht alles seinen gewohnten Gang, bis wir ...«

»Meinetwegen. Die Verbindung ist eine einzige Katastrophe. Ich würde am liebsten auf der Stelle abhauen.«

Sie hörte sich verdrossen an, aber es war ihr egal.

»Hör zu, Mädchen, wir haben es doch schon fast geschafft. Ich warte nur noch ...«

»Ich will es nicht zurückgeben, Leo. Wir machen einen Fehler. *Du* machst einen Fehler. Ich habe wirklich kein gutes Gefühl bei der Sache. Wir müssen unbedingt abhauen. Einfach abhauen. Sofort!«

Leo blieb lange still. Er hielt es nicht einmal der Mühe für wert, ihr einzuschärfen, seinen Namen aus dem Spiel zu lassen. Sie begann bereits zu denken, die Verbindung wäre vollends zusammengebrochen, als er endlich zu sprechen begann.

»Hör zu, Cassie«, sagte er in übertrieben ruhigem Ton. »Auch mir ... nicht wohl bei der Sache. Mehr als sonst. Aber wir müssen ... und uns gegen alle Eventualitäten absichern. Es ist die einzige Möglichkeit, um ...«

Cassie schüttelte den Kopf und sah wieder zu dem Verkaufsschild hinüber.

»Also gut, Leo. Wie du meinst. Nur denk bitte dran, mich anzurufen, wenn dir eine Idee gekommen ist, was ich mit meinem Leben anfangen soll.«

Sie unterbrach die Verbindung und schaltete für den Fall, dass Leo noch einmal anzurufen versuchte, das Handy aus. Als sie das tat, kam ihr plötzlich der Gedanke, bei Leo einzubrechen, während er schlief, und sich das Geld zu holen. Sie würde sich nur ihren Anteil nehmen und Leo den Rest lassen, damit er damit machen konnte, was er wollte. Trotz ihres Ärgers über Leo bekam sie wegen dieses Gedankens Schuldgefühle. Sie schlug ihn sich aus dem Kopf und blickte wieder zum Haus hinüber.

Sie sah den Mann vom Tisch aufstehen und durch das Haus auf die Straße hinausspähen. Auf den Boxster, in dem sie saß. Sie sah ihn die Serviette weglegen und um den Tisch herumgehen. Er wollte zu ihr nach draußen kommen, um nachzusehen, was sie vor seinem Haus wollte. Sie legte rasch den ersten Gang ein und fuhr weg.

29

»Summer Wind« war der Song. Er ging Karch immer unter die Haut. Jedesmal wenn er auf Sinatras-Greatest-Hits-CD kam, drückte Karch auf die Replay-Taste und hörte ihn sich noch einmal an. Die Nummern waren alle gut, aber an »Summer Wind« kam keine heran. Der Song war einsame Spitze. Genau wie Sinatra.

Karch, der die CD gerade das vierte Mal spielte, stand auf dem vollen Parkplatz einer Bar, die sich Presnick's nannte, und beobachtete den Eingang von Warner Post & Pack It, das ein Stück die Straße hinunter lag. Es war Punkt dreiundzwanzig Uhr, als er die Bremslichter eines an der Agentur vorbeifahrenden Wagens aufleuchten sah. Es war ein etwa fünf Jahre alter Jeep Cherokee, der bereits zum zweiten Mal langsam an der Agentur vorbeifuhr. Karch stellte die Musik leiser und machte sich bereit. Seinen schwarzen Overall hatte er bereits an, diesmal allerdings aus einem anderen Grund. Seine Ärmel waren mit verschieden langen Stücken kräftigem Klebeband bepflastert, die er schon vorher zurechtgeschnitten hatte. Er fasste in seinen offenen Aktenkoffer und nahm den GPS-Empfänger, die Zellularfunkbox und -antenne sowie die GPS-Antenne aus ihren Vertiefungen in der Schaumstoffverkleidung. Nachdem er sich das Werkzeug, das er brauchen würde, zurechtgelegt hatte, entriegelte er den Kofferraum des Lincoln und stieg aus. Er nahm den Rollerboy Mechanics Helper – ein Skateboardartiges gepolstertes Rollwägelchen, das für Reparaturarbeiten unter einem Auto gedacht war – aus dem Kofferraum, schloss den Wagen ab und überquerte rasch den Warner Boulevard.

Warner Post & Pack It befand sich in einem freistehenden eingeschossigen Gebäude, das in einer langen Reihe freistehender Bauten stand, die alle so weit, wie gesetzlich erlaubt, an die Gundstücksgrenze reichten, sodass der Abstand zwischen den einzelnen Gebäuden überall nur maximal einen Meter betrug. Karch drückte sich in den etwa einen halben Meter breiten Zwischenraum zwischen den zwei Gebäuden neben Post & Pack It. Er sah aus, als diente er vor allem den Vorbeikommenden zur Abfallbeseitigung. Karch kam fast bis zu den Knien in Müll zu stehen – hauptsächlich Flaschen und zerknüllte Fastfood-Verpackungen. Außerdem stank es fürchterlich nach Urin. Sein Eindringen in den dunklen Spalt veranlasste ein unsichtbares Wesen, sich unter dem Müll laut rauschelnd tiefer in das Dunkel zurückzuziehen.

Karch postierte sich etwa einen Meter hinter der Öffnung, wo ihn das von der Straße hereinfallende Licht nicht mehr erreichte, und wartete. Er war sicher, dass der Cherokee wieder vorbeikommen und dass an seinem Steuer Leo Renfro sitzen würde. Was er als Nächstes tun musste, hatte er schon oft getan. Allerdings noch nie in so kurzer Zeit wie diesmal. Er schätzte, ihm bliebe nicht einmal eine Minute für die Durchführung seines Vorhabens. Er durfte sich keine Verzögerungen oder Fehler erlauben.

In sein Versteck drang das Geräusch eines nahenden Autos. Karch ging in die Hocke und hielt das Rollwägelchen wie einen Schild vor sich. Selbst wenn Renfro in den Zwischenraum sehen würde, war sehr unwahrscheinlich, dass er Karch dort bemerkte, wenn er nicht gerade direkt davor stehen blieb und mit einer Lampe in den dunklen Spalt leuchtete.

Der Wagen fuhr langsam vorbei, und dann hörte ihn Karch vor Post & Pack It anhalten. Vorsichtig rückte er an der Wand entlang ein Stück nach vorn und spähte um die Ecke.

Es war tatsächlich der Cherokee, der mit laufendem Motor und eingeschalteten Scheinwerfern am Straßenrand stand. Karch zog sich wieder in den Spalt zurück und wartete. Er könnte einfach nach draußen gehen und sich Renfro schnappen. Aber so offen vorzugehen war zu riskant, zumal es ihm nicht um Renfro ging. Es ging ihm um das Geld. Um das zu bekommen, musste er Renfro zu seinem Haus folgen, an den Ort, an dem er sich am sichersten fühlte. Dort würde er entweder das Geld finden oder eine Spur, die ihn zu Cassidy Black führte.

Der Motor des Cherokee ging aus. Als Karch sich in gespannter Erwartung an die Wand drückte, spürte er, wie sich die harten Spitzen des Putzes in seinen Rücken gruben. Er beugte sich vor, um zu lauschen, und hörte die Autotür auf- und zugehen. Dann ertönten rasche Schritte. Er spähte wieder um die Ecke und sah einen schlanken Mann Mitte vierzig, der gerade einen Schlüssel in die Eingangstür von Warner Post & Pack It steckte.

Leo Renfro.

Sobald der Mann die Tür aufgeschlossen hatte, sah er zuerst links, dann rechts die Straße hinunter. Karch zog sich hinter die Ecke zurück und wartete. Als er die Tür zugehen hörte, kam er sofort aus seinem Versteck. Er machte die Taschenlampe an, steckte sie sich in den Mund und huschte geduckt auf das Heck des Cherokee zu. Es war nicht das erste Mal, dass er so etwas bei einem Cherokee machte, weshalb er nicht mit Problemen rechnete.

Er setzte das Wägelchen auf den Boden und legte sich mit dem Rücken darauf. Dann hielt er sich an der Stoßstange fest und zog sich unter den Wagen. Dort war es eng und heiß; sein Brustkorb streifte das ölige Bodenblech an mehreren Stellen, und um sich das Gesicht nicht zu zerkratzen oder an den heißen Auspuffrohren zu verbrennen, musste er es zur Seite drehen.

Als Erstes holte er den Satellitenempfänger und den CelluLink-Sender aus der rechten Cargotasche seiner Hose. Die beiden Kästchen, zu denen auch eine kleine Antenne für die Funkverbindung gehörte, waren mit Klebeband aneinander befestigt. An der Unterseite des Empfängers befand sich ein starker Magnet. Damit befestigte Karch ihn direkt unter dem Fahrersitz am Fahrgestell. Obwohl der Magnet zuverlässig hielt, ging Karch auf Nummer sicher. Er zog zwei lange Stücke Klebstreifen von seinem rechten Ärmel und machte damit die Geräte zusätzlich am Bodenblech des Cherokee fest.

Er benutzte Cassie Blacks schallgedämpften Akkuschrauber, um die Erdung mit einer selbstschneidenden Schraube am Bodenblech zu befestigen. Dann rollte er an den Randstein und versuchte unter dem Cherokee hervor durch das Fenster von Post & Pack It zu spähen. Wegen des ungünstigen Winkels konnte er Renfro jedoch nicht sehen. Deshalb war es ihm auch nicht möglich abzuschätzen, wie viel Zeit ihm noch blieb.

Er rollte rasch in die Mitte des Wagens zurück und zog den am Bodenblech befestigten Kabelkanal nach unten und schlitzte mit einem Exacto-Messer seine Plastikummantelung auf. Von den Kabeln, die darunter zum Vorschein kamen, zog er ein rotes stromführendes heraus, das wahrscheinlich zur Kofferraumbeleuchtung oder den Hecklichtern gehörte. Das Ende des stromführenden Kabels des GPS-Empfängers war mit einer Krokodilklemme versehen, die er durch den roten Isoliermantel drückte, bis er spürte, dass sie zu dem darunterliegenden Draht durchgedrungen war.

Als er einen kurzen Blick auf den Empfänger warf, sah er das rote Licht der Betriebsanzeige durch das Klebeband scheinen.

Um die Kabel wieder am Bodenblech zu befestigen, reichte die Zeit nicht. Stattdessen machte sich Karch unverzüglich daran, als Letztes die GPS-Antenne zu installieren. Er zog das kleine scheibenförmige Instrument aus der linken Cargotasche seines Overalls und begann, das Kabel, mit dem es umwickelt war, abzumachen. Er war gerade dabei, das Kabel am Empfänger zu befestigen, als er die Tür der Agentur aufgehen hörte. Hastig steckte er sich die Taschenlampe umgekehrt in den Mund und wartete.

Die Tür ging zu, und dann sah er Renfros Füße um den Wagen herum auf die Fahrerseite gehen. Am liebsten hätte er laut geflucht, aber er durfte keinen Laut von sich geben. Er begann, das Kabel von der Antenne abzuwickeln und wartete.

Als Renfro die Autotür öffnete, machte sich Karch den dabei entstehenden Lärm zunutze, um sich nach hinten zu schieben. Jetzt befand er sich mit dem Bauch unter der hinteren Stoßstange, und seine Beine standen unter dem Wagen hervor. Er hielt die Antenne hoch, und gerade als der Wagen angelassen und er selbst von einem Schwall heißer Auspuffgase angefaucht wurde, schlang er das Kabel um den Auspuff.

Karch unterdrückte den Hustenreiz und brachte die Scheibe auf der Oberseite der Stoßstange an, wo sie nach den Satelliten am Himmel ausgerichtet war. Mit dem letzten Stück Klebstreifen von seinem Ärmel befestigte er das Kabel und die Antenne an der Stoßstange.

Man konnte zwar nicht gerade von Maßarbeit sprechen, aber mehr war unter diesen Umständen nicht möglich. Karch war klar, dass Renfro die GPS-Antenne entdecken würde, sobald er einen Blick auf das Heck seines Autos warf. Aber Karch setzte darauf, dass er das an diesem Abend nicht mehr tun würde. Außerdem zählte nur die nächste Stunde, wenn nicht sogar noch weniger.

Als Renfro den Gang einlegte, ging ein Zittern durch den Cherokee, und er begann vom Randstein zu rollen. Karch ließ die Stoßstange über sein Gesicht hinweggleiten, dann wälzte er sich rasch vom Rollerboy und drückte sich an den Randstein. Mit eingezogenem Kopf lauschte er auf ein Zögern im Motorengeräusch des Cherokee. Es kam keines. Ohne vom Gas zu gehen, fuhr Renfro davon. Er blickte nicht nach hinten. Und wenn er es doch tat, achtete er auf den von hinten kommenden Verkehr, nicht auf den Randstein.

Erst als der Cherokee verschwunden war, hob Karch den Kopf und richtete sich grinsend auf.

Wieder in seinem Lincoln, nahm Karch den Laptop aus dem Aktenkoffer, zog die Antenne heraus und bootete die FasTrak-Software. Mithilfe des Empfängers und der anderen Instrumente, die er an Renfros Auto angebracht hatte, konnte er nun genau verfolgen, wohin der Cherokee fuhr. Das globale Positionsbestimmungssystem GPS empfing ein Signal, das von Renfros Wagen zu einer Konstellation von drei Satelliten am Himmel und von dort zurück zur Erde gesendet wurde. Die Satelliten bestimmten den genauen Standort des Autos per Dreiecks-Peilung und sendeten die Daten per Funk über CelluLink an das Funkmodem von Karchs Laptop. Mithilfe der FasTrak-Software ließ sich dann auf dem Bildschirm auf einem Stadtplan, in den die Uhrzeit eingeblendet wurde, zu der sich der Wagen an einer bestimmten Stelle befand, seine Fahrtroute verfolgen. Außerdem bestand die Möglichkeit, für einen beliebigen Zeitraum die gesamte Fahrtroute des Wagens zu rekonstruieren.

Zunächst wollte sich Karch vergewissern, dass alle Geräte korrekt installiert waren und dass sich die Route des Cherokee über Satellit verfolgen ließ. Für den Fall, dass alle Stricke rissen, hatte er sich die Autonummer des Cherokee gemerkt, sodass er den Standort des Wagens am Morgen auch mithilfe einer altmodischen Kennzeichenüberprüfung herausbekommen konnte. Allerdings hoffte er, dies wäre nicht nötig, da es eine amtliche Spur seiner Aktivitäten hinterließe.

Er gab den Empfängercode und die Frequenz ein und wartete. Nach, wie es ihm schien, endlosen Minuten des Wartens, die ihm den Schweiß auf die Kopfhaut trieben, begannen die Linien eines Stadtplans auf dem Bildschirm sichtbar zu werden. Nach den Straßen erschienen die Wörter: Karte des Stadtgebiets von Los Angeles. Dann wurde ein blinkender roter Stern sichtbar, der sich über den Bildschirm zu bewegen begann. Das war der Cherokee. In einer Textzeile am unteren Bildschirmrand wurde sein Standort schriftlich angegeben.

RIVERSIDE DRIVE – RICHTUNG WESTEN – 23:14:06

Karch grinste. Er hatte ihn. Die Geräte waren korrekt installiert. Jetzt brauchte er nur noch den Angaben auf der Karte folgen, dann würden sie ihn direkt zum Versteck des Schatzes führen. Hoffte er.

»Klasse«, sagte er laut.

Er beschloss, dem Cherokee vorerst nicht in seinem eigenen Wagen zu folgen. Es war anzunehmen, dass Leo Renfro den gepolsterten Umschlag entweder gleich in der Agentur oder im Auto geöffnet hatte. So oder so würde er die Spielkarte, die er darin fand, sowohl rätselhaft wie bedrohlich finden. Aufgrund der Tatsache, dass Leo Renfro zweimal an Warner Post & Pack It vorbeigefahren war, vermutete Karch außerdem, dass Renfro sich seinem nächsten Ziel auf Umwegen nähern würde, um seinen Schatten für den Fall, dass jemand ihm folgte, orten und dann abschütteln zu können. Er gab den Befehl ein, alle von den Satelliten übermittelten Daten ab sofort zu speichern. Dann machte er den Laptop aus und legte ihn in den Aktenkoffer zurück.

Gerade als Karch den Reißverschluss seines Overalls nach unten gezogen und das Fenster geöffnet hatte, um etwas frische Luft hereinzulassen, hörte er von der anderen Seite des Parkplatzes den gellenden Schrei einer Frau. Er drehte sich in die Richtung, aus der das Geräusch gekommen war, konnte aber nichts sehen. Er öffnete die Tür, stieg aus und blickte sich um. Er steckte sich eine Zigarette in den Mund und zündete sie an. Gerade als er wieder in den Lincoln steigen wollte, hörte er einen weiteren Schrei und sah, wie sich hinter einem BMW, der etwa zehn Autos weiter geparkt war, etwas bewegte.

Karch hatte das Holster mit der Sig Sauer nicht umgeschnallt. Bevor er in den Overall geschlüpft war, hatte er es abgenommen und unter den Vordersitz gelegt. Statt jedoch die Waffe aus dem Wagen zu holen, schälte er sich aus der oberen Hälfte des Overalls und langte hinter sich, um die kleine .25er aus der Zauberertasche am Hosenbund zu ziehen. Dann band er sich die Arme des Overalls um den Bauch und ging los, um nachzusehen, was es mit den Schreien auf sich hatte.

Während er lässig an den geparkten Autos vorbeischlenderte, verbarg er die kleine schwarze Pistole in seiner Handfläche. Dann erreichte er den BMW und hörte leises Weinen. Am Heck des Wagens stand ein Paar. Ein junger Mann und eine Frau. Der Mann hatte die Frau hintüber auf die Motorhaube niedergedrückt. Er beugte sich über sie und küsste ihren Hals. Ihr Kopf rollte ständig von einer

Seite auf die andere, als versuchte er sich vom Rest des Körpers zu lösen.

»Irgendwelche Probleme?«, rief Karch.

Der Mann sah zu ihm herüber.

»Alles klar, Mann. Verpiss dich einfach, ja?«

Karch begann an der Seite des BMW entlangzugehen. Plötzlich ließ der Mann von der Frau und wandte sich Karch zu. Breitbeinig, die Arme weit vom Körper haltend, stand er da und wartete.

»Lassen Sie sie lieber in Ruhe«, sagte Karch. »Hört sich nicht so an, als ...«

»Fick dich doch selber. Sie braucht keine Hilfe. Sie jammert nur gern ein bisschen rum, okay?«

»Von wegen okay. Vielleicht gefällt es Ihnen ja, sie zum Jammern zu bringen. Damit Sie sich stark vorkommen.«

Plötzlich stürzte sich der Mann auf Karch, aber der hatte mit dem Angriff gerechnet. Wie ein erfahrener Stierkämpfer wich er ihm blitzschnell aus und lenkte die Richtung seines Schwungs mit einem geschickten Griff gegen die Seite eines Kleinbusses. Der Mann schlug mit dem Kopf mit solcher Wucht gegen die Seitentür des Busses, dass sie eine Delle bekam. Als er sich aufrichtete und umdrehte, trat Karch auf ihn zu. In seiner Hand war plötzlich die .25er. Er bohrte dem Mann ihren Lauf tief in die empfindliche Unterseite seines Kinns.

»Spürst du das? Fühlt sich klein an, nicht? Ist eine Fünfundzwanziger, eigentlich eine bessere Spielzeugpistole. Nicht viel anzufangen damit, wenn man nicht gerade sehr nahe an jemanden rankommt. Wenn ich jetzt abdrücke, dringt die Kugel in dein Hirn ein, aber sie hat nicht genügend Dampf drauf, um wieder auszutreten. Sie wird also ein paarmal in deinem Schädel hin und her sausen und alles schön zermantschen. Sterben wirst du davon wahrscheinlich nicht, aber du kannst den Rest deines Lebens mit einem Lätzchen im Rollstuhl ...«

»Lassen Sie ihn in Ruhe«, sagte das Mädchen hinter ihm. »Er hat nichts getan.«

Karch hatte den Fehler gemacht, nicht auf sie zu achten.

»Halt dich da lieber raus. Dieser Typ ...«

Doch sie hatte Karch bereits von hinten gepackt. Karch stieß sie mit dem linken Arm heftig von sich, drückte dem Mann aber weiter die Pistole an den Hals. Er hörte, wie sie mit voller Wucht gegen den BMW prallte und dann zu Boden fiel.

»Johnny!«, schrie sie auf.

»Sehen Sie jetzt, was Sie angerichtet haben?«, rief Johnny. »Wirklich toll. Sehen Sie doch selbst, was Sie für eine Scheiße angerichtet haben. Aber Sie mussten sich ja unbedingt als der große edle Ritter aufspielen!«

Karch ließ von ihm ab und trat so weit zurück, dass er ihn und das Mädchen gleichzeitig sehen konnte. Sie saß mit gespreizten Beinen leicht benommen auf dem Asphalt. Der junge Mann eilte auf sie zu, und sie schlang ihm die Arme um den Hals und begann wieder zu weinen.

Karch drehte sich um und ging rasch zu seinem Wagen. Er dachte, *Warum zum Geier habe ich das bloß getan? Ich bin nur aus einem Grund hier.*

Er stieg in den Lincoln, rangierte rückwärts aus der Lücke und fuhr weg. Er sah, wie Johnny hinter ihm auf dem Parkplatz stand und ihm nachsah.

Auf dem Magnolia Boulevard fuhr Karch an den Straßenrand, machte die Innenbeleuchtung an und nahm das Frequenzenverzeichnis der National Law Enforcement Association aus dem Handschuhfach. Er hatte Iverson 500 Dollar dafür bezahlt. Es enthielt alle nationalen, bundesstaatlichen und lokalen Ermittlungsbehörden und die ihnen zugeteilten Funkfrequenzen. Am oberen Rand jeder Seite stand in großer Schrift: Nur für den Polizeigebrauch. Karch hatte lachen müssen, als er das zum erstenmal sah.

Er fand den Eintrag für das Burbank Police Department und gab die drei angegebenen Streifendienstfrequenzen in den Scanner ein, der unter dem Armaturenbrett befestigt war. Dann stellte er eine Wiederholungssuche für die drei Frequenzen ein, wartete und lauschte. Er musste unbedingt wissen, ob das Pärchen, mit dem er sich gerade angelegt hatte, den Vorfall meldete.

Für einen Donnerstagabend war in Burbank anscheinend relativ wenig los. Es gab ein paar Meldungen über häusliche Auseinandersetzungen, und dann wurde ein Streifenwagen zum Parkplatz von Presnick's Bar gerufen. Es war als Tätlichkeit und Bedrohung mit einer Schusswaffe gemeldet worden.

»Scheiße!«, fluchte Karch laut.

Er hieb mit der Faust auf das Lenkrad. Er sah auf die Uhr. Es war fast Mitternacht. Der Burbank Airport war nicht weit weg. Er konnte hinfahren und sich einen neuen Satz Nummernschilder besorgen. Aber es war schon spät, und er musste raus aus Burbank. Er legte den Gang ein und fuhr los. Als er eine Wohngegend erreichte, bog er in eine Seitenstraße und hielt an der ersten Kreuzung. Er machte das Licht aus, holte die richtigen Nummernschilder des Wagens unter dem Sitz hervor und stieg mit dem Akkuschrauber aus. Eine Minute später stieg er mit den gestohlenen Nummernschildern in der Hand wieder ein. Er schob sie unter den Sitz und fuhr los. Die Lichter machte er erst eine Straße weiter wieder an.

Er fuhr nach Westen und hielt nicht eher wieder an, als bis er Burbank ein gutes Stück hinter sich gelassen hatte und mitten in North Hollywood war. Er musste grinsen, als er im Polizeifunk von Burbank seine Personenbeschreibung hörte. Sie machte ihn zwanzig Kilo schwerer und zehn Jahre älter. Der Rest war so allgemein, dass ihm keine Gefahr davon drohte. Die durchgegebene Autonummer war die auf den Nummernschildern unter seinem Sitz, aber das Fabrikat des Wagens stimmte nicht. Er wurde als ein schwarzer Ford LTD beschrieben. Um seine innere Anspannung abzubauen, zündete sich Karch eine Zigarette an. In Burbank war nicht mit Problemen zu rechnen.

Inzwischen war es Mitternacht, und Karch glaubte, Leo Renfro müsste inzwischen da angekommen sein, wohin er unterwegs war. Er fuhr auf den Parkplatz eines durchgehend geöffneten Supermarkts, der Ralph's hieß, und stellte den Motor ab. Er hatte gerade den FasTrak-Empfänger geöffnet, als sein Pager ertönte. Auf dem Display erschien Grimaldis Nummer. Er beschloss, nicht zurückzurufen, und schaltete den Pager sogar ganz aus. Er wollte nicht, dass er möglicherweise in einem ungünstigen Moment noch einmal losging.

Nachdem er die FasTrak-Software gebootet hatte, öffnete Karch die Datei, in der die Bewegungen des Senders unter Leo Renfros Auto gespeichert waren. Auf dem Bildschirm erschien ein Stadtplan des nördlichen Los Angeles, auf dem eine rote Linie die Strecke anzeigte, die der Wagen gefahren war. Karch hatte sich nicht getäuscht. Renfro war auf seinem langen und verschlungenen Weg durch das Valley mehrmals im Kreis gefahren und hatte immer wieder die Richtung gewechselt. In den letzten zwölf Minuten, zeigte der Computer an, hatte sich der Sender jedoch nicht mehr von der Stelle bewegt. Renfro hatte angehalten. Laut Computer stand der Wagen in der Citron Street in Tarzana.

»Leo, ich komme«, sagte Karch laut.

Er ließ den Lincoln an und fuhr vom Parkplatz des Supermarkts nach Tarzana los.

30

Den Cherokee zu finden war ganz einfach. Der Jeep stand in der Einfahrt eines kleinen Hauses in der Citron Street. Als Karch daran vorbeifuhr, überlegte er, warum Renfro den Wagen nicht in die Garage gestellt hatte. Er fuhr einmal um den Block, um nach irgendetwas Auffälligem oder Verdächtigem Ausschau zu halten. Dann hielt er ein Stück hinter dem Cherokee am Straßenrand. Er wand sich mit den Armen in die Ärmel des Overalls und zog den Reißverschluss zu. Er nahm die Sig aus dem Holster und befestigte den Schalldämpfer daran. Für den Fall, dass er rasch verschwinden musste, schloss er den Lincoln beim Aussteigen nicht ab.

Bevor er auf das Haus zuging, trat er auf die Straße hinaus und fasste unter den Cherokee, um die Satellitenanlage zu entfernen. Zunächst zog er sie vom Bodenblech ab und riss die Kabel ab. Dann ging er zum Heck des Wagens und entfernte die Antenne. Er steckte alle Geräte in den Briefkasten an der Mündung der Einfahrt, um sie später, wenn er zu seinem Wagen zurückging, mitzunehmen.

Um zu sehen, warum Renfro sein Auto, für jeden sichtbar, vor dem Haus abgestellt hatte, ging er zur Garage und leuchtete mit seiner Taschenlampe durch eins der kleinen Fenster im Tor. Er stellte fest, dass die Garage bis oben hin mit Champagnerkisten vollgestellt war. Vermutlich heiße Ware. Gleichzeitig überlegte er, ob es die Zeit und die Mühe wert wäre, die Kisten später abholen und verkaufen zu lassen. Wahrscheinlich könnte er alles mit gutem Gewinn an Vincent Grimaldi verhökern.

Er schlug sich den Gedanken aus dem Kopf und konzentrierte sich auf das, was vor ihm lag. Er ging an der Vorderseite und der linken Seitenwand des Hauses entlang, um sich zu vergewissern, dass Renfro keinen Hund hatte. Wegen einer Alarmanlage machte er sich keine Gedanken. Leute, die häufig mit dem Gesetz in Konflikt gerieten, hatten selten eine Alarmanlage. Ihnen war klar, wie leicht sie sich verdächtig machen konnten, und deshalb wollten sie keine Sicherheitsvorkehrungen, die möglicherweise die Polizei an ihre Haustür führen würde.

Etwa in der Mitte des Grundstücks befand sich eine Holztür, die den Zugang zum hinteren Teil des Gartens versperrte. Karch kletterte mühelos daran hoch und sprang auf der anderen Seite zu Boden. Mit der Taschenlampe leuchtete er den Rasen und die mit Sträuchern bepflanzten Beete entlang der Hauswand ab. Zwischen den Pflanzen waren weder Hundekot noch Wühlspuren zu sehen. Karch machte die Taschenlampe aus und ging an der Hauswand entlang in den hinteren Teil des Gartens weiter. Der Mond war hell, und er brauchte die Taschenlampe nicht.

Als Karch um die hintere Ecke des Hauses bog, sah er die leuchtende blaue Oberfläche des Pools. Er wollte gerade an der Rückwand entlang weitergehen, als er eine Schiebetür aufgehen hörte. Er zog sich an die Hausecke zurück und postierte sich so, dass er die Rückseite des Hauses unbemerkt im Auge behalten konnte. Ein Mann kam durch die Schiebetür nach draußen und stellte sich an den Rand des Pools. Es war der Mann, der die Post abgeholt hatte. Renfro. Er blickte in den Pool. Karch folgte seinem Blick und sah das automatische Sauggerät, das über den Grund kroch. Als der Mann schließlich aufblickte, schien es, als betrachtete er den Mond. Karch trat aus seinem Versteck hervor und hob seine Pistole.

Wegen des Verkehrsrauschens vom nahen Freeway hörte ihn Renfro nicht. Karch drückte ihm die kalte Mündung in den Nacken. Renfro verkrampfte sich, mehr nicht. Leute aus seiner Branche rechneten damit, früher oder später die kalte Mündung einer Schusswaffe in ihrem Nacken zu spüren.

»Eine schöne klare Nacht, hm?«, sagte Karch.

»Genau das dachte ich auch gerade«, sagte der Mann. »Sind Sie das Herzass?«

»Das bin ich.«

»Ich habe nach Ihnen Ausschau gehalten, habe Sie aber nicht gesehen.«

»Ganz einfach. Weil ich nicht da war. Sie sind etwa zehn Jahre hinter dem Mond, Leo. Ich habe eine Satellitenwanze an Ihrem Auto angebracht. Ich musste Ihnen nicht folgen.«

»Man lernt nie aus.«

»Kann schon sein. Wir unterhalten uns besser drinnen. Und die Hände immer schön oben lassen, damit ich sie sehen kann.«

Mit einer Hand packte Karch Renfro am Kragen, mit der anderen drückte er ihm die Pistole in den Rücken. Sie gingen auf das Haus zu.

»Sonst noch jemand im Haus?«

»Nein, nur ich.«

»Bestimmt? Wenn sonst noch jemand im Haus ist, bringe ich ihn um, nur zur Demonstration?«

»Da bin ich sicher. Es ist niemand im Haus.«

Durch die offene Schiebetür traten sie in ein Büro. Karch sah den Schreibtisch am einen Ende des Raums. Eine Wand war mit Champagnerkisten zugestellt. Grob stieß Karch Renfro auf die Vorderseite des Schreibtisches zu und ließ ihn los. Dann griff er hinter sich und zog die Schiebetür zu.

»Bleiben Sie vor dem Schreibtisch.«

Die Hände weiter in Brusthöhe haltend, kam Renfro der Aufforderung nach. Karch ging an ihm vorbei und hinter den Schreibtisch. Dort lagen der gepolsterte Umschlag, den er in der Agentur für Renfro abgegeben hatte, und der Umschlag, der bereits im Postfach gewesen war. Beide Umschläge waren aufgerissen. Karch setzte sich auf den Stuhl hinter dem Schreibtisch und sah zu Renfro hoch.

»Ziemlich beschäftigt in letzter Zeit, was, Leo?«

»Ach, ich weiß nicht. So viel war eigentlich nicht gerade los.«

»Tatsächlich?« Karch deutete mit dem Kopf auf die Wand aus Champagnerkisten. »Sieht aber so aus, als hätten Sie demnächst groß was zu feiern.«

»Das ist eine Investition.«

Karch griff nach dem gepolsterten Umschlag und schüttelte das Herzass heraus. Er warf den Umschlag über seine Schulter und hielt die Spielkarte hoch.

»Das Herzass. Die Geldkarte, Leo.«

Er steckte die Spielkarte in eine Tasche seines Overalls. Dann nahm er den anderen Umschlag und sah ihn an.

»Was ich mich schon die ganze Zeit frage: Was bedeutet dieses Siebenhundertdreiundsiebzig? Ist das ein Code?«

»In gewisser Weise, ja. Es ist eine Vorwahlnummer.«

Karch schüttelte den Kopf.

»Hätte ich mir eigentlich denken können. Von was?«

»Chicago. Die neue.«

»Ach ja, richtig. Sie arbeiten für Chicago.«

»Nein, falsch. Ich arbeite für niemanden.«

Karch nickte, aber sein Lächeln brachte zum Ausdruck, dass er Renfro nicht glaubte. Er griff nach dem anderen Umschlag und schüttelte ihn. Zwei Pässe fielen auf den Schreibtisch. Er nahm einen und schlug ihn auf der Seite mit dem Foto auf. Mit einer Büroklammer waren ein in

Illinois ausgestellter Führerschein und zwei Kreditkarten daran befestigt. Karch interessierte jedoch vor allem das Foto.

»Jane Davis«, las er laut ab. »Komisch, für mich sieht das nach Cassidy Black aus.«

Er blickte zu Renfro auf, um seine Reaktion mitzubekommen. Einen Augenblick lang war sie da. Überraschung, vielleicht sogar Bestürzung. Karch lächelte.

»Tja, ich weiß mehr, als Sie denken.«

In der Erwartung, Renfros Foto darin zu finden, griff er nach dem zweiten Pass. Er enthielt jedoch das Foto eines kleinen Mädchens. Der Name unter dem Foto lautete Jodie Davis.

»Also, wie es scheint, weiß ich doch nicht alles. Wer ist das denn?«

Renfro antwortete nicht.

»Kommen Sie schon, Leo, helfen Sie mir auf die Sprünge. Wir dürfen keine Geheimnisse voreinander haben, Sie und ich.«

»Sie können mich mal. Tun Sie meinetwegen, was Sie tun müssen. Aber trotzdem, Sie können mich mal.«

Karch lehnte sich zurück und sah Renfro an, als versuchte er sich ein Urteil über ihn zu bilden.

»Ihr Typen vom Syndikat denkt alle, euch kann keiner was.«

»Ich gehöre nicht zum Syndikat, aber Sie können mich trotzdem.«

Karch nickte, als amüsierten ihn Renfros Proteste.

»Ich möchte Ihnen mal eine Geschichte über das Syndikat erzählen. Vor langer Zeit gab es in Las Vegas einen Zauberer. Er war schon lange im Geschäft, hatte alle Casinos abgeklappert, aber zum großen Durchbruch sollte es dann doch nie reichen. Immer nur das Vorprogramm, nie die Hauptattraktion. Nebenbei zog er seinen Sohn groß.

Allein. Irgendwann hatte er also ein Engagement im Clown Room des Circus, Circus. Nichts Berauschendes. Nur ein Auftritt vor kleinem Publikum – mehr oder weniger für einen Apfel und ein Ei. Und an einem Abend macht er für einen Tisch mit drei Männern einen Kartentrick – Sie wissen schon, mit drei Karten, die er ständig vertauscht, und wo man hinterher sagen muss, wo das Ass ist – und die drei wollen ständig, dass er ihn noch mal macht. Sie wissen schon, in dem Stil: ›Komm schon, noch ein letztes Mal. Diesmal erwische ich die richtige Karte.‹ Bloß ist ihnen das natürlich nie gelungen. Sie haben nie das Ass erwischt. Und so ging das also immer weiter, bis einer von den dreien richtig sauer wurde. So, als ob er gedacht hätte, der Zauberer wollte ihn persönlich zum Narren halten oder so. Aber machen wir jetzt mal einen kleinen zeitlichen Sprung zum Ende des Abends. Der Zauberer macht Schluss und geht in die Garage zu seinem Wagen. Und jetzt raten Sie mal, wer dort auf ihn wartet? Diese drei Typen aus der Bar.«

Karch machte eine Pause, aber nicht um der Wirkung willen. An diesem Punkt ging ihm die Geschichte jedesmal von neuem unter die Haut. Jedesmal wenn er daran dachte oder es erzählte, war es, als würde ihm die Wut die Kehle verätzen.

»Und einer von ihnen, der Boss der drei, hatte einen Hammer. Sie sagten kein Wort. Sie packten den Zauberer bloß und beugten ihn über die Kühlerhaube seines Autos. Einer nahm seine Krawatte ab und knebelte den Zauberer damit. Und dann brach der Mann mit dem Hammer dem Zauberer einen Fingerknöchel nach dem anderen. Irgendwann wurde er ohnmächtig, und als sie fertig waren, ließen sie ihn einfach neben seinem Wagen auf dem Betonboden liegen. Er trat nie wieder auf. Konnte nicht mal einen Quarter in der Handfläche halten. Fiel ihm jedesmal, wenn er es versuchte, auf den Boden. Ich saß oft in meinem

Zimmer und hörte ihn im Zimmer nebenan proben. Und jedesmal hörte ich den Quarter auf den Boden fallen, immer und immer wieder ...

Danach fuhr er Taxi. Irgendwann starb er schließlich an Krebs, aber er war schon lange vorher tot.«

Karch sah Renfro an.

»Wissen Sie, wer der Mann mit dem Hammer war?«

Renfro schüttelte den Kopf.

»Das war Joey Marks. Der Mann des Syndikats in Vegas.«

»Joey Marks ist tot«, sagte Renfro. »Und wie gesagt, arbeite ich weder für das Syndikat noch für sonst jemanden.«

Karch stand auf und kam hinter dem Schreibtisch hervor.

»Ich bin des Geldes wegen da«, sagte er ruhig. »Sie haben die falschen Leute bestohlen, und ich bin hier, um das wieder geradezubiegen. Es interessiert mich nicht, ob Sie für Chicago arbeiten oder nicht. Ich gehe hier nicht eher weg, bis ich das Geld habe.«

»Welches Geld? Ich verkaufe Pässe. Ich investiere in Champagner. Ich stehle niemandem Geld.«

»Hören Sie zu, Leo. Martin ist tot. Jersey Paltz ebenfalls. Sie wollen doch nicht wie sie enden, oder? Also, wo ist das Geld? Wo ist Cassie Black?«

Renfro drehte sich um. Er sah jetzt Karch an und stand mit dem Rücken zur Schiebetür. Der Pool hinter ihm leuchtete hell im Dunkeln. Renfro senkte das Kinn, als ob er in sich ginge und eine Entscheidung träfe. Dann nickte er sich kaum merklich selbst zu und sah wieder Karch an.

»Fick dich ins Knie.«

Karch schüttelte den Kopf.

»Nein, Leo, jetzt kannst du dich ins Knie ficken.«

Er senkte den Lauf der Pistole und drückte in aller Ruhe ab. Die Kugel durchschlug Renfros linkes Knie. Sie drang sauber durch den Knochen und das Gewebe, schlug hinter ihm auf den Fliesenboden und prallte zu der gläsernen Schiebetür hoch. Die Tür zersprang in große gezackte Glasstücke, die auf den Boden fielen und weiter zersprangen. Renfro fiel auf den Boden und hielt mit beiden Händen sein Knie. Sein Gesicht war eine schmerzverzerrte Maske.

Die zerspringende Glasscheibe machte mehr Lärm, als Karch lieb war. Bis auf ein großes gezacktes Stück Glas, das noch im unteren Rand des Rahmens steckte, war die ganze Scheibe herausgebrochen. Karch nahm an, das Haus war gebaut worden, bevor die Verwendung von Sicherheitsglas gesetzlich vorgeschrieben wurde. Er sah in den Garten hinaus und hoffte, der Verkehrslärm vom Freeway hätte den Lärm übertönt.

Renfro wälzte sich stöhnend über das Glas und zerschnitt sich dabei Arme und Rücken. Bald war der ganze Boden voll Blut. Karch ging auf Renfro zu und beugte sich über ihn.

»Rück endlich das Geld raus, Leo, und ich verspreche dir, es geht schnell und schmerzlos zu Ende.«

Er wartete, aber er erhielt keine Antwort. Renfros Gesicht war knallrot. Seine Lippen waren weit zurückgezogen und entblößten seine aufeinander gebissenen Zähne.

»Leo? Hör zu, Leo. Ich weiß, du hast ziemliche Schmerzen, aber hör mir trotzdem zu. Wenn du das Geld nicht rausrückst, müssen wir noch die ganze Nacht so weitermachen. Wenn du glaubst, das tut weh, kann ich dir nur sagen, du hast keine Ahnung, was wirklich ...«

»Fick dich! Ich habe das Geld nicht.«

Karch nickte.

»Das ist immerhin schon ein kleiner Fortschritt, nicht? Über das ›Welches Geld‹-Stadium wären wir jedenfalls raus. Wenn du es nicht hast, wo ist es dann?«

»Ich habe es an Chicago weitergeleitet.«

Die Antwort kam Karch zu schnell. Er studierte Renfros Gesicht und kam zu dem Schluss, dass er log.

»Das glaube ich nicht, Leo. Wo ist das Mädchen? Cassie Black. Leo, wo ist sie?«

Renfro antwortete nicht. Karch machte einen Schritt zurück und schoss ihm gelassen ins andere Knie.

Renfro stieß einen lauten Schrei aus, auf den ein Schwall von Schimpfworten folgte, der in Delirium und Stöhnen überging. Mit fest angezogenen Ellbogen, das Gesicht in seinen Händen vergraben, rollte er sich auf den Bauch. Die Beine hatte er von sich gestreckt, und aus beiden Knien sickerte eine Blutlache. Karch blickte durch die zersprungene Tür und über den Pool hinweg, um nach angehenden Lichtern oder sonstigen Anzeichen Ausschau zu halten, dass die Nachbarn etwas mitbekommen hatten. Alles, was er hörte, war der Freeway. Er hoffte, er würde den Lärm, den er machte, übertönen.

»Okay, okay«, stammelte Renfro in seine Hände. »Ich sage es dir. Ich zeige es dir.«

»So ist es brav, Leo. Langsam machen wir Fortschritte.«

Renfro hob den Kopf und stützte sich auf die Ellbogen auf. Dann begann er auf die kaputte Tür zuzukriechen. Seine zu nichts mehr zu gebrauchenden Beine, die er hinter sich herzog, hinterließen eine Blutspur.

»Ich sage es dir«, würgte er unter Schmerzen und Tränen hervor. »Ich zeige es dir.«

»Dann sag es mir einfach, Leo«, sagte Karch. »Wo willst du hin? Du kommst nirgendwohin. Du kannst ja nicht mal gehen, Herrgott noch mal. Sag mir einfach, wo es ist.«

Renfro robbte einen weiteren schmerzhaften halben Meter auf die Tür zu. Er sprach mit brüchiger Stimme, zwischen zusammengebissenen Zähnen hervor.

»Siehst ... du ... es war dieser Scheißmond ... der kritische Mond ...«

»Was faselst du da? Wo ist das Geld?«

Karch merkte, er war zu weit gegangen. Wegen der Schmerzen und des Blutverlustes faselte Renfro nur noch wirres Zeug. Nicht lange, und er wäre zu nichts mehr zu gebrauchen.

»Der kritische Mond«, wiederholte Renfro. »Es ist der kritische Mond.«

Karch ging einen Schritt neben ihm her.

»Der kritische Mond? Was soll das bedeuten?«

Renfro hörte auf, sich über den Boden zu schleppen, und drehte den Kopf, um zu Karch aufzublicken. Seine Miene war jetzt nicht mehr so verzerrt. Sie wirkte fast entspannt.

»Es bedeutet, dass alles passieren kann, du blödes Arschloch.«

Jetzt war seine Stimme kräftig und fest. Plötzlich stützte er sich von den Ellbogen auf die Hände auf, streckte die Arme voll durch und warf sich auf den Rahmen der Schiebetür. Sein Hals landete auf dem gezackten Stück Glas, das noch im Rahmen steckte.

Zu spät merkte Karch, was Renfro vorhatte.

»Nein, verdammte Scheiße!«

Er bückte sich, packte Renfro am Kragen und riss ihn von dem Glasstück hoch. Er ließ ihn zu Boden sinken, packte ihn an den Schultern und drehte ihn um.

Er war zu spät eingeschritten. Über Renfros Hals zog sich ein tiefer, breiter Schnitt. Er hatte sich selbst die Kehle durchgeschnitten. Aus der linken Seite, da, wo die Halsschlagader durchtrennt worden war, sprudelte Blut.

Leo Renfros Augen leuchteten, als er zu Karch hochsah. Sein Gesicht verzog sich zu einem blutigen Grinsen. Er hob langsam die Hand und hielt sich die Wunde in seinem Hals zu. Seine Stimme war ein heiseres Krächzen.

»Pech gehabt.«

Leo ließ die Hand sinken, und das Blut strömte wieder ungehindert aus seinem Hals. Er behielt das Lächeln auf den Lippen und den Blick auf Karch gerichtet.

Karch ging in die Knie und beugte sich über ihn.

»Du meinst, du hast mir eins ausgewischt? Hm? Hm? Du meinst, du hast gewonnen?«

Leo konnte nur mit seinem Grinsen antworten. Karch wusste, es sagte: *Fick dich!* Er hob die Pistole und schob den Lauf in Renfros blutigen Mund.

»Einen Dreck hast du gewonnen.«

Er lehnte sich zurück und wandte das Gesicht ab. Dann drückte er ab. Der Schuss riss Renfro den Hinterkopf weg und tötete ihn auf der Stelle.

Karch nahm die Pistole aus Renfros Mund und betrachtete sein Gesicht. Seine Augen waren offen, und irgendwie war das Grinsen immer noch da.

»Du kannst mich mal. Denk bloß nicht, du hättest mir eins ausgewischt.«

Er ließ sich auf die Hacken nieder und blickte sich um. Als er einen Blutspritzer auf dem weißen Spann eines seiner zweifarbigen Schuhe entdeckte, wischte er ihn mit dem Daumen ab und machte sich dann den Daumen an Leo Renfros Hemd sauber.

Er stand auf und blickte sich im Büro um. Er seufzte laut. Er hatte eine lange Nacht vor sich. Er musste das Geld finden. Er musste Cassie Black finden.

31

Am Freitag kam Cassie Black um zehn Uhr vormittags in die Firma und meldete sich bei Ray Morales, um sich zu erkundigen, ob etwas anstand. Er hatte in ihrer Abwesenheit ihre Anrufe entgegengenommen. Ray sagte, es sei ziemlich still gewesen, aber er habe einen Interessenten, der um drei vorbeikommen wolle, um einen neuen Boxster probezufahren. Der Kunde habe bei Warner Brothers gerade einen Developmentvertrag im siebenstelligen Bereich unterschrieben. Ray hatte die Information aus dem Hollywood Reporter und rechnete mit einem leichten Fang. Cassie bedankte sich, dass er dabei an sie gedacht hatte, und wollte in ihr Büro gehen, doch Ray hielt sie zurück.

»Alles klar, Cassie?«, fragte er.

»Klar, was sollte denn sein?«

»Ich weiß nicht. Sie sehen aus, als hätten Sie in letzter Zeit nicht viel Schlaf gekriegt.«

Cassie hob die rechte Hand und legte sie um den linken Ellbogen, der von dem Stromschlag, den sie beim Öffnen des Geldkoffers bekommen hatte, immer noch schmerzte.

»Ich weiß«, sagte sie. »Es gibt da verschiedene Dinge, die mich im Moment etwas beschäftigen. Und dann kann ich nachts manchmal nicht einschlafen.«

»Was für Dinge?«

»Ach, nichts Bestimmtes. Alles Mögliche. Ich bin in meinem Büro, wenn Sie mich brauchen.«

Nun ging sie endgültig und zog sich in ihr winziges Büro zurück. Sie stellte den Rucksack unter den Schreibtisch und setzte sich. Sie stützte die Ellbogen auf die Schreibunterlage und fuhr sich mit den Händen durchs Haar. Am liebsten hätte sie geschrien: *ICH BRINGE DAS NICHT MEHR!* Aber sie versuchte, ihre Ängste in den Griff zu bekommen, indem sie sich vor Augen hielt, dass es in ihrem Leben, so oder so, sehr bald zu einer einschneidenden Veränderung kommen würde.

Sie griff nach dem Telefon, um ihre Mailbox abzufragen, obwohl sie am Dienstag eine Nachricht des Inhalts hinterlassen hatte, dass sie ein paar Tage nicht in der Firma sei und Anrufer sich in dringenden Fällen bitte an Ray Morales wenden wollten. Trotzdem waren vier Nachrichten auf Band. Eine war von einer Firma, die Karosserieteile in Sonderanfertigung herstellte. Die Chromfelgen für einen 58er Speedster, den sie verkauft hatte, waren fertig. Der zweite Anruf war von einem von Rays Interessenten von letzter Woche, einem Produzenten bei Fox. Er rief nicht wegen des Wagens an, mit dem er eine Probefahrt gemacht hatte, sondern um ihr zu sagen, dass er sie sehr sympathisch gefunden habe und dass er wissen wolle, ob sie Lust hätte, nächste Woche zur Premiere des Films eines Freundes mitzukommen. Cassie machte sich nicht die Mühe, sich seine private Handynummer aufzuschreiben.

»Wenn du mich so sympathisch gefunden hast, warum hast du dann den Wagen nicht gekauft?«, sagte sie laut in den Hörer.

Die dritte Nachricht war von Leo. Er klang so aufgeregt, wie sie ihn noch nie gehört hatte. Die Nachricht war um 0 Uhr 10 eingegangen. Sie hörte sie sich dreimal an.

»Hallo, ich bin's. Was ist mit deinem Handy los? Ich komme nicht zu dir durch. Jedenfalls komme ich gerade von meinem Postfach zurück. Ich habe die Sachen, die du wolltest. Aber es war noch was drin, komische Sache. Irgendwie hat jemand meine Adresse rausgekriegt und mir was geschickt. Ein Herzass aus dem Flamingo. Ich habe zwar keine Ahnung, was das Ganze bedeuten soll, aber irgendwas bedeutet es. Ruf mich sofort an, wenn du meine Nachricht erhältst. Befolge alle Vorsichtsmaßnahmen und tu nichts Auffälliges. Ach, und lösch diese Nachricht, ja?«

Cassie drückte auf die Dreiertaste des Telefons und löschte Leos Nachricht, bevor sie sich die vierte Nachricht anhörte. Der letzte Anruf war um halb acht Uhr morgens eingegangen, aber der Anrufer hatte aufgehängt. Kein Hintergrundgeräusch, nur ein paar Sekunden, in denen man jemanden atmen hörte, dann hatte er aufgelegt. Sie fragte sich, ob es Leo gewesen war.

Sie hängte auf und zog den Rucksack in ihren Schoß. Zuerst durchwühlte sie ihn nach ihrem Handy. Es war nicht an. Ihr fiel ein, dass sie es am Abend zuvor ausgeschaltet hatte, nachdem sie das Gespräch mit Leo ziemlich abrupt beendet und entschieden hatte, dass sie nicht wollte, dass er noch einmal anrief.

Jetzt machte sie das Telefon wieder an und legte es auf den Schreibtisch. Dann kramte sie weiter in ihrem Rucksack, bis sie das Päckchen mit den Spielkarten fand, das sie im Souvenirshop des Flamingo gekauft hatte. Sie öffnete es rasch und begann nach dem Herzass zu suchen. Je mehr sie sich dem Ende des Päckchens näherte, desto stärker wurde die Angst, die sich ihrer bemächtigte. Als sie bei der letzten Karte ankam, ohne auf das Herzass gestoßen zu sein, schleuderte sie den ganzen Packen mit einem lauten Fluch durch das kleine Büro. Er prallte gegen das Tahiti-Poster, und die Karten flogen in alle Richtungen davon und landeten auf dem Boden und dem Schreibtisch.

»Verdammte Scheiße!«

Sie vergrub das Gesicht in den Händen und überlegte, was sie tun sollte. Dann griff sie hastig nach dem Telefon, um Leo anzurufen, überlegte es sich dann aber anders. *Befolge alle Vorsichtsmaßnahmen.* Sie überlegte, ob sie ihr Handy benutzen sollte, verwarf aber auch diesen Gedanken. Stattdessen öffnete sie die Schreibtischschublade, schaufelte eine Hand voll Münzen aus einem für Stifte gedachten Fach und stand auf.

Als sie die Tür öffnete, stieß sie fast mit Ray Morales zusammen, der offensichtlich gekommen war, um zu sehen, was es mit dem Lärm auf sich hatte.

»Entschuldigung«, sagte sie und machte einen Schritt zur Seite, um an ihm vorbeizugehen.

Morales blickte an ihr vorbei in das Büro und sah die Spielkarten herumliegen.

»Spielen Sie hier Zweiundfünfzig-Abheben, oder was?«

»Eher Einundfünfzig.«

»Wie bitte?«

»Ich bin gleich wieder zurück, Ray. Ich muss einfach nur mal kurz raus hier.«

Er beobachtete stumm, wie sie den Ausstellungsraum durchquerte und durch die Glastür nach draußen ging.

Cassie ging eine Straße weiter zum Cinerama Dome, vor dem es ein Münztelefon gab. Sie wählte Leos Handynummer und ließ es zehnmal läuten, bevor sie aufhängte. Da sie inzwischen alles anzweifelte, wählte sie die Nummer für den Fall, dass sie sich beim ersten Mal verwählt hatte, noch einmal. Diesmal ließ sie es zwölfmal läuten, bevor sie auflegte. Die Angst, die sich ihrer beim Durchsehen der Spielkarten bemächtigt hatte, war inzwischen noch intensiver geworden und nicht mehr weit von einer Panik entfernt.

Um sich etwas zu beruhigen, begann sie zu überlegen, aus welchen Gründen Leo nicht ans Telefon gehen könnte.

Leo und sein Handy waren unzertrennlich wie siamesische Zwillinge. Falls das Handy nicht an war, hätte sie zu Leos Mailbox durchgestellt werden müssen. Außerdem hätte es dann auf keinen Fall so oft bei ihm angeläutet. Das hieß, das Telefon war an, aber es ging niemand dran. Die Frage war, warum.

Der Pool, fiel ihr plötzlich ein. Am Morgen schwamm Leo immer mehrere Bahnen. An sich müsste er das Telefon auf den Tisch am Beckenrand gelegt haben, aber wenn er gerade schwamm, hörte er es wegen des Wasserplatschens und des Verkehrslärms vom Freeway vielleicht nicht läuten.

Diese Erklärung beruhigte sie ein wenig. Sie wählte Leos Nummer noch einmal, aber auch diesmal ging niemand dran. Sie hängte den Hörer auf die Gabel und beschloss, in die Firma zurückzugehen. In einer halben oder dreiviertel Stunde konnte sie noch einmal herkommen und es wieder versuchen. Ihr fiel ein, Leo hatte ihr einmal erzählt, dass er jeden Tag fünftausend Meter schwamm. Sie hatte zwar keine Ahnung, wie lange er dafür brauchen würde, schätzte aber, dass eine halbe Stunde genügen müsste.

Fünf Minuten später betrat sie wieder den Showroom des Autohauses, wo Ray einem Mann mit einem flachen runden Hut einen silbernen Carrera mit einem Mushroom-Spoiler zeigte. Als Ray sie sah, winkte er sie mit den Fingern zu sich.

»Cassie, das ist Mr. Lankford. Er möchte einen Wagen kaufen.«

Der Kunde drehte sich um und lächelte verlegen.

»Also, eigentlich möchte ich mir den Wagen nur mal ansehen. Das heißt, ihn fahren. Dann sehen wir weiter.«

Er reichte ihr die Hand.

»Terrill Lankford.«

Sie schüttelte ihm die Hand. Sein Griff war fest, seine Hand pulvertrocken.

»Cassie Black.«

Sie sah Ray an. Sie wollte das jetzt nicht machen. Ihr war nicht nach Autos verkaufen.

»Ray, ist Billy schon hier? Oder Aaron? Vielleicht könnte einer von ihnen ...«

»Meehan macht gerade eine Probefahrt, und Curtiss kommt erst um zwölf. Ich möchte, dass Sie jetzt Mr. Lankford einen Wagen vorführen.«

Rays Ton ließ keinen Zweifel daran, dass ihn ihr Eigensinn ärgerte und er sich auf keine Diskussionen einlassen würde. Sie wandte ihre Aufmerksamkeit Lankford zu. Er war gepflegt und gut gekleidet, und der Hut stand ganz im Einklang mit seinem altmodischen Styling. Seiner blassen Gesichtsfarbe nach zu schließen, war er vermutlich an einem Coupé interessiert. Aber das machte nichts, weil es den Boxster nicht als Coupé gab. Damit kamen nur die teureren Carreras infrage.

»Welches Modell hätte Ihnen denn so vorgeschwebt?«

Lankford lächelte und zeigte ein makelloses Gebiss. Cassie stellte fest, seine Augen waren betongrau, eine ungewöhnliche Farbzusammenstellung mit seinem pechschwarzen Haar.

»Na ja, eigentlich ein neuer Carrera.«

»Gut, dann hole ich schon mal einen Wagen. Wenn Sie in der Zwischenzeit Ray Ihren Führerschein und die Versicherungskarte geben könnten, kopiert er schon mal alles, bis ich den Wagen fertig habe.«

Lankfords Mund ging auf, aber er sagte nichts.

»Sie haben doch einen Versicherungsnachweis dabei, oder?«, fragte Cassie.

»Aber sicher, selbstverständlich.«

»Okay, dann soll Ray das mal erledigen, während ich den Wagen hole. Cabrio oder Coupé?«

»Wie bitte?«

»Einen Hardtop oder ein Cabriolet – mit aufklappbarem Verdeck?«

»Ach so. Also, heute Morgen ist so ein schöner Tag, warum fahren wir da nicht offen?«

»Klar, warum nicht? Wir haben ein Modell auf Lager. In Arctic Silber. Entspricht das in etwa Ihren Vorstellungen?«

»Auf jeden Fall.«

»Wunderbar, dann kommen Sie zum Carport raus, wenn Sie mit Ray fertig sind.«

Sie deutete auf die Glastür auf der anderen Seite des Showrooms.

»Ich komme gleich nach«, sagte Lankford.

Während Ray den Kunden in die Buchhaltung mitnahm, wo das Kopiergerät war, ging Cassie in Rays Büro und nahm den Schlüssel für das silberne Cabrio vom Schlüsselbrett. Dann ging sie in ihr eigenes Büro und holte ihre Geldbörse aus dem Rucksack. Als sie sah, dass die Spielkarten über den ganzen Raum verstreut waren, wurde ihr klar, dass sie Lankford, wenn er einen Vertrag machen wollte, so lange in Rays Büro festnageln müsste, bis sie aufgeräumt hatte. Jetzt war dafür keine Zeit.

Sie wollte das Büro gerade verlassen, als ihr etwas einfiel. Sie nahm das Handy vom Schreibtisch und befestigte es an ihrem Gürtel. Nur für den Fall, dass Leo anruft, dachte sie. Sie ging durch den Seitenausgang zum Vorführwagen hinaus. Sie stieg ein, schob ihre Geldbörse in ein Fach des CD-Halters am Armaturenbrett und startete den Wagen. Sie versenkte die Fenster und ließ das Verdeck zurückklappen, sah auf die Treibstoffanzeige und stellte fest, dass der Tank viertel voll war. Dann fuhr sie zur Tür des Ausstellungsraums, durch die gerade Lankford kam.

»Lassen Sie das erste Stück mich fahren«, rief sie, um den Motor zu übertönen, der beim Warmlaufen etwas höher drehte. »Aber dann können Sie ans Steuer.«

Lankford machte lächelnd das Okay-Zeichen und setzte sich auf den Beifahrersitz. Sie nahm den Sunset und dann die Vine nach Norden. Am Hollywood Boulevard bog sie links ab und fuhr dann den Cahuenga nach Norden, in die Hügel hinauf und zum Mulholland Drive.

Eine Weile fuhren sie schweigend dahin. Cassie fand es am besten, wenn der Kunde erst auf das Motorengeräusch lauschte, in den Kurven ein Gefühl für seine Beschleunigung bekam, sich in den Wagen verliebte. Reden konnten sie später. Sie wartete mit ihrer Verkaufsmasche und den Einzelheiten, bis der Kunde selbst am Steuer saß. Außerdem gingen ihr im Moment ganz andere Dinge durch den Kopf als Lankford und sein Interesse an einem 75 000 Dollar teuren Auto. Sie musste ständig an Leos Anruf und an den ungewohnten Nachdruck in seiner Stimme denken.

Vom Cahuenga kletterte der Carrera auf dem kurvenreichen Mulholland mühelos zum Kamm der Santa Monica Mountains hinauf. Am Hollywood-Aussichtspunkt hielt Cassie an, stellte den Motor ab und stieg aus.

»Jetzt sind Sie dran.« Das waren Cassies erste Worte, seit Lankford zu ihr in den Wagen gestiegen war.

Sie ging zum Geländer und blickte auf die Muschel der Hollywood Bowl hinab. Vom Stadion wanderte ihr Blick über Hollywood hinweg zu den Hochhäusern der Downtown. Der Smog war dicht und hatte eine ins Rosa spielende orangefarbene Schattierung. Aber irgendwie sah das Ganze gar nicht so übel aus.

»Schöne Aussicht«, sagte Lankford hinter ihr.

»Manchmal.«

Sie drehte sich um und sah zu, wie er sich ans Steuer setzte. Dann ging sie auf die Beifahrerseite und stieg ein.

»Was meinen Sie? Fahren Sie einfach noch ein Stück den Mulholland weiter. So können Sie sich schon mal einen Eindruck verschaffen, wie der Wagen auf der Straße liegt.

Dann nehmen wir den Laurel Canyon runter zum Freeway hunderteins und fahren dort zurück nach Hollywood. Auf dem Freeway können Sie etwas Gas geben und sehen, was der Wagen so bringt.«

»Gern.«

Er hatte das auf der linken Seite angebrachte Zündschloss rasch gefunden und startete den Wagen. Er stieß rückwärts aus der Parklücke, legte den ersten Gang ein und bog in den Mulholland. Er hatte beim Fahren ständig eine Hand am Schalthebel. Cassie merkte sofort, dass er sich mit dem Wagen auskannte.

»Sieht ganz so aus, als hätten Sie so einen Wagen schon mal gefahren, aber ich erzähle Ihnen trotzdem noch mal, was es darüber alles zu wissen gibt.«

»Klingt gut.«

Sie begann bei der Aufzählung der Eigenschaften des Wagens mit dem wassergekühlten Motor und dem Getriebe und ging dann zur Federung und den Bremsen weiter. Schließlich kam sie zum Cockpit und fing an, die Extras aufzuzählen.

»Tempomat, Antriebsschlupfregelung, Bordcomputer, alles serienmäßig. Dann wären da ein CD-Player, automatische Fensterheber und automatisches Verdeck, zwei Airbags. Und hier unten ...«

Sie deutete zwischen ihren Beinen hindurch auf die Vorderseite des Sitzes. Lankford blickte kurz auf die angezeigte Stelle, sah aber sofort wieder auf die Straße.

»... können Sie den Beifahrer-Airbag abstellen – wenn Sie zum Beispiel ein kleines Kind mitnehmen. Haben Sie Kinder, Mr. Lankford?«

»Sagen Sie doch Terrill zu mir. Und nein, ich habe keine Kinder. Sie?«

Cassie antwortete nicht sofort.

»Eigentlich nicht.«

Lankford lächelte.

»Eigentlich nicht? Ich dachte, das wäre eine Frage, die sich für eine Frau mit einem eindeutigen Ja oder Nein beantworten lässt.«

Cassie überging die Bemerkung.

»Was halten Sie von dem Wagen ... Terrill?«

»Sehr angenehm. Sehr schön.«

»Allerdings. Und was machen Sie beruflich so?«

Er blickte zu ihr herüber. Der Wind drohte ihm den Hut vom Kopf zu wehen. Er hob die Hand und drückte ihn sich fester in die Stirn.

»Wahrscheinlich könnte man sagen, ich bin so eine Art Feuerwehr«, antwortete er. »Ich bin Unternehmensberater. Mit einer eigenen Firma. Ich biege die Dinge wieder zurecht. Was eben gerade anfällt. Ich bin ein richtiger Zauberkünstler, lasse anderer Leute Probleme einfach verschwinden. Warum fragen Sie?«

»Nur so. Dieses Auto ist ziemlich teuer. Sie müssen beruflich recht erfolgreich sein.«

»Oh, das bin ich. Auf jeden Fall. Und der Preis ist kein Problem. Ich zahle bar. Ich rechne nämlich damit, Cassie, schon bald in den Besitz einer größeren Summe zu kommen. Sogar schon sehr bald.«

Als Cassie zu ihm hinübersah, durchlief sie unwillkürlich ein angstvoller Schauder. Es war mehr instinktiv als intuitiv. Lankford stieg etwas fester aufs Gaspedal, und der Porsche begann schneller durch die scharfen Kurven zu ziehen. Lankford sah wieder zu ihr herüber.

»Cassie. Von was ist das die Kurzform? Von Cassandra?«

»Cassidy.«

»Wie Butch Cassidy? Standen Ihre Eltern auf Banditen?«

»Wie Neal Cassidy. Mein Vater war ständig auf Achse, hielt es nie lange an einem Ort aus. Hat man mir jedenfalls erzählt.«

Lankford runzelte die Stirn und drückte etwas fester aufs Gas.

»Das ist aber schade. Mein Vater und ich, wir waren uns sehr nahe.«

»Ich wollte mich nicht beklagen. Könnten Sie vielleicht wieder etwas langsamer fahren, Mr. Lankford? Ich würde ganz gern heil wieder in die Firma zurückkommen, wenn Sie nichts dagegen haben.«

Zunächst reagierte Lankford weder mit seiner Stimme noch mit seinem Fuß. Unter dem lautstarken Protest der Reifen, die um Bodenhaftung rangen, schoss der Wagen durch die nächste Kurve.

»Ich sagte, Sie ...«

»Ja«, sagte Lankford endlich. »Sie möchten gern lebend wieder zurückkommen.«

Etwas an dem Ton, in dem Lankford das sagte, ließ keinen Zweifel daran, dass er nicht über die Möglichkeit eines Autounfalls sprach. Cassie blickte zu ihm hinüber und veränderte dabei ihre Haltung so, dass ihr Körper gegen die Tür gedrückt wurde.

»Wie bitte?«

»Ich sagte, Sie möchten sicher gern lebend wieder zurückkommen.«

»Jetzt halten Sie bitte mal an. Ich weiß nicht, was Sie eigentlich ...«

Lankford trat voll auf die Bremse und riss das Lenkrad nach links. Der Porsche geriet ins Schleudern und drehte sich um 180 Grad, bevor er stehen blieb. Lankford sah lächelnd zu ihr herüber, dann legte er den ersten Gang ein und ließ die Kupplung schnalzen. Der Wagen machte einen Satz nach vorn, und Lankford raste wieder los, zurück in die Richtung, aus der sie gekommen waren.

»Was soll der Quatsch?«, schrie Cassie. »Halten Sie an! Und zwar sofort!«

Sie hielt sich mit der rechten Hand am oberen Rand der Windschutzscheibe fest. Ihr Verstand arbeitete fieberhaft, so schnell, wie der Wagen durch die Kurven schoss. Sie versuchte, sich etwas einfallen zu lassen, einen Ausweg.

»Ich heiße übrigens gar nicht Lankford«, sagte der Mann neben ihr. »Der Name ist aus einem Buch, das ich gestern Abend bei Leo Renfro gefunden habe. Es heißt *Shooters*, und ich habe ein wenig drin gelesen. Ich dachte, es wäre über jemanden in meiner Branche, aber das war nicht der Fall. Aber, na ja, als Ihr Boss im Ausstellungsraum auf mich zukam und mich nach meinem Namen fragte, war das der einzige, der mir auf die Schnelle einfiel. Ich heiße Karch. Jack Karch. Und ich bin wegen des Geldes gekommen, Cassie Black.«

Durch das Entsetzen, das Cassie packte, drängte sich ein Gedanke. *Jack Karch,* dachte sie. *Den Namen kenne ich.*

32

Der Porsche kurvte wild durch den Mulholland-Slalom. Inzwischen fuhr Jack Karch zu schnell für sein Niveau, und der Wagen geriet immer wieder über den gelben Mittelstreifen der zweispurigen Straße. Umgekehrt kam er, wenn er anschließend nach rechts zurückschwenkte, immer wieder von der Fahrbahn auf den Seitenstreifen ab.

Die Nadel des Drehzahlmessers war zwar längst im roten Bereich, aber Karch nahm die Hand nicht vom Lenkrad, um in einen höheren Gang zu schalten. Der Motor heulte und dröhnte, als der Wagen durch die Kurven jagte. Cassie hielt sich mit beiden Händen am Rahmen der Windschutzscheibe fest, wurde aber auf ihrem Sitz heftig hin und her geschleudert. Karch überschrie den Motorenlärm:

»ICH WILL DAS GELD!«

Sie antwortete nicht. Ihre ganze Aufmerksamkeit war auf die Straße gerichtet, die sich in wilden Windungen vor ihnen abspulte, und sie dachte nur noch, dass sie gleich über den Seitenstreifen hinauskommen und die Böschung hinunterrasen würden.

»MARTIN IST TOT! PALTZ IST TOT! LEO IST TOT!«

Es versetzte ihr einen Stich ins Herz, als sie Leos Namen hörte. Sie wandte sich Karch zu. Jetzt ging er vom Gas. Er fuhr zwar immer noch sehr schnell, aber der Motorenlärm und der Fahrtwind ließen nach.

»Sie sind alle tot«, sagte er. »Aber das heißt nicht, dass ich auch Ihnen unbedingt was tun muss, Cassie Black.«

Er schüttelte lächelnd den Kopf.

»Im Gegenteil, ich bewundere Sie. Sie verstehen etwas von Ihrem Geschäft, und das bewundere ich. Aber ich bin wegen des Geldes da, und Sie werden es mir geben. Sie geben mir das Geld, und wir sind quitt.«

Cassie sprach langsam und in strengem Ton.

»Ich weiß nicht, wovon Sie eigentlich reden. Bitte fahren Sie rechts ran.«

Über Karchs Züge legte sich ein Ausdruck aufrichtiger Enttäuschung, und er schüttelte den Kopf.

»Ich war die ganze Nacht bei Leo, habe das ganze Haus auf den Kopf gestellt. Ich habe Unmengen Champagner gefunden und den Aktenkoffer, den ich suche. Aber was in dem Aktenkoffer drin sein sollte, habe ich nicht gefunden. Und Sie habe ich auch erst irgendwann gegen Tagesanbruch aufgespürt, obwohl ich Sie eigentlich schon die ganze Zeit mehr oder weniger vor meiner Nase sitzen hatte. Leos Handy. Ich drücke die Wahlwiederholung und bekomme das Autohaus dran. Ich höre mir die Ansage der einzelnen Durchwahlnummern an, und siehe da, wessen Name fällt bei dieser Gelegenheit unter anderem? Cassie Black. Ich wähle die Nummer – nur, um mal Ihre Stimme zu hören. ›Hier ist Cassie Black von Hollywood Porsche. Ich bin ein paar Tage nicht in der Firma, aber wenn Sie sich zu Ray Morales durchstellen lassen, wird er Ihnen gern‹ – und so weiter und so fort. Machen Sie mir also nichts vor. Das mag ich nicht. ICH WILL DAS GELD!«

»ICH SAGTE, FAHREN SIE RECHTS RAN!«

»Na schön.«

Unvermittelt riss Karch den Wagen scharf nach rechts herum und sie bogen auf eine Schotterstraße, die durch ein Kiefernwäldchen führte. Cassie nahm an, es war eine Feuerschneise oder eine Zufahrt zu einem öffentlichen Versorgungsbetrieb. Aber egal, worum es sich dabei handelte, fest stand nur so viel: Karch wollte weg von der befahrenen Straße, weg von potenziellen Zeugen.

Nach etwa zweihundert Metern stieg Karch auf die Bremse, und der Porsche kam auf dem Schotter schlingernd zum Stehen. Cassie wurde nach vorn geschleudert und flog mit dem Oberkörper in ihr Schultergeschirr, dann schnellte sie wieder zurück. Sie hatte sich noch nicht von dem rasanten Bremsmanöver erholt, als sich Karch bereits über den Getriebetunnel beugte und ihr den langen, dunklen Lauf einer Pistole ins Gesicht hielt. Mit seiner freien Hand packte er Cassie unter dem Kinn.

»Jetzt hör mal gut zu. Hörst du mir zu?«

Er drückte so fest zu, dass sie nicht sprechen konnte. Sie nickte.

»Gut. Du brauchst nur zu wissen, dass die Leute, für die ich arbeite, im Moment nur eines interessiert. Das Geld. Sonst nichts. Mach es also nicht wie deine Freunde Leo oder Jersey. Das hätte tödliche Folgen.«

Cassie starrte ihn über den Lauf seiner Pistole hinweg an. Sie konnte sehen, dass ein Schalldämpfer daran befestigt war.

»Du sollst nicht nachdenken«, sagte Karch. »Nur reden.«

»Okay. Wenn Sie mir nichts tun, sage ich Ihnen, wo es ist.«

»Das wird nicht ganz genügen, Schätzchen. Du wirst mich hinbringen.«

»Okay. Ganz, wie Sie ...«

Er schnitt ihr das Wort ab, indem er wieder fester zudrückte.

»Du hast eine Chance. Verstanden?«

Cassie nickte. Langsam lockerte Karch seinen Griff und nahm die Hand von ihrem Hals. Er ließ sich in seinen Sitz zurücksinken, doch dann schnippte er plötzlich mit den Fingern und beugte sich wieder zu ihr hinüber. Sie zuckte zurück, als er die Hand hob, aber sie fuhr an ihrem Gesicht vorbei zu ihrem Ohr.

»Ich habe mich schon ein bisschen in deinem Büro umgesehen, bevor du in die Firma gekommen bist. Es lagen überall Spielkarten herum. Als ob du nach was gesucht hättest. Etwa danach?«

Er zog scheinbar etwas aus ihrem Ohr und hielt es vor ihr Gesicht. Es war das Herzass. Er grinste.

»Zauberei«, sagte er.

Und dann fiel es ihr wieder ein. Zauberei. Der Name Karch. Sie erinnerte sich an die Zeitungsberichte. Sie hatte sie gelesen, als sie vor ihrer Anklageerhebung in Las Vegas in Haft gewesen war. Er war das also.

Er entdeckte etwas in ihrer Miene.

»Hat dir wohl nicht gefallen der Trick, wie? Ist aber nicht der einzige, den ich auf Lager habe. Wenn wir das Geschäftliche geregelt haben, führe ich dir eine Nummer vor, in der ich einen Menschen verschwinden lasse.«

Er setzte sich wieder zurück, aber den rechten Arm hielt er weiter über den Getriebetunnel. Der schwarze Lauf der Pistole bohrte sich zwischen ihre Rippen.

»So, von jetzt an müssen wir uns gegenseitig helfen, okay? Leg den ersten Gang ein.«

Er trat auf die Kupplung und sie nahm den Schaltknüppel und legte den ersten Gang ein. Er fuhr los. Er wendete und fuhr auf der Schotterstraße zum Mulholland Drive zurück. Als der Motor die erforderliche Drehzahl erreicht hatte, verlangte Karch den zweiten Gang und Cassie gehorchte. Er begann zu sprechen, als machten sie einen Sonntagsausflug.

»Also, ich muss schon sagen, wie du dieses Ding durchgezogen hast, ehrlich ... Hut ab. Weißt du, unter anderen

Umständen, glaube ich ... du und ich, wir hätten ... wie soll ich es sagen, wir hätten uns zusammentun können.«

Er nahm die Hand vom Lenkrad und deutete auf den Schaltknüppel.

»Siehst du? Wir sind doch ein gutes Team.«

Sie antwortete nicht. Er war ein Psychopath, der allen Ernstes davon sprechen konnte, sich mit jemandem zusammenzutun, den er mit vorgehaltener Waffe in Schach hielt. Cassie musste sich etwas einfallen lassen, um das Ruder herumzureißen. Sie hatte nicht den geringsten Zweifel, dass dieser Mann sie umbringen würde. Die Person, die er bei dem angekündigten Zaubertrick verschwinden lassen würde, war sie. Das Ganze entbehrte keineswegs einer gewissen Ironie, und unwillkürlich legte sich ein trauriges Lächeln über ihre Lippen. Man konnte nämlich durchaus sagen, dass dieser Mann sie bereits vor sechseinhalb Jahren umgebracht hatte.

»Was ist so komisch?«

Sie sah ihn an. Er hatte ihr Lächeln bemerkt.

»Nichts. Die Wechselfälle des Lebens vielleicht. Und die Zufälle.«

»Meinst du damit Schicksal, oder Pech, etwas in der Art?«

Beiläufig veränderte sie die Haltung ihres rechten Arms so, dass ihre Hand zwischen ihren Beinen zu liegen kam. Karch merkte es und drückte den Lauf der Pistole fester in ihre Seite.

»Wie der kritische Mond?«

Sie drehte sich abrupt zu ihm herum und sah ihn an.

»Ja, Leo hat gestern Abend davon gesprochen. Hinterher, als ich mich bei ihm umsah, habe ich in einem seiner Bücher etwas darüber gelesen. Er hatte einen starken Glauben. Hat ihm aber am Ende nichts genützt, oder? Wohin?«

Sie fuhren durch das Kieferngehölz und näherten sich dem Mulholland Drive. Cassie merkte, dass das vielleicht die beste Gelegenheit war, die sie je bekommen würde. Sie holte tief Luft und fasste einen Entschluss.

»Vorne an der Straße biegen Sie ...«

Sie begann den linken Arm zu heben, als wollte sie damit die Richtung angeben, doch dann streckte sie ihn blitzschnell durch und stieß die Pistole von ihrem Körper weg. Mit der linken Hand packte sie das Lenkrad. Die rechte fuhr an die Vorderseite ihres Sitzes hinab und betätigte dort den Hebel zum Abstellen des Airbags. Sie riss das Steuer mit aller Kraft nach rechts und der Wagen kam von der Schotterstraße ab und prallte frontal gegen den Stamm einer Kiefer. Es ging alles so schnell, dass Karch nicht dazu kam, zu schreien oder seine Waffe abzufeuern.

Beim Aufprall gegen den Baum schoss der Fahrer-Airbag aus dem Lenkrad. Er warf Karch gegen die Kopfstütze zurück.

Cassie wurde nach vorn geschleudert, aber das Schultergeschirr verhinderte, dass sie gegen die Windschutzscheibe flog. Sie war zwar einen Moment leicht benommen, aber sie durfte keine Zeit verlieren. Sie löste den Sicherheitsgurt und versuchte hektisch, die Tür aufzubekommen. Sie gab nicht nach. Statt es ein zweites Mal zu versuchen, stemmte sie sich aus dem Sitz hoch, sprang aus dem Wagen und begann sofort, zwischen den Bäumen hindurch den Hügel hinunterzulaufen. Sie blickte sich nicht nach dem Porsche um.

Karch war von dem Aufprall mehr als nur kurz leicht benommen. Der Airbag hatte ihn wie ein Faustschlag mitten ins Gesicht getroffen. Von dem winzigen Sprengsatz, der den Airbag aus dem Lenkrad katapultiert hatte, hatte er an Gesicht und Hals leichte Verbrennungen, und von der Wucht des Aufpralls war ihm die Pistole aus der Hand geschlagen worden. Sie war auf einem der kleinen Rücksitze gelandet. Karch kam erst wieder richtig zu sich, als die Luft aus dem Airbag zu entweichen begann. Er schlug ihn sich aus dem Gesicht und versuchte aufzuspringen, aber der Sicherheitsgurt hielt ihn zurück. Er öffnete ihn hastig und kniete sich auf den Sitz. Sich hastig nach allen Seiten umblickend, entdeckte er schließlich Cassie Black, die durch die Bäume davonrannte.

Ihm war sofort klar, dass er sie nicht mehr einholen könnte. Sie hatte schon einen relativ großen Vorsprung und war im Gegensatz zu ihm vermutlich auch einigermaßen mit dem Terrain vertraut. Das war ihr Heimspiel, nicht seines.

»Scheiße!«

Er sah auf den Rücksitz und entdeckte die Sig Sauer. Er packte sie und rutschte in den Fahrersitz zurück. Dann drehte er den Zündschlüssel, um den Wagen wieder zu starten. Nichts rührte sich. Er bewegte den Schlüssel mehrere Male hin und her, aber alles, was er hörte, war ein Klicken.

»Scheiße!«

Er versuchte die Tür zu öffnen, aber sie klemmte. Offensichtlich hatte sich die Karosserie durch den Aufprall gegen den Baum so stark verzogen, dass die Türen nicht mehr aufgingen. Er fing an, sich wieder aus dem Sitz hochzustemmen, und dabei sah er die kleine schwarze Brieftasche, die Cassie Black in den CD-Halter im Armaturenbrett gesteckt hatte. Er nahm sie heraus und klappte sie auf. In einer durchsichtigen Plastikhülle steckte ein in Kalifornien ausgestellter Führerschein. Er betrachtete das Foto von Cassie Black, dann sah er nach der Adresse. Sie wohnte in Hollywood, in der Selma.

Karch richtete den Blick wieder auf die Bäume. Inzwischen war Cassie Black über alle Berge. Dennoch hielt er, auf dem Fahrersitz des Porsche stehend, ihre Brieftasche hoch, als wäre Cassie Black noch irgendwo in der Nähe und beobachtete ihn.

»Schau, was ich gefunden habe«, rief er. »Freu dich nicht zu früh, Schätzchen!«

Er entfernte den Schalldämpfer von der Sig und schoss einmal in die Luft – nur um ihr zu zeigen, dass er noch im Rennen war.

Als Cassie den Abhang hinunterlief, begann sie Musik zu hören, die sie sofort als Orientierungshilfe benutzte. Schließlich kam sie zu einem Parkplatz, von dem sie wusste, dass er hinter der Hollywood Bowl lag. Sie folgte der Zubringerstraße zur Highland und ging dann zum Sunset Boulevard weiter.

Sie brauchte zwanzig Minuten, um zu Hollywood Porsche zurückzukommen. Schon von weitem sah sie zwei schwarz-weiße Streifenwagen in der Einfahrt zum Parkplatz stehen. Vor dem Showroom war ein ziviler Einsatzwagen mit einem roten Blinklicht auf dem Armaturenbrett geparkt. Dahinter stand ein Krankenwagen, dessen Hecktür geschlossen war.

Auf dem Bürgersteig standen eine Menge Leute, darunter auch die meisten Verkäufer und Mechaniker von Hollywood Porsche. Cassie ging auf Billy Meehan zu, einen Verkäufer, der entsetzt in den Ausstellungsraum starrte.

»Billy, was ist passiert?«

Er sah sie an und bekam große Augen.

»Oh, Gott sei Dank! Ich dachte, Sie wären auch da drinnen bei den anderen. Wo waren Sie?«

Cassie zögerte, dann entschied sie sich für eine Lüge, die genau genommen gar keine war.

»Ich habe einen Spaziergang gemacht. Bei wem drinnen?«

Meehan legte ihr die Hände auf die Schultern und beugte sich zu ihr vor, als wollte er ihr etwas wirklich Schlimmes mitteilen. Was er auch tat.

»Ein Raubüberfall. Man hat Ray und Connie gezwungen, sich in der Buchhaltung auf den Boden zu legen, und dann hat man sie beide erschossen.«

Cassie hob beide Hände an ihr Gesicht und unterdrückte einen Schrei.

»Dann haben sie das silberne Cabrio gestohlen. Wir dachten schon, sie hätten vielleicht, äh, Sie als Geisel genommen oder so. Nur gut, dass Ihnen nichts fehlt.«

Cassie nickte nur. Ray Morales hatte das Geheimnis ihrer Vergangenheit gut gehütet. Wenn andere Kollegen es gekannt hätten, wäre sie der Polizei vermutlich längst als potenzielle Verdächtige gemeldet worden. Vielleicht hatte Karch sogar genau darauf spekuliert.

Plötzlich bekam sie so weiche Knie, dass sie sich setzen musste. Sie glitt mehr oder weniger an Meehans Körper nach unten und setzte sich auf den Bordstein. Sie versuchte sich einen Reim auf das Ganze zu machen und konnte es sich nur so erklären, dass Karch Ray und Connie erschossen hatte, weil er keinen gefälschten Führerschein auf den Namen Lankford gehabt hatte. Und weil ihm klar gewesen war, dass er auf keinen Fall ein schriftliches Dokument mit seinem richtigen Namen darauf hinterlassen durfte. Nicht bei dem, was er mit ihr vorgehabt hatte.

»Was haben Sie denn, Cassie?«

»Ich kann einfach nicht glauben, dass sie – sind sie tot?«

»Ja, beide. Ich habe kurz reingesehen, bevor die Polizei kam. Es war kein schöner Anblick.«

Cassie beugte sich vor und übergab sich in den Rinnstein. Es war ein einmaliges heftiges Erbrechen, das sie vollständig zu entleeren schien. Sie wischte sich mit der Hand den Mund ab.

»Cassie!«, rief Meehan, der den Blick nicht von ihr wandte. »Ich hole Ihnen einen Sanitäter.«

»Nein, nicht. Es geht schon wieder. Ich musste nur ... der arme Ray. Er wollte doch nur helfen.«

»Wie meinen Sie das?«

Sie merkte, es war ein Fehler gewesen, ihre Gedanken in Worte zu fassen.

»Ich meine, er war einfach ein netter Mensch. Connie auch. Sie hätten die Schlüssel oder das Geld bestimmt rausgerückt. Warum musste er sie da gleich erschießen?«

»Ich weiß. Irgendwie ergibt das Ganze keinen rechten Sinn. Übrigens, haben Sie den Täter gesehen?«

»Nein, warum?«

»Weil Sie gerade von einem Er gesprochen haben.«

»Nein, ich war ja gar nicht hier, als es passiert ist. Dass es ein Er war, habe ich nur gesagt, weil ich denke, dass es wahrscheinlich ein Mann war. Ich bin einfach noch ziemlich durcheinander.«

»Ich weiß, was Sie meinen. Ich kann es auch noch nicht richtig fassen.«

Auf ihr lastete die ganze Schuld der Welt, als sie, das Gesicht in den Händen vergraben, auf dem Bordstein saß. Immer und immer wieder gingen ihr die Wörter *Daran bin ich schuld, daran bin ich schuld, daran bin ich schuld* durch den Kopf. Sie musste von hier weg, ohne auch nur einen Blick zurückzuwerfen.

Sie fand ihre Kräfte wieder und stand auf, musste sich dabei aber kurz an Meehans Arm festhalten.

»Fehlt Ihnen auch wirklich nichts?«, fragte er.

»Nein, nein, es geht schon wieder. Wirklich. Danke, Billy.«

»Vielleicht sollten Sie der Polizei Bescheid sagen, dass Ihnen nichts fehlt und dass Sie hier sind.«

»Okay, mache ich. Das heißt, könnten Sie das für mich machen? Ich weiß nicht, ob ich da jetzt reingehen will.«

»Klar, Cassie, ich gehe gleich rein und sage es ihnen.«

Nachdem Meehan sich entfernt hatte, wartete Cassie ein paar Momente, bevor sie auf dem Bürgersteig zu der schmalen Straße ging, die hinter dem Firmengelände verlief. Sie folgte ihr, am Werkstattbereich vorbei, zu der Fläche, auf der die Gebrauchtwagen abgestellt waren. Der silberne Boxster, den Ray sie hatte benutzen lassen, war da. Sie stellte ihn immer bei den Gebrauchtwagen ab, falls ein Kunde sich dafür interessierte.

Der Wagen war nicht abgeschlossen, aber ihr Schlüssel war im Büro in ihrem Rucksack. Sie öffnete die Tür und löste die Verriegelung des Frontkofferraums. Dann ging sie nach vorn, klappte den Deckel hoch und nahm die ledergebundene Betriebsanleitung heraus. Nachdem sie den Kofferraumdeckel wieder geschlossen hatte, setzte sie sich ans Steuer. Hinter einer der Seiten der Betriebsanleitung war ein Ersatzschlüssel aus Plastik, der dafür gedacht war, für Notfälle in der Brieftasche aufbewahrt zu werden. Sie nahm ihn heraus und startete den Wagen. Nachdem sie die ersten zwei Blocks bewusst langsam gefahren war, nahm sie eine Straße, die zum Sunset Boulevard führte, auf dem sie, fort von Hollywood Porsche, in Richtung Freeway 101 losfuhr.

Ihr liefen Tränen übers Gesicht, während sie fuhr. Nach dem, was in der Firma passiert war, sah die Sache plötzlich ganz anders aus. Leos Tod war schrecklich und schmerzte sie sehr. Aber Leo hatte zur Szene gehört und die Risiken gekannt. Ray Morales und Connie Leto, die Leiterin der Finanzabteilung, waren unschuldig. Ihr Tod zeigte, wie weit Karch zu gehen bereit war, um das Geld zurückzubekommen. Es hieß, es gab keine Grenzen mehr. Weder für Karch noch für ihre Schuld noch für sonst etwas.

33

Karch sah aus dem Fenster, als das Taxi an Hollywood Porsche vorbeifuhr. Sein Augenmerk galt jedoch nicht den Polizei- und Fernsehfahrzeugen, die vor den Glaswänden des Ausstellungsraums standen, sondern den vielen Menschen auf dem Bürgersteig. Er hoffte, Cassie Black unter ihnen zu entdecken, merkte aber bald, dass er zu spät kam. Sein Handy hatte oben in den Hügeln nicht funktioniert. Er hatte zu Fuß zum Mulholland Drive hoch und dann zum Hollywood-Aussichtspunkt gehen müssen, wo er, erinnerte er sich, zuvor ein Münztelefon gesehen hatte. Dafür hatte er fast eine Stunde gebraucht und dann dauerte es noch einmal zwanzig Minuten, bis das bestellte Taxi auftauchte.

Der Taxifahrer machte in sehr schlechtem Englisch eine Bemerkung über die Vorfälle im Autohaus, aber Karch achtete nicht darauf. Ein paar Straßen weiter bog das Taxi in die Wilcox. Vor einem Geschäft für Hollywood-Souvenirs ließ Karch den Fahrer anhalten. Er zahlte und stieg aus. Nachdem das Taxi losgefahren und wieder in den Sunset Boulevard gebogen war, überquerte er die Straße, wo sein Lincoln am Straßenrand stand. An seinen Stoßstangen waren neue Nummernschilder, die er sich am Morgen auf einem Langzeitparkplatz am LAX besorgt hatte.

Karch stieg ein und startete den Motor. Bevor er losfuhr, sah er in seinem Stadtplan die Selma nach. Er hatte Glück. Sie war keine fünf Minuten entfernt.

Vor dem Bungalow in der Selma, in dem Cassie Black ihrem Führerschein zufolge wohnte, stand kein Auto. Das Haus lag in einer Sackgasse und Karch beschloss, ganz direkt vorzugehen. Er fuhr in die Einfahrt und hielt an. Am hellichten Tag in ein Haus einzubrechen entsprach zwar nicht ganz seinen Vorstellungen von Raffinesse, aber wenn er herausfinden wollte, ob Cassie schon da gewesen war, musste er sich Zutritt zu dem Haus verschaffen. Er hielt es für das Sicherste, einfach reinzugehen. Er hupte zweimal und wartete. Schließlich stellte er den Motor ab, stieg aus und ging, den Schlüsselbund um den Finger schlenkernd, die Eingangstreppe hinauf. An der Tür beugte er sich vor und zückte seine Einbruchsinstrumente. Als er sich dann rasch am Schloss zu schaffen machte, tat er so, als hätte er Probleme mit dem Schlüssel. Er hatte keine Ahnung, ob er beobachtet wurde, aber seine Show konnte sich sehen lassen.

In etwa vierzig Sekunden hatte er das Schloss auf. Er drehte am Türgriff und betrat das Haus.

Für den Fall, dass ihn ein Nachbar beobachtete, rief er laut: »Hallo, Cassie? Mach bitte ein bisschen voran, ja? Ich warte draußen!«

Er schloss die Tür, holte seine Pistole heraus und befestigte rasch den Schalldämpfer daran. Dann sah er schnell in alle Zimmer des Hauses.

Das Haus war leer. Nun begann er mit einer zweiten, langsameren Durchsuchung, die dem Zweck diente festzustellen, ob Cassie Black zu Hause gewesen war, seit sie ihm oben in den Hügeln entkommen war. Das Haus, obwohl spärlich möbliert, schien in tadellosem Zustand. Er gelangte zu der Überzeugung, dass sie noch nicht hier gewesen war. Er setzte sich auf die Wohnzimmercouch und überlegte, was das bedeuten konnte. Hatte sie das Geld bereits, oder hatte sie es nicht? War es bei Leo Renfro gewesen und er hatte es bei seiner nächtlichen Suchaktion übersehen? Noch schlimmer war eine andere Möglichkeit, die sich ihm aufdrängte: dass Renfros Behauptung, er hätte das Geld bereits an Chicago weitergegeben, der Wahrheit entsprach.

Karch spürte an der Stelle, auf der er saß, etwas Hartes. Er rutschte zur Seite und zog das Polster hoch. Darunter kam ein Kleiderbügel mit sieben Vorhängeschlössern zum Vorschein. Das erinnerte ihn daran, was für eine beachtliche Gegnerin Cassidy Black war. In diesem Moment beschloss er, sie notfalls um die ganze Welt zu jagen, wenn sich herausstellen sollte, dass sie das Geld hatte und abgehauen war. Aber er würde es nicht für Grimaldi tun und schon gar nicht für die anonyme Organisation in Miami, in deren Händen alle Fäden zusammenliefen. Er würde es für sich selbst tun.

Er ließ den Kleiderbügel auf der Couch liegen und stand auf, um mit der dritten Hausdurchsuchung zu beginnen. Sie würde am längsten dauern.

Im Schlafzimmer zu beginnen schien Karch die beste Vorgehensweise zu sein. Die Menschen schliefen gern mit den Dingen in ihrer Nähe, die ihnen lieb und teuer waren. Die Einrichtung des weiß gestrichenen Raums beschränkte sich auf das Nötigste: ein Himmelbett, zwei Nachttische, eine Kommode und ein Spiegel. An einer Wand hing ein gerahmtes Poster eines Strands in Tahiti. Er betrachtete es kurz. Es war identisch mit dem Poster, das er am Morgen bei Hollywood Porsche gesehen hatte, als er auf der Suche nach Cassie Black einen kurzen Blick in ihr Büro geworfen hatte. Er hatte gerade das Poster angesehen, als der Geschäftsführer den Kopf zur Tür hereinsteckte und fragte, ob er ihm helfen könne.

Karch blieb vor dem Poster stehen und sah es sich genauer an. Stand es in irgendeinem Zusammenhang mit seinem Auftrag? Die Frau am Strand sah jedenfalls nicht wie Cassidy Black aus. Schließlich beschloss er, sich später darüber Gedanken zu machen, und wandte sich dem Nachttisch zu.

Die oberste Schublade enthielt einen Stoß Heimwerkerzeitschriften, die aussahen, als wären sie auf einem Flohmarkt gekauft worden. Sie waren alle in schlechtem Zustand und mehrere Jahre alt. Trotzdem blätterte er jedes Heft Seite für Seite durch, um zu sehen, ob vielleicht eines davon eine Notiz oder eine versteckte Adresse enthielt. Als er nichts fand, warf er das letzte Heft in die Schublade zurück und stieß sie heftig zu.

Die untere Schublade war bis auf einen kleinen Beutel mit Rosmarin und Zedernholzspänen leer. Er knallte auch sie zu und ging um das Bett herum zum anderen Nachttisch.

Schon bevor er die Schublade öffnete, sagte ihm sein Gefühl, dass er hier mehr Glück haben würde. Auf diesem Nachttisch stand eine Lampe, und die Vertiefung im Kopfkissen deutete darauf hin, dass auf dieser Seite des Betts jemand geschlafen hatte. Das war ihre Seite.

Karch setzte sich auf das Bett und legte die Pistole neben seinen Oberschenkel. Dann hob er mit beiden Händen das Kissen an sein Gesicht. Er konnte sie riechen. Ihr Haar. Er war nicht gut im Erkennen von Gerüchen, aber er glaubte, er könnte Tee riechen, wie wenn man eine Packung Teebeutel das erste Mal öffnet. Er war sich nicht ganz sicher und legte das Kissen zurück.

Als er die obere Nachttischschublade öffnete, wurde er fündig. Die Schublade war voll gestopft mit allerlei persönlichem Kram. Schmuck, Haarbänder, Fotoalben. Ein Fotoapparat mit Teleobjektiv und eine Videokamera. Obenauf lag ein kleines gerahmtes Foto. Karch griff danach und sah es sich an. Es zeigt Cassidy Black im Schoß eines Mannes in einem Hawaiihemd. Sie hielt einen orange-rosafarbenen

Drink mit einem Papiersonnenschirm darin. Fast hätte Karch sie nicht erkannt, so breit und strahlend war das Lächeln auf ihren Lippen.

Den Mann auf dem Foto erkannte er allerdings ohne Mühe. Sein Gesicht würde Karch nie vergessen. Max Freeling, der Mann, der Karchs ganzes Leben in einem einzigen Augenblick von Grund auf und für immer verändert hatte. Er wäre jetzt nicht hier, wenn Max Freeling und die Entscheidung, die er vor sechs Jahren im Penthouse des Cleopatra getroffen hatte, nicht gewesen wären. Nur wegen dieser Geschichte mit Max Freeling hatte Grimaldi ihn seitdem an der Hand.

Er drehte das Foto um und schlug es mit der verglasten Seite fest gegen die Nachttischecke. Er hörte das Glas zerbrechen. Auf der Rückseite des Rahmens stand etwas geschrieben.

> Ich blickte auf und sah die Umrisse Tahitis
> und mir wurde klar, das war der Ort, den ich mein
> ganzes Leben lang gesucht hatte.
>
> *W. Somerset Maugham*

Karch drehte den Rahmen um und sah wieder das Foto an. Ein über Cassidy Blacks Gesicht beginnender Sprung zog sich wie ein Spinnennetz über das Bild. Karch warf den Rahmen in den Papierkorb neben dem Nachttisch.

Dann nahm er ein dickes Fotoalbum mit einem weichen braunen Ledereinband aus der Schublade. Er erwartete, weitere Fotos von Max Freeling darin zu finden, aber zu seiner Überraschung war es voll mit Fotos eines kleinen Mädchens. Fast alle waren aus großer Entfernung – er blickte kurz auf die Kamera mit dem Teleobjektiv – und am selben Ort aufgenommen, auf dem Pausenhof einer Schule.

Beim Durchblättern des Albums stieß er auf ein Bild, auf dem das Mädchen mit einem Basketball dribbelte. An einer Wand hinter dem Spielplatz stand Wonderland School.

Er schloss das Album und nahm ein anderes heraus. Es enthielt weitere Fotos des Mädchens, aber diese waren nicht in der Schule aufgenommen. Auf ihnen war das Mädchen im Garten eines Hauses beim Spielen zu sehen. Auf einigen zog sie einen Wagen oder kickte einen Ball durch die Gegend, auf anderen sauste sie eine Rutsche hinunter oder saß lachend auf einer Schaukel. Auf einer Reihe von Fotos im hinteren Teil des Albums, die noch nicht hinter Plastikfenster gesteckt waren, war das Mädchen bei einem Besuch in Disneyland zu sehen. Auf einer Aufnahme umarmte sie Micky Maus.

Plötzlich kam Karch ein Gedanke. Er griff in seine Jackentasche, holte die zwei Pässe heraus und schlug den ersten auf der Seite mit dem Passfoto auf. Das Mädchen darauf war dasselbe wie auf den Fotos in den Alben. Ihr Name war mit Jodie Davis angegeben.

Karch steckte die Pässe in seine Tasche zurück und ließ das Fotoalbum auf den Boden fallen. Es war fast wie eine göttliche Eingebung, ein Moment, in dem sich scheinbar zusammenhangslose Erinnerungen und frische Informationen zu einer neuen Wahrheit zusammenfügten. Jetzt verstand er etwas, was ihn sechs Jahre lang gequält hatte.

In seinem Kopf begann sich eine Idee zu formen, ein Plan, um sowohl an das Geld wie an Cassie Black zu kommen, alles in einem Aufwasch. Er schloss die obere Schublade und öffnete die untere. Diese war nicht so voll. Sie enthielt einen Fön, der nicht so aussah, als würde er jemals benutzt, und ein paar alte Briefe von Insassinnen des Frauengefängnisses High Desert. Karch öffnete einen der Brief. Es war lediglich ein kurzes Wie-geht's? von einer ehemaligen Zellengenossin namens Letitia Granville. Auch den

Brief warf Karch in den Abfallkorb. Dann griff er nach einem braunen Umschlag, der, mit der Adresse nach unten, unter dem Fön in der Schublade lag.

Als er ihn umdrehte, sah er, dass er an Cassidy Black in der Haftanstalt High Desert adressiert war. In dem Umschlag musste sich etwas befinden, was sie aus dem Gefängnis mitgenommen hatte. Karch fuhr mit dem Daumen über den vorgedruckten Absender: Renaissance Investigations, Paradise Road, Las Vegas. Karch kannte das Detektivbüro. Es beschäftigte fünf oder sechs Detektive mit ähnlich vielen angeblichen Spezialgebieten und konkurrierte mit ihm um die von der Polizei weitervermittelten Vermisstenfälle. Karch öffnete den Umschlag und zog einen eselsohrigen Ermittlungsbericht heraus. Er wollte gerade zu lesen beginnen, als ihn eine durchdringende Stimme zusammenfahren ließ.

»PFOTENHOCHSCHEISSKERL!«

Karch ließ den Bericht fallen und hob die Hände. Er drehte langsam den Kopf. Was er sah, beunruhigte ihn noch mehr. In der Schlafzimmertür stand eine riesige Schwarze. Sie hatte die klassische Weaver-Haltung eingenommen, wie sie in jeder Polizeiakademie des Landes gelehrt wird. Die Füße gespreizt, das Körpergewicht gleichmäßig auf sie verteilt, die Hände mit der Schusswaffe gehoben, die nach außen zeigenden Ellbogen leicht angewinkelt. Um den Hals hatte sie eine Kette mit einer Dienstmarke hängen. In Karchs Augen sah sie zwar nicht unbedingt wie ein Cop aus, aber die auf ihn gerichtete 9-Millimeter-Beretta sprach ihre eigene Sprache.

»Nur keine Aufregung«, sagte er ruhig. »Ich bin auf Ihrer Seite.«

34

Seit sie von den Vorfällen im Autohaus erfahren hatte, fühlte sich Cassie Black wie unter Wasser, in einer Art surrealistischer Traumwelt, die keinen Bezug zu ihrem Leben hatte. Tief in ihrem Innern wusste sie, dass es sich dabei um einen instinktiven Abwehrmechanismus handelte. Er ermöglichte ihr weiterzumachen, in Bewegung zu bleiben und zu tun, was getan werden musste.

Sie stand jetzt im Garten von Leos Haus und blickte auf das getrocknete Blut auf dem spitzen Glassplitter, der aus dem Rahmen der Schiebetür stand.

Der bloße Anblick dieses Stücks Glas bestätigte ihr die Richtigkeit von Karchs Behauptung. Leo war tot. Wenn sie ins Haus ging, würde sie seine Leiche finden. Und egal, in welchem Zustand sie sie vorfand, würde sie das Bild, das sie ihr bot, nie mehr aus ihrem Gedächtnis entfernen können.

Sie blickte auf das Sauggerät hinab, das reglos auf dem Grund des Pools lag. Aber fast sofort wurde ihr Blick wieder von dem Glassplitter in der Tür angezogen. Sie musste ins Haus gehen. Schließlich nickte sie sich einmal selbst zu und trat auf die Tür zu. Und sofort konnte sie seine Leiche auf dem Boden des Büros liegen sehen. Ein schwerer Lkw, der auf dem Freeway vorbeirauschte, übertönte den schrecklichen Seufzer, der sich unwillkürlich aus ihrer Kehle löste. Sie stieg über das Glas und betrat das Haus.

Arme und Beine weit von sich gestreckt, lag Leo gleich hinter der Tür mit dem Gesicht nach oben auf dem Boden. Alles war voll Blut. Trotz des schrecklichen Anblicks, den er bot, war unverkennbar, dass auf seinen Zügen, wenn schon kein Lächeln, so doch ein Ausdruck der Zufriedenheit lag. Cassie ging neben ihm in die Hocke und berührte seine kalte Wange.

»Ach, Leo. Was habe ich da nur angestellt?«

Ihr kamen wieder die Tränen. In dem Bemühen, sie zurückzuhalten, kniff sie die Augen ganz fest zusammen und ballte die Fäuste.

Als sie die Augen wieder öffnete, versuchte sie, die Leiche und ihre Umgebung so zu betrachten, wie das vielleicht ein Polizist getan hätte. Sie wollte wissen, was passiert war. Da Karch zu ihr gekommen war und das Geld von ihr verlangt hatte, musste Leo dichtgehalten haben. Sie sah auf die blutigen Schleifspuren auf dem Fliesenboden und zog ihre Schlüsse daraus. Ja, so war es gewesen. Leo war zu dem Glassplitter gekrochen. Er hatte es für sie getan.

»Leo ...«

Sie schloss wieder die Augen und ließ den Kopf auf seine stumme Brust sinken.

»Habe ich nicht gesagt, wir sollen lieber abhauen?«

Mit frischer Entschlossenheit richtete sie sich wieder auf. Sie würde entkommen. Ihre Entscheidung war egoistisch, aber wenn sie es nicht schaffte, wäre Leos selbstloser Tod umsonst gewesen. Das war Leos letzte Hoffnung gewesen. Sein letztes Gebet. Das war der Grund für sein Lächeln. Sie würde alles daransetzen, ihm gerecht zu werden.

Sie stand auf und blickte sich um. Karch hatte das Büro im Zug seiner Suche total zerstört. Allerdings hatte er nach zweieinhalb Millionen Dollar gesucht, nicht nach dem, was sie jetzt suchte. Sie stieg über die Leiche und blieb vor dem umgestürzten Schreibtisch stehen, wo sie auf das

Chaos auf dem Boden hinabblickte. Leos Astrologiebücher, seine Aufzeichnungen und Notizbücher waren über den ganzen Raum verstreut. Der Inhalt der Schreibtischschubladen war auf den Boden geleert. Inmitten dieses Durcheinanders entdeckte Cassie zwei Kuverts auf dem Boden. Beide waren an Leo adressiert, beide mit dem gleichen seltsamen Absender versehen, nur mit der Zahl 773. Sie bückte sich und hob sie auf. Beide waren leer. Einer war vor zwei Tagen in Chicago abgestempelt worden und plötzlich wurde ihr alles klar. Karch hatte die Pässe gefunden. Sie befanden sich in seinem Besitz.

Als Cassie abrupt aufstand, stieß sie mit dem Kopf gegen die roten I-Ging-Münzen, die da, wo der umgestürzte Schreibtisch ursprünglich gestanden hatte, von der Decke hingen. Nach einem kurzen Blick zu ihnen hoch packte sie den Schreibtischstuhl und stellte ihn darunter. Dann kletterte sie auf den Stuhl und nahm die Münzen ab. Sie wollte etwas von Leo mitnehmen. Wenn schon nicht als Glücksbringer, so doch zur Erinnerung.

Als sie vom Stuhl stieg, war ihr klar, dass es keinen Sinn hätte, den Rest des Hauses zu durchsuchen. Die Pässe hatte Karch, und sonst gab es dort nichts, was sie wollte. Sie ging zu Leos Leiche und blickte noch einmal auf ihn hinab. Sie dachte an das Lied, das sie auf der Fahrt nach Las Vegas immer wieder gehört hatte. Sie hoffte, es wäre ein Engel dagewesen, der ihm ins Ohr flüsterte.

»Wiedersehen, Leo.«

Vorsichtig stieg sie über das Glas und durch die zerbrochene Schiebetür in den Garten hinaus. Am Rand des Pools blieb sie stehen und blickte auf das Sauggerät hinab. Dann ging sie auf die andere Seite des Pools, wo der Anschlussstutzen für den Schlauch in die Beckenwand eingelassen war, ließ sich auf die Knie nieder und griff ins Wasser. Sie packte den Schlauch und begann ihn aus dem

Wasser zu ziehen. Das war Schwerstarbeit, und zweimal fiel sie fast kopfüber in den Pool. Schließlich kam der Saugkopf mit dem Abfallsack an die Oberfläche und sie wuchtete alles auf den betonierten Beckenrand.

Das Wasser färbte den weißen Beton dunkel und durchnässte die Knie ihrer schwarzen Jeans. Es war ihr egal. Nachdem sie eine Weile vergeblich versucht hatte, den Abfallsack abzuziehen, entdeckte sie den Reißverschluss, der um die Mitte des Sacks lief. Sie öffnete ihn rasch und klappte den Sack auf. Er enthielt einen zweiten, fest verknoteten Beutel aus kräftigem weißem Plastik. Vorsichtig hob sie ihn aus dem Abfallsack und versuchte den Knoten aufzubekommen. Er war zu fest zugezogen und ihre Fingernägel waren zu kurz dafür. Sie holte das Schweizer Armeemesser aus ihrer Gesäßtasche und schnitt den Knoten ab.

Cassie sah in den Beutel. Dort waren die ordentlich gebündelten Hundertdollarscheine. Immer noch in Plastik verpackt und so trocken wie an dem Tag, an dem sie aus der Druckerpresse gekommen waren.

Sie schloss den Beutel wieder und sah über den Pool hinweg zu der zerbrochenen Schiebetür. Aus diesem Blickwinkel konnte sie Leos Schuhspitzen nach oben stehen sehen. Sie sprach ihm stumm ihren Dank aus. Er hatte mal zu ihr gesagt, am besten wären die Verstecke, die man direkt vor Augen hätte. Er hatte Recht gehabt.

Cassie blickte auf das Wasser hinab. Es war etwas in Bewegung geraten, als sie das Sauggerät herausgezogen hatte. Auf der Oberfläche trieb ein toter Kolibri an ihr vorbei. Seine winzigen Flügel waren ausgebreitet wie die eines Engels.

35

Karch stand langsam auf, als ihn die Frau mit der Pistole dazu aufforderte.

»Wer sind Sie?«

Er nickte, in der Hoffnung, diese Geste würde als Zeichen uneingeschränkter Kooperationsbereitschaft und Fügsamkeit aufgefasst.

»Mein Name ist Jack Karch. Ich bin Privatdetektiv. Meine Lizenz ist in der Innentasche meines Jacketts. Darf ich Sie herausholen und Ihnen zeigen?«

»Später vielleicht. Ein Privatdetektiv? Was wollen Sie von Cassie Black? Machen Sie zwei Schritte zurück, und lehnen Sie sich mit dem Rücken an die Wand.«

Die Frau kam langsam weiter in den Raum. Karch befolgte ihre Aufforderung und lehnte sich mit den Schultern an die Wand. Gleichzeitig beobachtete er, wie sie die Sig ansah, die noch auf dem Bett lag. Er sagte:

»Ich arbeite an einem Fall. Ein Einbruch in Las Vegas. In einem Hotelzimmer. Ein Spieler wurde um seinen gesamten Gewinn gebracht. Dürfte ich vielleicht auch fragen, wer Sie sind?«

Die Frau war jetzt am Fußende des Betts. Sie hielt den Blick und ihre Beretta weiter auf Karch gerichtet, als sie sich vorbeugte und mit ihrer freien Hand nach der Pistole griff.

»Agent Thelma Kibble, Bewährungsamt.«

»Ach, richtig, Kibble. Ich wollte Sie heute schon anrufen, um mit Ihnen über Black zu sprechen.«

»Seit wann dürfen in Nevada Privatdetektive mit Schalldämpfern an ihren Schusswaffen rumlaufen?«

Karch gab sich redlich Mühe, den Überraschten zu spielen.

»Ach, Sie meinen die Sig da? Das ist nicht meine. Die habe ich in der Schublade gefunden. Sie gehört Cassie Black. Und seien Sie lieber vorsichtig damit. Dabei könnte es sich um Beweismaterial handeln.«

»Für was? Sagten Sie nicht, es war ein Einbruch.«

»Sie haben die Leiche ihres alten Partners, eines gewissen Jersey Paltz, in der Wüste gefunden. Jemand hat ihn erschossen.«

Kibble blickte auf die Waffe in ihrer linken Hand. Karch war etwa zwei Meter von ihr entfernt. Er fand es jedoch zu riskant, aus dieser Entfernung etwas zu versuchen.

»Wissen Sie was, Mr. Karch, machen Sie doch mal ganz langsam Ihr Jackett auf.«

»Aber sicher.«

Langsam öffnete Karch sein Jackett, sodass das leere Schulterholster sichtbar wurde.

»Ich weiß, was Sie jetzt denken«, sagte er rasch. »Das Holster ist leer, also muss die Sig ihm gehören. Stimmt aber nicht. Ich habe einen Waffenschein, der mir erlaubt, eine verdeckte Waffe zu tragen. Aber er ist in Nevada ausgestellt. Und gilt in Kalifornien nicht. Wenn ich in diesem Holster eine Waffe stecken hätte, würde ich mich strafbar machen. Meine Waffe ist im Kofferraum meines Wagens. Wenn Sie kurz mit rauskommen, zeige ich sie Ihnen.«

»Das ist nicht, was mir Kopfzerbrechen bereitet. Was mich allerdings schon etwas wundert, ist, warum eigentlich Sie hier sind und nicht die Polizei von Las Vegas. Falls ein Mord passiert ist, warum übernehmen das dann nicht die zuständigen Behörden? Warum sind sie nicht hier?«

»Also, zunächst mal, sie haben die Sache bereits übernommen. Aber wie Sie sicher wissen, muss sich die Polizei mit den Mühlen der Bürokratie herumschlagen. Ich wurde vom Cleopatra-Hotelcasino beauftragt, in dem Einbruchsfall zu ermitteln. Ich habe ein Mitarbeiter- und ein Spesenkonto und kann dadurch wesentlich schneller und flexibler vorgehen. Die Polizei wird in Kürze aufkreuzen und sich mit Ihnen in Verbindung setzen. Im Übrigen arbeite ich sehr eng mit der Polizei von Las Vegas zusammen. Wenn Sie möchten, gebe ich Ihnen den Namen und die Nummer eines Detective, der für mich bürgen wird.«

Falls sie anbiss, würde er ihr Iversons Nummer geben. Der würde sich dann schon was einfallen lassen. Später müsste er die Sache dann entweder mit einem entsprechenden Schweigegeld oder einer Kugel bereinigen. Aber Kibble biss nicht an.

»Selbst wenn jemand für Sie bürgen würde, wäre das keine Entschuldigung dafür, eigenmächtig in die Wohnung eines Verdächtigen einzubrechen«, erklärte sie.

»Ich bin nicht eingebrochen«, sagte Karch ungehalten. »Die Eingangstür stand weit offen. Sehen Sie doch, der Wagen in der Einfahrt, das ist meiner. Hätte ich den vielleicht dort abgestellt, wenn ich vorgehabt hätte, hier einzubrechen?«

»Sie haben wohl für alles eine Erklärung parat, Mr. Karch.«

»Was haben Sie daran auszusetzen, solange sie den Tatsachen entspricht? Könnten Sie bitte endlich aufhören, Ihre Waffe auf mich zu richten? Ich glaube, ich habe Ihnen inzwischen hinreichend erklärt, wer ich bin und was ich hier tue. Möchten Sie vielleicht jetzt meinen Ausweis sehen?«

Nach einigem Zögern ließ Kibble die Waffe sinken. Karch nahm die Hände nach unten, ohne dass sie etwas dagegen einwandte. Er hatte zwar gehofft, sie würde die Waffe ganz wegstecken, war aber auch schon über diesen kleinen Fortschritt froh. Er beschloss, weiter in die Offensive zu gehen.

»Dürfte ich jetzt vielleicht auch fragen, was Sie hier machen?«

Kibble hob ihre voluminösen Schultern.

»Ich tue meine Arbeit, Mr. Karch. Nur ein Hausbesuch. Reine Routinesache. Einen meiner Fälle überprüfen.«

»Für meinen Geschmack sieht das aber ein bisschen zu sehr nach einem Zufall aus.«

»Vor ein paar Wochen hatte ich ein Gespräch mit ihr, das mich etwas stutzig werden ließ. Jedenfalls habe ich sie daraufhin auf meine Hausbesuchsliste gesetzt. Bin aber bis heute nicht dazu gekommen.«

»Und statt in der Firma nach ihr zu sehen, sind Sie hierhergekommen?«

»Ich habe im Autohaus angerufen, aber auf ihrem Anrufbeantworter war eine Nachricht, dass sie heute nicht in der Firma ist. Deshalb bin ich hierhergefahren. Und jetzt keine Fragen mehr, Mr. Karch. Ich bin hier diejenige, die Fragen stellt.«

»Wie Sie meinen.«

Er hob kapitulierend die Hände.

»Sie sagen, jemand wurde ermordet? Also, wahrscheinlich kenne ich diese Frau besser als sonst jemand hier, und eines können Sie mir unbesehen glauben: Mit einem Mord hat Cassie Black nichts zu tun. Auf gar keinen Fall.«

Karch dachte an Hidalgos Leiche auf dem Bett im Penthouse des Cleo.

»Da muss ich Ihnen leider widersprechen, Officer Kibble. Die Beweise sprechen für sich. Und vergessen Sie vor allem auch nicht, wir haben es hier mit einer ehemaligen Strafgefangenen zu tun, die in Nevada eine Haftstrafe wegen Mordes verbüßt hat.«

»Erstens war es Totschlag und zweitens wissen Sie so gut wie ich, wie es dazu gekommen ist. Obwohl sie sich zwanzig Stockwerke tiefer befand, als ihr Partner aus dem Fenster stürzte, wurde sie vor Gericht für seinen Tod verantwortlich gemacht. Mag ja sein, dass ihn jemand gestoßen hat, aber sie war es bestimmt nicht.«

»Ist es das, was sie behauptet hat? Dass ihn jemand gestoßen hat?«

»Nur so konnte sie es sich jedenfalls erklären. Sie sagt, die Casinos hätten an ihm ein Exempel statuieren wollen. Er wurde gestoßen.«

»Das ist totaler Blödsinn, aber egal. Wie ist sie hierhergekommen?«

»Sie hat ihre Bewährung verlegen lassen. Sobald sie von Ray Morales diesen Job als Autoverkäuferin angeboten bekommen hatte, war das kein Problem mehr. Sie ließ einen Anwalt einen entsprechenden Antrag stellen, worauf die Bewährungsverlegung genehmigt wurde. Sie kannte Ray Morales aus Las Vegas, aus der Zeit, als sie dort noch in den Casinos arbeitete. Ray ist ein ehemaliger Häftling, der den Sprung zurück ins normale Leben geschafft hat. Er wollte auch ihr eine Chance geben. Wahrscheinlich wollte er auch was anderes, aber Cassie hat nie irgendwelche Klagen geäußert, was das betrifft.«

Karch hatte sich schon gedacht, dass Morales mal gesessen hatte. Als er ihn in der Buchhaltung aufgefordert hatte, sich auf den Boden zu legen, hatte er es mit einer gewissen Würde hingenommen, die man bei normalen Leuten nie beobachten konnte. Die Frau war wie alle anderen gewesen. Sie fing an zu flennen und stand kurz davor, laut loszuschreien, weshalb er sie zuerst erschießen musste.

»Sie haben sie also etwas näher kennen gelernt?«, fragte Karch. »Auch nahe genug, um sagen zu können, wie sie getickt hat?«

»Meinen Sie, warum sie anfing, in Vegas Spielern ihre Gewinne zu stehlen?«

Karch nickte.

»Wenn Sie mich fragen, hatte es was mit ihrem Vater zu tun. Er war ein Spieler, der irgendwann total versackt ist. Ich glaube, sie dachte, auf diese Weise könnte sie es den Casinos heimzahlen. Irgendetwas in der Art wahrscheinlich, aber letzten Endes weiß ich es natürlich auch nicht.«

»Aha, Sie wissen es also nicht. Was dagegen, wenn ich mich setze? Ich habe etwas Probleme mit dem Rücken.«

Er führte die Arme nach hinten an seinen Rücken, als dehnte er die Muskeln. Dabei sprach er die ganze Zeit weiter.

»Ich kriege von der Vegas Metro eine Rente. Wegen teilweiser Berufsunfähigkeit. Hab mir bei der Festnahme eines Kerls, der auf Methedrin war, den Rücken ruiniert. Hob mich hoch und *warf* mich eine Treppe runter ...«

Nichts davon stimmte. Es war ein Ablenkungsmanöver. Beim Sprechen glitt seine linke Hand unter sein Jackett und holte die .25er aus der Seidentasche in seinem Hosenbund.

»Jemand, der so viel Kraft hat, ist mir noch nie begegnet ...«

Er nahm seine Hände nach vorn und brachte sie in einer improvisierten Streckbewegung, bei der er die Pistole in die rechte Hand wechselte, zusammen. Dann ließ er die Hand, in der er die kleine Waffe versteckt hielt, an seiner Seite hinabsinken und setzte sich auf das Bett. Inzwischen war Kibble nur noch gut einen Meter von ihm entfernt und hatte die Hand, in der sie die Waffe hielt, an ihrer Seite hängen. Jetzt hatte er freie Bahn. Aber vorher wollte er noch mehr Informationen von ihr.

»Was ist eigentlich mit dem Kind, das sie von Max Freeling hatte?«, fragte er.

Kibble sah ihn einen Moment prüfend an, bevor sie antwortete.

»Mit welchem Kind? Und was sollte das mit einem Casinoeinbruch in Las Vegas zu tun haben?«

Karch schüttelte lächelnd den Kopf.

»Sie wollte nicht nach L. A., weil ihr jemand einen Job als Autoverkäuferin angeboten hat, Agent Kibble. Sie wollte hierher, weil sie und Max Freeling eine Tochter hatten und diese Tochter hier lebte.«

Er blickte zu ihr auf.

»Aber das wissen Sie doch sicher, oder nicht?«

»Ich weiß zwar nicht, wo die Kleine ist, aber was den Rest angeht, haben Sie durchaus Recht. Bei ihrer Verhaftung war Cassie schwanger. Verheimlichte es so lange, bis es zu sehen war. Bis dahin hatte sie sich jedoch schon schuldig bekannt und war in High Desert. Dort wurde auch das Kind geboren. Drei Tage stillte sie das Baby, dann wurde es weggegeben. Sie gab es zur Adoption frei.«

Karch nickte. Die Einzelheiten hatte er zwar nicht gewusst, aber in groben Zügen hatte er sich bereits alles zusammengereimt.

»Haben Sie Kinder, Officer Kibble?«

»Zwei.«

»Drei Tage, ist das lange genug, um eine starke persönliche Bindung zu jemandem zu bekommen? So stark, dass sie nicht mehr zu trennen ist?«

»Schon drei Minuten genügen.«

»Wissen Sie, langsam habe ich ...«

Er sprang vom Bett auf und drückte den Lauf der .25er in den Fettwulst um Kibbles Hals.

»... Ihre sarkastischen Antworten satt, Agent Kibble. Allmählich gehen Sie mir ...«

Er schlug ihr die Beretta aus der Hand und riss ihr die Sig Sauer aus der anderen.

»... *echt* auf den Sack.«

Kibble erstarrte und bekam große Augen.

»Was machen Sie da?«

»Ich drücke Ihnen den kurzen Lauf einer Fünfundzwanziger in ihren fetten Hals, Agent Kibble. Und wenn ich Ihnen jetzt noch ein paar weitere Fragen stelle, sparen Sie sich gefälligst diesen blasierten Unterton, wenn Sie mir antworten. Sind wir uns da klar?«

»Ja«, hauchte sie. »Wie gesagt, ich habe zwei Kinder. Sie haben niemanden außer mir, darum bitte ...«

Karch stellte sich neben sie und stieß sie auf das Bett. Er steckte die .25er in die Tasche am Hosenbund zurück und richtete die Sig Sauer auf Kibble. Nachdem er sich vergewissert hatte, dass der Schalldämpfer noch richtig saß, wartete er, bis sie verängstigt zu ihm hochblickte. Erst dann begann er zu sprechen.

»Also, wenn Sie sie wiedersehen wollen, dann beantworten Sie mir jetzt ein paar Fragen, aber in einem etwas anderen Ton, wenn ich bitten darf.«

»Okay, okay. Was wollen Sie wissen?«

»Was wissen Sie sonst noch über das Mädchen? Ihre Tochter.«

»Eigentlich nichts. Sie hat mir nur einmal von ihrer Geburt erzählt und so. Sonst hat sie nie darüber gesprochen.«

»Warum kam sie dieses eine Mal darauf zu sprechen?«

»Ich zeigte ihr ein paar Fotos von meinen Söhnen, und bei dieser Gelegenheit erwähnte sie es. Das war ganz am Anfang, sie war gerade aus Nevada gekommen. Ich versuchte, sie etwas näher kennen zu lernen, denn sie machte einen recht anständigen Eindruck.«

»Was hat sie sonst noch erzählt? Hat sie nichts davon erwähnt, dass ihre Tochter hier bei einer Familie untergekommen ist?«

»Mit keinem Wort. Sie sagte, sie hätte Max am letzten Abend erzählt, sie sei schwanger – an dem Abend, als er aus dem Fenster sprang.«

»An *dem* Abend?«

»Das hat sie jedenfalls gesagt. Sie sagte, es hätte ihr letzter Einbruch sein sollen. Sie sagte ihm vorher, dass sie ein Baby bekäme, und das weckte in Max den Beschützerinstinkt. Er wollte sie den Einbruch nicht mehr machen lassen, sondern hat es selbst gemacht.«

»Wollen Sie damit sagen, dass eigentlich sie diejenige war, die in das Zimmer raufgehen sollte?«

»Wussten Sie das nicht?«

»Woher hätte das jemand wissen sollen? Max endete zerschmettert auf einem Würfeltisch, und sie hat die ganze Zeit den Mund nicht aufgemacht. Stattdessen hat sie sich auf eine außergerichtliche Regelung eingelassen. Jetzt weiß ich endlich auch, warum.«

Karch zuckte zusammen. Langsam fügten sich die Puzzleteilchen dieser Nacht zu einem Bild zusammen. Inzwischen glaubte er, alles zu verstehen – sechs Jahre zu spät. Er drehte sich um und trat vom Bett zurück, als wendete er sich von einer bösen Erinnerung ab. Im Kommodenspiegel sah er, wie Kibble sich anspannte, als wollte sie zum Gegenschlag ausholen. Doch dann sah sie, dass er sie im Spiegel beobachtete.

»Machen Sie bloß keine Dummheiten, Agent Kibble. Denken Sie an Ihre zwei Kinder. Was hat Cassie Black sonst noch darüber gesagt, dass Max Freeling an besagtem Abend aus dem Fenster sprang?«

»Darüber wollte sie nicht sprechen, schon gar nicht mit mir. Dieses eine Mal war das einzige Mal, dass sie wenigstens etwas darüber erzählte. Und sie sagte, jemand müsste nachgeholfen haben, als Max aus dem Fenster flog. Das war alles.«

»Tja, also, da hatte sie vollkommen Recht. Aber wer da nachgeholfen hat, war sie selbst.«

»Wieso? Waren Sie etwa dabei?«

Karch blickte sie lange an, und er konnte Angst in ihren Augen aufsteigen sehen.

»Jetzt stelle ich die Fragen, haben Sie das schon wieder vergessen?«

Er hielt inne, um ihr Zeit zum Antworten zu lassen, aber sie sagte nichts. Karch führte den Lauf der Sig an ihrem breiten Körper hoch, über ihr Gesicht und zu der Wand hinter ihr, bis er auf die Frau auf dem Poster gerichtet war, die am Strand spazierenging.

»Was war mit Tahiti?«

»Mit Tahiti?« Kibble blickte sich nach dem Poster an der Wand um. »Tahiti war ihr großer Traum.«

»War?«

»Sie war mit Max mal dort. Hat die Beute von einem Bruch auf den Kopf gehauen und ist eine Woche hingeflogen.«

Karch blickte zum Abfalleimer neben dem Nachttisch hinüber, über dessen Rand das Foto von Cassie Black mit Max Freeling zu sehen war. Jetzt war er absolut sicher, dass es in Tahiti aufgenommen war.

»Sie dachte, das Baby wäre dort ... Sie wissen schon, gezeugt worden«, sagte Kibble. »Und sie hatten vor, dorthin zurückzukehren. Nach der Geburt des Babys. Sie wissen schon, aussteigen und auf einer Insel in Tahiti leben. Sich ein schönes Leben machen und das Kind dort großziehen.«

»Aber das flog alles mit Max aus dem Fenster.«

Kibble nickte.

»Sie haben es nicht geschafft«, sagte sie. »Deshalb ist Tahiti kein Ort mehr. Nicht für Cassie. Es ist ein Traum. Ihr großes Ziel. Es steht für alles, was sie mit Max nicht verwirklichen konnte.«

Karch wartete einen Moment, bevor er antwortete. Er blickte auf den Ermittlungsbericht von Renaissance hinab, der neben Kibbles Füßen auf dem Boden lag.

»Nur für fast alles«, sagte er schließlich, ohne den Blick von dem Bericht abzuwenden. »Aber unsere gemeinsame Freundin Cassie Black hat einen Plan, Agent Kibble. Wenn mich nicht alles täuscht, ist sie der Typ, der immer einen Plan hat.«

Er war ganz in seinen eigenen Gedanken versunken, und nachdem er rasch seine verschiedenen Theorien durchgespielt hatte, sah er plötzlich zu Kibble auf.

»Letzte Frage. Was mache ich jetzt mit Ihnen?«

36

Ein paar hundert Meter vor ihrem Haus in der Selma fuhr Cassie an den Straßenrand und hielt nach irgendwelchen Anzeichen Ausschau, dass Karch dort auf sie wartete.

Auf den ersten Blick konnte sie nichts entdecken. Kein Auto in der Einfahrt, die Eingangstür nicht aufgebrochen. Obwohl sie das Haus zehn Minuten lang aufmerksam beobachtete, bemerkte sie nichts Ungewöhnliches. Schließlich fuhr sie zur nächsten Parallelstraße der Selma und hielt auf Höhe ihres Hauses an. Sie stieg aus, ging zwischen zwei Häusern hindurch und kletterte über den Zaun ihres Gartens. Das Geld ließ sie im abgeschlossenen Frontkofferraum des Boxsters. Sie hatte nicht vor, den Wagen lange unbeaufsichtigt zu lassen. Sie wollte nur ins Haus zurück, um ein einziges Foto zu holen und vielleicht noch ein paar Sachen zum Anziehen einzupacken. Sie grub den Ersatzschlüssel aus dem Blumentopf auf der hinteren Veranda und betrat durch den Hintereingang leise das Haus.

Karch war da gewesen. Das Haus war zwar nicht wie das von Leo durchsucht und auf den Kopf gestellt worden. Aber da gewesen war er. Das spürte sie einfach. Nichts war verändert und nichts fehlte. Lautlos betrat sie das Wohnzimmer, wo sie ihren ersten spontanen Eindruck bestätigt fand, als sie den Kleiderbügel mit den sieben Schlössern auf dem Couchtisch liegen sah. Sie hatte sie seit der Abreise nach Las

Vegas nicht mehr hervorgeholt und auf keinen Fall so offen liegen gelassen. Das war er gewesen.

Sie blieb vollkommen still stehen und konzentrierte sich fast zwei Minuten lang nur auf die Geräusche im Haus. Als sie nichts hörte, schlich sie in die Küche und nahm das größte Messer, das sie hatte, aus einer Schublade. Damit ging sie in die Diele und langsam weiter in ihr Schlafzimmer.

Das erste, was ihr dort ins Auge stach, war das Poster. Es hing schief an der Wand und irgendjemand hatte, anscheinend mit Blut, ein großes X darauf geschmiert. Es dauerte eine Weile, bis sie den Blick davon losreißen konnte, um sich im Schlafzimmer umzusehen. Dieser Raum war durchsucht worden. Cassie besaß nicht so viel, dass ihre über den Boden verstreuten Habseligkeiten viel hergemacht hätten. Aber sie ging rasch in die Knie und griff nach ihren zwei Fotoalben. Die Vorstellung, Karch könnte sie angefasst und angesehen haben, war ihr zutiefst zuwider. Sozusagen zur Wiedergutmachung legte sie die Alben aufs Bett, obwohl ihr klar war, sie bräuchte sie nicht mehr. Dann begann sie den Boden hastig nach dem einen Foto abzusuchen, das sie unbedingt haben wollte, das unersetzlich war.

Endlich entdeckte sie es im Abfalleimer. Das Glas über dem Foto war zerbrochen. Sie fischte es aus dem Eimer und schüttelte das Glas aus dem Rahmen. Das Foto selbst schien unbeschädigt und sie gab ein erleichtertes Seufzen von sich. Es war das einzige Foto von ihr und Max zusammen. In High Desert hatte es fünf Jahre über ihrem Bett an der Wand gehangen. Sie zog es aus dem Rahmen und legte es auf die zwei Alben auf dem Bett. Dann sah sie auf die Uhr und stellte fest, dass es fast drei Uhr war. Sie musste sich beeilen. Sie nahm eins der Kissen vom Bett, zog den Bezug ab und steckte die Alben und das Foto von ihr und Max hinein.

Danach ging sie zur Kommode und packte ein paar Handvoll Unterwäsche und Socken in den Kopfkissenbezug. Sie hatte keinen Schmuck außer ihrer Timex und einem Paar Ohrringe, die sie fast nie trug – die silbernen Reife, die Max regulär gekauft und ihr zum Geburtstag geschenkt hatte.

Als Nächstes ging sie zum Kleiderschrank, um sich eine Jeans und ein paar Hemden zu holen. Ihr Blick war beim Öffnen der Tür bereits nach oben gerichtet, wo sich die Schnur zum Einschalten der Deckenbeleuchtung befand. Deshalb sah sie Thelma Kibble erst, als das Licht anging und sie nach unten blickte, um zu sehen, wogegen sie mit dem Fuß gestoßen war.

Die Beine weit von sich gestreckt, lag ihre Bewährungshelferin mit dem Rücken gegen die Wand gelehnt auf dem Boden des begehbaren Kleiderschranks. Ihr Kopf saß in einem eigenartigen Winkel auf ihrem Rumpf, ihr Mund war weit offen, und das große weite Kleid, das sie trug, war rot verschmiert. Eine Hand schoss hoch und erstickte einen Schrei in Cassies Mund. Sie zuckte davor zurück und merkte erst dann, dass es ihre eigene war. Der Kopfkissenbezug in ihrer anderen Hand entglitt ihr und fiel auf den Boden.

Der Lärm veranlasste Kibble, langsam die Augen zu öffnen. Fast schien es, als erschöpfte dieses Augenöffnen die letzten Kraftreserven in ihrem mächtigen Körper. Cassie ging zwischen Kibbles ausgestreckten Beinen auf die Knie nieder.

»Thelma! Was ist passiert, Thelma?«

Ohne auf die Antwort zu warten, die sie bereits kannte, streckte sie die Hand nach oben und riss eins der zwei Kleider, die sie besaß, von seinem Kleiderbügel. Sie knüllte es zusammen und beugte sich über Kibble, um ihr eine Kompresse daraus zu machen. Oben auf Kibbles Brust befand sich eine einzige Schusswunde, aus der ungeheuer viel Blut gesickert war. Cassie wunderte sich, dass Kibble überhaupt noch lebte. Sie drückte das Kleid auf die Wunde und beobachtete Kibbles Lippen. Sie bewegten sich lautlos, als versuchte sie etwas zu sagen.

»Nicht sprechen, Thelma, nicht sprechen. War es Karch? Ein Mann, der Karch heißt?«

Der Mund hörte kurz zu arbeiten auf und es kam ein schwaches Nicken.

»Thelma, es tut mir schrecklich Leid.«

»... mich mit meiner eigenen Pistole ...«

Ihre Stimme war nur ein Raspeln.

»Nicht sprechen, Thelma. Ich hole Hilfe. Bleiben Sie da, ich hole Hilfe. Können Sie das halten?«

Cassie hob die linke Hand der Frau und legte sie auf das zusammengeknüllte Kleid. Sobald sie die Hand jedoch losließ, begann sie nach unten zu rutschen. Cassie zog einen Wäschekorb zu sich heran, stürzte ihn um und schob ihn neben Kibble. Dann stützte sie Kibbles linken Arm mit dem Ellbogen auf den umgestürzten Wäschekorb und legte die linke Hand auf die provisorische Kompresse zurück. Das Gewicht von Kibbles massigem Arm hielt Hand und Kompresse an Ort und Stelle.

»Halten Sie durch, Thelma«, sagte Cassie. »Im Haus gibt es kein Telefon. Ich muss zu meinem Wagen. Ich rufe Hilfe und bin gleich wieder zurück. Okay?«

Sie wartete und sah, wie Kibbles Kinn zu zittern begann. Sie versuchte etwas zu sagen.

»Nicht antworten! Sparen Sie Ihre Kräfte. Es wird gleich Hilfe kommen.«

Cassie wollte aufstehen, sah aber, dass Kibbles Lippen immer noch arbeiteten. Sie wollte unbedingt etwas sagen. Cassie beugte sich zu ihr hinab und hielt ihr linkes Ohr dicht an Kibbles Lippen.

»Er weiß ...«

Cassie wartete, aber es kam nichts mehr. Sie drehte den Kopf und sah Kibble an.

»Er weiß? Was weiß er?«

Kibbles Augen kamen zu ihren hoch, und in diesem Moment wurde Cassie klar, dass sie ihr etwas sehr Wichtiges mitteilen wollte.

»Karch? Was weiß er, Thelma?«

Sie drehte den Kopf wieder und hielt das Ohr an Kibbles Lippen.

»Ihre Tochter. Er ... hat ihr Foto.«

Cassie zuckte zurück, als hätte ihr jemand einen Schlag versetzt. Sie sah Kibble aus angstvollen und wachsamen Augen an. Dann blickte sie auf den Kopfkissenbezug neben ihr hinab, als enthielte er eine Bombe, die jeden Moment losgehen konnte. Sie packte den Bezug, drehte ihn um und leerte seinen Inhalt auf den Boden. Sie nahm eins der beiden Alben – das so genannte Schulalbum – und schlug es auf. Das erste Foto fehlte. Auf das Plastikfenster, hinter dem es gesteckt hatte, war mit schwarzem Marker eine Nachricht geschrieben, die ihr das Herz stillstehen ließ.

KEINE POLIZEI
702-881-8787

Sie hatte nicht den leisesten Zweifel, was die Nachricht bedeutete.

»Schnell ...«

Cassie blickte von dem Fotoalbum zu Kibble auf.

»Schnell ... holen Sie sie ...«

Cassie sah sie aufmerksam an und nickte. Dann sprang sie auf und stürzte aus dem Schrank. Sie nahm nur das Fotoalbum mit der Telefonnummer mit. Alles andere ließ sie zurück.

37

Nachdem der weiße Volvo von der Wonderland School losgefahren war, folgte ihm Karchs Towncar im konstanten Abstand von drei Häuserblocks. Wie Karch erwartet hatte, fuhr der Volvo nicht weit. Er blieb auf der Lookout Mountain Road, bis diese fast den Kamm des Hügels erreichte, und bog dann in die Einfahrt eines weit von der Straße zurückversetzten Hauses im Stil der 20er-Jahre. Karch verminderte das Tempo, und als er auf gleicher Höhe mit dem Haus war, sah er die Frau und das kleine Mädchen mit dem Happy-Face-Rucksack auf die Eingangstür zugehen. Er fuhr vorbei und wendete eine Straße weiter in einer Einfahrt. Dann fuhr er wieder zurück und parkte gegenüber der Einfahrt, in der der Volvo-Kombi stand. Die Frau und das Kind waren jetzt im Haus.

Karch entdeckte das Verkaufsschild eines Maklers auf dem Grundstück und das kleinere, darunter angehakte Schild, demzufolge bereits ein Kaufangebot vorlag. Inzwischen glaubte er, einen weiteren Aspekt der Geschichte zu verstehen. Er war fest davon überzeugt, dass Cassidy Black, sollte er je dazu kommen, sie danach zu fragen, antworten würde, mit diesem Schild habe alles angefangen. Sie hatte das Schild gesehen und war aktiv geworden.

»Da wären wir also«, sagte er laut.

Das tat er in letzter Zeit oft – diese lauten Kommentare, auch wenn niemand da war, der sie hören konnte. Aber er machte sich deswegen keine Sorgen. Das lag in der Familie.

Er hatte oft in seinem Zimmer gesessen und seinem Vater zugehört, wie er nebenan vor dem Spiegel mit sich selbst gesprochen hatte. Das tat er immer, wenn er – auf beiden Händen – Quarter über seine Fingerknöchel laufen ließ oder Münzen- und Kartentricks übte. Er sagte immer, dieses Gequatsche war beim Zaubern genauso wichtig wie das, was man mit den Händen machte. Auch Worte konnten zur Ablenkung beitragen.

Er hörte einen Schrei und blickte zum Haus hinüber. Das Mädchen war nach draußen gekommen. Sie hatte sich umgezogen und trug jetzt eine Jeans-Latzhose und ein langärmeliges T-Shirt. Sie schoss einen Ball mit einem Marienkäfermuster im Garten herum und sah darin offensichtlich einen Anlass für lautes Geschrei. Karch sah die Frau in der offenen Haustür stehen und die Kleine beobachten. Er wartete, und schließlich trat die Frau ins Haus zurück und verschwand. Offensichtlich vertraute sie auf die Sicherheit und Unantastbarkeit des Gartens.

Karch sah auf die Uhr und wartete. Er wollte herausfinden, wie lange es dauerte, bis sie wieder nach dem Mädchen sah, damit er eine ungefähre Vorstellung davon bekam, wie viel Zeit ihm für sein Vorhaben bliebe. Während er wartete, dachte er weiter über Cassidy Black nach. Nicht mehr lange und er hatte den höchsten Trumpf in der Hand. Und das letzte Spiel würde auf seinem Tisch stattfinden, nicht auf ihrem.

Nach sechs Minuten kam die Frau wieder nach dem Mädchen sehen. Karch hatte auch die Autos gezählt, die in der Zwischenzeit vorbeigefahren fahren. Es waren nur drei gewesen. Was den Verkehr anging, ließen sich keine Vorhersagen machen, aber er hielt die Sache für relativ unbedenklich. Schätzungsweise würden ihm zwischen zwei und drei Minuten bleiben, um wieder zum Auto zurückzukommen.

Er nahm den Bericht von Renaissance Investigations vom Beifahrersitz und sah noch einmal den Namen nach. Als er danach ausstieg und die Straße überquerte, vergewisserte er sich, dass ihn aus den umliegenden Häusern niemand beobachtete. Es war niemand zu sehen. Er hatte grünes Licht. Es konnte losgehen.

Als er nur noch wenige Schritte von dem niedrigen Lattenzaun entfernt war, blickte das Mädchen von seinem Ball auf. Der Zaun diente ausschließlich der Zierde, nicht der Sicherheit. Er reichte Karch kaum übers Knie. Notfalls konnte er einfach darüber greifen und sie sich schnappen.

Das Mädchen sagte nichts. Sie hörte nur zu spielen auf und sah ihn an.

»Hallo«, sagte Karch. »Du bist doch Jodie Shaw, oder nicht?«

Das Mädchen sah zum Haus zurück. Ihre Mutter war nicht an der Tür. Sie wandte sich wieder Karch zu.

»Bist du doch, oder?«

Sie nickte, und Karch machte die letzten paar Schritte auf den Zaun zu. Er hatte die Hände in die Taschen gesteckt, eine unterschwellig nicht bedrohliche Haltung.

»Hab ich mir fast gedacht. Weißt du, dein Daddy hat mich aus der Firma hergeschickt, um dich für die Überraschungsparty abzuholen.«

»Was für eine Überraschungsparty?«

Karch nahm die Hände aus den Taschen und trat an den niedrigen Zaun. Er ging wie ein Baseball-Catcher in die Knie, um etwa auf ihrer Höhe zu sein. Sein Gesicht war immer noch über dem Zaun. Er blickte über den Kopf des Mädchens hinweg zur Haustür. Von der Frau war nichts zu sehen, aber er hatte nicht viel Zeit. Er blickte sich über beide Schultern um. Weit und breit keine Nachbarn zu sehen. Auch kein Auto. Immer noch grünes Licht.

»Die Party, die er für deine Mami gibt. Er möchte nicht, dass sie vorher schon etwas davon erfährt. Aber es wird bestimmt sehr lustig. Es werden auch viele deiner Freundinnen kommen, und sogar ein Zauberer tritt auf.«

Er griff über den Zaun und zog scheinbar einen Quarter aus ihrem Ohr. Als er die Hand aus der Hosentasche genommen hatte, hatte er den Quarter entsprechend dem klassischen Goshman-Kneiftrick zwischen dritten und vierten Finger geklemmt. Das Mädchen sah die Münze an und ihr Mund öffnete sich zu einem überraschten Lächeln.

»Oh!«

»Und was ist damit?«

Mit der anderen Hand zog er nun auch aus ihrem anderen Ohr eine Münze. Inzwischen grinste das Mädchen völlig unbefangen.

»Wie hast du das gemacht?«

»Wenn ich dir das erzählen würde, müsste ich ... weißt du, was? Wenn du mit zu deinem Dad kommst, verspreche ich dir, dass er und ich dir beibringen, wie man das macht. Was meinst du, Jodie? Sollen wir das machen. Er wartet auf uns, Baby.«

»Ich bin kein Baby. Und ich darf mit keinem Fremden mitgehen.«

Mit einem stummen Fluch blickte Karch wieder zur Haustür. Die Luft war immer noch rein.

»Ich weiß, dass du kein Baby bist. Das habe ich nur so gesagt, mehr nicht. Und die andere Sache ist, dass ich kein richtiger Fremder bin. Ich meine, du und ich, wir sind uns gerade zum erstenmal begegnet, aber ich kenne deinen Daddy, und er kennt mich. Und zwar so gut, dass er mich geschickt hat, dich abzuholen.«

Er sah ein letztes Mal zur Haustür. Ihm war klar, das dauerte alles viel zu lange. Er hatte seine Zeit längst überschritten. Das grüne Licht war jetzt rot.

»Außerdem möchte dein Papi unbedingt, dass du in die Firma kommst, damit ...«

Er richtete sich auf und griff über den Zaun.

»... es für deine Mami eine echte Überraschung wird, wenn sie auch hinkommt.«

Er griff ihr unter die Arme und hob sie hoch. Ihm war klar, jetzt hing alles davon ab, dass sie zehn Meter lang nicht schrie – vom Zaun zum Auto. Mehr nicht. Danach spielte es keine Rolle mehr. Er drehte sich um und ging rasch über die Straße zu seinem Lincoln.

»Mami?«, sagte das Mädchen ängstlich.

»Psst«, zischte er rasch. »Sie soll doch nichts mitbekommen. Sonst ist ihr doch die ganze Überraschung verdorben.«

Er erreichte das Auto, öffnete die hintere Tür und packte das Mädchen auf den Rücksitz. Dann schloss er die Tür und setzte sich rasch hinters Steuer. Er hatte es geschafft. Er hatte sie in seine Gewalt gebracht, ohne dass es zu einem Zwischenfall gekommen war und ohne dass jemand etwas gemerkt hatte. Er legte den Gang ein und fuhr los.

»Wird auf der Überraschungsparty auch getanzt?«, fragte Jodie vom Rücksitz.

Karch verstellte den Rückspiegel so, dass er sie sehen konnte. Im selben Moment, in dem er das tat, hörte er in der Ferne einen Schrei. Da alle Fenster des Lincoln geschlossen waren, ließ sich die Richtung, aus der das Geräusch kam, nicht näher bestimmen. Karch verstellte den Spiegel noch einmal und sah fünfzig Meter hinter sich die Frau auf die Straße laufen. Sie hatte die Hände zu Fäusten geballt und an ihre Schläfen gepresst, als sie dem Lincoln hinterhersah. Hastig drückte Karch auf den Knopf der Stereoanlage.

Er sah noch einmal in den Rückspiegel. Die Frau stand immer noch mitten auf der Straße und schrie, aber die Musik übertönte ihre Schreie. Es war Frank Sinatra, der ›That's Life‹ sang.

Karch begann sich wegen der Nummernschilder des Lincoln Gedanken zu machen. Er bezweifelte zwar, dass die Frau die Nummer am Heck ablesen konnte, aber ihm war klar, dass er eine Stelle finden musste, wo er unbemerkt die Originalnummernschilder wieder anbringen konnte. Was die Frage anging, ob sie ihn selbst gesehen haben könnte, machte er sich keine Gedanken. Dafür waren die Scheiben zu dunkel getönt. Er hatte ein gutes Gefühl bei der Sache. Ihm konnte nichts passieren.

Ihm fiel ein, dass ihm das Mädchen eine Frage gestellt hatte. Er verstellte den Spiegel wieder und sah zu ihr nach hinten.

»Was hast du eben gefragt?«

»Wird auf der Party für meine Mami getanzt?«

»Klar, Baby, und wie.«

»Ich bin kein Baby.«

»Ja? Wen interessiert das schon?«

38

Das Getriebe des Boxster heulte laut, als Cassie ihm auf der Fahrt zum Laurel Canyon das Äußerste abverlangte.

»Neunhundertelf, Notrufzentrale, was kann ich für Sie tun?«

Sie hatte das Telefon auf Lautsprecherbetrieb gestellt.

»Hören Sie, eine Beamtin ist niedergeschossen worden. Eine Kollegin!«

Sie nannte die Adresse des Hauses in der Selma und die Stelle, wo Thelma Kibble zu finden wäre. Außerdem beschrieb sie die Wunde und sagte der Telefonistin, sie solle einen Krankenwagen verständigen.

»Das mache ich über Computer, während wir hier telefonieren. Ihr Name bitte?«

»Schicken Sie einfach nur den Notarzt, ja?«

Sie unterbrach die Verbindung und drückte sofort auf die Wahlwiederholung. Zunächst bekam sie eine auf Band gesprochene Ansage dran, alle Notrufleitungen seien belegt, doch bevor sie zu Ende war, meldete sich eine Telefonistin der Notrufzentrale.

»Neunhundertelf, Notrufzentrale, was kann ich für Sie tun?«

Zuerst dachte Cassie, es könnte dieselbe Frau sein.

»Was kann ich für Sie tun?«

Dann kam Cassie zu dem Schluss, dass sie es nicht war.

»Da ist ein Mann, der ein kleines Mädchen zu entführen versucht. Sie müssen jemanden hinschicken.«

»Wohin, Ma'am?«

Cassie sah auf die Uhr am Armaturenbrett. Es war drei Uhr fünfzehn. Sie kannte Jodie Shaws Tagesablauf in- und auswendig. Sie wurde jeden Tag um drei von der Wonderland School abgeholt. Falls Karch sie nicht schon in seiner Gewalt hatte, würde er sie aus dem Haus ihrer Eltern entführen. Sie nannte der Telefonistin die Adresse des Hauses in der Lookout Mountain Road.

»Schnell! Bitte!«

Sie unterbrach die Verbindung. Sie kam gerade noch bei Grün über die Kreuzung von Hollywood und Laurel Canyon Boulevard und brauste nach Norden in den Canyon. Wenn nicht schon ein LAPD-Streifenwagen im Canyon oder in der Wonderland Elementary School war, befand sie sich vermutlich näher am Geschehen als die Polizei. Sie musste sich überlegen, was sie tun würde, wenn sie als Erste eintraf.

Als sich die Straße auf eine Fahrspur verengte, verlangsamte sich der Verkehr, und sie kroch hinter einem alten Van her, der durch den Canyon kurvte.

»Los, Tempo!«, schrie sie mit der Hand auf der Hupe. »Fahr endlich zu, Mann!«

Sie sah, wie der Mann in dem Wagen vor ihr im Rückspiegel zu ihr zurückblickte. Sie signalisierte ihm, er solle sie vorbeilassen, aber er reckte ihr nur den Mittelfinger seiner rechten Hand entgegen und schien danach absichtlich noch langsamer zu fahren. In der nächsten Kurve überholte sie ihn schließlich – ein gefährliches Manöver, bei dem ein entgegenkommendes Fahrzeug an den Straßenrand ausweichen musste. Das hatte ein wütendes Hupkonzert seitens des entgegenkommenden Autos und des Van zur Folge. Cassie reckte die Faust aus dem Fenster und zeigte dem Fahrer ihren Mittelfinger. Sie raste weiter.

Sie bog in die Lookout Mountain Road und jagte den Berg hinauf. Als sie an der Wonderland Elementary vorbeikam, drosselte sie das Tempo. Auf dem Schulhof spielten noch Kinder, und die Straße war voll mit den in zweiter Reihe geparkten Autos von Eltern, die ihre Kinder abholten. Cassie schlängelte sich zwischen ihnen hindurch, machte sich aber nicht die Mühe, nach Jodie Ausschau zu halten. Sie kannte ihren Tagesablauf. Sie war zu Hause – oder bereits in Karchs Gewalt.

Als sie um die letzte Biegung vor dem Haus der Shaws kam, blieb ihr fast das Herz stehen. Ein Stück weiter stand ein Streifenwagen mit blinkenden Lichtern am Straßenrand. Sie hoffte, er wäre wegen ihres Anrufs bei der Polizei hier, aber an sich war ihr klar, dass das unmöglich war. Sie hatte erst vor drei Minuten angerufen.

Als sie das Haus erreichte, verminderte sie ihr Tempo. Sie sah zwei Polizisten, einen Mann und eine Frau, hinter dem Zaun auf dem Rasen stehen. Sie sprachen mit einer Frau, deren Gesicht so verzerrt und rot war, dass Cassie erst nach einem Moment Linda Shaw in ihr erkannte, die Frau, die ihre Tochter adoptiert hatte.

Ihr Gesicht war tränenüberströmt. Ihre Knöchel standen weiß aus ihren Fäusten hervor, die sie fest an ihre Brust gedrückt hielt. Die Polizistin sah ihr leicht vorgebeugt in die Augen. Eine Hand hatte sie tröstend auf Linda Shaws Arm gelegt. Ihr männlicher Begleiter sprach in ein Funkgerät. Cassie kam zu spät.

Plötzlich sahen alle drei gleichzeitig auf den Porsche, dessen brummender Motor ihre Aufmerksamkeit erregt hatte, als Cassie vom Gas gegangen war.

Nach einem kurzen Blick auf den Wagen wandten sich die zwei Polizisten wieder Linda Shaw zu. Doch deren Blicke blieben weiter auf den Boxster geheftet. Sie drangen durch die Windschutzscheibe und blieben auf Cassie Black haften. Weil Cassie im Gefängnis gewesen war und die Leute, die ihr Kind adoptierten, nicht hatte kennen lernen wollen, waren sich die zwei Frauen noch nie begegnet.

Aber Cassie spürte, wie in dem flüchtigen Moment, in dem sich ihre Blicke trafen, ein Funke übersprang. Sie waren sich in der kalten Bewusstseinsschicht begegnet, in der die schlimmsten Mutterängste lauern. In Linda Shaws gequälten, nassen Augen sah Cassie, dass es für ihre Tochter keine größere Liebe geben konnte.

Cassie wandte schließlich als Erste den Blick ab und fuhr zügig weiter. Sie konnte auf der Lookout Mountain Road zur Sunset Plaza hinauf und von dort wieder hinunter in die Stadt fahren, ohne noch einmal am Haus der Shaws vorbei zu müssen. Genau das würde sie tun.

Und dann würde sie da hin fahren, wo er sie haben wollte. Karch. Sie würden diese Sache zu Ende bringen, egal, wie er es wollte.

39

Der Wüstenhimmel war blauschwarz, die Luft kühl und frisch. Karch mochte die Wüste bei Nacht. Er mochte den Frieden, den sie ausstrahlte, und die Erinnerungen, die sie ihm brachte. Das spürte er sogar in einem Lincoln, der mit hundertfünfzig Stundenkilometern dahinrauschte. Die Wüste gab ihm neue Kraft. Es war die Stadt, die alles wegnahm.

Er befand sich auf halber Strecke zwischen Primm und Las Vegas, und die Lichter des Strip erhellten den Horizont vor ihm wie ein Buschfeuer. Er hatte den Freeway 15 ganz für sich allein. Er sah auf die Uhr am Armaturenbrett. Es war fast acht. Er fand, es wurde Zeit, Grimaldi anzurufen. Wahrscheinlich war der alte Fuchs wegen der Ungewissheit und wegen des langen Wartens schon halb am Durchdrehen. Karch machte die Innenbeleuchtung an und sah wieder nach dem Mädchen. Sie lag immer noch auf dem Rücksitz und schlief. Schon ihr bloßer Anblick brachte Karch zum Gähnen. Er hatte über sechsunddreißig Stunden nicht mehr geschlafen.

Er schüttelte die Müdigkeit ab und trank von dem schwarzen Kaffee, den er in Barstow gekauft hatte und der deshalb längst kalt war. Er stellte den Becher in den Getränkehalter am Armaturenbrett zurück und holte das Handy aus seinem Jackett. Er wählte Grimaldis private Büronummer, dann machte er die Innenbeleuchtung aus. Es nahm sofort jemand ab.

»Ja?«

Im Hintergrund herrschte ziemlicher Lärm. Menschen, die sich unterhielten, johlten, klatschten. Grimaldi hatte den Apparat im Krähennest abgenommen.

»Vincent, könntest du bitte sofort an deinen Computer gehen.«

»Wo hast du bloß die ganze Zeit gesteckt? Ich versuche schon die ganze Zeit, dich mit dem Pager zu erreichen, aber ...«

»Ich habe versucht, dir dein Geld wiederzubeschaffen. Könntest du jetzt vielleicht ...«

»Alles, was ich hören will, ist, dass du es hast, und nicht, dass du *versuchst*, es zu beschaffen. Dein guter Wille allein nützt mir in meiner derzeitigen Situation überhaupt nichts.«

Karch schüttelte den Kopf. Am liebsten hätte er ins Telefon geschrien, aber dann würde er die Kleine wecken. Er sprach ruhig und gemessen weiter.

»Du kriegst es, Vincent. Aber um es zu kassieren, brauche ich deine Hilfe. Deshalb, würdest du jetzt vielleicht endlich für mich nachsehen, ob ein bestimmtes Zimmer frei ist, oder nicht?«

»Natürlich kann ich das nachsehen lassen. Bleib dran, ich muss nur sehen, dass mich so lange hier draußen jemand vertritt. Augenblick.«

Grimaldi wartete nicht auf eine Antwort. Karch saß mit dem Handy am Ohr da, während der Lincoln weiter auf Las Vegas zurauschte. Nach gut fünf Minuten kam Grimaldi wieder ans Telefon. Der Hintergrundlärm war weg. Er war jetzt in seinem Büro. Er redete nicht lange drum herum, sondern kam sofort zur Sache.

»Welche Nummer?«

»Das Penthouse. Zweitausendeins. Wie in Odyssee im Weltall.«

»Moment mal. Das ist ...«

»Ich weiß. Ist jemand drin?«

»Das muss ich erst nachprüfen ... Nein, es ist heute Abend frei.«

»Gut, Vincent. Dann sperrst du es jetzt und reservierst es auf den Namen Jane Davis. Hast du was zu schreiben zur Hand? Ich gebe dir eine Kreditkartennummer.«

Karch holte die Pässe aus der Tasche und nahm die American-Express-Karte ab, die mit einer Büroklammer an den Ausweisen von Jane Davis befestigt war. Er machte die Innenbeleuchtung an und las Grimaldi die Kreditkartennummer vor.

»Okay«, sagte Grimaldi. »Was sonst noch?«

Der Ton, in dem Grimaldi das sagte, entlockte Karch ein Lächeln. Ganz schön nervös, der alte Mann. Karch wusste, jetzt war er am Drücker. Nun kam es nur noch darauf an, dass das auch so blieb, wenn alles vorüber war. Er brauchte zehn Minuten, um Grimaldi seinen Plan zu erklären. Während dieser Zeit blickte er sich zweimal nach dem Mädchen um und vergewisserte sich, dass sie noch schlief und nicht zuhörte.

Während er telefonierte, kam er an dem WILLKOMMEN-IN-LAS-VEGAS-Schild vorbei, das seit vier Jahrzehnten den Stadtrand zierte. Vor ihm tauchten die neoneingefassten Silhouetten der Hotels am Strip auf. Grimaldi bombardierte ihn die ganze Zeit mit irgendwelchen Fragen und Einwänden. Als er zum Schluss kam, war seine Stimmung umgeschlagen. Er war verärgert.

»Und du bist sicher, das klappt?«, fragte Grimaldi.

»Das nennt man Koinzidenz, VinCENT. Hast du das Wort schon mal gehört? Alles fügt sich nahtlos ineinander, und du kriegst das Geld zurück. Das ist doch, was du willst, oder nicht?«

»Ja, Jack, das ist es, was ich will.«

»Na schön, dann wären wir uns ja einig. Sieh also zu, dass du bereits alle nötigen Schritte veranlasst. Ich bin in ein paar Minuten da.«

Er stellte das Handy ab und legte es neben sich auf den Beifahrersitz. Er sah wieder nach dem Mädchen. Sie schlief noch immer. Gerade als er die Innenbeleuchtung ausmachte, läutete das Telefon. Damit das Mädchen nicht wach wurde, griff er rasch danach und öffnete es.

»Was ist jetzt schon wieder, Vincent? Kannst du *Koinzidenz* nicht im Wörterbuch finden?«

»Wer ist Vincent?«

Es war Cassie Black. Karch lächelte, als er begriff, dass es nicht Grimaldi sein konnte, weil er seine Handynummer nicht hatte.

»Cassidy Black«, sagte er rasch, um seinen Fehler zu überspielen. »Wurde ja auch langsam Zeit, dass Sie sich melden. Wirklich ein paar sehr geschickte Spielzüge, die Sie sich da heute haben einfallen lassen. Aber ich glaube, wenn ich den Heimvorteil gehabt hätte, wäre die Sache etwas anders ...«

»Wo ist sie?«

Ihre Stimme war ein Draht aus Stahl. Immer noch mit einem Lächeln auf den Lippen, hielt Karch inne. Der Moment war köstlich. Er hatte die Fäden in der Hand, und diesmal würde er gewinnen.

»Sie ist bei mir und es geht ihr gut. Und das wird auch genauso bleiben, solange Sie *genau* das tun, was ich Ihnen sage. Haben Sie mich verstanden?«

»Hören Sie zu, Karch. Wenn diesem Mädchen irgendein Leid geschieht ... dann können Sie was erleben, ist das klar? Ich werde es zu meiner Lebensaufgabe machen, Sie zu erledigen. Haben Sie *das* verstanden?«

Eine Weile antwortete Karch nicht. Er öffnete das Fenster einen Zentimeter und holte eine Zigarette heraus.

Er zündete sie am Zigarettenanzünder im Armaturenbrett an.

»Sind Sie noch dran, Karch?«

»Oh, ich bin noch hier. Ich denke nur grade über die Ironie des Ganzen nach. Ironie ist doch hier das richtige Wort – ich war nie sehr gut in Englisch. Oder kann man etwa nicht von Ironie sprechen, wenn sich jemand, der vorhatte, ein Kind zu entführen, darüber beklagt, dass ihm ebendieses Kind von jemand anders vor der Nase weggeschnappt wurde? Ist das Ironie?«

Karch wartete auf ihre Antwort, aber sie blieb aus. Sein Lächeln wurde breiter. Seine Worte trafen sie ins Mark. Und die Wahrheit war immer das beste und schärfste Instrument für eine solche Prozedur.

»Dann erzählen Sie mir doch mal, Cassie Black, was Sie in L. A. eigentlich wollten? Autos verkaufen oder das Mädchen beobachten? Und wen wollten Sie nach Tahiti mitnehmen, nachdem das mit Max ja wohl schlecht gegangen wäre?«

Er wartete, aber es kam nur weiteres Schweigen aus der Leitung.

»So, wie ich die Sache sehe, habe ich mir die Kleine wahrscheinlich eine gute halbe Stunde vor Ihnen geschnappt. Darum, sparen Sie sich die selbstgerechte Entrüstung. Die nehme ich Ihnen nicht ab.«

Er bildete sich ein, sie weinen zu hören, war sich aber nicht sicher. Er fühlte sich ihr seltsam nahe. Vielleicht, weil er ihre Pläne kannte, weil er wusste, wovon sie insgeheim träumte. Es war ein herrliches Gefühl, so tiefen Einblick in das zu haben, wofür ein anderer Mensch lebte. Das war fast wie Liebe.

»So ist es«, fuhr er ruhig fort. »Ich weiß alles über Sie und Ihren sauberen kleinen Plan. Das Mädchen im Auge behalten und das Ende der Bewährungsfrist abwarten – wie lange hatten Sie noch, ein Jahr? Und dann schnappt man sie sich und setzt sich mit ihr ins Paradies ab – nach Tahiti, wo Sie und Max mal so wunderschöne Tage verbracht haben. Übrigens, ich habe da was von Ihnen – und damit meine ich nicht die Kleine.«

Er klemmte sich das Telefon zwischen Hals und Schulter und nahm die Pässe vom Beifahrersitz. Er schlug einen auf und sah auf das Foto der Frau, mit der er gerade am Telefon sprach.

»Jane und Jodie Davis«, sagt er. »Richtig reizend, nicht? Wer diese Pässe gemacht hat, versteht etwas davon. Nur schade, dass Sie nicht dazu kommen werden, Gebrauch davon zu machen.«

»Sie mieses Schwein«, zischte Cassie ins Telefon.

Karch ignorierte es.

»Schätze, als plötzlich dieses *Zu-verkaufen*-Schild im Garten stand, wurde Ihnen klar, dass das Probleme geben würde. Jodie hat mir erzählt, die Familie zieht in einem Monat nach *Pawis*, wie sie es nennt. Ich kann mir vorstellen, das war ein ziemlicher Schock für Sie, und vor allem hat es Sie auch unter enormen Zeitdruck gesetzt. Deshalb haben Sie sich bei Leo nach einem Job erkundigt. Und er hat Sie wieder ins Cleo geschickt. Da wären wir also wieder.«

»Was wollen Sie von mir, Karch? Ich habe das Geld. Reden wir über das Geld und bringen es hinter uns.«

»Wo sind Sie?«

»Was glauben Sie wohl? In L. A.«

»Schade. Wahrscheinlich heißt das, Sie haben meine kleine Nachricht erst erhalten, als es für Agent Kibble schon zu spät war. Wirklich schade um sie. Ich bin sicher, sie hinterlässt im Bewährungsamt eine extrem breite Lücke.«

Karch begann zu lachen. Er ordnete sich in die Spur für die Ausfahrt Tropicana Boulevard ein. In zehn Minuten wäre er im Cleo.

»Sie sind total krank, wissen Sie das, Karch? Thelma Kibble hat Ihnen nicht das Geringste getan.«

»Ich will Ihnen mal was sagen, Schätzchen. Die Hälfte der Leute, die ich umlege, haben mir nichts getan. Auch Jodie Shaw nicht – oder sollte ich sagen, Jodie Davis. Das ist mir scheißegal, haben Sie verstanden?«

»Sie sind ein Psychopath.«

»Genau. Und Sie machen jetzt Folgendes. Hören Sie zu? Sie bringen das Geld, so schnell Sie können, nach Las Vegas zurück. Ob Sie fliegen oder fahren, ist mir egal. Jedenfalls sind Sie bis Mitternacht damit im Cleo. Am Tatort.«

Er sah auf die Uhr am Armaturenbrett.

»Vier Stunden. Das ist genügend Zeit. Wenn Sie hier sind, rufen Sie mich wieder an, und ich lasse Sie von jemandem zu mir raufbringen.«

»Karch, Sie ...«

»Klappe! Ich bin noch nicht fertig. Wenn ich bis Mitternacht nichts von Ihnen höre, können die Shaws noch mal nach High Desert fahren – mal sehen, ob dort vielleicht wieder eine Gefangene ein Brötchen im Ofen hat, das sie weggeben will.«

»Ich *wollte* sie nicht weggeben!«

Karch hielt das Telefon von seinem Ohr weg.

»Ich hatte keine Wahl! Ich konnte meine Tochter nicht im ...«

»Ja, ja, aber was ändert das schon groß? Sie und Max haben da wohl in ganz ähnlichen Bahnen gedacht.«

Darauf kam lange nur noch Schweigen aus dem Hörer.

»Was wollen Sie damit sagen? Sie haben ihn umgebracht. Ich weiß, das waren Sie, damals da oben.«

»Das da oben war ich, meine Teuerste, aber was das andere angeht, täuschen Sie sich. Ich muss Ihnen allerdings sagen, dass ich bis heute nicht wusste, was das Ganze eigentlich bedeuten sollte. Bis ich das mit der Kleinen rausfand.«

Er machte eine Pause, aber sie sagte nichts.

»Möchten Sie, dass ich weiterspreche?«

Er wartete wieder. Schließlich sagte sie leise, er solle weitersprechen.

»Also, ich lag im Bett, als würde ich schlafen. Ich ließ ihn durchs Zimmer gehen und dann weiter in den zweiten Raum, ins Wohnzimmer. Dann stand ich auf, holte meine Knarre unter dem Kissen hervor und folgte ihm. Er hatte keine Chance. Ich hatte eine Pistole und er hatte nichts. Was hatte er schon für eine Wahl, als sich, wie aufgefordert, auf den Boden zu legen? Aber er tat es nicht. Ich forderte ihn noch mal dazu auf, aber er sah mich bloß an. Und dann sagte er etwas, aus dem ich bis heute nicht schlau geworden bin. Denn, wissen Sie, ich wusste nichts von dem Baby, von Ihnen und ihm und von dem, was Sie ihm erzählt hatten, bevor er nach oben kam, um diesen Job durchzuziehen.«

40

Cassie hasste es, nachts durch die Wüste zu fahren. Sie kam sich vor wie in einem Tunnel ohne Ende. Was Karch erzählte, machte die Sache nur noch schlimmer. Tränen begannen ihren Blick auf die Straße zu trüben. Sie schluckte und versuchte, ihre Stimme in den Griff zu bekommen.

»Was hat er gesagt? Sagen Sie mir, was er gesagt hat.«

Sie hatte den Anruf auf die Lautsprecher gelegt. Karchs Stimme kam aus dem Dunkeln zu ihr. Körperlos und leicht hallend, klang sie, als wäre er überall um sie herum und sogar in ihrem Kopf.

»Er sagte: ›Nicht noch mal das Gleiche. Lieber keinen, als einen im Knast.‹ Dann drehte er sich um und sprang durch das Fenster. Ich wusste nicht, was er damit meinte, bis ich heute von Kibble erfuhr, was Sie ihm an diesem Abend erzählt hatten: dass er Vater geworden war, dass Sie und er – Sie wissen schon. Folglich war ihm damals klar, dass er, wenn er mit mir käme, im Gefängnis sitzen würde, wenn das Kind auf die Welt kam und heranwuchs. Genauso war es ihm nämlich ergangen, wissen Sie noch? Er wuchs ohne Vater auf, weil der die ganze Zeit im Knast saß. Und das wollte er seinem eigenen Kind nicht zumuten.«

Er hörte zu sprechen auf, und Cassie hatte nichts dazu zu sagen. Sie wünschte, sie könnte einfach auflegen, an den Straßenrand fahren und blindlings in die Wüstennacht davongehen. Es wäre ihr egal gewesen, was da draußen im Dunkeln auf sie wartete.

Sie glaubte Karch. Dafür bestand zwar kein Grund, aber tief in ihrem Innern wusste sie dennoch, dass er, was Max' letzte Worte anging, die Wahrheit sagte. Gleichzeitig wurde ihr bewusst, was für einen verhängnisvollen Mechanismus sie in Gang gesetzt hatte, als sie Max an besagtem Abend mit dieser Neuigkeit überrascht hatte. Plötzlich sah sie wieder Max' zerschmetterten Körper auf dem Spieltisch liegen, wie sie auf ihn zugestürzt war und seinen Kopf in ihre Arme geschlossen hatte. Sie hatten sie gewaltsam von ihm wegzerren müssen.

»Sehen Sie jetzt?«, fuhr Karch unvermittelt fort. »Wenn Sie also unbedingt bei jemandem die Schuld suchen wollen, dann tun Sie das bei sich selbst und nicht bei mir. Sie hatten sein Kind im Bauch, und Sie haben es ihm erzählt. Wie finden Sie das, Cassie Black?«

Sie antwortete nicht. Sie umklammerte das Lenkrad so fest, dass ihre Knöchel im schwachen Schein des Armaturenbretts weiß schimmerten. Sie spürte, wie sie ein aus ihrem Innersten kommender Schauder durchbebte. Er begann in ihrer Brust, brachte ihre Schultern zum Zittern und lief wie eine Welle ihre Arme hinab, bis ihre Kontrolle über das Lenkrad fraglich zu werden begann. Endlich ging es vorbei. Sie versuchte, nicht mehr an Max zu denken. Damit würde sie sich später befassen. Jetzt zählte allein Jodie. Sie musste sich auf Jodie konzentrieren.

»Wissen Sie was?«, sagte Karch. »Jetzt, wo ich verstehe, warum Max damals in diesem Hotelzimmer so reagiert hat, bleibt nur noch eines, was ich nicht verstehe. Was war eigentlich mit Hidalgo? Ich meine, warum haben Sie das getan?«

Cassie verstand nicht, wie er sie etwas so Offensichtliches fragen konnte.

»Na, warum wohl? Wegen dem Geld natürlich.«

»Aber warum haben Sie ihn umgelegt? Für mich sah es eigentlich nicht so aus, als wäre das nötig ...«

»Was sagen Sie da? Hidalgo? Hidalgo ist tot?«

»Das müssten Sie eigentlich besser wissen als ...«

»Nein! Ich habe keine Ahnung, wovon Sie reden!«

»Ich fand das ganz schön kaltblütig. Der arme Teufel sitzt im Bett, nur in seiner Unterwäsche und völlig wehrlos, und Sie knallen ihn einfach ab.«

Während er sprach, versuchte sich Cassie an die letzten Augenblicke in Hidalgos Zimmer zu erinnern. Hidalgo war unruhig geworden, wachte auf. Sie hatte am Fußende des Betts gestanden und die Pistole gehoben. Sie war bereit gewesen, es notfalls zu tun, die letzte Grenze zu überschreiten. Hatte sie es getan, hatte sie diesen letzten Schritt gemacht und es dann aus ihrem Gedächtnis gelöscht? Ausgeschlossen.

»Hören Sie zu, Karch. Wenn er tot ist, hat es jemand anders getan.«

Darauf trat eine Pause ein, bevor Karchs Stimme zurückkam.

»Na schön. Wenn Sie das sagen. Aber es ändert nichts an der Sache. Sie kommen mit dem Geld hierher und ...«

»Karch?«

»Was?«

»Woher soll ich wissen, dass Sie sie überhaupt haben?«

Er lachte gekünstelt ins Telefon.

»Das ist der Haken an der Sache. Sie wissen es nicht.«

»Ich muss unbedingt mit ihr sprechen. Bevor ich zu Ihnen komme, muss ich wissen, dass Sie sie haben. Und dass sie am Leben ist. Bitte, Karch.«

»Also, wenn Sie mich so schön bitten ...«

Sie lauschte. Sie glaubte, ein Hupen zu hören, und dann beschimpfte Karch jemanden. Sie merkte, er war in einem

Auto, und schloss daraus, dass er an den Straßenrand gefahren war und dabei einen anderen Autofahrer behindert hatte. Sie hörte ein Rascheln und dann wieder Karchs Stimme, aber er sprach nicht in den Hörer.

»Aufwachen, Kleine. Da will dich jemand sprechen. Sag schön hallo.«

Bevor sie die Stimme ihrer Tochter hörte, hörte Cassie ihren Atem. Und dann sagte Jodie ein Wort, das Cassie durch und durch ging.

»Mami?«

Unwillkürlich sog Cassie den Atem ein und hielt ihn an. Sie versuchte die Tränenflut zurückzuhalten, die darauf wartete loszubrechen. Sie öffnete den Mund und versuchte auf das erste Wort, das ihre Tochter jemals zu ihr gesagt hatte, zu reagieren. Doch bevor sie einen Laut hervorbrachte, füllte Karchs derbes, rauhes Lachen das Wageninnere.

»Aus Kindermund, wie es so schön heißt«, sagte er. »Bis Mitternacht im Cleo, Cinderella, oder Ihr Liebling stirbt.«

Er unterbrach die Verbindung, und plötzlich fuhr Cassie in vollkommener Stille und Dunkelheit. In einem Tunnel.

Sie überlegte, ob sie Karch noch einmal anrufen sollte. Aber ihr war klar, alles, was es zu sagen gab, war gesagt. Sie blickte durch die Windschutzscheibe auf das WILLKOMMEN-IN-LAS-VEGAS-Schild hinaus, das an ihr vorbeiglitt. Sie hatte Karch belogen. Sie war dicht hinter ihm. Das verhalf ihr zu einem zeitlichen Vorteil – ein paar Stunden, um sich vorzubereiten –, aber sonst wenig. Sie hatte keine Ahnung, worauf sie sich vorbereiten könnte.

41

Das Mädchen setzte sich auf und sah vom Rücksitz des Lincoln auf die bunten Lichter des Strip hinaus.

»Wo sind wir?«, fragte sie.

»Wir sind fast da.«

»Ich will zu meinem Daddy.«

Karch verstellte den Rückspiegel und blickte zu ihr nach hinten. Sie hörte sich an, als würde sie wieder anfangen zu weinen. Etwa auf halbem Weg zwischen L. A. und Vegas hatte sie begonnen, weinend und schreiend nach ihrer Mutter und ihrem Vater zu verlangen. In Barstow hatte Karch am Straßenrand anhalten müssen, um sie zu beruhigen. Er bestach sie mit einer Cola und einer Portion Pommes und einigte sich schließlich mit ihr darauf, dass sie ihre Gefühlsausbrüche so lange unterlassen würde, bis sie in das Hotel in Las Vegas kamen, in dem ihr Daddy auf sie wartete. Das einzig Gute an ihrem Geheule war, dass sie davon müde wurde und fast die ganze restliche Fahrt schlief.

»Denk an unsere Abmachung. Kein Geflenne und kein Geschrei, bis wir in dem Hotelzimmer sind und du deinen Daddy siehst. Okay?«

»Meinetwegen. Ich will zu meinem Daddy.«

»Wir sind fast da. Nicht mehr lange, und du wirst bei deinem Daddy sein.«

Er lächelte, obwohl er wusste, dass sie diesen Witz nie verstehen könnte.

»Sind wir jetzt in Frankreich?«

»Was?«

Er blickte in den Rückspiegel und sah sie rechts aus dem Fenster schauen. Über ihr junges Gesicht spielten die Reflexionen von Neonlicht. Er blickte nach rechts durch die Windschutzscheibe und sah, was sie ansah. Sie kamen an einem Casino vorbei, vor dem ein Eiffelturm im Maßstab 1 : 2 stand.

»Könnte sein, Mädchen. Könnte sein.«

Ein paar Minuten später bog er in die Einfahrt des Cleopatra und folgte der Beschilderung für SELBSTPARKER in den hinteren Teil des Geländes. Wie mit Grimaldi abgesprochen, fuhr er in das westliche Parkhaus. Nachdem er auf Ebene vier einen freien Platz gefunden hatte, nahm er mit dem Mädchen die Treppe ins Erdgeschoss hinunter. Karch ging schnell. Er hielt das Mädchen an der Hand und zog es hinter sich her.

Um den Notausgang, der aus dem Foyer des Euphrates Tower direkt ins Parkhaus führte, für ihn offen zu halten, war um die beiden Türgriffe ein Handtuch gebunden. So musste er, um ins Hotel zu kommen, nicht an den Überwachungskameras des Casinos vorbei. Er durfte auf keinen Fall zusammen mit dem Mädchen auf einem Video zu sehen sein. Sobald er durch die Tür war, riss er das Handtuch ab, sodass die Tür zufiel und sich selbst verriegelte. Das Handtuch ließ er auf dem Boden liegen.

Im Foyer blieb Jodie Shaw stehen und versuchte sich von Karch loszureißen. Es erinnerte ihn an das schwache Zucken eines Fisches an einer Angelleine. Er sah zu ihr hinab.

»Wo ist mein Daddy?«

»Wir fahren jetzt zu ihm rauf. Möchtest du drücken?« Er deutete auf den Rufknopf des Lifts.

»Nein. Ich bin schon fast sechs, nicht drei.«

»Ach so. Na, dann eben nicht.«

Karch zog sie auf den Lift zu und drückte auf den Knopf. Nachdem er sich vergewissert hatte, dass niemand ihn beobachtete, bohrte er den Finger in den Sandbehälter neben der Lifttür und zog die Codekarte für das elektronische Türschloss heraus, die Grimaldi dort für ihn deponiert hatte. Ein Lift kam, die Tür ging auf, und Karch zog das Mädchen in die Kabine. Er steckte die Codekarte in das Lesegerät und drückte auf den Knopf für das Penthouse. Sobald die Tür zu war, ließ er ihre Hand los. Er blickte zu der Kamera in der Ecke hoch. Er konnte kein rotes Licht oder sonst etwas entdecken, woran sich hätte feststellen lassen, ob sie auf seine Anweisung hin abgeschaltet worden war.

Als er zu dem Mädchen hinabblickte, merkte er, dass sie kurz davor stand, wieder in Tränen auszubrechen. Er ging in die Hocke und sah sie lächelnd an.

»Keine Angst, Kleine. In ein paar Stunden ist alles vorbei.«

»Ich will sofort zu meiner Mami und zu meinem Daddy.«

»Ihr werdet bald alle zusammen sein. Das verspreche ich dir. Übrigens, habe ich dir das schon gezeigt?«

Er nahm das Päckchen Zigaretten aus der Tasche und schüttelte eine heraus. Dann führte er ihr einen gekonnten Zum-Ohr-rein-und-zum-Mund-raus-Trick vor. Das Mädchen zog staunend die Augenbrauen hoch. Er zündete sich die Zigarette mit einem Feuerzeug an und blies den Rauch über ihren Kopf hinweg nach oben.

»Das ist Zauberei«, sagte er. »Das hat mir mein Daddy beigebracht.«

Er richtete sich auf.

»Beziehungsweise der Typ, der dachte, er wäre mein Vater.«

Die Lifttür ging auf und er führte das Mädchen auf den Gang hinaus. Vor der ersten Zimmertür auf der rechten Seite blieben sie stehen. Er schloss sie mit dem Kartenschlüssel auf, und das Mädchen stürmte vor ihm nach drinnen.

»Daddy!«

Er beobachtete, wie sie sich erwartungsvoll umsah und dann durch die offene Flügeltür ins Schlafzimmer ging. Karch schloss die Zimmertür ab, warf die Codekarte auf die Ablage unter dem Garderobenspiegel und folgte ihr ins Schlafzimmer. Sie hatte sich mit dem Oberkörper auf das Bett gelegt.

»Wo ist mein Daddy?«

»Schätze, wir müssen auf ihn warten.«

Sie drehte sich um und blickte vorwurfsvoll zu ihm auf.

»Du hast gesagt, er ist hier.«

»Mach dir da mal keine Gedanken. Er ist irgendwo in der Nähe. Wir müssen nur warten, bis er zurückkommt. Ich gehe kurz nebenan telefonieren – mal sehen, ob ich ihn finden kann, ja? Aber so lange wartest du hier in diesem Zimmer. Du kannst dich ins Bett legen und schlafen oder meinetwegen auch fernsehen – wozu du Lust hast. Es gibt doch einen Sender, wo sie ständig Zeichentrickfilme bringen? Warum schaust du da nicht mal rein?«

Er sah das Mädchen nickend und lächelnd an, aber sie ging nicht darauf ein. Sie wirkte in keiner Weise besänftigt, und Karch verlor langsam die Geduld. Wenn alles nichts half, müsste er die Kleine fesseln und mit einem Knebel im Mund in die Dusche stecken. Er beschloss, es ein letztes Mal zu versuchen, bevor er eine so drastische Maßnahme ergriff.

»Hast du vielleicht Hunger? Weißt du was? Wir lassen uns was aufs Zimmer kommen. Ich habe jedenfalls einen Scheißkohldampf. Hast du auch Lust auf ein richtig schönes saftiges Steak?«

»Iiiih, nein. Und was benutzt du für schmutzige Worte?«

»Da hast du allerdings Recht. Also kein Steak. Was möchtest du dann?«

»Spaghettios.«

»Spaghettios? Wirklich? Die haben hier ein paar klasse Köche im Hotel. Willst du wirklich bloß Spaghettios?«

»Spa-*ghettios*.«

»Okay, okay, also Spaghettios. Weißt du was, du siehst hier jetzt fern, und ich rufe den Zimmerservice an.«

Er nahm die Fernbedienung vom Fernseher und machte ihn an. Dann gab er ihr die Fernbedienung und verließ das Zimmer. Gleich darauf fiel ihm jedoch etwas ein, und er kam zurück und zog das Telefon heraus. Sie sah wortlos zu, wie er damit aus dem Zimmer ging. Gerade als er die zweiflügelige Tür geschlossen hatte, rief sie ihm hinterher.

»Und eine Cola.«

Er überlegte kurz, ob ein Kind in diesem Alter schon Cola trinken durfte, tat den Gedanken aber rasch ab, weil es keine Rolle spielte.

»Okay, eine Cola.«

Karch nahm das Telefonkabel und schlang es um die zwei Türgriffe. Er bezweifelte, dass sie einen Ausbruchsversuch unternehmen würde, aber es konnte nicht schaden, auf Nummer sicher zu gehen. Dann ging er zu dem kleinen Schreibtisch und griff nach dem Telefon. Er wählte wieder Grimaldis Durchwahlnummer, und der Casinodirektor ging sofort dran.

»Bist du endlich da.«

»Du hast doch die Kameras in den Liften ausschalten lassen, oder?«

»Und die im Parkhaus auch. Wie du gesagt hast. Wegen Wartungsarbeiten. Wenn du nicht durchs Casino gekommen bist, gibt es keine Aufzeichnungen, dass du hier warst.«

»Okay. Und die Treppen?«

»Ich habe in jedem Treppenhaus jemanden postiert. Und dass sie keine Codekarte hat, wissen wir, weil Martin seine zurückbekommen hat. Den Lift kann sie also nicht benutzen. Sie muss die Treppe nehmen. Möchtest du bei dir oben im Penthouse jemand haben, im Gang zum Beispiel?«

»Nein.«

»Bist du sicher, sie kommt mit dem Geld her? Bloß wegen der Kleinen?«

»Sie wird kommen, Vincent. Das garantiere ich dir.«

»Mit deinem Leben, Jack. Ist dir das klar?«

Karch antwortete nicht. Grimaldi versuchte, seine Autorität wiederzugewinnen, aber dafür war es zu spät. Am längeren Hebel saß nach wie vor er.

»Sie behauptet, sie hätte Hidalgo nicht abgeknallt.«

»Wer behauptet das?«

»Cassie Black. Sie sagt, sie hat ihn nicht umgelegt.«

»Quatsch. Was sollte sie denn deiner Ansicht nach sagen? ›Die Sache ist schief gegangen, ich hab's getan‹? Die geben nie was zu, Jack, das weißt du doch.«

Darüber dachte Karch nach.

»Na schön«, sagte er schließlich. »Wahrscheinlich hast du Recht.«

»Natürlich habe ich Recht. Und bei dir oben ist sonst so weit alles klar?«

»Ja – das heißt, noch eins. Könntest du für mich beim Zimmerservice anrufen und mir ein Steak aufs Zimmer bringen lassen. Schön blutig. Und ...«

Er sah zur Tür des Schlafzimmers. Aus dem Raum dahinter kam das gedämpfte Geräusch von Gewehrfeuer.

»Ja, was?«

»Habt ihr da unten auch Spaghettios?«

»Diesen Dosenscheiß?«

»Kinder stehen drauf.«

»Nein, Jack, so einen Mist haben wir hier nicht. Das ist eine Vier-Sterne-Küche.«

»Na, dann eben irgendwas in der Richtung. Und zwei Cola, ohne Eis. Sag ihnen, sie sollen bloß an die Tür klopfen und das Essen davor stehen lassen. Sag ihnen auch, dass ich nichts unterschreiben brauche. Niemand darf mich hier oben sehen, Vincent. Ist das klar?«

»Sicher. Sonst noch was?«

»Das war alles. Bis Mitternacht ist alles ausgestanden, Vincent. Dann hast du das Geld, alles. Miami kriegt das Cleo, du schmeißt den Laden, und Chicago guckt in die Röhre.«

»Ich werde mich nicht lumpen lassen, Jack.«

»Das würde ich dir auch raten.«

Er legte auf. Dann nahm er das Handy aus der Tasche und hörte damit seinen Anrufbeantworter ab. Bis auf ein paar neue Aufträge, nach Vermissten zu suchen, war nichts darauf. Und die Tage der Vermisstensuche wären, so oder so, bald vorbei.

Als er das Handy in die Innentasche seines Jacketts schob, spürte er etwas darin und ihm fiel ein, dass er Leo Renfros Terminkalender eingesteckt hatte. Er holte ihn heraus und schlug ihn auf. Bisher hatte er ihn nur flüchtig durchgesehen, denn er hatte damals gehofft, er würde einen Hinweis auf den Verbleib des Gelds oder Cassie Blacks enthalten. Stattdessen, hatte er festgestellt, waren die Kalenderseiten mit Anmerkungen zu astrologischen Konstellationen voll geschrieben. Es wunderte ihn, dass es Menschen gab, die wichtige Entscheidungen von der Konstellation der Sterne oder der Sonne und des Monds abhängig machten. Er fand das vollkommen idiotisch, und Leo Renfros Schicksal war der beste Beweis dafür.

Jetzt blätterte er in dem Kalender, um zu sehen, was Leo Renfro über die Zukunft geschrieben hatte, die er nicht mehr erleben sollte. Als er im Feld für diesen Tag einen besonders langen Eintrag entdeckte, musste er grinsen.

»Sieh mal einer an«, sagte er laut. »Heute Abend haben wir einen kritischen Mond. Von zehn nach zehn bis Mitternacht.«

Er dachte, vielleicht war an der Sache doch was dran. Schließlich würde heute Abend mit Sicherheit jemand gewaltiges Pech haben. Er legte den Terminkalender beiseite und stand auf. Er ging in die Ecke des Zimmers und öffnete die Vorhänge, sodass das vom Boden bis zur Decke reichende Fenster freigelegt wurde. Er trat zurück und betrachtete die Aussicht und die Glasscheibe. Er fasste die Stelle ins Auge, an der Max Freeling gegen die Scheibe geprallt und sie durchbrochen hatte.

Er sah zur Schlafzimmertür. Er hörte das unverwechselbare *Beep Beep* eines Road-Runner-Films und wusste, der Coyote trieb wieder sein Unwesen.

42

Cassie zerpflückte und zerlegte jeden einzelnen Satz, den Karch während ihres Gespräch von Handy zu Handy gesagt hatte. Inzwischen war sie in Las Vegas und wieder im Parkhaus des Flamingo. Obwohl sie den Boxster bereits geparkt hatte, blieb sie noch, die Hände am Lenkrad, darin sitzen. Sie starrte auf die Wand vor ihr und ließ sich das Telefongespräch noch einmal durch den Kopf gehen. Einmal hatte Karch vom Tatort gesprochen. Außerdem hatte er gesagt, er werde sie nach ihrem Eintreffen von jemandem zu sich ›hoch‹bringen lassen. Daraus schloss Cassie, dass er im Penthouse des Cleo auf sie wartete. In Zimmer 2014, um genau zu sein. Am Tatort.

Doch dann ging sie bei ihren Überlegungen noch einen Schritt weiter und begann sich zu fragen, ob er die Hinweise, die er ihr während des Telefongesprächs gegeben hatte, möglicherweise ganz bewusst eingestreut hatte. Vielleicht hatte er gewusst, dass sie log und in Wirklichkeit dicht hinter ihm war. Vielleicht wusste er, dass sie einen Versuch unternehmen würde, ihre Tochter zu retten. Schließlich tat sie diese Möglichkeit jedoch wieder ab. Wenn sie es aus Karchs Sicht betrachtete, der glaubte, diesmal alle Trümpfe in der Hand zu haben, musste er etwas anderes im Sinn gehabt haben, als er für ihr Treffen und den vermeintlichen Austausch des Mädchens gegen das Geld Zimmer 2014 ausgewählt hatte.

Ein Punkt, über den sie nicht lange nachzudenken brauchte, war der Austausch. Cassie war sich absolut sicher, dass es nicht zu einem solchen Austausch kommen würde. Egal, was Karch im Sinn hatte, würde er auf keinen Fall zulassen, dass Cassie Las Vegas gemeinsam mit ihrer Tochter verließ. Ihr war klar, dass sie in den sicheren Tod ginge, wenn sie sich bei der bevorstehenden Transaktion an Karchs Anweisungen hielt. Karch war jemand, der keine Zeugen zurückließ. Da würde er sich wegen einer ehemaligen Strafgefangenen und Casinoräuberin keine langen Gedanken machen. Während Cassie sich ziemlich sicher war, dass sie ihr Leben für das von Jodie eintauschen könnte und würde, hatte sie zugleich nicht den geringsten Zweifel, dass Karch mit seiner Devise ›Keine Zeugen‹ auch bei einer Fünfjährigen, die schuldlos in den Sog der fatalen Fehler ihrer Mutter geraten war, keine Ausnahme machen würde.

Trotz allen fieberhaften Hin-und-her-Überlegens blieb ihr also keine Wahl. Sie musste noch einmal ins Cleopatra zurück und in die oberste Etage hinauf. Dann musste sie noch einmal in Zimmer 2014. Ausgehend davon, entwarf sie schließlich einen Plan, bei dem, hoffte sie, zumindest für eine Person – ein Kind – die Aussicht bestand, mit dem Leben davonzukommen.

Dreißig Minuten später schritt sie mit einem neuen breitkrempigen Hut auf dem Kopf zielstrebig durch das Casino des Cleopatra. Sie trug eine dazu passende schwarze Sporttasche, die sie ebenfalls in einem der Läden des Flamingo gekauft hatte. Sie enthielt mehr Geld, als im Moment im ganzen Casino in Umlauf war. Außerdem befand sich ihr Handwerkszeug darin, aber keine Schusswaffe. Wenn alles nach Plan lief, war keine Waffe nötig. Wenn eine Waffe nötig wurde, war sie bereits verloren.

Sie musste davon ausgehen, dass die Treppenhäuser überwacht wurden. Sie waren die einzige Möglichkeit, ohne Codekarte nach oben zu kommen. Deshalb schenkte sie ihnen keine Beachtung und steuerte direkt auf die Lifte zu, die in den Euphrates Tower hinaufführten. Sie drückte den Rufknopf.

Bevor ein Lift kam, traten zwei Paare in den Vorraum, deren männliche Hälften jeweils noch einmal auf den bereits leuchtenden Rufknopf drückten. Cassie brauchte einen Lift für sich allein. Als schließlich einer kam, trat sie zurück und überließ ihn den zwei Paaren. Dann drückte sie erneut auf den Knopf. Nachdem sie dieses Manöver zweimal wiederholt hatte, fürchtete sie schon, sie würde nie einen Lift für sich allein bekommen. Deshalb ging sie schließlich das Risiko ein, mit einer Frau, die einen Becher Münzen in der Hand hielt, in den Lift zu steigen. Sie wartete, bis ihre Mitfahrerin eine Etage ausgewählt hatte – zum Glück war es der sechste Stock –, und drückte dann auf den Knopf für den neunzehnten Stock.

Als sich der Aufzug in Bewegung setzte, sah Cassie auf die Uhr. Es war zehn Uhr. Sobald die Frau ausgestiegen war, drückte Cassie auch auf die Knöpfe für den siebzehnten und achtzehnten Stock. Als sie darauf ihren Hut abnahm und über die Kamera oben in einer Ecke hängte, achtete sie darauf, dass der Hut immer zwischen ihrem Gesicht und der Kamera blieb. Sie hoffte, man würde das Ganze für einen Streich halten, wenn jemand merkte, dass die Kamera auf diese Weise außer Betrieb gesetzt worden war.

Cassie holte ihre Dietriche aus der Gesäßtasche und steckte sie in den Mund. Dann führte sie den linken Arm durch die Traggurte der Sporttasche und stellte einen Fuß auf das Geländer an der Seitenwand der Liftkabine. Den Rücken in die Ecke gestemmt, hievte sie sich so weit hoch, dass sie den anderen Fuß auf das Geländer an der Rückwand stellen konnte. So abgestützt, machte sie sich mit den Dietrichen am Schloss der Deckenklappe zu schaffen.

Im siebzehnten Stock hielt der Lift an, und die Tür ging auf. Cassie blickte auf den leeren Flur hinaus und wandte sich wieder dem Schloss zu. Ihre unbequeme Haltung und der Umstand, dass sie es mit einem senkrecht stehenden Schließzylinder zu tun hatte, erschwerten die Sache erheblich. Die Tür ging zu, und der Lift machte einen raschen Satz zur nächsten Etage.

Gerade als die Tür wieder aufging, hörte Cassie das Klicken der letzten Zuhaltung. Sie drehte das Schloss und drückte die Klappe nach oben. Als sie darauf die Tasche von ihrem Arm streifte und nach unten blickte, sah sie einen Mann im Lift stehen und zu ihr hochblicken. Er trug ein Hawaiihemd, das in einer Hose ohne Gürtel steckte. Cassie wusste nicht, wie viel er mitbekommen hatte, aber ihr war klar, dass es keine einleuchtende Erklärung für das gab, was sie gerade tat. Der Blick des Mannes wanderte von Cassie zu dem schwarzen Hut, der über der Kamera hing. In diesem Moment begann sich die Tür hinter ihm zu schließen, aber er streckte hastig den Arm aus und drückte auf die Taste zum Öffnen der Tür, worauf diese wieder aufging.

»Ich glaube, ich nehme den nächsten«, sagte er.

»Danke«, sagte Cassie, immer noch mit einem Dietrich im Mund.

Sie wusste nicht, was sie sonst sagen könnte. Der Mann verließ die Aufzugkabine und die Tür schloss sich hinter ihm. Cassie schob die Sporttasche durch die etwa sechzig mal sechzig Zentimeter große Luke. Dann streckte sie die Arme durch die Öffnung, legte sie auf das Liftdach und zog sich hoch.

Der Lift fuhr weiter nach oben. Rasch schloss Cassie die Klappe. Sie hörte das Schloss einschnappen. Von der Decke des Liftschachts, wo an einem Querbalken eine einzelne Glühbirne hing, kam schwaches Licht herab.

Cassie richtete sich mit der Sporttasche auf und hielt das Gleichgewicht, bis der Lift im neunzehnten Stock anhielt. Dann stieg sie vom Kabinendach auf einen Eisenträger, der diesen Liftschacht vom nächsten trennte. Wenige Augenblicke später fuhr der Lift, mit dem sie nach oben gekommen war, wieder nach unten und ließ sie neunzehn Stockwerke über dem Erdboden auf einem fünfzehn Zentimeter breiten Eisenträger zurück.

Die Tür zum Flur des Penthouse befand sich zwei Meter über ihr auf der anderen Seite des Abgrunds. Langsam balancierte sie über den Träger zur Vorderseite des Schachts und machte sich daran, an den stählernen Querstreben, die zur Verstärkung der Liftschächte dienten, hochzuklettern. Sie waren jedoch so dick mit Staub überzogen, dass sie Mühe hatte, an ihnen Halt zu finden.

Als sie auf gleicher Höhe mit der Tür zum Penthouse-Geschoss war, hielt sie sich mit einer Hand an einer der Streben fest, die andere streckte sie über den Abgrund nach der Tür aus. Sobald sie die Innenkante der Tür zu fassen bekommen hatte, stellte sie sich zunächst mit einem Fuß auf den fünfzehn Zentimeter breiten Absatz unter der Tür, dann zog sie auch den anderen nach. Dabei rutschte die Sporttasche ihren Arm hinab und wäre ihr fast entglitten, wenn sie nicht noch im letzten Moment einen Tragriemen zu fassen bekommen hätte. Die Tasche mit dem Geld und ihrem Werkzeug schlug mit voller Wucht gegen die dünne Metallverkleidung der Lifttür, sodass ein lautes Krachen durch den Liftschacht hallte. Cassie erstarrte. Sie fürchtete, draußen auf dem Flur des Penthouse wäre der Lärm genauso laut zu hören gewesen.

Karch blickte von Leo Renfros Terminkalender auf. Vom Gang drang ein lautes Scheppern in die Suite. Er stand auf und nahm die Sig aus dem Holster. Mit der anderen Hand holte er den Schalldämpfer aus der Tasche. Dann überlegte er es sich anders. Er steckte die Pistole in das Holster zurück, und seine Hand glitt unter das Jackett und nach hinten an seinen Rücken. Er zog die .25er aus der Tasche an seinem Hosenbund und ging zur Tür.

Durch den Spion war auf dem Flur niemand zu sehen. Er überlegte, ob er selbst der Ursache des Lärms auf den Grund gehen oder Grimaldi anrufen sollte. Er hielt es für besser, nicht zu warten, bis jemand hochgeschickt wurde. Er trat zurück, nahm die Codekarte von der Garderobenablage und öffnete die Tür.

Auf dem Gang war niemand zu sehen. Karch hielt die .25er in der Handfläche der Hand verborgen, in der er auch die Codekarte hatte. Er blieb stehen und lauschte. Alles, was er hörte, waren die gedämpften Geräusche der Lifte. Er ging auf die Lifttüren zu, blieb davor stehen und lauschte wieder.

Mit angespannten Muskeln klammerte sich Cassie an der Tür fest. Das Ohr hatte sie an den Spalt zwischen den beiden Türhälften gepresst. Sie bildete sich ein, eine Tür auf- und zugehen gehört zu haben, aber dann nichts mehr. Nach einer Minute beschloss sie, ihr Versteck zu verlassen. Sie nahm eine Hand von der Tür und zog die Taschenlampe aus ihrer Gesäßtasche. Sie knipste sie an und steckte sie sich in den Mund. Dann fuhr sie mit dem Lichtstrahl am Rahmen der Tür entlang, bis sie oben links den mit einer Feder versehenen Öffnungsmechanismus entdeckte. Sie rutschte auf diese Seite der Tür. Doch in dem Moment, in dem sie die Hand zu dem Hebel heben wollte, spürte sie von unten einen kräftigen Luftzug. Als sie darauf verdutzt in den Schacht hinabblickte, sah sie bereits ganz dicht unter ihr einen Lift aus dem Dunkel hochschießen. Um nicht gegen die Tür gequetscht zu werden, musste sie in Sekundenbruchteilen entscheiden, ob sie versuchen sollte, mithilfe des Hebels die Tür aufzubekommen, oder ob sie auf das Dach des hochkommenden Lifts steigen sollte.

Über einer der Lifttüren ging ein Licht an, und es ertönte ein leiser Glockenton. Hastig trat Karch von den Lifttüren zurück. Er blickte den Gang hinauf und hinunter und bemerkte eine zweiflügelige Pendeltür, die in die haustechnische Versorgungsstation führte. Dorthin zog er sich rasch zurück, um jedoch gleich darauf einen der beiden Türflügel wieder etwa einen Zentimeter weit aufzudrücken und auf den Gang hinauszuspähen. Er hörte die Lifttüren auf- und wieder zugehen. Dann erschienen ein Mann und eine Frau auf dem Flur und gingen in die andere Richtung davon. Der Mann sah aus wie in den Fünfzigern, die Frau wie in den Zwanzigern. Karch beobachtete, wie der Mann der Frau hinten an die Beine fasste und seine Hand unter ihr kurzes schwarzes Kleid schob. Sie kicherte und schlug ihm im Spaß auf die Hand.

»Warte, bis wir in deinem Zimmer sind, Schatz«, sagte sie. »Dann kannst du grapschen, so viel du willst.«

Karch spähte ihnen nach, bis sie in einem Zimmer am Ende des Flurs verschwanden. Dann sah er sich in der Versorgungsstation um. Auf einer Seite befand sich ein abgeschlossenes Maschendrahtabteil mit Bettwäsche und Handtüchern. Auf der anderen Seite war ein Lastenaufzug. Außerdem stand in dem kleinen Raum ein Servierwagen, auf dem sich schmutziges Geschirr türmte. Da es ziemlich streng roch, stand es vermutlich schon den ganzen Tag hier oben herum.

Er trat wieder auf den Gang hinaus und kehrte zu Zimmer 2001 zurück. Vor den Lifttüren blieb er noch einmal stehen, aber wieder hörte oder sah er nichts Verdächtiges. Er ging auf die Tür von 2001 zu und schloss sie mit der Codekarte auf.

Nach dreißig Sekunden wurde der Lift in ein anderes Stockwerk gerufen und sank im Schacht wieder nach unten. Cassie stieg vom Kabinendach auf die Querstrebe zurück und hangelte sich erneut auf die Tür zu. Diesmal sicherte sie die Sporttasche, bevor sie den letzten Schritt über den Abgrund hinweg machte. Sie erreichte den Absatz unter der Tür, ohne ein Geräusch zu machen, dann hob sie die Hand und zog an dem Hebel, mit dem sich die Türverriegelung lösen ließ. Sie hörte ein metallisches Klicken und die zwei Türflügel bewegten sich etwa einen Zentimeter auseinander. Sie schob die Finger in den Spalt und zog die beiden Türhälften ganz auseinander.

Sie trat auf den Gang hinaus, drehte sich um und schob die Tür wieder zu, bis ein Klicken ertönte, das anzeigte, dass der Schließmechanismus eingerastet war.

Ohne zu wissen, was sie dort tun würde, ging sie rasch zu Zimmer 2014. Doch als sie an der Tür zu 2001 vorbeikam, blieb sie plötzlich stehen. Ihr war ein Gedanke gekommen. *Koinzidenz.* Dieses Wort hatte Karch gesagt, als sie ihn anrief und er zunächst dachte, der Anrufer wäre ein gewisser Vincent. Daraus hatte sie sofort gefolgert, dieser Vincent könnte niemand anderer sein als Vincent Grimaldi, der Direktor des Casinos. Derselbe Vincent Grimaldi, den auch Hidalgo erwähnt hatte. Derselbe Vincent Grimaldi, der vor sechs Jahren die Sicherheitsabteilung des Casinos geleitet hatte.

Doch mit einem Mal erschien Cassie das, was Karch gesagt hatte, wesentlich wichtiger als die Frage, mit wem er gesprochen hatte. *Koinzidenz.* Cassie wusste, was das Wort bedeutete. Es war in den fünf Jahren, in denen sie das Kreuzworträtsel der *Las Vegas Sun* mit geradezu religiöser Inbrunst gelöst hatte, bestimmt Dutzende Male darin vorgekommen. Das zeitliche oder räumliche Zusammentreffen zweier oder mehrerer Ereignisse. Koinzidenz.

Sie wusste, was Karch vorhatte. Vor fast sieben Jahren war aus der Suite 2001 ein Mann zu Tode gestürzt. Heute Abend sollte es der Geliebten dieses Mannes – und ihrem Kind – genauso ergehen. Karch würde das Geld einstecken. Alles andere ließe sich Cassie in die Schuhe schieben, der verzweifelten Mutter, die ihre Arbeitskollegen und ihre Bewährungshelferin erschossen, ihre Tochter entführt hatte und dann nach Las Vegas zurückgekehrt war, um ihrem Leben auf die gleiche Weise wie ihr Geliebter ein Ende zu setzen.

Ein raffinierter Plan. Und er würde klappen. Allerdings verschaffte ihr der Umstand, dass sie ihn kannte, einen leichten Vorteil. Sie beugte sich vor und hielt den Kopf an die Tür. Aus einem Fernseher in der Suite hörte sie die gedämpften Geräusche des für Zeichentrickfilme typischen Tohuwabohus kommen.

Behutsam legte Cassie eine Hand an die Tür und flüsterte: »Ich komme, Baby. Ich komme.«

43

Karch entfernte das Telefonkabel von den zwei Türgriffen und sah zu dem Mädchen hinein. Den Kopf in die Hände gestützt, lag sie bäuchlings auf dem Bett und sah sich, heftig mit dem Schlaf kämpfend, Zeichentrickfilme an.

»Bei dir so weit alles klar, Kleine?«

»Wo bleibt mein Daddy?«

Karch sah auf die Uhr.

»Nicht mehr lange ... bald.«

Er schloss die Tür, schlang das Kabel wieder um die Griffe und brummte: »Lieber solltest du fragen, wo das gottverdammte Essen bleibt?«

Er ging zum Telefon und wählte Grimaldis Nummer. Der nahm wieder sofort ab.

»Irgendwas Neues?«, fragte Karch.

»Bei mir nicht.«

»Hast du die Bestellung an den Zimmerservice weitergegeben?«

»Sobald du aufgelegt hast.«

»Vincent, deine Vier-Sterne-Küche taugt nichts. Ich bin hier oben am Verhungern.«

»Sie haben gerade ziemlich viel zu tun. Aber ich rufe noch mal an.«

»Gut. Und gib mir sofort Bescheid, sobald jemand sie sieht.«

»Mache ich.«

»Ach, und noch was, Vincent.«

»Ja, Jack?«

»Lass mal lieber schon diesen einen Würfeltisch da unten dichtmachen. Du möchtest doch nicht, dass jemand zu Schaden kommt, oder?«

»Muss das wirklich sein? Können wir nicht einfach ...«

»Vincent! Vincent! Du möchtest doch keine Fragen, oder?«

»Nein, Jack.«

»Dann gibt es keine andere Möglichkeit. Koinzidenz, Vincent. Ruf den Saalchef an. Lass ihn den Tisch schließen.«

Er legte auf und ging ans Fenster. Um ein Gefühl für die Festigkeit der Scheibe zu bekommen, hieb er mit der Faust dagegen. Er fragte sich, ob die Polizei feststellen könnte, dass jemand nachgeholfen hatte, wenn er die Scheibe vorher kaputt schoss, damit es leichter ging. Würden sie die Glassplitter einsammeln und untersuchen? Wahrscheinlich nicht, nahm er an. Zu viel Aufwand, insbesondere für etwas, das wie ein typischer Mord-Selbstmord aussah.

Er beschloss, die Scheibe zu zerschießen und dann die Leichen sofort hinterherzuwerfen. Zuerst das Mädchen, dann die Mutter. Ein klassischer Fall von Mord mit anschließendem Selbstmord.

In der Versorgungsstation stellte Cassie den Servierwagen direkt unter eine der Platten der abgehängten Decke. Dann schob sie das schmutzige Geschirr beiseite und stieg auf den Wagen, der mit großen Rädern versehen war, damit er sich mühelos über die dicken Teppichböden der Penthousesuiten schieben ließ. Aus demselben Grund war er jedoch auch als Plattform nicht sehr stabil. Cassie richtete sich langsam auf, hob die Arme, drückte die Platte direkt über ihr hoch und schob sie zur Seite. Dann packte sie zwei Schienen der Tragekonstruktion, auf der die Platten auflagen, und testete, wie viel sie aushielten. Cassie selbst wog mit Kleidern 50 Kilo, die Sporttasche weitere zehn. Die Schienen gaben nicht nach. Zuerst warf sie die Sporttasche nach oben, dann hielt sie sich an der Tragekonstruktion fest, schwang die Beine hoch und kletterte durch die Öffnung in der abgehängten Decke.

In dem etwa einen Meter hohen Hohlraum darüber verliefen Strom- und Wasserleitungen sowie die Zuleitungen für die Sprinkleranlage. Den meisten Platz nahmen jedoch die Luftschächte für Heizung und Klimaanlage ein, die den Gang entlang liefen und von denen an den einzelnen Suiten der Etage kleinere Rohre abzweigten. Mit fast einem Meter Durchmesser waren die Hauptschächte groß genug, um durch sie hindurchkriechen zu können. Die zu den einzelnen Suiten abzweigenden Rohre waren zwar nicht mehr so dick, aber aus Erfahrung wusste Cassie, dass sie sich auch in ihnen gerade noch voranbewegen konnte, wenn sie die Arme nach vorne streckte und sich mit den Füßen vorwärts schob. Und wenn sie durchkam, kam Jodie auf jeden Fall durch.

Ihr Plan hatte erhebliche Mängel und Schwachstellen. Ein wichtiger Faktor war die Lärmentwicklung. Bis ein Geräusch zu den Austrittsöffnungen in den Zimmern kam, wurde es in den Lüftungsschächten erheblich verstärkt. Was Cassie allerdings vor allem Sorgen machte, war weniger der Hinweg als ihre gemeinsame Flucht mit Jodie. Es würde sicher nicht einfach werden, eine Fünfjährige dazu zu bringen, in einer derart beängstigenden Situation keinen Laut von sich zu geben. Sie hoffte, im Fernsehen würden weiter Zeichentrickfilme laufen und den Lärm übertönen, den sie bei ihrer Flucht machen würden.

Dann war da noch das Lüftungsgitter, das sie abbekommen musste, wenn sie das Zimmer erreichte, in dem Jodie festgehalten wurde. Da es von außen festgeschraubt wäre, bestand das Problem darin, an die Schrauben heranzukommen. Sie hatte vor, die Lamellen des Gitters mit einem kleinen Stemmeisen so weit auseinanderzubiegen, dass sie die Hand zwischen ihnen hindurchschieben und die Schrauben, mit denen das Gitter befestigt war, mit einem Schraubenzieher herausdrehen konnte. Ihr war jedoch klar, dass das mühsam und zeitraubend werden würde. Wenn sie den Schraubenzieher oder auch nur eine der Schrauben fallen ließ, konnte das Geräusch Karch auf sie aufmerksam machen.

Die Durchführbarkeit ihres Plans hing vor allem davon ab, dass sich Jodie, wie Cassie vermutete, tatsächlich im Schlafzimmer aufhielt und Karch im Wohnraum. Wenn sie sich allerdings täuschte und Karch das Mädchen immer im Auge behielt, waren ihre Erfolgschancen gleich null.

Trotzdem machte sie weiter. Vorsichtig kroch sie in den Hohlraum und brachte die Deckenplatte wieder an. Dann steckte sie sich die Taschenlampe in den Mund und leuchtete damit über die Schächte, bis sie eine Anschlussstelle zwischen zwei Rohren entdeckte. Als sie darauf zukroch, achtete sie darauf, dass sie nur die Schienen der Tragekonstruktion belastete.

Die Schrauben von der Rohrmanschette abzubekommen war nicht einfach. Jede der acht Schrauben, mit denen die zwei Rohre aneinander befestigt waren, war zur Sicherheit festgeschweißt worden. Das war vor sieben Jahren, als Cassie zum letzten Mal in diesem Hohlraum gewesen war, noch nicht so gewesen. Es gelang ihr nur unter Aufbietung aller Kräfte, die erste Schraube aufzubekommen, und sie brauchte eine halbe Minute, um sie zu entfernen. Sie geriet in Panik. Das dauerte alles viel zu lang.

Gerade als sich Cassie daran machte, die letzte Schraube zu entfernen, hörte sie den Glockenton des Lastenaufzugs in der Versorgungsstation. Sie legte den Schraubenschlüssel beiseite und kroch rasch zu der Deckenplatte zurück, durch die sie in den Hohlraum hochgeklettert war. Sie hob sie ein Stück an und spähte durch den Spalt nach unten. Wenige Augenblicke später sah sie einen Zimmerkellner einen Servierwagen mit Essen aus dem Lift schieben.

Als sich die Aufzugtür hinter ihm schloss, zog der Kellner ein Lederetui aus der Innentasche seiner roten Jacke. Er klappte es auf, um nachzusehen, in welches Zimmer er den Wagen bringen sollte. Cassie, die einen Meter über ihm war, konnte problemlos lesen, was auf der Bestellung in dem Etui stand.

2001
Auf dem Flur stehen lassen.
V. Grimaldi

Dieser Vermerk war ein weiterer Hinweis auf Vincent Grimaldis Beteiligung. Außerdem brachte er Cassie auf eine Idee.

Karch, der am Fenster stand, wurde durch ein Klopfen aus seinen Gedanken gerissen.

»Zimmerservice«, rief draußen auf dem Flur eine Stimme.

Karch drehte sich nach der Tür um und wartete, aber es folgte kein zweites Klopfen oder sonst ein Geräusch. Darauf nahm er die .25er vom Schreibtisch und näherte sich vorsichtig der Tür. Bevor er durch den Spion spähte, hielt er das Ohr an den Türrahmen und lauschte. Es war nichts zu hören.

Er blickte durch die Konvexlinse des Spions nach draußen. Vor der Tür stand ein Servierwagen, auf dem für zwei Personen gedeckt war. In der Mitte des weißen Tischtuchs stand eine kleine Vase mit Schnittblumen. Auf dem Flur war niemand zu sehen. Für den Fall, dass der Zimmerkellner noch auf den Lift wartete, spähte Karch weiter nach draußen und wartete. Er hatte keine Ahnung, wie Grimaldis Anweisungen an den Kellner gelautet hatten und ob sie vielleicht seine Neugier geweckt hatten.

Nach einer halben Minute öffnete Karch die Tür, sah links und rechts den leeren Gang hinunter und dann auf den Servierwagen hinab. Er merkte, es standen keine Teller darauf. Er hob das Tischtuch an und sah darunter. Unter der Tischplatte befand sich ein Warmhaltefach. Zufrieden zog Karch den Wagen in die Suite. Der Wagen ließ sich schwer bewegen, und Karch nahm sich vor, Grimaldi darauf aufmerksam zu machen, dass die Teppichböden in den Zimmern zu dick waren. Nachdem er die Tür mit dem Fuß geschlossen hatte, schob er den Wagen in Richtung Schlafzimmer und legte die .25er im Vorbeigehen auf die Garderobenablage.

Er öffnete die Schlafzimmertür und stellte den Wagen neben das Bett.

»Jetzt gibt's was zu essen.«

»Ich habe keinen Hunger«, antwortete das Mädchen.

Karch sah sie verständnislos an. »Wie du meinst. Ich habe jedenfalls ordentlich Kohldampf.«

Er schlug das Tischtuch hoch und öffnete das Warmhaltefach. Ihm kam ein Schwall warmer Luft entgegen. Das Fach enthielt zwei Teller mit Warmhalteglocken aus Aluminium. Er nahm einen Teller heraus, merkte aber erst, als er ihn schon in beiden Händen hatte, dass er glühend heiß war. Er hob ihn rasch hoch und stellte ihn auf die Tischplatte.

»SCHSCHSCHEISSSSSSE ist der heiß!«

Er schüttelte die Hände und sah noch einmal unter die Tischdecke. Der Drehknopf an der Seite des Warmhaltefachs, mit dem sich die Gasflamme regulieren ließ, war bis zum Anschlag aufgedreht.

»Diese verdammten Wichser!«

Er sah das Mädchen an, ob sie das Ganze etwa komisch fand. Aber sie blickte ihn nur mit einem Anflug von Angst in den Augen an. Er merkte, warum.

»Ich weiß, ich sollte nicht immer diese unanständigen Worte benutzen. Ich lasse schnell etwas Wasser über meine Finger laufen.«

Sobald sie im Bad Wasser laufen hörte, kroch Cassie unter dem anderen Ende des Servierwagens hervor und blickte sich, noch bevor sie sich ganz aufgerichtet hatte, rasch um, ob Karch irgendwo eine Waffe liegen gelassen hatte. Hatte er nicht.

»Hey!«

Sie wandte sich Jodie zu und beugte sich rasch über das Bett. Sie lauschte auf das Geräusch des fließenden Wassers. Die Badezimmertür war offen, und in einem Spiegel konnte sie Karchs Rücken sehen. Sobald das Wasser nicht mehr lief, musste sie verschwunden sein.

»Jodie, ich bin hier, um dich von diesem Mann wegzubringen«, flüsterte sie hastig.

»Gut, ich möchte ...«

Cassie legte dem Mädchen einen Finger auf die Lippen.

»Sprich bitte ganz leise, damit er uns nicht hört. Willst du mit mir kommen?«

Das Mädchen begriff schnell. Sie nickte.

»Gut, dann musst du genau tun, was ich dir sage, okay?«

Jodie nickte wieder.

Karch zog die Hände aus dem kalten Wasser und begutachtete seine Finger. Beide Daumen und Zeigefinger wiesen stark gerötete Stellen auf. Er fluchte. Am liebsten wäre er in die Hotelküche hinuntergefahren, um sich den Kerl, der das gewesen war, zu schnappen und ihm das Gesicht auf eine heiße Herdplatte zu drücken. Als er sich kurz vorzustellen versuchte, wie das wäre, merkte er, es war Vincent Grimaldi, dessen Kopf er auf den heißen Herd drückte. Karch sah sein Spiegelbild an und grinste. Ein Seelenklempner hätte damit einiges anfangen können.

Er drehte das Wasser ab und kehrte ins Schlafzimmer zurück. Das Mädchen stand jetzt auf der anderen Seite des Servierwagens und sah unter das Tischtuch. Karch ging rasch auf sie zu, und als er merkte, die .25er war im anderen Zimmer, schob er die Hand unter seine Jacke, wo die Sig war. Wenn es sich irgendwie vermeiden ließ, wollte er die Pistole in Anwesenheit des Mädchens nicht ziehen.

»Was suchst du denn da?«

»Nichts.«

Er zog sie zur Seite und riss dann das Tischtuch hoch. Die andere Hand hatte er an seiner Sig, bereit, sie sofort zu ziehen. Auf seiner Seite war nichts unter dem Wagen.

»Suchst wohl ein Versteck, hm?«

»Nein, ich schaue nur.«

Karch nahm eine der Servietten von der Tischplatte, ging auf die andere Seite des Wagens, wo das Warmhaltefach war, und benutzte die Serviette, um den zweiten Teller herauszunehmen.

»Dann wollen wir mal sehen, was es alles Feines gibt«, sagte er.

Immer noch mit der Serviette hob er die Warmhalteglocke vom ersten Teller. Darauf befanden sich ein New York Strip Steak in noch brutzelnder Butter und eine Portion Kartoffelbrei. Das Steak war nur kurz angebraten, und die heiße Butter vermischte sich mit blutigem Bratensaft.

»Eklig«, sagte Jodie.

»Was ist eigentlich mit dir los? Sieht doch prima aus. Aber jetzt sehen wir mal, was wir für dich haben.«

Er entfernte die andere Warmhalteglocke, unter der ein großer Teller Rigatoni mit Hackfleischsoße zum Vorschein kam.

»Das sind aber keine Spaghettios.«

»Stimmt. Aber du hast doch sowieso keinen Hunger, oder?«

Er ging zum Bett und zog eins der Kissen ab. Er faltete den Bezug auf ein Viertel seiner ursprünglichen Größe zusammen und legte ihn auf seine Handfläche. Dann schob er mit der Serviette den heißen Teller mit dem Steak auf den Kopfkissenbezug und steckte sich Messer und Gabel in die Hemdtasche.

»Weißt du was? Ich esse nebenan, dann kannst du hier in Ruhe fernsehen. Ob du nun was isst oder nicht, ist deine Sache. Mach meinetwegen, was du willst.«

»Gut, dann esse ich nichts.«

»Wie du meinst. Verbrenn dir nur nicht die Finger an diesem blöden Teller.«

Nachdem er sein Essen zum Schreibtisch hinausgetragen hatte, kam er zurück, um seine Cola und den Salzstreuer zu holen. Er schlang das Telefonkabel wieder um die Türgriffe, ging zur Garderobenablage und nahm die .25er zum Schreibtisch mit. Dann begann er, sich über das Steak herzumachen und sich große heiße Stücke davon in den Mund zu schieben.

»Schmeckt verdammt gut«, sagte er mit vollem Mund.

44

Cassie wälzte sich unter dem Bett hervor und hielt den Finger an die Lippen, um Jodie daran zu erinnern, still zu sein. Dann griff sie nach der Fernbedienung des Fernsehers. Um ihr Flüstern und die anderen Geräusche, die sie machen würden, besser zu übertönen, stellte sie die Lautstärke langsam höher. Dann ging sie auf die Seite des Betts, wo Jodie saß. Sie umarmte ihre Tochter herzlich, merkte aber, dass sie die Arme unten ließ. Jodie hatte keine Ahnung, wer die Frau war, die sie in die Arme schloss. Cassie trat zurück, legte ihr die Arme auf die Schultern und beugte sich zu ihr vor.

»Alles in Ordnung, Jodie?«

»Ich will zu meiner Mami. Und zu meinem Daddy.«

Mit diesem Moment hatte sich Cassie lange beschäftigt. Nicht mit den Begleitumständen, sondern damit, was sie ihrer Tochter sagen und erklären würde, wenn sie ihr zum erstenmal so nahe wäre.

»Jodie, ich bin ...«, begann sie, sprach aber den Satz nicht zu Ende. Sie war zu der Überzeugung gelangt, dass das nicht der richtige Zeitpunkt war. Das Mädchen war schon genügend durcheinander und verängstigt. »Jodie, ich bin Cassie und ich bringe dich hier raus. Hat dir dieser Mann was getan?«

»Er hat ...«

Rasch legte Cassie ihr den Finger auf die Lippen, um sie daran zu erinnern, ganz leise zu sprechen. Das Mädchen setzte noch einmal an.

»Er hat gesagt, ich soll mit ihm mitkommen. Er hat gesagt, er ist ein Zauberer, und mein Daddy gibt hier eine Party für meine Mami.«

»Also, da hat er dich belogen, Jodie. Ich schaffe dich hier raus, weg von ihm. Aber wir müssen sehr ...«

Cassie verstummte, als sie an der Tür ein Geräusch hörte.

Karch wickelte das Telefonkabel von den Türgriffen und öffnete die Schlafzimmertür. Er betrat den Raum und sah auf das Mädchen, das, den Kopf in die Hände gestützt, auf dem Bett lag. Er kam noch einen Schritt weiter in den Raum und blickte sich um, entdeckte aber nichts Ungewöhnliches.

»Ist der Fernseher laut genug?«, fragte er.

»Was?«

»Ich habe gefragt, ob der Fernseher ...«

Er verstummte, als er sie grinsen sah, und merkte, dass sie sich über ihn lustig gemacht hatte. Er hob warnend den Zeigefinger und ging ans Fenster. Als er die Vorhänge aufzog, kam eine weitere vom Fußboden bis zur Decke reichende Glaswand zum Vorschein. Er blieb so dicht davor stehen, dass er seinen Atem auf der Scheibe sehen konnte, und blickte nach unten. Durch das riesige Glasdach konnte er auf die Spieltische hinabsehen, an denen es von Menschen wimmelte.

»Diese Trottel«, murmelte er. »Gegen das Casino hat niemand eine Chance.«

»Was?«, fragte Jodie hinter ihm.

Er drehte sich um und sah sie an. Dann wanderte sein Blick zu dem Servierwagen mit dem unangetasteten Teller Nudeln weiter.

»Ich habe dir doch gesagt, du sollst lieber was essen, Kleine. Später gibt's nichts mehr.«

»Ich esse erst was, wenn mein Daddy kommt.«

»Wie du meinst.«

Als er darauf aus dem Zimmer ging und die Tür hinter sich zumachte, beschloss er, sich das Telefonkabel diesmal zu sparen.

»Wo sollte sie denn hin?«, sagte er zu sich selbst, als er zu seinem Steak zurückkehrte.

Sobald sie die Schlafzimmertür zugehen hörte, klappte Cassie ihr Schweizer Armeeesser zu und stieg vom Toilettensitz, auf dem sie bereitgestanden hatte, um sich auf Karch zu stürzen, wenn er ins Bad nachsehen gekommen wäre. Sie ging ins Schlafzimmer und flüsterte Jodie ins Ohr, sie hätte ihre Sache ganz toll gemacht, als der Mann ins Zimmer gekommen war.

»Ich muss jetzt noch mal kurz ins Bad zurück, um einen Anruf zu machen. Diesmal möchte ich aber, dass du mitkommst. Damit du sagen kannst, du bist auf der Toilette und er soll draußen warten, wenn er noch mal reinkommt.«

»Ich muss aber nicht auf die Toilette.«

»Ich weiß, Kleines, aber sag es ihm trotzdem.«

»Okay.«

»Braves Mädchen.«

Cassie küsste sie oben auf den Kopf. Das letzte Mal, dass sie das getan hatte, war in der Krankenstation von High Desert gewesen. Neben ihrem Bett hatte ungeduldig eine Schwester gestanden und mit ausgestreckten Armen auf das Baby gewartet.

Jodies Haar roch nach Johnson's Baby Shampoo, und aus irgendeinem Grund erinnerte Cassie der Umstand, dass sie den Geruch erkannte, an all das, was ihr entgangen war. Sie zögerte einen Moment, während sie über das Kind und das Bett gebeugt da stand.

»Hast du was?«, flüsterte Jodie.

Cassie schüttelte lächelnd den Kopf. Dann ging sie mit dem Mädchen ins Bad und schloss die Tür ab. Aus einem

Fach über der Badewanne nahm sie ein Badetuch, legte es auf den Boden und drückte es gegen den unteren Türspalt.

»Das macht mein Daddy auch immer, wenn er im Bad raucht«, flüsterte Jodie.

Cassie sah zu ihr hoch und nickte.

»Mami mag nicht, wenn er das tut, weil es schlecht riecht.«

Cassie stand auf, hob Jodie hoch und setzte sie auf den heruntergeklappten Klodeckel. Die schwarze Sporttasche war auf dem Spülkasten hinter ihr.

»Wenn er jetzt an der Tür rüttelt oder klopft, sagst du ihm, er darf nicht reinkommen, weil du auf der Toilette bist. Dann drückst du die Spülung und gehst raus, okay? Aber vergiss nicht, bevor du rausgehst, nimmst du das Handtuch vom Boden und wirfst es in die Badewanne, damit er es nicht sehen kann, ja?«

»Okay.«

»Braves Mädchen. Du bleibst jetzt bitte hier, während ich zum Telefonieren in die Duschkabine gehe.«

»Rufst du meinen Daddy an?«

Cassie lächelte traurig.

»Nein, Baby, noch nicht.«

»Ich bin kein Baby.«

»Ich weiß. Entschuldige.«

»Er hat mich immer so genannt.«

»Wer?«

»Der Zauberer. Er hat gesagt, ich bin ein Baby.«

»Da hat er sich aber gewaltig getäuscht. Du bist schon ein richtig großes Mädchen.«

Cassie nahm die Sporttasche und ein anderes Handtuch und betrat die Duschkabine. Nachdem sie die Tür vorsichtig geschlossen hatte, holte sie ihr Handy aus der Tasche und machte es an. Sie hatte ein leeres Blatt Papier, das sie im Schlafzimmer von einem Hotelblock gerissen hatte. Auf den unteren Rand war die gebührenfreie Nummer des

Cleopatra gedruckt. Um der Möglichkeit, dass Karch sie hörte, noch zusätzlich vorzubeugen, zog sie sich das Handtuch über den Kopf, bevor sie die Nummer der Zentrale wählte und leise nach Vincent Grimaldi verlangte. Sie wurde weiterverbunden, aber der Mann, der sich wenig später meldete, war nicht Grimaldi. Er sagte, Mr. Grimaldi sei gerade zu beschäftigt, um ans Telefon zu kommen, aber sie könne ihm gern eine Nachricht hinterlassen.

»Ich bin aber sicher, dass er gern mit mir sprechen würde.«

»Wieso das, Ma'am?«

»Sagen Sie ihm einfach, es gibt zweieinhalb Millionen Gründe, um mit mir zu sprechen.«

»Bleiben Sie bitte dran.«

Sie wartete eine nervenaufreibende Minute lang, während der sie sich fragte, wann Karch wieder nach Jodie sehen, das leere Bett entdecken und an die Badezimmertür klopfen würde. Endlich kam eine andere Stimme aus dem Hörer. Sie war ruhig und gewandt und tief.

»Mit wem spreche ich?«

»Mr. Grimaldi? Vincent Grimaldi?«

»Ja, wer ist da?«

»Ich wollte Ihnen nur danken.«

»Wofür? Ich weiß nicht, wovon Sie sprechen. Zweieinhalb Millionen Gründe? Was für zweieinhalb Millionen Gründe?«

»Dann hat es Ihnen Jack wohl noch nicht gegeben.«

Darauf trat langes Schweigen ein. Cassie hob das Handtuch über ihrem Kopf und blickte durch die Glastür der Duschkabine. Jodie saß noch auf der Toilette. Sie spulte das Toilettenpapier ab. Es türmte sich auf dem Fliesenboden zu einem Haufen.

»Wollen Sie damit vielleicht sagen, Jack Karch hat das Geld?«

Cassie ließ das Handtuch wieder sinken. Sie stellte fest, Grimaldi nahm zum erstenmal im Lauf ihres Gesprächs das Wort Geld in den Mund. Er hatte angebissen.

»Äh, ja, ich habe es ihm verabredungsgemäß übergeben. Ich rufe nur an, um mich bei Ihnen zu bedanken. Er hat nämlich gesagt, Sie wären derjenige gewesen, der seine Zustimmung zu dem Tausch gegeben hat.«

In Grimaldis Stimme schlich sich leichte Nervosität. Cassie triumphierte innerlich. Es sah aus, als würde es klappen.

»Ich verstehe nicht ganz, was Sie – könnten Sie etwas lauter sprechen? Ich kann Sie kaum hören.«

»Tut mir Leid. Ich rufe aus meinem Wagen an und meine Tochter schläft. Ich möchte sie nicht wecken. Außerdem fürchte ich, dass hier draußen in der Wüste der Empfang langsam schlechter wird.«

»Wozu genau, hat Karch gesagt, soll ich meine Zustimmung erteilt haben? Zu welchem Tausch?«

»Sie wissen schon, meine Tochter und ich gegen das Geld. Ich habe ihm erzählt, wir hätten nichts von dem Schmiergeld und Miami und dieser ganzen Geschichte gewusst. Wir wollten gar nicht so viel. Als wir den Koffer aufmachten und das viele Geld sahen, war uns sofort klar, dass wir einen Fehler gemacht hatten. Wir wollten das Geld zurückgeben. Ich bin nur froh, dass wir ...«

»Heißt das, Karch hat das Geld bereits?«

Cassie schloss die Augen. Sie hatte ihn an der Leine.

»Ich dachte, er wollte es Ihnen gleich runterbringen. Er wollte vorher nur noch kurz was erledigen – hat er jedenfalls gesagt. Er telefonierte gerade, als wir gingen. Er ...«

Die Verbindung wurde unterbrochen. Grimaldi hatte aufgelegt. Cassie klappte das Handy zu und steckte es ein. Dann zog sie sich das Handtuch vom Kopf und verließ die Dusche. Sie kniete vor Jodie nieder und begann, ihr die Turnschuhe auszuziehen.

»Wir verschwinden jetzt, Jodie. Und damit wir keinen Lärm machen, müssen wir die Schuhe ausziehen.«

»Wieso?«

»Weil wir durch einen Tunnel in der Wand kriechen müssen, damit wir zum Lift kommen.«

»Ich mag keine Tunnels.«

»Du brauchst keine Angst zu haben, Jodie. Ich werde die ganze Zeit direkt hinter dir bleiben. Ehrenwort.«

»Ich mag aber trotzdem nicht.«

Das Mädchen blickte auf die Hände in seinem Schoß hinab. Sie sah aus, als würde sie gleich zu weinen beginnen. Cassie hielt einen Finger unter ihr Kinn und hob es hoch.

»Glaub mir, Jodie, dir wird nichts passieren. Du brauchst wirklich keine Angst zu haben.«

»Nein ...«

Sie schüttelte den Kopf. Cassie wusste nicht, wie sie Jodie umstimmen könnte. Wenn sie ihr drohte, bekäme sie nur Angst. Und sie belügen wollte sie auch nicht.

Sie beugte sich vor und lehnte sich mit der Stirn an die Stirn ihrer Tochter.

»Jodie, ich kann unmöglich hier bleiben. Wenn dieser Mann wieder reinkommt und mich findet, nimmt er mich mit. Deshalb muss ich hier weg. Ich würde mich sehr freuen, wenn du mitkämst, denn ich hätte dich gern bei mir. Aber ich muss jetzt gehen.«

Sie küsste Jodie auf die Stirn und stand auf.

»Nein, lass mich nicht allein«, protestierte das Mädchen.

»Tut mir Leid, Jodie, aber ich muss jetzt gehen.«

Cassie nahm die Sporttasche und ging zur Badezimmertür. Sie stieß das Handtuch mit dem Fuß beiseite und griff nach dem Türknauf. Hinter ihr flüsterte Jodie: »Werde ich diesen Mann noch mal wiedersehen, wenn ich mit dir komme?«

Cassie drehte sich zu ihr um und sah sie an.

»Nie wieder.«

45

Das Steak war richtig schön blutig, genauso, wie Karch es mochte. Er hatte solchen Hunger gehabt und das Stück Fleisch war so gut, dass es für ihn fast einer religiösen Erfahrung gleichkam, ein Stück nach dem anderen abzusäbeln, in den Kartoffelbrei zu tunken und sich in den Mund zu schieben. Er ging so in seiner Beschäftigung auf, dass er völlig überrumpelt wurde, als die Tür der Suite aufging. Die Hand, in der er eine Gabel voll Fleisch mit Kartoffelbrei hielt, verharrte vor seinem Mund, als er aufblickte und einen Mann, der ihm vage bekannt vorkam, in den Wohnraum treten sah. Er wurde begleitet von Vincent Grimaldi und Romero, dem Mann fürs Grobe. Der neue Mann und Romero hatten Schusswaffen in der Hand.

Karch legte die Gabel auf seinen Teller.

»Schmeckt's, Jack?«, fragte Grimaldi.

»Ganz hervorragend, Vincent. Aber weißt du, du bist etwas früh dran.«

»Das glaube ich nicht. Eher ein wenig spät.«

Karch runzelte die Stirn und stand vom Schreibtisch auf. Er spürte instinktiv, dass etwas nicht stimmte. Das sah nach Ärger aus. Er nahm die Serviette vom Schreibtisch und wischte sich den Mund ab. Dann ließ er, die Serviette weiterhin in der rechten, die Hände an den Seiten hinabhängen. Sehr locker. Michelangelos David. Bis in die Fingerspitzen.

»Sie kann jeden Moment anrufen«, sagte er. »Und du wolltest dich auf keinen Fall hier blicken lassen, wenn die Sache ...«

»Wirklich?«, unterbrach ihn Grimaldi. »Mir hat aber eben ein Vögelchen ins Ohr gezwitschert, dass sie bereits hier war.«

Grimaldi nickte dem Mann zu, der die Prozession in die Suite angeführt hatte.

»Durchsuchen.«

Der Mann näherte sich Karch, der die Arme hob und von sich streckte. Die Serviette baumelte von seiner rechten Hand. Der Mann hielt seine Waffe in der linken Hand und richtete sie auf Karchs Bauch, während er mit der rechten in Karchs Jackett fasste und die Sig aus dem Holster zog. Als er darauf den Rest von Karchs Körper abtastete, fand er in einer Jackentasche den Schalldämpfer. Dann wanderte seine Hand ohne Zögern in seinen Schritt hoch und zum Schluss zog er auf der Suche nach einem Wadenholster die Hosenaufschläge nach oben. Er verrichtete seine Aufgabe mit professioneller Gründlichkeit, aber nicht gründlich genug. Karch, der ihn die ganze Zeit nicht aus den Augen ließ, überlegte, wo er den Mann schon einmal gesehen hatte. Als die Leibesvisitation beendet war, steckte sich der Mann Karchs Sig in den Gürtel und trat wortlos an Grimaldis Seite zurück.

»Was soll das, Vincent?«, fragte Karch.

»Was das soll? Du hast Scheiße gebaut, Jack. Sie einfach laufen zu lassen! Das wirft meine Pläne über den Haufen. Jetzt muss ich zusehen, dass ich sie finde.«

»Was für Pläne?«

Nachdem Cassie die ersten drei Schrauben des Lüftungsgitters in der Decke herausgedreht hatte, lockerte sie auch die letzte. Dann zog sie das Gitter ein Stück nach unten, schwenkte es an der Schraube zur Seite und spähte von dem Servierwagen, auf dem sie stand, in den Schacht, der sich hinter der Öffnung auftat. Als sie darauf Jodie zu sich nach oben winkte, kletterte das Mädchen auf einen Stuhl und stieg auf den Wagen. Cassie hatte Mühe, das Gleichgewicht zu halten, als sie die Kleine hochhob und durch die Öffnung des Schachts zu schieben versuchte. Außerdem sträubte sich Jodie und zwängte eine Hand wieder nach draußen, um sich damit an der Wand festzuhalten.

»Kein Angst, Jodie«, flüsterte Cassie. »Kriech einfach immer weiter. Ich komme sofort nach.«

»Neeeiiin«, protestierte das Mädchen verzagt.

Cassie nahm sie noch einmal in die Arme und flüsterte ihr ins Ohr: »Weißt du noch, wie du gesagt hast, du bist kein Baby mehr, sondern schon ein großes Mädchen? Also, das ist jetzt etwas, was ein großes Mädchen tun würde. Wenn du nicht willst, Jodie, muss ich dich hier lassen.«

Cassie schloss die Augen. Es tat ihr im Innersten weh, auf diese Drohung zurückgreifen zu müssen.

Das Mädchen sagte nichts. Cassie hob sie wieder zu der Öffnung hoch, und diesmal kroch sie hinein. Als sie dabei mit den Knien gegen die Aluminiumverkleidung stieß, zuckte Cassie zusammen. Aber in dem hitzigen Wortwechsel im Zimmer nebenan trat keine Unterbrechung ein. Sobald Jodie ganz in dem Luftschaft verschwunden war, reichte Cassie ihr die Taschenlampe und forderte sie flüsternd auf weiterzukriechen. Dann stemmte sich Cassie hoch und kletterte in den Schacht. Als sie sich mit ihrer Gürteltasche am Rand der Öffnung verfing, kam es zu einer kurzen Verzögerung. Deshalb nahm sie, sobald sie ganz im Schacht war, den Beutel mit ihrem Werkzeug vom Gürtel und schob ihn vor sich her.

Der Schacht war so eng, dass sie nicht hinter sich fassen konnte, um das Gitter wieder anzubringen. Sie trieb Jodie an, zur Einmündung in den Hauptschacht weiterzukriechen, da sie hoffte, dort wäre genügend Platz, um sich umzudrehen, damit sie zurückkriechen und das Lüftungsgitter wieder anbringen konnte.

Bereits nach etwa drei Metern mündete der Schacht in einen anderen, ähnlich großen. Cassie spähte hinein. Sie konnte Licht an seinem Ende sehen und Stimmen hören. Sie merkte, es war Karch, der gerade fragte: »Was soll das, Vincent?«

Lautlos kroch sie an der Abzweigung vorbei, schob sich rückwärts in sie hinein und arbeitete sich dann mit dem Kopf voran in Richtung Schlafzimmer vor. Als sie das Ende des Schachts erreichte, griff sie nach dem Lüftungsgitter und brachte es wieder über der Öffnung an. Dann kroch sie rückwärts zu der Abzweigung zurück.

Karch überlegte fieberhaft, was das Ganze bedeuten könnte. Er kam nur auf eine einzige mögliche Erklärung.

»Sie hat dich angerufen, Vincent, stimmt's?«

Grimaldi antwortete ihm ebenso wenig, wie er auf Karchs Frage nach seinen Plänen geantwortet hatte. Er blickte ihn nur hasserfüllt an.

»Hör zu, Vincent. Ich weiß zwar nicht, was sie dir erzählt hat, aber es ist in jedem Fall kompletter Unsinn, ja? Sie war noch nicht hier, und ich habe das Geld nicht. Ich warte noch darauf, Vincent. Sie wollte anrufen, sobald sie hier ist, und dann lasse ich sie hier hochkommen. Ich schnappe mir das Geld, und sie und die Kleine segeln aus dem Fenster. Wie ich gesagt habe, Koinzidenz.«

Beim letzten Wort stutzte er. Er hatte es fallen lassen, als Cassidy Black anrief und er zunächst dachte, es wäre noch einmal Grimaldi. Er fragte sich, ob das genügt hatte. Hatte er ihr dadurch genug verraten, um seinen Plan durchschauen und sich eine Gegenmaßnahme ausdenken zu können?

»Jetzt hör zu, Vincent, bitte. Sag mir endlich, was das Ganze eigentlich soll.«

Grimaldi sah sich in der Suite um.

»Was ist im Schlafzimmer, Jack?«

»Nicht was. Wer. Die Kleine ist im Schlafzimmer.«

Grimaldi nickte dem Mann, der Karch gefilzt hatte, zu, worauf dieser ins Schlafzimmer ging. Karch und Grimaldi sahen sich nur an, während sie warteten. Romero machte zwei Schritte zur Seite. Karch nahm an, er glaubte, so besser postiert zu sein, falls sein Eingreifen nötig werden sollte.

»Glaub mir, sie will dich nur austricksen, Vincent«, sagte Karch. »Sie ...«

Er verstummte, als er den Mann mit einer schwarzen Sporttasche aus dem Schlafzimmer kommen sah. Ihr Reißverschluss war offen, und Karch konnte in die Tasche sehen. Er sah das Gesicht von Benjamin Franklin. Mehrere Male. Die Tasche war voll mit gebündelten Hundertdollarscheinen. Karch stand mit offenem Mund da. Cassidy Black, war sein erster Gedanke. Irgendwie hatte sie den Austausch durchgeführt. Er wollte auf die Schlafzimmertür zustürzen, aber der Mann mit der Sporttasche und Romero hoben ihre Pistolen und bedeuteten ihm stehen zu bleiben, wo er war.

»Da drinnen war eben noch ein Mädchen«, sagte Karch.

»Sicher«, sagte der Mann mit der Tasche. »Aber jetzt nicht mehr.«

Er ging auf Grimaldi zu und zog die zwei Tragriemen der Tasche auseinander, sodass sie weit auseinanderklaffte und einige der in Plastik verpackten Geldbündel ganz zu sehen waren.

»Vincent, das ist nicht ...«

Er sprach nicht zu Ende. Er wusste nicht, was er sagen sollte. Außerdem interessierte sich Grimaldi offenbar nur für das Geld, nicht für ihn. Grimaldi steckte die Hand in die Tasche und legte sie flach auf eins der Geldbündel, als berühre er die Schulter eines lange vermissten Freundes. Dann nickte er dem Mann, der die Tasche hielt, zu.

»Okay, Martin, machen Sie sie zu.«

Karch beobachtete, wie die Tasche geschlossen wurde, und dann blickte er in das Gesicht des Mannes, der sie hielt. Martin? Er erinnerte sich an die Videoaufnahme. Wie Hidalgo mit dem Sicherheitsbeamten im Lift nach oben gefahren war. Martin. Der angeblich tot war. Martin, den er in Grimaldis Auftrag in der Wüste hätte verscharren sollen.

»Martin?«, sagte er.

Er blickte von Martin zu Grimaldi, und in diesem Moment begann es ihm zu dämmern. Das Ganze war ein Bluff, Teil eines raffinierten Plans.

»Du«, fuhr er Grimaldi an. »Du hast das alles nur inszeniert. Das Ganze war ein Täuschungsmanöver.«

Dann sah er Martin an, der in der rechten Hand die Tasche mit dem Geld hielt, in der linken die Pistole. Er erinnerte sich an Hidalgos Leiche auf dem Bett. An die Kugel in seinem rechten Auge, abgefeuert von einem Linkshänder.

»Und Hidalgo«, sagte er zu Martin. »Hidalgo haben Sie umgelegt.«

Einer von Martins Mundwinkeln krümmte sich zu einem stolzen Grinsen nach oben.

»Es war gar nicht die Frau«, sagte Karch und sah wieder Grimaldi an. »Sie hat nur das Geld geklaut – genauso, wie du es wolltest.«

Als Cassie sich an der Abzweigung wieder umdrehte, hörte sie aufgeregte Stimmen aus dem Wohnraum. Sie blieb nicht, um zu lauschen, sondern kroch zum Hauptschacht weiter. Dafür brauchte sie etwa zehn Sekunden. Im Licht der Taschenlampe, die sie Jodie gegeben hatte, sah sie, dass das Mädchen immer noch im Nebenschacht war und noch nicht in den größeren Hauptschacht gekrochen war.

Cassie merkte schnell, warum. Jodie kam nicht mehr weiter. Der Zugang zum Hauptschacht war durch ein Metallgitter versperrt. Cassie langte an Jodie vorbei und betastete die Enden der Gitterstäbe, um zu sehen, wie sie befestigt waren. Sie spürte die glatten Schweißnähte. Sie saßen in der Falle.

»Was …«, setzte Jodie an, doch Cassie legte ihr sofort die Hand auf den Mund. Sie machte das »Leise«-Zeichen, und das Mädchen fuhr flüsternd fort: »Was machen wir jetzt?«

Cassie packte einen der Gitterstäbe und rüttelte daran. Dann stützte sie sich mit dem Rücken an der Decke des Schachts ab und drückte mit aller Kraft gegen den Gitterstab. Er bewegte sich nicht und gab an den Schweißstellen nicht nach. Cassie schüttelte den Kopf. Die Geschäftsleitung des Hotels hatte zwar Gitter in den Lüftungsschächten anbringen lassen, aber die halben Türschlösser hatte sie nicht auswechseln lassen. Es hatte keinen Sinn, in einem Bereich Geld auszugeben und in einem anderen nicht. Deshalb war es so überraschend und ärgerlich, auf ein solches Hindernis zu stoßen.

»Was machen wir jetzt?«, flüsterte Jodie noch einmal.

Cassie blickte in ihr unschuldiges schönes Gesicht, das von der kleinen Taschenlampe beleuchtet wurde. Als sie sich dann wieder den Gitterstäben zuwandte, kam ihr eine Idee.

»Jodie, du müsstest da eigentlich durchpassen.«

»Und du?«

»Mach dir um mich keine Gedanken. Zwänge dich einfach zwischen den Stäben durch. Ich komme außen rum und hole dich.«

»Ich will aber mit dir kommen.«

»Nein, das geht nicht. Du kriechst da jetzt einfach durch und wartest, bis ich dich holen komme.«

Sie schob das Mädchen auf die Gitterstäbe zu. Widerstrebend steckte Jodie zunächst den Kopf zwischen ihnen durch, dann den Oberkörper. Als sie sich ganz durchgezwängt hatte, blickte sie sich nach Cassie um.

»Braves Mädchen«, flüsterte Cassie. »Und jetzt warte hier. Ich komme außen rum, so schnell ich kann. Aber erst muss ich warten, bis diese Männer aus dem Zimmer sind, ja?«

»Wie lange wird das dauern?«

»Keine Ahnung, Schatz. Du musst einfach warten. Kennst du schon die Uhr?«

»Natürlich. Ich bin fast sechs.«

Cassie nahm ihre Uhr ab und streckte sie durch das Gitter. Sie zeigte Jodie den Knopf, mit dem man die Beleuchtung anmachen konnte. Dann gab sie ihr das Handy und erklärte ihr, wie man es bediente. Jodie sagte, ihr Daddy hätte auch eines, ließe sie aber nie damit spielen.

»Wenn ich dich bis zwölf nicht holen komme, machst du das Telefon an und wählst neun-eins-eins. Weißt du, wie das geht?«

Das Mädchen antwortete nicht sofort. Cassie nahm das Handy wieder an sich und zeigte ihr, was sie machen musste.

»Du drückst neun-eins-eins und dann diesen Knopf – den Sendeknopf. Dann sagst du der Person, die sich meldet, du sitzt im obersten Stock des Cleopatra fest. Kannst du dir das merken?«

»Klar.«

»Wo sind wir?«

»Im Cleo-pah-tra. Oberster Stock.«

»Braves Mädchen. Ich krieche jetzt zurück und horche, wann die Männer gehen. Dann komme ich von der anderen Seite und hole dich. Komm her.«

Das Mädchen beugte sich vor, und Cassie streckte das Gesicht zwischen den Stäben durch und küsste sie auf die Stirn. Wieder konnte sie ihr Haar riechen. Nach kurzem Zögern kroch sie rückwärts zu der Abzweigung zurück, wo sie mithören konnte, was in der Suite vor sich ging.

Sie sah, wie ihr Jodie durch die Stäbe zuwinkte, und irgendein Gefühl sagte ihr, dass sie ihre Tochter in diesem Moment zum letzten Mal sah. Sie winkte zurück und warf ihr eine Kusshand zu.

Mit einem strahlenden Grinsen beobachtete Grimaldi, wie Karch seinen Plan allmählich durchschaute.

»Ich war nur eine Figur in einem Spiel«, sagte Karch. »Du hast mich genauso benutzt wie Leo Renfro und die Frau.«

»Eine Figur, die ich sehr schön eingesetzt habe und die ihren Zweck sehr schön erfüllt hat«, bestätigte ihm Grimaldi.

»Und Chicago? Hatte es überhaupt etwas mit der ganzen Sache zu tun?«

»Das ist das Schönste daran. Ich habe Chicago für meine Zwecke eingespannt, ohne dass sie es gemerkt haben. Mir war von Anfang an klar, du würdest schon bei der bloßen Erwähnung des Syndikats zu schäumen anfangen und wärst dann nicht mehr zu bremsen. Leo Renfro hatte bei ein paar Leuten, die ich kenne, Schulden. Ich kaufte die Schuldscheine und schickte Romero und Longo nach L. A., um ihn darüber in Kenntnis zu setzen. Sie erzählten ihm, sie wären aus Chicago und arbeiteten für Tony Turcello. Er fiel drauf rein und machte sich fast in die Hosen. Daraufhin schlugen sie ihm Folgendes vor: Du klaust Hidalgo sein Geld, und wir vergessen das mit deinen Schulden. Er biss an. Genau wie du angebissen hast, Jack.«

Karch nickte.

»Ja, ich habe angebissen. Meine Aufgabe war, der Spur zu folgen, alle Beteiligten umzulegen und das Geld zurückzubringen.«

»Und du hast deine Sache wirklich gut gemacht – außer dass du das Mädchen hast laufen lassen. Das ist etwas, worum ich mich noch kümmern muss, aber auch das kriegen wir geregelt. Hauptsache, wir haben das hier.«

Er hob die Tasche mit dem Geld hoch. Karch versuchte, sich seine Wut nicht anmerken zu lassen.

»Du machst eine Riesendummheit, Vincent. Ich ...«

»Finde ich nicht, Jack. Finde ich ganz und gar nicht.«

Einen Moment starrten sie sich so hasserfüllt an, dass die Temperatur im Raum zu steigen schien.

»Und wie soll es jetzt weitergehen?«, fragte Karch schließlich.

»Wie es jetzt weitergehen soll? Ganz einfach. Wir brauchen immer noch jemanden, der mit dem Geld verschwindet. Jemanden, auf den sie in Miami ihre Leute hetzen können.«

»Und derjenige soll ich sein.«

»Du warst schon immer ein cleveres Bürschchen, Jack.«

Karch schüttelte den Kopf. Die Kurzsichtigkeit von Grimaldis Plan war ihm unbegreiflich.

»Und du warst schon immer kleinkariert, Vincent. Kurzsichtig. Du hättest nur ein bisschen über den Tellerrand hinaussehen müssen. Das bisschen Geld in der Tasche hier ist doch nur ein Klacks im Vergleich zu dem, was du hättest einstreichen können, wenn Miami seine Lizenz bekommen hätte und hier eingestiegen wäre. Wegen ein paar läppischer Millionen hast du das ganz große Geld sausen lassen. Das war dumm.«

Statt wütend zu werden, wie Karch erwartete, begann Grimaldi schallend zu lachen und den Kopf zu schütteln, als amüsierte er sich über die Naivität eines kleinen Kindes.

»Du begreifst wohl noch immer nicht ganz, was, Jack?«

»Was soll ich nicht begreifen? Erklär's mir doch, Vin*CENT*.«

»Miami wird nie eine Lizenz kriegen. Kapierst du denn nicht? Die Kommission sollte nie etwas von dem Schmiergeld zu sehen bekommen. In Las Vegas weht jetzt ein anderer Wind, Jack. Miami kriegt hier nie einen Fuß in die Tür. Das Ganze wurde von mir eingefädelt. Von mir, Jack! Ich rief in Miami an und sagte ihnen, es sei da ein kleines Problem aufgetreten und es würde sie fünf Millionen kosten, es aus der Welt zu schaffen und hier ins Geschäft zu kommen. Eine Hälfte im Voraus, den Rest, sobald sie die Lizenz bekämen. Sie sind gierig und sind darauf reingefallen. Genau wie du.«

Jetzt begriff Karch. Ein perfekter Plan. Grimaldi würde zweieinhalb Millionen einstecken und Miami würde nach Karch suchen – nur dass sie ihn nie finden würden, weil er einen Ausflug in die Wüste machen würde, Rückfahrt nicht inbegriffen. Karch senkte den Blick zu Boden. Er wollte Grimaldi nicht mehr ansehen.

»Weißt du, was *dein* Problem war, Jack?«, fuhr Grimaldi fort. Er war so eingenommen von sich und seinem Erfolg, dass er es sich nicht verkneifen konnte, das Messer in der Wunde noch weiter herumzudrehen. »Dein Problem war, dass du zu langfristig geplant hast. Ich bin genauestens über dich im Bilde. Die Blicke, die Bemerkungen hinter meinem Rücken, das ganze Getue. Du wolltest es mir heimzahlen und dachtest, das wäre die Gelegenheit dazu. Das wusste ich und ich habe es mir zunutze gemacht. Ich habe mit dir gespielt wie auf so einem blöden Klavier, und jetzt ist das Stück zu Ende. Du kannst einpacken, Jack. Heute Nacht schläfst du im Sand. Wir fahren mit dem Lastenaufzug nach unten, und dann nehmen wir dein Auto – wahrscheinlich weiß es den Weg allein. Du hast doch bestimmt schon eine Schaufel im Kofferraum, oder nicht, Jack of Spades?«

Grimaldi wartete, dass Karch etwas erwiderte, aber es blieb still im Raum. Dann gab Grimaldi dem Messer die letzte Drehung.

»Wir werden eine schöne Stelle für dich aussuchen. Neben deiner Mutter.«

Jetzt richtete Karch den Blick wieder auf Grimaldi. Der ältere Mann nickte.

»Ja, ich weiß alles. Über dich und deinen alten Herrn – und euer Lieblingsplätzchen da draußen. Aber es gibt da noch etwas anderes, was du garantiert nicht weißt. Dieser Kerl war ich, Jack. Ich habe sie ihm ausgespannt. Zehn Jahre hatte ich hinter seinem Rücken was mit ihr. Aber deinetwegen wollte sie ihn nicht verlassen. Ich liebte sie, und dann ... Jetzt aber ehrlich, was ist das für ein Junge, der seinem Vater hilft, seine Mutter zu begraben? Du krankes Schwein. Es wird mir eine richtige Genugtuung sein. Los, gehen wir.«

Martin und Romero traten zwei Schritte zurück und diesen Sicherheitsabstand hielten sie auch ein, als sie Karch aus der Suite führten. Vor Wut und Schmerz wurde Karch fast schwarz vor Augen. Er konzentrierte seine Blicke auf den Mann, der vor ihm ging. Auf Vincent Grimaldi. Jetzt kannte Karch auch das letzte Geheimnis.

Die vier Männer gingen den Gang hinunter, bis Grimaldi sie durch die Pendeltür der Versorgungsstation lotste. Martin drückte auf den Knopf für den Lastenaufzug, und sie warteten. Karch hielt den Kopf gesenkt und hatte die Stoffserviette immer noch wie eine weiße Fahne in der Hand. Grimaldi sah es und grinste.

»Wie war dein letztes Abendmahl, Jack?«

Karch sah ihn an, antwortete aber nicht. Als der Lift kam, stieg Romero als Erster ein und drückte auf den

Knopf, der die Tür offenhielt. Dabei hielt er den Lauf seiner Waffe die ganze Zeit auf Karchs Oberkörper gerichtet. Als Grimaldi einstieg, musste er zwischen Karch und Romero durchgehen. Auf diesen Moment hatte Karch gewartet. Er richtete seine rechte Hand auf Martin, der neben ihm stand. Martin sah die Hand, in der sich die Serviette befand, zu seinem Gesicht hochkommen.

Es gab einen Knall, als die in der Serviette und in Karchs Hand verborgene .25er abgefeuert wurde. Martins Kopf zuckte nach hinten. Die Kugel drang durch das linke Auge in sein Gehirn ein. Im selben Moment, in dem er leblos auf den Boden der Versorgungsstation fiel, schwang Karch den Arm herum. Beim ersten Schuss, den er über Grimaldis Schulter hinweg auf Romero abgab, drückte er zu früh ab. Die Kugel schlug etwa dreißig Zentimeter rechts von Romeros Gesicht in die Wand der Aufzugkabine.

Romero streckte den Arm, in dem er seine Waffe hielt, zögerte aber. Grimaldi befand sich in seiner Schussbahn. Dieses kurze Zögern war alles, was Karch brauchte, um seinen eigenen Fehler auszubügeln. Sein zweiter Schuss traf Romeros linke Wange, der dritte seine Stirn, sodass sein Kopf nach hinten gerissen wurde. Der vierte Schuss drang durch die weiche Unterseite von Romeros Kinn in sein Gehirn ein. Ohne einen Schuss abgefeuert zu haben, sackte Romero auf den Boden der Liftkabine.

Karch packte Grimaldi an der Krawatte und zerrte ihn zur Lifttür. Damit sie nicht zugehen konnte, stellte er den Fuß dagegen. Er hielt Grimaldi die .25er unters Kinn, sodass sein Gesicht nach oben gewandt war, während seine Augen nach unten auf Karch schielten.

Über Karchs Gesicht breitete sich ein böses Grinsen.

»So, Vincent, und wie sieht jetzt die Sache kurzfristig aus?«

»Jack ... bitte ...«

»Vergiss nicht, Mom schön von mir zu grüßen.«

Karch wartete auf eine Erwiderung, aber es kam keine.

»Du weißt es nicht, oder?«

»Was soll ich nicht wissen, Jack?«

»Dann will ich dir nur ganz kurz eine Geschichte erzählen. Vor ungefähr zehn Jahren wurde mein Vater krank. Krebs. Er hatte sich schon im ganzen Körper ausgebreitet, und es gab nur noch eine einzige Möglichkeit: eine Knochenmarktransplantation. Ich wollte es machen, und sie nahmen mir Blut ab, wegen der Verträglichkeit.«

Karch schüttelte den Kopf.

»Aber ich kam als Spender nicht infrage, Vincent. Ich ließ sie noch ein paar andere Untersuchungen machen, was sie auch getan haben. Aber mein Knochenmark eignete sich nicht für eine Übertragung, weil er nicht mein Vater war.«

Karch sah Grimaldi nur in die Augen.

»Danke, Vincent, dass du vorhin noch das letzte fehlende Glied der Geschichte für mich eingefügt hast.«

»Willst du damit sagen ...«

Karch gab rasch zwei Schüsse ab und sah zu, wie Grimaldi auf Romeros Leiche fiel. Dann blickte er auf die Waffe in seiner Hand hinab und sah, dass seine Finger und Knöchel voll Blut waren. Er spürte, wie ihn ein heftiger Schauder durchfuhr. Drei gegen einen, und trotzdem hatte er es geschafft. Er blickte sich um, als hoffte er, jemand hätte dieses Zauberkunststück gesehen und würde ihm applaudieren.

Was jedoch noch berauschender war als der Adrenalinblitz, überlebt zu haben, war die Erleichterung, die ihm das Wissen verschaffte, dass er einen der Räume des Lebens verließ und durch die Tür in den nächsten ging.

Er bückte sich und fuhr mit der Schusswaffe in seiner blutigen Hand auf Grimaldis weißem Hemd hin und her, bis beide einigermaßen sauber waren. Dann steckte er die Pistole in die Tasche an seinem Hosenbund zurück und riss die Tasche mit dem Geld aus Grimaldis totenstarrer rechter Hand.

Er machte ein paar Schritte zurück, packte Romero am Bein und zog ihn zur Tür, damit diese nicht mehr zugehen konnte. Dann ging er von einem Toten zum andern, fühlte jedem den Puls und zog seine Sig Sauer aus Martins Hosenbund. Er untersuchte die Waffe, ob Blut darauf war, und steckte sie in ihr Holster. Dann klopfte er Martins Körper nach dem Schalldämpfer ab und zog ihn schließlich aus einer Hosentasche.

Als er sich danach in der Versorgungsstation umsah, entdeckte er in dem Maschendrahtabteil einen großer Wäschecontainer auf Rädern. Er versuchte die Tür des Abteils zu öffnen, aber sie war abgeschlossen. Er machte einen Schritt zurück, holte aus und trat mit dem Absatz direkt über dem Schloss gegen den Maschendraht. Die Tür flog nach innen auf, und er ging in das Abteil. Zuerst kippte er den Wäschebehälter um und leerte mehrere Stapel frischer Handtücher auf den Boden.

Es gelang ihm nur unter Aufbietung aller Kräfte, die drei Leichen in den Wäschecontainer zu laden. Dann wischte er mit ein paar Handtüchern das Blut auf. Als er damit fertig war, nahm er eine Decke aus einem Regal und warf sie über den Wäschewagen. Er schob ihn in das Maschendrahtabteil und schloss die Tür.

46

Cassie hörte ein kurz aufeinander folgendes Krachen, das sie sofort als Schüsse identifizierte. Es jagte einen Schauder durch ihre Rückenmuskeln.

»Cassie?«

Das aufgeregte Flüstern kam von Jodie. Cassie blickte in Richtung des Hauptschachts, aus dem der Lichtschein der Taschenlampe durch die Gitterstäbe fiel.

Jodie hatte Angst. Es war unmöglich festzustellen, woher die Schüsse gekommen waren. Cassie kroch auf das Licht zu.

Jodie kauerte zusammengekrümmt am Gitter. Sie richtete den Strahl der Taschenlampe auf Cassie.

»Was war das für ein Lärm, Cassie?«

»Keine Angst, Jodie. Es ist alles in Ordnung. Ich gehe jetzt außen rum und komme dich holen. Du bleibst schön hier und wartest, ja? Du wartest auf mich.«

»Nein! Geh nicht ...«

Als Cassie ihr die Hand auf den Mund legte, konnte sie die Tränen auf ihren Wangen fühlen.

»Hab keine Angst, Jodie. Gleich haben wir es geschafft. Du brauchst nur hier zu warten. Anders geht es leider nicht. In fünf Minuten bin ich außen rum und hole dich. Das verspreche ich dir. Schau auf die Uhr, damit du siehst, wie kurz fünf Minuten sind, okay?«

»Okay«, sagte Jodie leise. »Ich warte hier.«

Diesmal streckte Cassie nur die Hand zwischen den Stäben durch, die sie trennten, und berührte damit Jodies Wange. Dann machte sie sich daran, durch den engen Schacht rückwärts zu Suite 2001 zurückzukriechen.

Als sie das Ende des Schachts erreichte, trat sie mit dem Fuß gegen das Gitter. Es schwang an der Schraube, die sie noch nicht entfernt hatte, nach unten. Mit den Füßen voran glitt Cassie aus der Öffnung und sprang, die Gürteltasche mit dem Werkzeug in einer Hand, auf den Servierwagen. Den Umstand, dass der Wagen immer noch am selben Platz stand, fasste sie als ein gutes Zeichen auf. Sie wollte gerade den Fernseher ausmachen, um besser hören zu können, als sie eine Stimme zusammenfahren ließ.

»Wirklich ein geschickter Schachzug, sich hier reinzuschleichen.«

Sie drehte sich um. Karch stand im Durchgang zum Bad, der durch den Servierwagen verstellt war. In der einen Hand hielt er die Sporttasche, mit der anderen richtete er eine Pistole auf sie. Cassie sah, dass er den Schalldämpfer daran befestigt hatte. Er stieß den Wagen mit dem Fuß beiseite und trat in den Raum. Cassie wich zum Fernseher zurück, wo gerade wieder ein Road-Runner-Film lief.

Karch lächelte, aber in seinem Lächeln war weder Wärme noch Humor.

»Das Trojanische Pferd. Der Feind war in seinem Bauch versteckt, und sie schoben es selbst in die Festung. Einer der besten Zaubertricks überhaupt.«

Cassie sagte immer noch nichts. Sie stand vollkommen still da und hoffte nur, die Fernsehgeräusche wären so laut, dass Jodie nichts von der ganzen Sache mitbekäme.

»Dieses Gitter da oben im Luftschacht«, fuhr Karch fort. »Es wurde nach Ihren Einbrüchen zusammen mit Max angebracht. Damals, vor sieben Jahren. Alle Hotels haben das gemacht. Wahrscheinlich könnte man durchaus sagen, auch Sie haben Ihr Teil dazu beigetragen, Las Vegas zu dem zu machen, was es heute ist. Ein sicherer Ort für den Spieler und seine Familie.«

Er lächelte wieder.

»Wo ist die Kleine?«

Cassie deutete auf die Tasche in seiner Hand.

»Sie haben das Geld, Karch, Sie haben mich. Lassen Sie sie laufen.«

Karch runzelte die Stirn, als dächte er tatsächlich über ihren Vorschlag nach. Dann schüttelte er den Kopf.

»Das geht nicht. Ich mag keine halben Sachen.«

»Was wollen Sie eigentlich? Sie ist noch keine sechs Jahre alt. Was hätten Sie schon von ihr zu befürchten?«

Karch ignorierte die Frage und deutete mit der Pistole auf sie.

»Gehen wir nach nebenan. Irgendwie mag ich das Fenster dort lieber. Einfach eine schöne Parallele. Es war Max' Fenster.«

Als Cassie sich umdrehte und langsam in Richtung Tür zu gehen begann, überlegte sie, was sie noch tun könnte. Ihre einzige Chance war an der Tür. An dieser Stelle konnte sie selbst dann etwas versuchen, wenn er damit rechnete. Sie schloss die Hand fester um den Riemen der Werkzeugtasche. Als sie nur noch wenige Schritte von der Tür entfernt war, ließ sie erneut eine Stimme innehalten. Aber diesmal war es nicht die von Karch.

»Lass sie bloß in Ruhe!«

Als Cassie sich umdrehte, merkte sie, dass die Stimme auch Karch überrascht hatte. Instinktiv drehte er sich um und riss die Hand, in der er dic Pistole hielt, zu dem Luftschacht über ihm hoch. Cassie, deren Blick seiner Bewegung folgte, sah Jodie in der Öffnung des Luftschachts kauern und auf sie herabblicken.

Auch Cassie reagierte instinktiv. Sie stürzte auf Karch zu und holte mit der Werkzeugtasche weit aus. Gleichzeitig rief sie Jodie zu:

»Zurück, Jodie, schnell!«

Die Tasche mit dem schweren Stahlwerkzeug traf Karch mit voller Wucht am Hinterkopf, sodass er stolpernd vornüber fiel. Er gab einen Schuss ab, der trotz des Schalldämpfers ziemlich laut war, aber er hatte viel zu tief gezielt und die Kugel zeichnete ein Spinnwebmuster in den Spiegel, der im Durchgang zum Bad hing.

Cassie setzte blitzschnell nach und zog ihm, solange er noch vornüber gebeugt war, die Anzugjacke über den Kopf. Dann stieß sie mit dem Knie gegen das Jackenknäuel und spürte, wie es mit voller Wucht gegen Karchs Gesicht prallte.

Karch begann sich umzudrehen und mit den Armen verzweifelt um sich zu schlagen. Dabei traf er Cassie mit einem Unterarm seitlich am Gesicht, sodass sie davontaumelte. Er drehte sich in die Richtung, wo sein Arm sie getroffen hatte, und begann blindlings zu feuern. Obwohl von dem Schlag ins Gesicht leicht benommen, besaß Cassie genügend Geistesgegenwart, sich aufs Bett zu werfen und so darauf abzurollen, dass sie auf der anderen Seite in der Hocke landete.

Sie befand sich jetzt hinter Karch. Der schwang den Arm von rechts nach links und feuerte weiter einen Schuss nach dem anderen ab. Die Kugeln punktierten die Wände und trafen zweimal das Panoramafenster, das sich mit zwei Spinnweben überzog. Schließlich gelang es Karch, sich aufzurichten und das Jackett von seinem Kopf zu ziehen. Dazu musste er die Tasche mit dem Geld loslassen.

Der Anblick, der sich Karch bot, als er die Jacke endlich vom Kopf bekam und wieder etwas sehen konnte, verwirrte ihn. Durch eine Wand aus zersprungenem Glas blickte er auf das nächtliche Las Vegas hinaus. Von Cassidy Black fehlte jede Spur. Er merkte, wie verwundbar er war, und wollte sich gerade umdrehen, als von hinten etwas Festes und Hartes gegen seine Oberschenkel schlug und ihn gegen das Fenster schleuderte.

Die gesprungene Glasscheibe gab sofort nach, und er flog hindurch. Er ließ die Pistole los und suchte mit den Händen verzweifelt irgendwo Halt. Er war bereits mit dem Oberkörper durch die Glasscheibe in die kühle Nachtluft hinausgeplatzt, als er mit der linken Hand den Vorhang zu fassen bekam und sich daran festklammerte.

Während das Glas in das Dunkel hinabfiel, schwebte Karch einen Moment lang wie ein Bergsteiger, der sich in einer Felswand abseilt, über dem Abgrund. Die Füße gegen das Fenstersims gestemmt, hielt er sich, inzwischen mit beiden Händen, an dem goldenen Vorhang fest, während sein Körper in die Nacht hinausragte.

Sein Körpergewicht ließ ihn langsam nach links schwingen, wodurch der Vorhang zugezogen wurde. Um wieder Halt zu finden, spreizte er rasch die Beine. Darauf ging der halb zugezogene Vorhang nicht mehr weiter zu. Karch blickte in das Hotelzimmer, aus dem ihm Cassidy Black entgegenstarrte. Sie hatte die Hände flach auf dem Servierwagen liegen, den sie ihm von hinten gegen die Beine geschoben hatte. Als er den Blick auf den Fußboden senkte, sah er die Tasche mit dem Geld und die Pistole. Um in den Raum zurückzukommen, begann er sich am Vorhang hochzuhangeln.

Doch schon als er mit der ersten Hand ein Stück höher griff, ertönte ein kurzes Ratschen, und der Vorhang gab ein paar Zentimeter nach. Karch hielt inne und wartete. Nichts weiter geschah. Er blickte zu der Frau hinein, die ihn in diese Lage gebracht hatte, und ihre Blicke trafen sich. Lächelnd hangelte sich Karch ein Stück höher.

Diesmal zog die dadurch bedingte Gewichtsverlagerung eine lange Serie von leisen Knallern nach sich. Die Vorhangringe rissen aus, der Vorhang begann sich zu lösen, und Karch sank tiefer. Er sah Cassidy Black weiter lächelnd an, bis der Vorhang vollends riss und er in das Dunkel stürzte.

Karch schrie nicht. Er schloss die Augen nicht. Er erlebte seinen Sturz wie in Zeitlupe. Der goldene Vorhang über ihm flatterte wie eine Flagge. Die Fenster glitten an ihm vorbei, einige erleuchtet, andere nicht. Über dem Gebäude sah er den Mond am blauschwarzen Himmel stehen.

Der kritische Mond, fiel ihm ein.

Sein letzter Gedanke galt dem Zaubertrick. Der Postsack und die Kiste. Der verborgene Reißverschluss und der doppelte Boden. Wie er nach oben fassen und den Jack of Spades, den Pikbuben, an die richtige Stelle legen musste. Er erinnerte sich daran, wie stolz sein Vater gewesen war. Und an den Applaus der Zuschauer.

Das Klatschen war laut und ohrenbetäubend, als er auf das Glasdach traf. Sein Körper durchschlug es und landete im leeren Krähennest. Seine Augen waren offen und auf seinen Lippen war immer noch ein Lächeln.

Glassplitter rieselten in das Casino hinab, und entsetzte Schreie ertönten. Doch als die Spieler nach oben blickten, sahen sie nur das gähnende Loch im Glas, sonst nichts. Karchs Körper war von unten nicht zu sehen. Dann fiel der goldene Vorhang wie ein nicht aufgegangener Fallschirm durch das zerbrochene Glasdach. Erst im allerletzten Moment, als er auf das Krähennest hinabschwebte, öffnete er sich und breitete sich wie ein Leichentuch über Karchs Körper.

Im Casino wurde es still, und alle Blicke blieben auf das unerklärliche Loch geheftet. Dann kam aus dem Schwarz der Nacht Geld in das Casino herabgeschwebt. Tausende und Abertausende von Geldscheinen schwebten herab.

Hundertdollarscheine. Rasch setzte das Geschrei wieder ein, und die Menschen begannen mit ausgestreckten Händen auf das Geld loszustürzen, hochzuspringen und Geldscheine aus der Luft zu schnappen. Ein Blackjack-Tisch wurde umgestürzt. Männer in blauen Blazern warfen sich in das Getümmel, wurden aber von der Menge überrannt. Einige von ihnen schlossen sich dem Kampf um das Geld an.

Cassie brach eine weitere Packung Hunderter auf und warf sie in die Nachtluft hinaus. Die fünfhundert Scheine lösten sich voneinander und schwebten gemächlich in die Tiefe. Als sie von weit unten wildes Geschrei heraufdringen hörte, blickte Cassie nach unten und sah, dass einige der Scheine zu den Springbrunnen vor dem Eingang und sogar bis zum Strip geweht wurden. Autos hielten an, ein Hupkonzert brach los. Menschen rannten auf die Straße und in die knietiefen Wasserbecken. Menschen kämpften um das Geld. Sie hatte für ihre Flucht eine Ablenkung gebraucht. Jetzt hatte sie eine.

Sie drehte sich um und schob den Servierwagen wieder unter den offenen Lüftungsschacht. Sie stieg darauf und spähte in das Dunkel hinein.

»Jodie! Du kannst jetzt rauskommen. Ich bin's, Cassie. Wir können gehen.«

Sie wartete, bis das Mädchen aus dem Dunkel seines Verstecks ans Licht kroch. Cassie streckte ihr die Hände entgegen und packte sie unter den Armen, um sie aus dem Schacht zu ziehen und vorsichtig herabzuheben. Dann stieg sie von dem Servierwagen und half auch Jodie herunter. Sie schloss sie fest in die Arme.

»Wir müssen jetzt gehen, Jodie.«

»Wo ist dieser Mann?«

»Er ist weg. Er kann uns nichts mehr tun.«

Als sie das Mädchen aus dem Raum führte, sah sie zwei grüne Pässe auf dem Boden liegen. Sie hob sie auf. Anscheinend waren sie aus Karchs Jackett gefallen, als sie es ihm über den Kopf gezogen hatte. Sie schlug einen davon auf. Die Frau, die ihr vom Passfoto entgegenblickte, war sie selbst. Jane Davis. Mit einer Büroklammer war an der Seite ein in Illinois auf denselben Namen ausgestellter Führerschein befestigt.

»Was ist das?«, fragte Jodie.

»Nur ein paar Sachen, die ich fallen gelassen habe.«

Sie schlug den anderen Pass auf und sah eine Weile das Foto von Jodie an. Dann klappte sie ihn wieder zu und steckte beide Pässe in die Gesäßtasche ihrer Jeans. Sie nahm Jodie an der Hand und ging mit ihr zur Tür. Als sie an der Sporttasche vorbeikam, bückte sie sich und ergriff sie mit ihrer freien Hand. Sie hatte zwar nicht mitgezählt, aber sie war ziemlich sicher, es waren noch mehr als zwanzig Geldbündel darin. Über eine Million Dollar.

Sie sah auf die Pistole, die vor dem zerbrochenen Fenster auf dem Boden lag. Sie dachte kurz nach, beschloss dann aber, sie liegen zu lassen. Keine Schusswaffen.

»Gehen wir«, sagte sie, mehr zu sich selbst als zu Jodie.

Als sie durchs Schlafzimmer gingen, blickte Cassie noch einmal in den Raum zurück. Im zerschossenen Spiegel sah sie ein fragmentiertes Bild des Fernsehschirms. Es war Schweinchen Dick, das seinen Hut lüftete. Er sagte: »D-d-d-das war's, Leute.«

Im Casino herrschte immer noch heilloses Durcheinander, als sie aus dem Lift kamen und sich einen Weg zum Ausgang zu bahnen begannen. Cassie hob Jodie hoch und trug sie. Sie wich zwei Männern aus, die sich im Kampf um ein Bündel Geldscheine, das sich im Herabfallen offensichtlich nicht aufgelöst hatte, gegenseitig zu Boden gerissen hatten.

»Was machen die Männer da?«, wollte Jodie wissen.

»Ihr wahres Gesicht zeigen«, antwortete Cassie.

Sie erreichten den Ausgang, ohne dass Cassie einen einzigen blauen Blazer entdeckte. Da sie die Hände mit Jodie und der Sporttasche voll hatte, drehte Cassie sich um und drückte die Glastür mit dem Rücken auf. Als sie dabei in das Casino zurücksah, löste sich ihr Blick von dem Menschengewühl und wanderte zum Krähennest hoch. Sie sah einen Zipfel des goldenen Vorhangs über seinen Rand hängen. Ansonsten sah es leer aus.

47

Cassie kannte nur ein Ziel: zum Auto zu kommen und Las Vegas zu verlassen. Deshalb sprachen sie und Jodie nichts, bis der Boxster auf dem Freeway in Richtung Los Angeles rauschte. Es war, als könnte Cassie erst wieder zu Atem kommen, wenn die Neonlichter des Strip weit hinter ihr lagen.

Als sie in den fünften Gang schaltete und den Tempomat auf fünfundsiebzig Meilen stellte, sah sie endlich zu dem Mädchen hinüber, das auf dem Sitz neben ihr angeschnallt war.

»Alles okay, Jodie?«

»Ja. Und bei dir?«

»Auch.«

»Du hast einen blauen Fleck im Gesicht. Da, wo dich der Mann geschlagen hat. Ich hab's gesehen. Danach habe ich mich in dem Tunnel versteckt.«

»Blaue Flecken gehen wieder weg. Bist du müde?«

»Nein.«

Doch Cassie wusste, dass sie müde war. Damit Jodie schlafen konnte, stellte sie die Rücklehne des Beifahrersitzes so weit wie möglich nach hinten. Sie schob die Lucinda-Williams-CD in den CD-Player und stellte ihn ganz leise. Während sie sich das Lied anhörte, dachte sie über die Entscheidung nach, die sie irgendwann auf dem Weg nach L. A. treffen müsste. Plötzlich sagte Jodie: »Ich wusste, dass du mich holen kommst.«

Cassie sah zu ihr hinüber. Das schwache Licht vom Armaturenbrett fiel auf das Gesicht ihrer Tochter, die sie ebenfalls ansah.

»Woher wusstest du das?«

»Meine Mami hat mal gesagt, ich habe einen Beschützerengel, der auf mich aufpasst. Ich glaube, das bist du.«

Cassie sah wieder auf die Straße. Sie spürte, wie ihr die Tränen kamen.

»Einen Schutzengel, Baby. *Schutz*.«

»Ich bin kein Baby.«

»Ich weiß. Entschuldige.«

Eine halbe Minute fuhren sie schweigend dahin. Cassie dachte über ihre Entscheidung nach.

»Ich weiß«, sagte sie noch einmal.

»Warum weinst du?«, fragte Jodie.

Cassie wischte mit dem Handrücken die Tränen fort. Dann umklammerte sie das Lenkrad ganz fest und nahm sich vor, in Gegenwart des Mädchens keine Träne mehr zu vergießen.

»Weil ich glücklich bin«, antwortete sie.

»Worüber?«

Cassie sah zu Jodie hinüber und lächelte.

»Weil ich mit dir zusammen bin. Und weil wir entkommen sind.«

In dem schwachen Licht war zu erkennen, wie ein verwirrter Ausdruck über Jodies Gesicht huschte.

»Bringst du mich jetzt nach Hause?«

Cassie nickte langsam.

»Jodie, ich bin ... Von jetzt an wirst du immer bei deiner Mutter sein.«

Kurz danach schlief Jodie ein und träumte die ganze Fahrt nach Los Angeles. Immer wieder warf Cassie lange Blicke zu ihrer schlafenden Tochter hinüber und glaubte Max und sich selbst zu sehen. Auf jeden Fall hatte sie Maxs hohe Stirn. Sie liebte sie deshalb nur um so mehr.

»Ich hab dich sehr lieb, Jane«, sagte sie und benutzte den Namen, den sie ihr gegeben hätte.

Bis halb fünf war der dunkle Tunnel der Wüste dem schwachen Dämmergrau des anbrechenden Tages gewichen und in der öden Landschaft machten sich die ersten Ausläufer des ständig wachsenden Stadtgebiets von Los Angeles breit. Cassie trank den kalten Rest des Kaffees, den sie sich am Fenster eines Tag und Nacht geöffneten McDonald's in Barstow gekauft hatte. Sie war auf dem Freeway 10 zum Kreuz mit dem Golden State Freeway unterwegs, der Nord-Süd-Verbindung, die sie in drei Stunden nach Mexiko brächte.

Sie machte das Radio an und stellte es auf den Nachrichtensender KFWB, auf dem alle zwanzig Minuten die wichtigsten Meldungen wiederholt wurden. Sie hörte noch das Ende eines Berichts über Leute, die für den Jahrtausendwechsel Champagner horteten, und dann verlas der Sprecher die Verkehrsmeldungen, bevor die Nachrichten wieder von vorn begannen.

Die erste Meldung war über sie. Cassie sah zu Jodie hinüber, ob sie auch wirklich schlief, dann beugte sie sich, um besser hören zu können, zum Lautsprecher im Armaturenbrett vor. Der Sprecher hatte eine tiefe, glatte Stimme.

»Seit heute Nacht fahndet die Polizei nach einer ehemaligen Strafgefangenen, die für eine Serie von Verbrechen verantwortlich gemacht wird, in deren Verlauf gestern drei Personen niedergeschossen und ein Kind entführt wurde. Ein Sprecher des LAPD erklärte, die dreiunddreißigjährige Cassidy Black, die in Nevada wegen Totschlags eine fünfjährige Haftstrafe verbüßt hat, gilt als Hauptverdächtige für die gestrige Ermordung zweier ihrer Arbeitskollegen.

Nach den tödlichen Schüssen bei Hollywood Porsche, wo Black ein Jahr als Verkäuferin gearbeitet hat, wurde in Blacks Haus in Hollywood ihre Bewährungshelferin, die zweiundvierzigjährige Thelma Kibble aus Hawthorne, niedergeschossen. Laut Angaben der Polizei hatte Kibble, die offensichtlich noch nichts von den Schüssen im Autohaus wusste, Black im Zuge einer Routineüberprüfung aufgesucht. Nach Auffassung der Ermittler kam es dort zu einer Auseinandersetzung zwischen den zwei Frauen, in deren Verlauf Kibble überwältigt und mit ihrer eigenen Waffe in die Brust geschossen wurde. Die Ärzte bezeichneten den Zustand Kibbles, die gestern Abend ins Cedar-Sinai Medical Center eingeliefert wurde, als kritisch, aber stabil. Sie befindet sich außer Lebensgefahr.«

Cassie beugte sich vor, schloss die Augen und seufzte erleichtert. Thelma Kibble hatte es geschafft. Sie öffnete die Augen und sah noch einmal zu Jodie hinüber. Das Mädchen schlief immer noch. Cassie konzentrierte sich wieder auf die Radiomeldung.

»Laut Aussagen der Polizei ist Kibble jedoch noch nicht vernehmungsfähig. Freitag Abend bestätigte ein Polizeisprecher, dass Black auch an der Entführung eines fünfjährigen Mädchens aus Laurel Canyon beteiligt war. Black ist die leibliche Mutter der entführten Jodie Shaw, die sie unmittelbar nach ihrer Geburt im High Desert Correctional Institute in Nevada zur Adoption freigegeben hatte. Es wird vermutet, dass Black das Mädchen in einem schwarzen Lincoln oder Chrysler mit dunkel getönten Scheiben entführt hat. Der Zusammenhang zwischen den beiden Fällen erschloss sich den Detectives des LAPD erst, als sich herausstellte, dass das entführte Mädchen adoptiert wurde und eine leibliche Tochter Cassidy Blacks ist. Wir hoffen, Ihnen im Lauf des Tages weitere Einzelheiten über den Fortgang der Ermittlungen mitteilen zu können.«

Cassie machte das Radio aus. Inzwischen konnte sie in der Ferne die Hochhäuser der Downtown sehen. Sie dachte über die Radiomeldung nach. Die Polizei verhielt sich genauso, wie Karch es in seinem Plan vorgesehen hatte. Ihr wurde klar, dass er vielleicht sogar im Tod noch den Sieg über sie davontragen könnte.

»Thelma«, sagte sie laut.

Von Thelma Kibble hing alles ab. Wenn sie durchkam, würde sie der Polizei alles erzählen, und die Wahrheit käme an den Tag.

Trotzdem spräche sie das nicht von aller Schuld frei. Sie hatte sich schuldig gemacht. So viele Menschen hatten sterben müssen. Nur wegen ihrer Wünsche und Träume.

Sie versuchte die Gedanken und die Schuldgefühle in den Hintergrund zu drängen. Sie würden sie immer begleiten, und eines Tages müsste sie sich mit ihnen auseinander setzen. Aber vorerst hatten andere Dinge Vorrang.

Sie zog die Pässe aus der Tasche. Sie machte die Innenbeleuchtung über dem Rückspiegel an und legte die aufgeschlagenen Ausweise so auf das Armaturenbrett, dass ihr Foto neben dem von Jodie war. Ihr Blick fiel auf die Zeile mit der Berufsbezeichnung. Sie musste grinsen, als sie dort HAUSFRAU las. Leos letzter Scherz.

Sie legte die Pässe ineinander, klappte sie zu und drückte sie an ihr Herz. Ein Wegweiser, der die Abfahrt zum Golden State Freeway in zwei Meilen ankündigte, glitt vorbei. Zwei Meilen noch, dachte sie. Zwei Minuten, um über die Zukunft zweier Menschen zu entscheiden.

Sie blickte auf die Sporttasche zwischen Jodies bestrumpften Füßen – ihre Turnschuhe waren noch im Bad der Penthousesuite im Cleo. Die Tasche enthielt mehr Geld, als sie sich zu erträumen gewagt hätte. Mehr als genug für einen Neuanfang. Sie konnte den Boxster in South L. A. stehen lassen, wo er in einem Tag bis aufs Skelett ausgeschlachtet würde, ein Taxi zu einer Auto-Mall in Orange County nehmen und dort als Jane Davis bar bezahlen. So gäbe es keine Verbindung, keine Spur. Dann über die Grenze fahren und von Ensenada nach Mexico City fliegen. Von dort konnte sie es sich aussuchen, wohin sie wollte.

»Der Ort, an dem die Wüste Meer ist«, sagte sie laut.

Sie steckte die Pässe in ihre Hosentasche zurück und machte das Licht aus. Dabei stieß sie mit der Hand gegen die I-Ging-Münzen, die sie an den Rückspiegel gehängt hatte. Leos Glücksmünzen. Sie pendelten hin und her und zogen ihren Blick auf sich wie die goldene Uhr eines Hypnotiseurs.

Schließlich riss sie den Blick von ihnen los und sah ihre schlafende Tochter an. Jodies Lippen waren leicht geöffnet und entblößten ihre kleinen weißen Zähne. Cassie wollte sie berühren. Sie wollte jeden Teil ihrer Tochter kennen.

Als Cassie wieder auf die Straße sah, fuhr der Porsche auf einen über dem Freeway angebrachten Wegweiser zu, auf dem Pfeile die jeweiligen Fahrspuren für den Verkehr in Richtung Süden anzeigten.

48

Langsam wachte Jodie unter Cassies zärtlicher Hand auf. Ihre Augen wirkten zunächst beunruhigt, als sie aufgingen und sich im Wagen umblickten. Doch als sie zu Cassies Gesicht kamen, wich die Besorgnis einem vertrauensvollen Ausdruck. Er war kaum wahrzunehmen, aber er war da und entging Cassie nicht.

»Du bist wieder zu Hause, Jodie.«

Das Mädchen setzte sich auf und sah aus dem Fenster. Sie fuhren die Lookout Mountain Road hinauf und würden gleich an der Wonderland Elementary vorbeikommen.

»Sind meine Mami und mein Daddy da?«

»Sie warten im Haus auf dich. Da bin ich ganz sicher.«

Cassie streckte die Hand aus und nahm die Schnur mit den I-Ging-Münzen vom Rückspiegel. Sie gab sie dem Mädchen.

»Da, nimm. Sie bringen Glück.«

Das Mädchen nahm die Münzen, aber in ihre Miene schlich sich wieder Besorgnis.

»Kommst du mit rein zu Mami und Daddy?«

»Lieber nicht, Liebling.«

»Und wo fährst du dann hin?«

»Weg. Weit weg.«

Sie wartete. Das Mädchen hätte nur zu sagen gebraucht, *Nimm mich mit,* dann hätte sie es sich anders überlegt und hätte auf der Stelle gewendet. Aber diese Wörter kamen nicht, und sie hatte sie nicht erwartet.

»Aber ich möchte, dass du immer an eines denkst, Jodie: Ich bin bei dir. Auch wenn du mich nicht siehst. Ich werde immer auf dich aufpassen. Das verspreche ich dir.«

»Okay.«

»Ich hab dich sehr lieb.«

Das Mädchen sagte nichts.

»Kannst du ein Geheimnis für dich behalten?«

»Sicher. Welches?«

Inzwischen waren sie nur noch ein paar Straßen vom Haus entfernt.

»Das Geheimnis ist, dass ich jemanden habe, der mir hilft, auf dich aufzupassen. Die ganze Zeit. Auch wenn du ihn nicht sehen kannst.«

»Wer ist das?«

»Er heißt Max, aber du kannst ihn nicht sehen. Auch er hat dich sehr lieb.«

Als sie zu dem Mädchen hinüberblickte und es anlächelte, rief sie sich ihren Vorsatz in Erinnerung, nicht zu weinen – zumindest nicht in ihrer Gegenwart.

»Jetzt hast du also zwei Beschützerengel. Da hast du großes Glück, findest du nicht auch?«

»*Schutz*engel. Das hast du doch selbst gesagt.«

»Richtig. Schutzengel.«

Cassie blickte auf und stellte fest, dass sie da waren. Obwohl es noch nicht fünf Uhr morgens war, waren im und am Haus die Lichter an. Es waren keine Polizeifahrzeuge zu sehen. Nur der weiße Volvo stand in der Einfahrt. Nach Ansicht der Cops wäre das Haus von Jodies Eltern vermutlich der allerletzte Ort, an dem Cassie auftauchen würde. Sie blieb mit laufendem Motor am Straßenrand stehen. Dann fasste sie sofort über den Beifahrersitz und öffnete die Tür. Sie musste es schnell hinter sich bringen – nicht, weil im Haus vielleicht die Cops auf der Lauer lagen, sondern weil ihr Entschluss auf so wackligen Beinen stand, dass sie es sich fünf Sekunden später wieder anders überlegen konnte.

»Nimm mich in die Arme, Jodie.«

Das Mädchen kam ihrer Aufforderung nach, und zehn Sekunden lang drückte Cassie sie so fest an sich, dass sie zu fürchten begann, sie könnte ihr weh tun. Dann ließ sie ihre Tochter los, nahm ihr Gesicht in die Hände und küsste sie auf die Wangen.

»Sei ein braves Mädchen, ja?«

Jodie machte Anstalten, sich von ihr loszureißen.

»Ich möchte zu meiner Mami.«

Cassie nickte und ließ sie los. Sie sah zu, wie Jodie ausstieg und um den Zaun und über den Rasen auf die hell erleuchtete Tür zurannte.

»Ich hab dich lieb«, hauchte sie, als sie das Mädchen weglaufen sah.

Die Eingangstür war nicht abgeschlossen. Das Mädchen öffnete sie und rannte ins Haus. Bevor die Tür zuging, hörte Cassie, wie in einem durchdringenden Schrei der Erleichterung und Freude Jodies Name gerufen wurde. Cassie griff über den Beifahrersitz und zog die Tür zu. Als sie sich wieder aufrichtete und zum Haus hinüberblickte, sah sie das Mädchen in den Armen der Frau, die es für seine Mutter hielt. Die Frau war vollständig angezogen. Cassie wusste, dass sie die ganze Nacht nicht geschlafen hatte. Sie legte Jodies Kopf in ihre Halsbeuge und drückte sie so fest an sich, wie Cassie das wenige Augenblicke zuvor getan hatte. Im Licht der Verandalampe konnte Cassie Tränen über das Gesicht der Frau strömen sehen. Sie sah auch, wie die Lippen der Frau das Wort Danke formten, als sie zu dem Porsche nach draußen blickte.

Cassie nickte, obwohl sie wusste, dass diese Geste im dunklen Innern des Wagens wahrscheinlich nicht zu sehen wäre. Sie legte den ersten Gang ein, löste die Handbremse und fuhr vom Straßenrand los.

49

Sie fuhr durch den Laurel Canyon zum Mulholland Drive und dann auf der kurvenreichen Straße nach Osten. An einem Aussichtspunkt mit Blick auf das Valley beobachtete sie, wie die Sonne über die Berge im Osten kroch und das Flachland davor überflutete. Sie klappte das Verdeck des Boxsters zurück, bevor sie weiterfuhr. Die Morgenluft war eiskalt, aber sie hielt sie wach, und es war schön, sie einzuatmen und auf der Haut zu spüren. Als sich der Mulholland zum Hollywood Freeway hinabsenkte, fuhr sie auf den Freeway und dann weiter in Richtung Norden.

In Gedanken versetzte sie sich an jenen Abend mit Max in Tahiti zurück, an dem sie sich ein Versprechen auf Lebenszeit gegeben hatten und an dem, da war sie ganz sicher, ihre Tochter gezeugt worden war. Sie erinnerte sich, wie sie am Strand barfuß eng umschlungen zu der Musik getanzt hatten, die von den fernen Lichtern eines Luxushotels über die Bucht gedriftet war. Was sie beide gemeinsam hatten, war innen. Alles innen. So war es schon immer gewesen. Der Ort, an dem die Wüste Meer wurde, war das Herz. Und das würde sie immer haben.

Bevor sie die Grenze des Ventura County erreichte, musste sie ihre Sonnenbrille aufsetzen. Die Luft erwärmte sich und peitschte ihr die Haare um die Ohren. Sie musste den Wagen loswerden und sich einen anderen besorgen. Aber sie war nicht imstande anzuhalten. Sie glaubte, wenn sie den Fuß vom Pedal nähme und auch nur einen Moment langsamer führe, würde sie all das, was hinter ihr war, einholen. Das ganze Übermaß an Tod und Schuld würde auf der Straße von hinten auf sie zugebraust kommen. Sie durfte sich auf keinen Fall davon einholen lassen.

Sie fuhr einfach.

Danksagung

Der Autor möchte sich bei einer ganzen Reihe von Leuten bedanken, die ihm bei der Arbeit an diesem Buch geholfen haben.

Zuallererst sei hier Jerry Hooten genannt, der seine profunden Kenntnisse im Bereich der Überwachungstechnik und ihrer heimlichen Installation beigesteuert hat. Sämtliche in diesem Buch beschriebenen Überwachungsgeräte existieren tatsächlich und sind im freien Handel erhältlich. Sollten sich bei ihrer Beschreibung irgendwelche Unrichtigkeiten eingeschlichen haben, gehen sie ausschließlich zu Lasten des Autors.

Für die zahlreichen kreativen Anregungen gilt sein Dank Bill Gerber und Eric Newman sowie Bryan Burk, Mark Ross, Courtenay Valenti, Steve Crystal, Linda Connelly und Mary Lavelle.

Dank auch an Joel Gotler für seine Ratschläge und den Titel des Buchs sowie an Philip Spitzer, Dennis McMillan und Gene Griepentrog, ehemals beim California Department of Corrections, Parole and Community Services Division.

Eine weitere wichtige Quelle für den Autor war *The New Modern Coin Magic* von J. B. Bobo, erschienen bei Magic, Inc.

Zum Schluss sei Michael Pietsch, Cheflektor bei Little, Brown & Co. Publishers, für ein weiteres ausgezeichnetes Lektorat gedankt.